古城巷歌

陈 博 ◎ 著

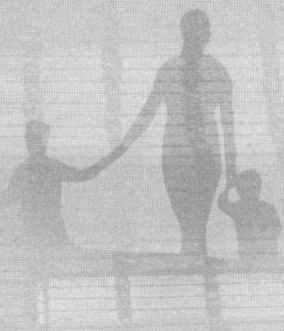

中国言实出版社

图书在版编目(CIP)数据

古城巷歌 / 陈博著. -- 北京：中国言实出版社，
2025.1. -- ISBN 978 - 7 - 5171 - 5058 - 9

Ⅰ. I247.5

中国国家版本馆 CIP 数据核字第 2025MR6360 号

古城巷歌

责任编辑：史会美
责任校对：王建玲

出版发行：中国言实出版社
　　　　地　　址：北京市朝阳区北苑路 180 号加利大厦 5 号楼 105 室
　　　　邮　　编：100101
　　　　编辑部：北京市海淀区花园北路 35 号院 9 号楼 302 室
　　　　邮　　编：100083
　　　　电　　话：010 - 64924853(总编室)　010 - 64924716(发行部)
　　　　网　　址：www. zgyscbs. cn　　电子邮箱：zgyscbs@ 263. net

经　　销：新华书店
印　　刷：北京荣泰印刷有限公司
版　　次：2025 年 5 月第 1 版　2025 年 5 月第 1 次印刷
规　　格：710 毫米×1000 毫米　　1/16　　24 印张
字　　数：321 千字

定　　价：98.00 元
书　　号：ISBN 978 - 7 - 5171 - 5058 - 9

序言

亲爱的读者，感谢您浏览此书。此书揭开一段尘封的往事，记录从山西、河南等地为躲避战乱而逃到陕西关中落脚的一群平民的生活故事。

先从全国抗战初期说起。卢沟桥事变发生后，为抗击日寇的疯狂进攻，中国军队纷纷开赴抗日前线，与敌人浴血奋战，给敌人以沉重打击，同时也付出了巨大的牺牲。太原沦陷前夕，黄潇凤和杨淑贞带着孩子们为躲避战火，在两名军人燕桂春和李敢为的护送下逃到陕西关中腹地，在渭河北岸一个小镇上的银宫街安家，融入当地社会，开启新的生活。谁知大后方并不太平，安家不久，燕桂春就被恶霸害死，李敢为受命案牵连只身逃过黄河追赶队伍，扔下两个妇女艰难度日。后来，黄潇凤得知丈夫越树熊在前线牺牲，李敢为到越树熊老家送信，弟弟越二熊闻讯到银宫街，解救了黄潇凤，使她重新树立生活的信心。她侠肝义胆，帮助杨淑贞的长女汾花完成学业，汾花后来成为国家的医学人才，参加了抗美援朝。

故事从一条小街展开。这里聚集了众多的外省逃难者，他们不惧重重困难，坚强地活着，最终迎来新中国的成立。其中有从南京来的柳夫人，她死里逃生，在银宫街乐于助人；还有流落关中的西路军女战士向川花，历尽磨难不失英雄本色。一条小巷混居着八九家当地农民和外来户，他们相安无事，过着简单的生活。

新中国成立后，银宫街和柳坞巷的居民迎来良好的机遇，年轻人有了正式工作，农民们先后迎来了土改、农业合作化运动，过上了安定的生活。

"文革"爆发后，银宫街的青年们响应国家的号召，纷纷到外地插队，成为上山下乡的知青。他们在艰苦的环境中磨炼自己，在广阔的农村大地成长。他们有过冲动、迷茫、怅惘，但等到了高考制度的恢复，一些知青实现了自己的理想，一些知青通过招工有了自己的工作，找到了自己的爱情。

柳坞巷的农民在大队和生产队的组织下，掀起轰轰烈烈的农业生产热潮，平整土地、大修水利，过着朴实的生活。

恢复高考之后，中小学教育受到空前重视，农村孩子看到了前途和希望，他们刻苦学习，梦想将来展翅飞翔。

改革开放之后，城乡面貌发生巨变，当地居民的生活水平显著提高，银宫街和柳坞巷揭开了新的一页，迎来了新的曙光……

古老的小城在历史的长河中变迁，平凡的街巷演绎着不平凡的人生。亲爱的读者，当您打开此书，走进昔日那座小镇，就会看到那条街道，那条小巷，那个时代的风云变幻……

陈 博

2021 年 1 月成稿于永寿县常宁镇陈家村

你缓缓流淌

经历五千年风霜

你蜿蜒东去

滋润八百里秦川的稻田和高粱

你母亲般的乳汁哺育无数生命

两岸的儿女一代代在你身边成长

清澈的河水是你明亮的眼睛

每一道河湾是你深情的回望

你从远古而来

充满真善美的情怀

历尽饥荒和战乱的年代

绕过秦代雄伟的宫墙

穿越漫长而古老的历史长河

终于迎来中华民族的解放

你注视着沿岸城乡的巨变

微笑着一路流向海洋

——致渭河

　　每座古城都有来历，值得探索；每个家庭的命运，都与众不同。

　　关中平原渭河北岸有一座白云缭绕的古城遗址——五云山，黄潇凤与杨淑贞等人是附近的住户，她们的生活轨迹和奋斗历程，充满传奇色彩。

先从古城一处寻常的巷陌说起。关中平原中部的渭河北岸，有一座隋代的古城，繁华数十年，后来毁于战火。从此，古城悄然湮没于历史的尘埃之中，只留下一片椭圆形的土山，后来变成一块块的坡田，被当地人称为五云山。山的西面有几块坡田，周围长满荒草，附近的西北角有一座三层隋代修建的木楼，木楼的匾额及内壁上有一些模糊的文字，记载着一些旧事。1934年，在有识之士的奔走下，国民政府在此地征购土地，兴建了一所大学，即西部农学院。学校建成后，校方在小山周围依山修建一圈圆形环道，用手工制作的蓝砖砌成五组大台阶、五个大平台，并从北到南开辟了一条宽约十米的步行通道，成为师生徒步到五云镇购物、乘车的必经之地。台阶两侧栽满各种小树，引来五颜六色的鸟雀在此栖息。从此，这片沉寂多年的土山逐渐热闹起来。

五云山东南二里外的五云镇，坐落于陇海铁路线北侧。学院南门位于山顶平台以北二百米处，与两千米之外的北门遥相对应。学校首届招生开始后，四面八方的知识分子和学生陆续来到这里工作、学习和生活，学校南门外人气逐渐旺盛。

小山的西环道外西北方向，有一个柳坞巷。说是巷，其实不过是一排北靠窑洞的住户。这地名也许和传说中的古城有关，山名和巷名都来源于散落在附近断碑上的文字。柳坞巷的窑背是一片开阔地，北边有一条小街，叫银宫街，听街名就能悟出这与古城有一定的关联。九一八事变后，小街先后聚集了二十余户从外地躲避战乱的难民，都是拖家带口而来。这些难民背靠着西部农学院的围墙，各自搭建草棚，在门前开辟菜园。西部农学院并没有驱离他们，默许这些难民在此搭建临时草棚，允许他们在门前开荒种菜，使他们有了立锥之地。校方派人给街上引来一股自来水，在一株槐树下安装了一个水龙头，解决了难民饮水问题。从此，这里变成了这些难民安身立命的家园。

是啊，在外敌入侵的民族危急时刻，自家人何必为难自家人。

故事便从这座古城这条小街这条小巷开始。

一

先从燕桂春说起，他自小老实敦厚，还有一个兄弟燕桂清，两个妹妹，一个妹妹叫桂元，一个叫蛾子。父亲早亡，他们随母亲生活；兄弟俩住在柳坞巷东起第二家，宅后有两孔窑洞。燕桂春在族里排行老六，燕桂清排行老七。1929年陕西大旱，饥民到处都是，恰逢当地有人招兵，十五岁的燕桂春为了给家里换取三块银圆报名投军，后来跟部队转战在外省。中原大战时，在一次战斗中他所在的部队被打散，燕桂春随一群溃兵流落到了山西省城太原的街头，无以为生。当时，燕桂春举目无亲，有一天被饿昏在太原街头，遇到了一个恩人杨师傅，将他领回家，从此他成了杨家的伙计。

杨家原是北京一户平民，在八国联军入侵时为避祸举家流落到太原，以卖炸酱面为生。杨家夫妇只有两个女儿，自幼都没有缠脚。长女淑贞十八岁待字闺中，因为大脚的缘故，在当地找不到合适的婆家，只能在家给父母帮忙；次女淑琴十六岁。燕桂春勤劳朴实，模样清秀，进了杨家后深受一家人喜欢。1931年，十七岁，经老两口撮合，燕桂春与淑贞喜结良缘，成为杨家的上门女婿，后来生下汾花、汾兰两个女儿，靠做小生意勉强度日。

全国抗战爆发之后，华北局势紧张。彼时汾花六岁，汾兰四岁。在抗日救亡运动的号召下，当时太原民众抗日情绪高涨，适龄青年纷纷投军报国，燕桂春心怀报国志，说服家人报名入伍。参军后，由于作战勇敢，屡建战功，受到上级的嘉奖。

太原保卫战前夕，日寇频繁轰炸太原，燕桂春的岳父岳母在一次轰炸中不幸身亡，小两口沉浸在巨大的悲痛之中。草草安葬亲人后，燕桂春将妻女暂时安置在城内一处简陋的瓦房内避难。当时战事吃紧，日寇频繁轰炸山西各地，前线失利的消息接踵而至，百姓人心惶惶，不少人携家逃往河南、陕西等地。

燕桂春的营长越树熊心急如焚。他是河南省获嘉县人，妻女都在太原。妻子黄潇凤相貌姣好，身材微胖且行事干净利落。她原是大户人家的女儿，自幼习武，性格果敢。初中毕业后，被当地一个军阀看上，受到威逼利诱，为了逃婚，她毅然离家出走，独自在外闯荡。离家之后，她在饭店当过店员，在杂技团做过演员，后来与越树熊结婚，育有两个女儿，溪云和溪芹，分别六岁和四岁。

太原危在旦夕，军内中上层军官纷纷将家眷转移到后方避难，引起随军家眷的恐慌。黄潇凤焦急万分，经过与丈夫商量决定，她带孩子撤到后方。做好决定后，开始考虑行动方案。起初打算回老家获嘉县，但考虑到老家离晋南地区太近，一旦晋南沦陷，老家也不安全。经过再三斟酌后，最后决定撤到陕西。

经过打听，越树熊得知下属燕桂春祖籍在陕西关中腹地农村，此人很实诚，可以信赖。夫妻合计之后，备下酒菜，请燕桂春吃了一顿饭，说明了情况，并提议由燕桂春护送两家家眷到陕西避难，安顿好之后再返回部队。燕桂春听后连声说好，心想这样顺便能将妻女送回陕西，解决自己的一桩心事。饭后，燕桂春回家将此事告诉了杨淑贞，杨淑贞立即开始收拾东西。由燕桂春一人护送越树熊又觉不太放心，遇到意外情况，应付不过来，但前线吃紧，于是派了自己贴身勤务兵李敢为和他一起护送。

1937年10月8日清晨，黄潇凤和杨淑贞女扮男装，各穿一身灰色中山装、戴着灰色学生帽，安抚好孩子们，等候出发时刻的到来。燕桂春和李敢为雇来一辆马车。车夫老孟是一个中年人，他的车厢有雨棚，棚里靠边摆着数个木凳，中间铺着洗净的旧床单，床单下面垫着麦草。

二人穿着黑色便衣，头戴礼帽，带着短枪，各骑一匹战马护送两家人匆匆上路。

临行前，越树熊百感交集，他骑马将他们送到路口，眼看他们渐渐远去，直到看不见了才返回营地。分手后，黄潇凤数次回头张望，看见丈夫一直站在路口不肯走，心里十分难过。当时正值兵荒马乱，沿途难民随处可见。从太原出发之后，枪炮声渐渐远去，他们直奔晋陕交界处。这天到达黄河岸边的永济县城。一路劳顿不说，还难以找到渡船。黄潇凤便提出先找个旅馆休息一晚，杨淑贞表示赞同。由于人心惶惶，街上店铺大都关门歇业，李敢为找了半天，才找到一家愿意营业的旅馆，于是他们在此安顿下来。旅馆提供饭菜，但勉强可以充饥。

吃过晚饭后，燕桂春给车夫付了车钱，打发他回家。车夫走后，他和李敢为又来到渡口。

深秋季节的黄河浊浪滔天。站在河边，夹杂着泥腥味的河风迎面袭来，寒气逼人。这时，河边的渡口聚集了许多衣衫褴褛的难民，其中还有许多孩子。岸边停靠了两只旧木船，水面有三只木船在浪尖上颠簸。燕桂春打听了一下包船的费用，送到对岸最少需要六块银圆。他嘱咐李敢为不要考虑价钱，尽量租用一只新一点的木船。吩咐完之后，他转身离开。没走多远，他发现一个十一二岁蓬头垢面的姑娘远远地尾随着他。他心生好奇，却没多问。到了住处，他把这事告诉了淑贞，淑贞非常惊讶，立即出去请那姑娘进来。姑娘洗完脸，大家发现小姑娘明眸皓齿，谈吐不俗。

经询问，姑娘名叫俞叶梅，是北平的一名初中生，在逃难途中与家人走散多日，想去西安投靠上大学的小姨，可没钱坐船。杨淑贞得知后，去隔壁请示黄潇凤。黄潇凤立刻过来，问了俞叶梅许多情况，答应带她渡过黄河。黄潇凤见俞叶梅满脸憔悴，马上叫杨淑贞端来饭菜，看着她吃。

吃过饭，杨淑贞问："孩子，你胆够大的，敢跟着一个陌生人，就不怕遇到坏人？"

俞叶梅说："一看叔叔就是个好人，面善。"

黄潇凤点点头。

燕桂春问："就你一个人？"

俞叶梅说："还有弟弟，一天都没吃东西了，我得给他送点吃的。"

杨淑贞给她包了两个馒头，俞叶梅羞涩地说："不够。"

黄潇凤笑了："你想拿几个就拿几个，不要客气。送到后，带你弟弟过来住。"俞叶梅高兴地说："太好了，我马上去找弟弟。"

俞叶梅走后，李敢为回来了，说租到了一只七八成新的木船，众人听了都很高兴。大家聚在一起，商量后续行程，决定不带马匹过河，过了河就赶往潼关，在潼关火车站乘火车沿陇海线回青云县。

入夜之后，听到有人叫门。燕桂春出去一看，愣住了，发现俞叶梅身后跟着六个十岁左右的孩子，其中四个是女孩。这些孩子个个衣衫褴褛、面黄肌瘦，显然在外流浪了很久。燕桂春这才明白他们是一伙的，难怪俞叶梅要多拿馒头。他转身请示黄潇凤，得到的回话是把他们全都放进来。黄潇凤又吩咐，俞叶梅跟她和两个女儿睡，其他女孩跟杨淑贞睡，男孩们睡在一个大炕上。这一夜，黄潇凤失眠了，她看着俞叶梅和同伴，心里很是难过，不知道还有多少孩子和家人离散，在外面无助地流浪。

次日起来，洗漱之后，用过早饭，他们将战马寄存在旅馆，收拾好行装来到渡口，登上一只有四个水手的木船。黄潇凤招呼众人上船，看到俞叶梅和她的弟弟妹妹都上了船，才放下心来。

船开之后，在浑浊的水面上颠簸前行，寒风刺骨，河水令人目眩。看着木船驶过河心，杨淑贞频频回首，望着来路。望着望着，眼睛渐渐湿润了。她心想：人生艰难，不得不离开，此去陕西，不知何时才能回到山西老家。俞叶梅见状也若有所思，她和父母走散后，不知何时才能找到他们，也不知到了西安能否找到自己的小姨。

船到对岸，渡口戒备森严，国民党的河防部队正在严格盘查过往旅客。船靠岸之后，黄潇凤付过船钱，带着大家走向哨卡。值勤官兵看到这些人大多是妇孺，看起来亲如一家，便放松了警惕，燕桂春和李敢为得以带枪通过。过了哨卡，燕桂春暗自庆幸："幸好没被发现枪支，不然就麻烦了，我们啥证件都没带。"转念又一想："如果日本特务也化了装往里混，咱们的人万一心软没识破，那可就危险了！"

黄潇凤让大家原地待命，派燕桂春和李敢为去雇马车。等了很久，两人雇来两辆马车。黄潇凤招呼大家上车，随后两车人赶往潼关火车站。到了车站一打听，一天后才有一列开往西安的客列。陇海线1934年才修到西安，成了连接东西部的交通大动脉。

黄潇凤安排一人去购买车票，一人去站前找旅馆。到了旅馆门前，打发走两个马车夫，安顿众人入住。住下后，黄潇凤问俞叶梅："你打算把这些孩子都带到西安？"

俞叶梅志忑地说："他们都是无依无靠的孤儿，先到西安再说，那里远离战火，或许能有办法。到西安后，我们不会再连累你们，我替孩子们谢谢两位大姐和两位大哥！"

杨淑贞听了心里一软，眼里泛起泪花。

黄潇凤温柔地说："到了西安再说，我们会想办法帮助你。要是实在没地方可去，就跟我们去青云县，到了那里再想办法。"

俞叶梅点了点头。

两天之后，燕桂春一行坐上了西去的一辆闷罐列车。车上没有座位，旅客很多，他们事先准备了一沓麻纸，上车后便坐在麻纸上。车厢里乌烟瘴气，空气十分不好，众人只能默默忍受。

列车启动后，车厢之间连接处的撞击声震耳欲聋。车头的蒸汽机发出怒吼，宛如黄河壶口瀑布的轰鸣声，拽着长龙般的车身向西驶去，好似一头飞奔的狮子一路向前。车头冒出的一股股浓烟，向车后一团团甩去。

在车厢里，燕桂春坐着打了个盹儿。恍惚之间，他似乎重回到战火纷飞的 1929 年。中原大战时，他随西北军一部转战河南，曾两次坐火车开赴前线。那时也是乘坐这样的闷罐车，车厢里挤满了荷枪实弹的官兵，因为人太多，想坐下都难。忽然，他仿佛看见那年当兵临走时，十岁的妹妹桂元和三岁的小妹蛾子哭着送别自己的情景。

列车怒吼着，一路哐当哐当往前开⋯⋯

车到西安，旅客们纷纷下车。得知陇海线已经通到宝鸡，燕桂春他们很高兴。他们提着行李，四个大人保护着十一个小孩走出站口，在车站附近找了一处落脚点。这时，俞叶梅提出要带小伙伴们走，黄潇凤和杨淑贞再三劝说也没有用。俞叶梅说："只能到此了，决不能再麻烦你们。我先领他们去找我姨，会有办法的！在这里我代孩子们感谢各位大哥大姐！多亏你们了！我得照顾这几个孩子，没办法替你们买车票。你们赶快去买，买好了坐车回家，我们先走了！"

"等等！"黄潇凤说，打开皮箱，取出六块银圆，硬塞到俞叶梅手中，"妹子，别嫌少，拿着，出门别饿着。就按你说的办，万一找不到你姨，你就从西安搭火车来找我们，咱们一起想办法。桂春，你把你家的地址给叶梅说一下，以后好联系。"

"再难也不能难孩子。"黄潇凤动情地说，眼里充满了无限的忧虑。

燕桂春说："青云县西部有个小土山叫五云山，山的西边有个柳坞巷。"

俞叶梅默念了两遍，说道："记住了，我以后会去青云县柳坞巷找你们。"

俞叶梅带着几个孩子走了，急得汾花、汾兰大哭。黄潇凤的女儿溪芸、溪芹也满眼是泪。

杨淑贞说："娃们才几天就成了好朋友，好感人！"

李敢为对黄潇凤不解地说："夫人，世上穷苦的孩子你能救济完吗？越营长生活俭朴，整日穿的都是破袜子，补了又补，缝了又缝，好不容易给你攒了几个钱，你一下子就花完了，以后可咋办？"黄潇凤说："这你放一百个心。钱这东西花完还能挣，该救人时如果不救，会后悔一辈子。你先去跑个腿，去候车室排队买票。"

李敢为走后，燕桂春在附近给娃们买了一片锅盔馍，掰给四个女娃吃，孩子们都很高兴。过了很久，李敢为才买好了次日九点西去列车的车票。可落脚又是个问题，晚上必须在车站附近住一宿。大人还好说，几个娃不能在露天睡觉。黄潇凤叫燕桂春和李敢为去找便宜点的旅馆。不大工夫，二人回来复命。他们来到近处一条背巷，在一家不起眼的小旅馆暂时住下。这一晚，桂春辗转难眠，他想起了离散的父母、弟弟和妹妹……

次日醒来，大家草草吃过早饭，匆匆赶往火车站。站台上人潮涌动，警察喊来喊去。燕桂春和李敢为护着妇孺，顺利通过检票口，登上了西去的一列闷罐火车。上车之后，两个女人和孩子们挤在一起，燕桂春和李敢为站着，目光不离所有的行李。车开动后，窗外的建筑物缓缓向后退去，西安古城墙也向后移动。过了市区，田野展现在眼前；过了渭河大桥，视野更加广阔。

两个多小时之后，列车停靠在五云镇车站，这是一个新落成不久的简易车站。出站口在铁路以北。燕桂春一行下车之后，走出站台，走过出站口，一条东西新街出现在眼前。街道是石子路面，有六七米宽。两旁是低矮的商铺，蓝砖蓝瓦。街上行人熙熙攘攘，小贩的吆喝声此起彼伏。燕桂春感到非常新奇，经打听才知道，自从国民政府在本地创办了西部农学院，陇海线连接西安和宝鸡后，当地就有了五云镇车站，也有了这条小街。

目睹此地的和平景象，黄潇凤感到十分亲切。她想，若不是局势危急，自己不可能来到这里。她哪里知道，这里从此成为她的第二故乡，一住就是大半生。

他们在一家小饭馆吃过饭，采购了一些大米、面粉和蔬菜，雇来两辆马车，开始往回走。燕桂春心里难以平静，他发现记忆中的家乡变化很大。

他们顺小街西行三百米，被一条很宽的南北大道挡住，道旁栽着两行毛白杨。一个车夫四十多岁，虎背熊腰，他说："这是西农路南段，这条路往南穿越铁路的西闸口，穿越一条东西向的渭惠渠，一直通到渭河边；往北直通西部农学院南门外的五云山。"另一个车夫五十多岁，脸上爬满皱纹，他听说燕桂春久别而归，兴致勃勃地说："1934年这里来了一个大人物，俞左卿先生，他先后多次来这里考察校址，最后把学校选在了这里。当年开始大规模征地，建校园。俞先生身穿布袍，带领一群年轻的归国教员，白手起家，埋头大干。他们盖高楼、修道路、栽树苗，不到一年就建了一座花园式高等学府，建校第一年就开始招生，招了几百名学生。我在学校的工地干过活，工钱给得很爽快。有机会你去西农转转，开开眼，门口有穿黑衣服的校警队把守，里面可好了。"

马车一路往前颠簸，路面是平整的石子路。笔直的西农路两侧，栽着两排瓶口粗的毛白杨，郁郁葱葱；微风过处，树叶哗哗作响。北行一公里，快到五云山下了。这时，眼前出现东西两条环道，围绕着一个长满各种小树的土山。燕桂春坐在马车上四处眺望，感到十分诧异。他打开记忆的闸门，极力捕捉当年的景象。那时这里是一片坡田，里面有自家六亩地。如今这里变成一片幼林。山中央有五组大台阶纵贯南北，每组大台阶由数十个小台阶组成，每台之上有一块十米长的平台。山的周围是一圈椭圆形的公路，从东西两侧绕到山顶，直达学校南门。

车到山下，桂春和两个车夫商量了一下，马车便顺东环道往上走。迎面碰上几辆从后方驶来的吉普车。上了山顶，看到了西农威严的南门，门前是一段宽阔的马路。路东有一片松林，路西有一排商铺。马车朝西下坡，走了一百多米停在一条往西的小路边。桂春下车一看，喃喃地说："到了！看见家门了。"大家纷纷下车。车夫看看地形，告诉燕桂春："下面坡陡，马车下不去，只能到这儿了。麻烦掌柜的下车再走几步才能到家，得罪了！"燕桂春说："不要紧，也就几步路，结账。"下车后卸下行李，桂春支付了车费，两个马车夫吆马驾车离去。杨淑贞小心翼翼地拎着一个皮箱，里面装着母亲留给她的一对青花瓷菩萨像，一路上生怕打碎。

马车走后，大家开始驻足打量周围。环道西侧是一片坡田，再往西是一所新建不久的小学校，土围墙，北高南低。坡田北边地势低于环道，有一排门朝南依崖而居的住户。环道边一条土路伸向崖背，一条朝西南缓缓而下，伸向这几户人家，有一群鸡正在路边的草丛觅食。这就是柳坞巷，燕桂春在此住过几年，感觉变化很大。

燕桂春带领众人下坡回家，他双手各拎一个大皮箱头前带路，李敢为右手拎着半袋大米，左肩上扛着面袋紧跟其后，黄潇凤和杨淑贞拿着行李，四个小孩手里也各拿一样东西。他们一行引来了左邻右舍好奇的眼光。东邻家门槛下钻出一条小黄狗，朝他们叫了几声。李敢为一跺脚，小黄狗跑了回去，不再吱声了。

燕桂春对眼前的一切，感到既熟悉又陌生。原先这地方是一处黄土高坡，他们家住在这所学校西边的落鹄村，后来父母在柳坞巷置办了几亩薄田，北靠十米高的土崖打了两孔窑洞，举家搬了过来。打窑时，由于劳累过度，父亲没过几年就去世了。后来有了左右邻居，东邻燕桂云是本家兄弟。如今土崖长满了迎春花藤，各家的后院都有了窑洞，崖面都有一孔小窑，有野鸽子时起时落，成了鸽子窝。各家都筑起了土墙，朝南的一面土墙上均有一孔门洞，里侧安着木门。此处的地势也因为筑窑而变高，几户人家在一条线上排列开来。门外正对着南面的一片地，路南是各家的粪堆、猪舍和厕所，零星分布着几株小树，有皂荚、刺槐、杏树等。

桂春拎着一个皮箱边走边看，顾不得给众人介绍。到了第二家，他停了下来，犹豫了一下，开始叫门。众人都跟了上来。不大工夫，一个消瘦的青年妇女打开了木门，看到众人后愣了一下，惊愕地问道："你们找谁？"

"我是燕桂春，这是桂清、桂元、蛾子的家吗？"

"是，是，是。"那女人结结巴巴地吐出几个字，急忙转身往里跑。很快，一个身材略矮的瘦个青年奔出门外，站在燕桂春面前，身后跟着刚才开门的那个女人。二人对视片刻，没等桂春说话，对方先开了口："你是桂春大哥？"桂春"嗯"了一声，明白了对面是谁，他鼻子酸酸地问道："你是桂清？"对方哭出了声："是，我是桂清，大哥，你可回来了！你走后，家里出大事了！"二人相拥而泣，桂春身后的那个妇女见状掩面哭泣。杨淑贞迎了上去，握住了她的手。桂清擦了一把鼻涕止住哭，招呼大家往里走，迎面碰上一个女童正在嬉戏，汾花、汾兰等四个女孩和她走在一起，五个女孩马上就熟悉起来。桂清边走边说："这是我女儿，叫林兰，三岁。"淑贞取出一包点心，让林兰吃，小姑娘羞涩地背过手去，侧脸去看妈妈，看到母亲会意的眼神，才伸手接住了点心。

院子东西有二十米宽，南北有四十米长，崖下只有两孔矮窑，一孔养牛，一孔放的是农具和柴火。靠东盖有两间相通的土坯茅草房，一间是厨房，一间是卧室，院子很整洁，显得有些空旷。里屋，靠墙有一盘土炕，炕头摆放着一个旧银柜，地上有一张残缺的檀木八仙桌。待众人落座后，桂清先指着正在给客人倒水的妇女介绍道："这是小草，你弟妹。"

"桂元呢？蛾子呢？"桂春打断了桂清的话，焦急地问道。

桂清愣住了，一时说不出话来，只是怔怔地发呆。一种不祥之感袭上燕桂春的心头，他的脸瞬间变白了，嗫嚅着问道："咋了？"

桂清语气沉重地说："桂元出嫁了，婆家在渭河边的莲花湾，啥都好。蛾子不在了！也就是你当兵走的那年，由于干旱，村里的人饿死了有一半。县城的人市上一个娃也才卖五块银圆。家里实在揭不锅，眼看活不下去，母亲没办法，一狠心把三岁的蛾子推到了河里。蛾子被水冲走后，母亲后悔万分，每晚在睡梦里呼唤蛾子，后来天天顺河去找，谁也拦不住，有一天掉到河里淹死了。妹妹没了，妈也没了。"说到这里他已是泣不成声。

"蛾子最后找到了没有？母亲最后找到了没有？"

"蛾子没有找到。母亲失踪三天后，我在下游找到了她，把她与父亲安葬在了一起。晚上我带你去坟上给他们烧香。哥，是我无能，没有保护好小妹。"

听了这些话，桂春呆若木鸡。等他缓过神来，站起又坐下，坐下又站起，最后低头不再说话。桂清抽抽搭搭地在哭，小草站在墙根默默流泪，杨淑贞、黄潇凤和李敢为被惊得说不出话。空气仿佛凝固了一般。

短暂的沉默之后，桂春总算开了口："小妹出事那天你在哪里？桂元在哪里？为啥不阻挡母亲？"

"母亲说带小妹去赶集，我和桂元都不知道。听母亲后来讲，出事的那天，她在集市上用家里仅有的几个铜板给蛾子买了一个煮熟的猪舌头，让妹妹吃了。最后她哄妹妹来到河边，说：'妈养活不了你，你还是走吧！'小妹哭着说：'妈，我再也不喊肚子饿了，你留下我吧，求求你了！'最后母亲还是哭着下了手。母亲糊涂啊！"

桂清接着说道："桂元十六岁就出嫁了，嫁到莲花湾的焦家，日子过得也很艰难。"

桂春长叹一声，低下头去，不再说话，眼里已满是泪水。黄潇凤同样被深深震惊，沉默许久后，才缓缓开口："这世道不好，受苦的都是老百姓！桂春，你得想开点，别太伤心了。已经发生的事无法改变，咱们多想想以后，先把眼前的事安排妥当。回到家乡，两家人可都指望着你呢。"

桂清提出："要不先将就一下，今晚让客人住在这间屋子。家里还有小草过门时陪嫁的两床新被褥和两块新床单，铺盖不成问题。我这就去腾出柴窑，让大哥一家住。东邻桂云家有两孔空窑，我去跟他说说，借两孔窑让大家租住一段时间。我们住一间，这位先生住一间。你们看这样行不行？"

"行！先暂时住下，往后再找地方盖房安家。"黄潇凤爽快地同意了，接着又补充道，"不过，桂清一家原本就住在这里，我住柴窑，让桂春一家委屈暂住外面，这样也方便些。就这么定了！大家先休息会儿，然后分头收拾地方。真是给桂清一家添麻烦了！"

柴窑是一孔土窑洞，约莫五六米深，地面高度和宽度各有三米左右，窑顶呈拱形。窑口用土坯墙隔出了一间小屋，里面堆放着一些干树枝。桂清实在不忍心让黄潇凤住柴窑，担心她会受凉，可黄潇凤态度坚决，桂清拗不过，只好答应。

桂清先出门去找东邻商议租房事宜。东邻燕桂云很是爽快，答应将大门外面那两孔没有围墙的窑洞无偿借给桂清使用一段时间。桂清回来一说，众人都松了一口气。妇女们留在家里聊天，孩子们则在院子里嬉笑玩耍。

桂春三人腾出柴窑后，三个妇女齐心协力，在柴窑里打扫卫生。随后，桂春三人又出门去收拾租来的窑洞，就这样一直忙碌到太阳落山。

二

黄昏的时候，柴窑终于收拾好了。前窑小屋内，用旧门板支起了三张小床，铺好了褥子，抱来了被子，黄潇凤便搬了进去。窑东侧墙壁上有一孔被木板挡住的暗道，取下木板，里面幽深黑暗，冷风呼啸，令人毛骨悚然。询问桂清后才得知，这是一条通往鸽子窝的地道。在外漂泊多日，如今终于有了栖身之所，黄潇凤的心情也舒畅了些，总算有个家可以落脚了。

与此同时，东邻的两间窑洞也各自支起了简易床，桂春一家住进靠西的一间，李敢为住靠东的那间。一切安置完毕，众人洗手之后，妇女们便开始动手做饭。孩子们坐在炕上，叽叽喳喳地说着话。不大工夫，屋里便飘出了米饭的香气。院外，鸡鸣狗吠，偶尔还夹杂着几声清脆的鸟鸣。

秋末的夜晚总是来得格外早，刚到晚上六点左右天色就已完全黑了下来。因前期下过雨，夜里潮气很重。吃过晚饭，桂春让桂清带自己去上坟。坟地位于西环道里侧小树林靠东南的地方。这里曾经是自家的六亩地，后来被西部农学院征用。当时地价低廉，每亩征地款仅有三块银圆，桂清始终不肯接受。学院多次与桂清协商，却一直未能解决此事，就这么耽搁到了现在。如今，除桂清一家外，其余征地款都已付清。自家的六亩地以及环道里的其他农田，早已变成规划整齐的幼林，听说这片林子是学院的俞左卿院长亲自带领学生栽种的。时间太过久远，桂清也只记得个大概位置。

兄弟俩走过装有路灯的西环道，踏入成片的幼林。到了大致的坟头位置，双双跪地。桂春焚香祭祀，随后叩首离去。他的心中满是对母亲的怨恨，母亲当年推小妹入河的那一幕，让母子间的亲情都淡了许多，他实在恼恨母亲的糊涂。桂清见哥哥没掉一滴眼泪，也不敢多言。

祭拜完父母，桂春让桂清先回家。桂清走后，他朝东走了几十步，来到五云山顶。这座山的中间，从山顶到山下，共有五个大平台，每个平台宽约十五米，长约二十米。平台与平台之间有五组台阶，北面四组各有二三十层台阶，最下面一组超过四十层。桂春站在平台上朝南望去，西农路在昏暗的路灯映照下，一直向远方延伸。

桂春的内心难以平静，他独自走到山顶，凝视着周围的一切。朝北看，西农校门的灯光十分显眼。大门距离山顶有一百米，这段公路两侧是绿化带，种满了花草和灌木。校门口设有岗亭，有校警站岗，不时有人进出。大门两侧各有两排瓦房，房前是东西狭长的空地。东边空地的南侧是大片幼林，西边空地南侧的台阶下有一片平地，坐落着一溜坐西朝东的瓦房，房前同样是空地，有三层台阶通向校前公路。

在桂春的记忆里，山顶以北和山下是宽阔的两层塬面，山顶到山下之间是各家不规则的层层农田。渭河大堤北侧的宽阔河滩是最低一层，每年汛期常常遭受洪涝灾害。离开家乡已有八载，眼前的家乡变化巨大，几乎让他认不出来了。最高的平台两侧是砖砌的护沿，北侧是上行和下行的环道，他坐在东侧护沿上，痴想了许久，才起身回家。

他顺着西环道的石子路往下走，走到柳坞巷的坡口时，没有下坡，而是朝着崖背走去。东邻家的崖背东矮西高，环道西北方向有一条伸向崖背的老路，坡度较大，直通银宫街各家门前的菜地。崖顶较为平坦，是窑背排水的坡面，雨水由高到低外流。靠近崖面处地势最高，形成了一片宽阔的土场，上面长满了酸枣和野草，崖畔还攀爬着许多迎春花藤，其间冒出几株臭椿树。

桂春来到自家崖背，朝北望去。百米之外，顺着西农新建的一排东西走向的围墙，出现了一溜背靠围墙而建的院落。房屋都是茅屋，在夜晚透出依稀灯光。西头矗立着一座隋代修建的三层木楼，楼顶覆盖着瓦片，楼口上方悬挂着一块大牌匾，上面刻有隋朝开国皇帝御笔所写的"猿雏楼"三字。桂春幼时，还曾在那栋木楼上玩耍过。西农的围墙从木楼的北侧向西延伸，绕过木楼之后，往南折去十余米，接着顺着那条东西土路的北侧继续向西延展。这一溜人家大多在木楼以东五十米开外，各户门前不是空地，便是菜地。桂春在此张望了片刻，才顺着原路下坡回家。

次日，家里拥来一群人，有老有少。自家人见面分外亲切，大家你一言我一语，问长问短，说个没完。东邻燕桂云是桂春的族弟，带着怀孕的小脚妻子和一个名叫银民的小男孩过来串门。燕桂云在家族中排行老八，家有几亩薄田，以务农为生。他个头不高，长相敦厚，不善言辞。他妻子更是话少，见了生人连手脚都不知该往哪儿放。面对热情友好的乡邻们，桂春却情绪低落，只是心不在焉地应付着，心里满是对家人的愧疚。

来客中，除了几户本家，还有桂元一家。兄妹相见，泪水涟涟。妹夫焦愣虎膀大腰圆，皮肤黝黑，走路时浑身透着一股劲儿。

桂清和妻子出去商量了一会儿，走进来说："六哥回来了，我俩是亲兄弟，这个宅地理应分他一半。按照东为上的规矩，我该住在西边。这样吧，我想法子挨着西墙盖两间半土瓦房，我搬过去住。我现在住的房留给六哥，就这么定了！"

桂春和淑贞听了都很感激，客气推辞了一番。可谁也拗不过桂清。桂春本想在外面另租地方，见弟弟语气如此坚定，便说道："也好，就按桂清的意思办，回来只能靠兄弟了。这样办：盖房的事就委托给你和愣虎，钱我和你嫂子出。明天就动手去买木料和砖瓦，你尽快联系匠人动工。我和李敢为过两天就得返回部队，前线战事吃紧，不能多留！"

此事定下后，妹夫焦愣虎说："我是木匠，盖房我在行，知道该怎么做。明天我就出去看木料，先买椽和檩。"众人都表示同意。东邻燕桂云也表示愿意帮忙，他在族里威望不高，遇事向来没什么主见。

接下来，桂春意外地从众人的口中得知，桂清近期陷入了一场土地纷争，前段时间还遭人围殴。桂春听后半晌说不出话，只感觉脊梁骨发凉。等众人散去，焦愣虎到东邻老四家借宿，屋里只剩下桂元和娃们，准备和桂春一家挤在一起过夜，桂春这才向桂清询问此事。

原来，多年前，桂清租种了塬上扶摇鹞村何某的十亩薄田。何某在村里是个独户，膝下无子无女，近亲只有一个早年被抓了壮丁的外甥，早就没了消息。前年，何某因病去世，此后一连两年，都没人来收田租。桂清了解到何某的田产没有直系继承人，便以为这十亩地从此不用再缴田租了。谁知半路上杀出个程咬金，本村的恶霸地主游狗找上门来，向桂清索要田租。游狗自称何某是他的表舅，要求桂清给他补缴田租，结果遭到桂清的拒绝。桂清表示，田租只能缴给何某的外甥。双方的矛盾就此产生。在多次讨要无果后，游狗纠集了以他外甥丁四为首的一群打手，闯进桂清家，又是打人又是砸东西，还毁掉了桂清种植的十亩小麦，强行霸占了那块土地。桂清夫妇到县、乡两级上诉，却一直没有结果。后来一打听，桂清才知道丁四是本地一个保公所保丁里的头目，连保长都让他三分。丁四的一个亲戚还是本县商会会长，势力极大。此人吸食鸦片，吃喝嫖赌，无恶不作，在本地称霸一方。

桂春听了，愣了半晌，思索片刻后说道："占了就占了吧，那地本来就不是咱的。何家的地，谁争去就算谁的，你本就不该掺和这事。吃个亏就算了，恶人自有恶报，一物降一物，咱没必要跟他们争。"

桂清听后，叹了口气说："原指望你能给我撑撑腰，想不到你这么胆小。算了，就当我没跟你说这事。这事还没完，我非得讨个公道不可。睡觉吧，不说了！"

桂春起身，回到自己住的窑洞。这一宿，他失眠了。

黄潇凤听闻桂春打算盖房的消息后，也动了心思，决定赶紧购置土地、建造房屋，给自己弄一处简单的落脚之地。她思来想去，打算在桂春和李敢为返回部队前把这事办妥。

次日清晨，洗漱后，黄潇凤换上红袄绿裤，找到桂春和李敢为，说出了自己想买一块宅基地的想法。二人听后，面面相觑。李敢为说："您不过是到陕西暂避一时，哪能长久住下？没必要盖房子。"

黄潇凤解释道："日寇穷凶极恶，国军节节败退，这仗不知道什么时候才能打完。为安全起见，最好还是盖几间屋子，住着也安心。你俩别多问了，就这么定了。等房子盖好，马上就让你们走。这样，桂春看着自己的房子盖好，也能放心离开了。"

李敢为思索片刻，无奈地说："大哥不在跟前，也只能听嫂子的了。盖房就盖房吧，不过越快越好。我俩还得去前线打鬼子。"

黄潇凤回应道："知道啦，俺领你们的情。废话少说，赶紧行动。"说完，便催促桂春和李敢为立刻出去寻找合适的地皮。

二人四处打听，得知紧挨学校围墙有一块约七八分大的四方形空地。这块地东面是一个叫游雕的人的南北院墙，西面是青鸟林小学的围墙，北面和桂清家处于同一面土崖，南面临坡，边长将近三十米。

午饭后，桂春请隔壁的老八燕桂云出面，与这块地的主人进行了一次商谈。出乎意料的是，事情进展得十分顺利，对方愿意以八块银圆出让此地。黄潇凤得知后，到现场查看了一番，觉得还不错，便拿出钱，让桂春托燕桂云支付了一块银圆的订金，并嘱咐桂春尽快办好此事，桂春一口答应下来。

晚饭后，桂春与燕桂云一同约见了那块地的主人，当面确认了价钱。随后，桂春拿出其余七块银圆，与对方当场签字画押，写好了买卖契约。双方手续办妥后，桂春支付了购地款。回到家，他将地契交给黄潇凤。黄潇凤满心欢喜，夸赞道："不错不错，桂春办事干净利落，值得表扬。盖房的事，这下总算是有着落了。后面得抓紧，马上行动起来。你俩先去筹备盖房用的木料之类的东西，找好工匠，尽快动工给我们母女盖三间土房，也好让我早点安心。等房子盖好，你们就能早点走了！"听了这话，燕桂春和李敢为忧喜参半，心里七上八下的，只盼着能早日离开此地。李敢为眉头紧锁，燕桂春也是心乱如麻，他说道："行，那就尽快动工。争取三五天把房子盖起来，主体一完工，我俩就去追赶队伍，可不敢再耽误时间了。我妹夫焦愣虎是个木匠，要不把你家盖房的事也委托给他？两件事一起办，肯定能少花钱多办事，还能尽快办好！"

黄潇凤点头同意："行，你尽快联系你妹夫。用钱的事随时跟我说，没钱可办不成事。抓紧盖房，我知道你和敢为都急着走呢。"

次日，黄潇凤让桂春和李敢为前往五云镇，购置了数件被褥和床板，还采购了锅灶、菜油、食盐、酱油、醋、蔬菜、鸡蛋等物品，雇车拉了回来。当天，他们归还了桂清家的被褥。黄潇凤又请桂清帮忙在崖下盘了一个简易灶台，从此她和杨淑贞搭伙做饭。看到哥嫂一家和黄潇凤都很明白事理，小草一颗悬着的心终于落了地。

此后几天，燕桂春和黄潇凤两处宅地同时动工。焦愣虎忙前忙后，为两家的事操碎了心。这天晚饭后，桂春、桂清和妹夫正在桂清屋里说话，李敢为走进来，看着桂春，一脸郑重地说："桂清的事俺也听说了，咱们不能不管，这明显是欺负人！那块地到底是谁的暂且不论，他们闯进家里打人就是不对！桂清的药费他得出，咱得找他问个清楚！既然碰上了这事，就不能不闻不问。不能怕这些人，你不去俺去！他们打了人，咱们却不敢吭声，让桂清以后怎么活人？越夫人和淑贞嫂以后还敢住在这里吗？俺听说这事后，肺都快气炸了。"

其他人都没插话。桂春沉默了片刻，缓缓说道："农村这种事多了，这也不算啥。现在外面正在打仗，咱哪有心思管这些？一码归一码，咱现在先把盖房的事解决好，尽快赶回部队。回去晚了可不得了，真会被枪毙的！这些烦心事暂且别管，等打完仗以后再说。"

"不行！凡事总得有个说法，不能装糊涂。俺们在前线流血打仗，后方竟有人胆敢欺负军人的家属，这绝对不可以！你要是不管，俺去问问那个姓游的，问问总该可以吧？你放心，只要他不动手，俺绝不先出手！"李敢为满脸涨红，情绪激动地说道。

"游狗的家族大，有权有势，咱们最好别去招惹。你去了，万一发生冲突咋办？这房子还盖不盖了？咱俩还回不回部队了？咱刚回来，势单力薄，不能冒这个险，而且也不值得！你听我的，别瞎掺和！"桂春皱着眉头，苦口婆心地劝说。

"俺从来不信邪！你不去就算了，俺得去问个明白。他们要是真敢动手，看俺咋收拾他！俺也练过几天拳脚，就不信治不了这种人！万一吃了亏，被他们打死了，那也是俺自己的事，与你无关，绝不连累你！说实话，要是咽不下这口气，俺早晚得被气死！"李敢为越说越激动，声音也越来越大。

桂春再三劝阻，可李敢为根本听不进去。他这大声叫嚷，惊动了黄潇凤。黄潇凤过来询问究竟。得知桂清被打的事情后，黄潇凤也很生气。桂春本想着让黄潇凤劝劝李敢为，没想到她眼睛一瞪，斩钉截铁地说："翻天了！还有这种事？问一下也好，明天就去问！有啥好怕的？告诉那些流氓，不是啥人都能欺负的！让敢为去，看哪个敢打他！要是打了，就让李敢为回山西调一队兵过来，不信收拾不了这帮地头蛇！"说完，她转头对桂春说："明天你和桂清都去，问问那家人还想咋样？坏人的毛病都是好人惯出来的，不能由着这些人胡来！必须让那家给个说法。你们吃过早饭就去，俺和淑贞在家等你们消息。"

桂春听罢，愁容满面，一时语塞。晚上，他对淑贞倾诉道："把你和嫂子送回来，是为了避难，不是来惹事打架的。遇事得克制，不能把事情闹大。等房子盖好了，我和敢为还得返回部队。要是事情闹大了，你们以后还怎么在这地方待？再说，咱忍忍就过去了，天下没有过不去的坎。这件事只能和平解决，没有别的办法。常言说'强龙难压地头蛇'，咱们吃点亏就算了。"

淑贞也忧心忡忡地回应："是啊，我也担心。多一事不如少一事，最好能拦住李敢为，别让他去。真没想到后方也这么不太平，唉！"

遭遇这些烦心事，燕桂春彻夜难眠。他后悔把家眷送回陕西，后悔参与盖房之事。

第二天早饭后，黄潇凤召集桂春兄弟、敢为、愣虎等人，商议去找游狗问罪一事，遭到燕桂春坚决反对，李敢为也不言语了。黄潇凤思索片刻，开口道："君子报仇，十年不晚。桂春的话有道理，此事以后再说。"听到这话，桂春这才松了口气，心里踏实了许多。李敢为却憋了一肚子气，自此，便不太愿意和桂春多说话。闲了就和桂清嘀嘀咕咕，好像在商量什么。桂春伺机把桂清训斥了一通，不准他怂恿李敢为去惹事。

盖房首先要平整地面、夯实基础，备料和基建工作同时展开。由于受西农校园基建施工的影响，周围很难找到工匠。多亏愣虎的帮忙，他从渭河边的莲花湾叫来了五六个木匠。这些工匠每天徒步往返二十里路，从拂晓一直干到日落，中间只吃一顿面条。在那个粮食紧张的年代，一碗面足以让人眼馋。经过四五天的连续奋战，两处房梁同时架起，鞭炮同时响起，吸引了左邻右舍前来观看。银宫街也来了不少妇女，有大脚的，也有小脚的，大家借此机会与新邻居相识。上梁后，接着架檩钉椽，铺上苇箔，再抹泥铺瓦。一番工序完成后，屋内光线变暗，屋顶有了遮雨的房坡。

接下来的粉刷工程就相对简单，把裁断的麦秸加入黄泥搅拌，然后用泥抹墙。

六天后，两处新房顺利落成。大门是两扇木门，外可以挂锁，里面可以上闩。围墙都是两米高的土墙，两间半新盖的房屋四面是土墙，地面平整，屋顶铺着小瓦，木料结实，配有木门木窗。两间卧室与厨房相通，屋里的土炕和厨房的锅台都已盘好。完工后，黄潇凤过来仔细查看了一番，屋里弥漫着浓重的泥土味。但她很满意，在前后院来回走了许久，想着等墙上的泥干之后就能搬进新居了。北面那高大宽阔的崖面引起了她的注意，她觉得在那里可以打两孔窑洞，这院子很有发展价值。

到了此时，黄潇凤同意让燕桂春和李敢为次日归队，燕桂春欣喜万分，哪知李敢为却不着急了。

桂春哪里知道，桂清和李敢为背着他出去干了一件大事。这件事震动了十里八乡，也从此招来一场大祸。

那是新房上梁后的第二天上午，李敢为趁家里忙得不可开交，他腰间揣着短枪，让桂清给自己带路，径直来到了落鹄村。一进村，他就口无遮拦，一路骂骂咧咧，准备痛揍游狗一顿。落鹄村依坡而建，坡上分出数层断崖，村民大多在崖下的窑洞里居住，拥有瓦房的人家寥寥无几。游狗的家就在南起第二排，他是村里的小财主，前房是三间一砖到顶的大瓦房，房脊上有用蓝瓦做成的复杂装饰，门前有三层台阶，两侧各有一只面目狰狞的石狮，后院宽敞，崖下有三孔高大的窑洞。这样的家境在当时并不多见，在村里屈指可数。

李敢为和桂清徒步进村的消息迅速传开。族里有人飞奔着将消息报告给游狗。彼时，游狗正与老婆一起躺在土炕上抽大烟。听闻此讯，他从炕上蹦了起来，赶忙和老婆商讨对策。他当即派人骑马到镇公所求助，让丁四带人速来救援。随后，他召集本家几个强壮小伙，在家里守候以防万一。做好准备之后，游狗的牙齿仍禁不住颤抖。这是一个四十多岁的黑脸人，瘦低个儿，背微驼，目光狡黠，话语不多，名义上是乡公所的保丁，却一直不去上班，薪水照领不误。自从桂清的六哥回来之后，游狗就没睡过一天的安稳觉。他直怕桂清兄弟前来找他算账，几乎每天都会派人去打探消息。得知桂春在家里盖房准备常住，他的心里更加发毛。

不多时，李敢为和桂清来到了游宅的门前。看到大门紧闭，李敢为上前一步叩响了黑漆大门上的一个门环。门开了，游狗和几个彪形大汉站在门口。游狗故作镇定地说："这不是桂清吗，找我有啥事？"

"你装什么大瓣蒜！为几亩地，你闯进我家打人砸东西，你打算咋了结这件事？"燕桂清愤怒地冲游狗吼道。

游狗撇了撇嘴，满不在乎地说："打人是不对，你看病我出钱，先花你拖欠的田租，不够了我添！"

"收田租轮不到你！不用你说，多年来我没欠过老何家的。自从老何死后，我等老何的侄子回来，该缴的一个铜板都不差。这与你无关！你算老何家的哪门子亲戚！你雇人行凶，毁我庄稼，打砸我家，你做的事跟土匪有啥两样？"

这时，附近有人远远地围观，越聚越多。在桂清的数落下，游狗的脸白一阵，红一阵，手臂在瑟瑟发抖。听完后，他"哼"了一声，冷冷地说："不管怪谁，我就是要打你，看你能把我怎样？"接着，他对身后几个人说："去！把他赶走。"

一语未了，身后蹿出两个族人，准备推搡燕桂清。

"且慢！"李敢为这时说话了，他用手枪指着靠近燕桂清的两个人，厉声呵斥道："滚一边去！你俩不想活了？"那两个打手脸色突变，立即躲到了一边。游狗身后的其他族人，见状也趁机溜走了。

李敢为冷笑两声，环顾四周，大声说道："各位乡亲，大家都听清楚了。这个人不讲理，还打人，这天下还有王法吗？"

"河南佬，你想怎样？"游狗瞪眼吼道，他的手在颤抖。

"打人看病是个常理，你把桂清打了，就得出钱给他看伤。砸了别人的东西应该赔偿，今天当众先把这事说清。你如果缺钱，拖欠几天也行，但这钱你必须出！至于出多出少，今天必须商量好，桂清点了头才能算！至于那片地的继承权，与你两人都无关，咱今天就不提了，只说打人赔钱的事。你打人你先说，你先开个价！"

"一个铜板也不出，谁有本事到我家来抢！"游狗蛮横地回应。

"耍死狗？"李敢为冷笑两声，"俺今天先把你家锅砸了，让你先饿一顿！"

"谁敢？"游狗愤愤地说，"看今天谁敢迈进我家大门一步！"

"你敢闯进别人家，俺就敢砸你家锅！让开！"李敢为跨前一步，准备伸手拨开当道者，却被桂清伸手拉住。这一拉，李敢为血往上涌，他指着游狗开始破口大骂："老鬼，今天老子非拿枪毙了你不可，让你欺负老实人！你有打手尽管叫，老子等你叫人来！老子在前线打仗，连日本鬼子都不怕，还怕你？"

此时，围观者愈来愈多。桂清将李敢为刚拉走，他又挣脱往回走。二人拉拉扯扯，在游狗的宅前咆哮一场，最后桂清才将同伴拽走。他俩转身离去时，有人在人群背后拍手称快。游狗被气得昏厥于地，家人急忙将他扶回院子。

李敢为沿路边走边骂，一直骂到村口。桂清感到很解气，一路上心情舒畅，对李敢为毕恭毕敬。快到柳坞巷西南角的杏树台时，李敢为说："回去啥话别说，留意大门外面。估计那条狗不会甘心，弄不好晚上会找上门来，你要注意门外动静，有情况随时通知俺。如果有人找俺，让他在这里等俺，那里僻静，省得碍手碍脚。记住，这事天知地知你知俺知，不能对其他人说，俺有功夫，你不必担心，光跟着看热闹就是！"桂清将信将疑地答应了。

三

不出李敢为所料，当天傍晚，果然有人在门外呼喊桂清。桂清赶忙出门查看，原来是村里的远族兄弟单喜。单喜示意桂清出去说话，随后转身快步离去。当时，盖房还没有收工，桂清虽满心疑惑，仍跟着走了出去。

这一切被淑贞看在眼里。她见来人举止诡异，心中顿生疑虑，便悄悄地跟了出去。来到门外，只见大门西南那株碗口粗的皂角树下站着七八个陌生人。这些人个个面色阴沉，凶神恶煞。其中一个长着猪鼻子的瘦高个中年人走上前，开口说道："你把那个河南佬叫出来，我有话要问他。"

桂清想起李敢为之前的叮嘱，镇定地回应道："行，有事好商量。你们先到坡口等着，我这就去叫他。"说着，手一抬，指向柳坞巷西南的坡口。坡下有条南北走向的土路，通向青鸟林小学南门的围墙外。坡口南侧有块小平台，上面长着一株碗口粗的杏树，那是桂清家的土场。土场下方是一丈深的坡田，与街南的坡田相连。而小学校围墙内便是操场，教室位于操场西侧。站在土场，朝南望去视野极为开阔，往西看，小学的操场和教室也尽收眼底。

那些人听了，气势汹汹地转身离开。桂清见淑贞站在门口张望，也没多做解释，径直走进院里。此时，李敢为正在院里帮工匠们打下手。桂清快步走到他身边，在他耳边低声嘀咕了几句。李敢为一听，顿时精神一振，放下手中的活儿，大步朝外走去。

双方在坡口碰面。那个猪鼻子瘦高个儿率先发难，质问道："你就是那个骂人的河南佬？"

"报上名来！你是谁？"李敢为怒目圆睁，手指着对方的鼻子，大声喝道。

"丁四，江湖上都称我四爷。在这县里，黑白两道谁不知道我。该你说了，你叫啥？"

"国军上士李敢为！你就是游狗雇来的打手吧？老子等你多时了，少废话！"李敢为活动了一下手臂，摆开架势，朝着丁四走去。丁四先是一愣，紧接着狞笑着扑了上来，两人瞬间扭打在一起。丁四的那些帮手见状，一拥而上，将李敢为团团围住。好在李敢为练过武功，见众人扑来，身形一跃，如龙腾虎跃般，拳脚上下翻飞。不出十分钟，就把对手撂倒了一片。

丁四等人狼狈地爬起身，后退几步，拿出事先准备好的棍棒，再次恶狠狠地扑了过来。李敢为见状，迅速撤后几步，避开锋芒，让对手扑了个空。紧接着，他瞅准时机，猛地反击一拳，将其中一人击倒在地。正四下搜寻可用的棍棒时，忽听身后传来一声大喊："接棍！"回头一看，原来是桂春等人赶到了，他们个个手持棍棒。桂春上前，递给李敢为一根槐木锨把。李敢为接过，侧脸一瞧，黄潇凤、焦愣虎和几个壮实的工匠也都来了。

李敢为手持锨把，挥舞起来，虎虎生风。这一下，打得对方毫无招架之力，一哄而散。丁四头上挨了一棍，疼得他慌忙逃窜，其他帮手跑得更快。李敢为还想奋力追击，被桂春大声喝住，这才气喘吁吁地停下脚步。

桂春招呼众人回家。几个工匠兴奋得拍手称快，众人脸上都洋溢着胜利的喜悦。可燕桂春却脸色凝重，他隐隐觉得，这事恐怕没这么简单，后面说不定还会有更大的麻烦。

燕桂春担心自己和李敢为走后，仇家寻机报复。他对淑贞说出了自己的顾虑，淑贞说："不怕，你和敢为走后，还有桂清、愣虎他们在，有事好商量，你不必担心。房子盖好你俩就安心走，打鬼子要紧。既然在这里安了家，咱也不怕事，这儿毕竟是大后方，有说理的地方，谁也不敢把咱咋样。放心吧，不会出啥事的。"

晚上，黄潇凤来到淑贞的屋里，得知桂春的心事后，她对桂春说："柳坞巷杀气太重，住在这里不安全。在这里盖房不合适，选错地方了。大人无所谓，主要是孩子。为了安全起见，俺想另找一块地方，盖两间茅屋藏身。崖上能找到盖房的地方吗？"

"前期问过，有一块地方，当初考虑太偏僻，就没给您提说。崖上小街西边有块空地，是西农圈的地，街上有人想圈为己有，被西农校警挡住了，目前还没人敢占，咱可以借用。有西农占咱家地的事，学校能挡住别人，却挡不住咱。"桂春赶忙回应。

"那就好！街上住户多，住那儿仇家摸不清咱的情况，相对安全些。俺的意见是给那里凑合盖两间茅屋，一家一间，能藏身就行。咱们不出面盖房，让愣虎出面，三两天就盖好。你俩走后，我和淑贞先在那里住几天，暂避一段时间，等没事了再搬到崖下。嫂子不是怕事，主要是咱两家娃多，为娃们的安全着想。"

"也好，我赞成。我马上联系人安排这事，费用各出一半。嫂子看行不？"桂春点头表示认同。

"行，我出多一半。你尽快去办，越快越好！"黄潇凤说完，又转头问淑贞，"淑贞，你看咋样？"

"行，嫂子这么说，我没意见。"淑贞表态。

崖下两处新屋建成后，桂春便让桂清和弟妹小草、淑贞三人前往学校办公室反映情况，重提学校征用自家六亩地却一直未妥善处理的事。校方面对这宗土地纠纷，一时也没了办法，双方谈判陷入僵局。最终，校方与燕桂清、杨淑贞达成口头协议，允许他们在银宫街西头那块空地各盖两间茅屋，使用期限为五年。到期后，不管遗留问题解决得如何，都必须先归还这块土地。

回到家，黄潇凤听闻此事，喜出望外。桂清更是仗义，主动放弃了在街上盖房的权利，愿意无偿让给黄潇凤和杨淑贞。黄潇凤和杨淑贞商量之后，把这块地一分为二，黄潇凤在东边，杨淑贞在西边，各盖两间茅屋。商量妥当后，她们指定由愣虎带人动工。前线战事吃紧，桂春归队心切，每天晚上都和李敢为合计着归队的时间。最后，他俩决定不等茅屋全部完工，就在茅屋上梁那天的午饭后启程返回山西前线，把余下没完成的工程交给焦愣虎负责，黄潇凤和杨淑贞则分摊了其余的费用。她们院子的东邻是一户从河南来的鱼家，再往东依次是肖家、柯家、郭家。两天之后，房屋四面的土墙刚打好，就等着架檩钉椽、上泥铺草了。

谁知世事难料，就在焦愣虎等人外出到渭河对岸的集市上购买木料的当天下午，仇家竟然派人找上门来了。当时，崖下家中，黄潇凤和淑贞正在忙着蒸馍，燕桂春在院里劈柴，孩子们都出去玩了。

来人又是桂春的远族兄弟单喜。这单喜个子矮小，家徒四壁，但平日里热衷于参与族里的红白喜事，谁家有事他都去帮忙，在村里人缘还不错。桂春听邻居说起过他，上次在杏树台也见过一面，觉得这人老实憨厚。两人见面，先是客气了一番。单喜开口说道："桂春哥，你可把游狗的人打疼了，也打怕了。他服软了，让我给你传个话，想跟你和解，约个时间，大家坐下来把这事给解决了。他已经跟游姓族里有名望的游老二说好了，还约了咱自家族里资历深的燕大。你要是同意，今晚就在我家见个面，咱好好商谈一次，你看行不？"

听了这话，桂春将信将疑。可架不住单喜再三劝说，最后他勉强答应。

单喜说："游狗说人多了不好，除了中间传话的人，你两家各来一个，指明请你过去，说中间传话的人白天有事，晚上才有空。请你晚上过去坐坐，你看行不？"

黄潇凤和淑贞正在厨房忙碌，看到有人来了，黄潇凤让淑贞出去看看。淑贞在旁边听了几句，警惕地说道："桂春，你先别急着答应，和嫂夫人、桂清商量一下再说。那块地的事只有桂清最清楚，他本人不去，你能说得清？还有，为啥只能去一个人？为啥偏偏选在天黑以后？"

"白天大家都忙，晚上才有空闲时间。"单喜尴尬地应付道。

"冤家宜解不宜结，我把桂清的事担了！咱不要那块地，谁爱要谁要去！田租、医药费都不提了，见面说清楚，从此一笔勾销，各不相欠。"

"还是等等为好，最好和桂清商量一下。"淑贞对单喜说，"你先回，明天我们给你答复。"

单喜迟疑地看着桂春，没有要走的意思。

"你先走，回去给游狗说，我晚上去你家。"桂春还是欣然答应了，全然不顾淑贞的反对。他一心想着摆平此事，早日返回山西前线。

"好，太好了！这下我回去就好交代了。"单喜起身告辞，桂春将他送到大门外。

单喜走后，桂春夫妇为此事起了争执。黄潇凤得知后十分惊讶，对桂春说："不能去！那个叫游狗的无赖既然想和解，早干吗去了，非得打一架才肯和解？再说了，你在外多年，人生地不熟，对他们能了解多少？没准这是个陷阱，你可不能上当。今晚这时间不合适，李敢为他们出去买木料，一时半会儿回不来。没人手，出了事可怎么办？今晚不能去！"

桂春说："我刚回故乡，说话得算数。我诚心和他们商议，谅他们也不敢把我怎么样。这里是大后方，咱面对的不是日本鬼子，是村里的乡亲。我既然已经答应了，就不能失信于人。傍晚时，我先到村里去一趟，跟对方见个面，想法解决那块地的矛盾，很快就回来。"

两个女人面面相觑。黄潇凤说："没想到你这么倔，劝你半天都不听，太糊涂了！如果你非要去，去的时候提高警惕，把枪带上。"

"嫂子，这是大后方，带枪干什么？又不是上前线，是去化解矛盾，又不是去打仗。这事处理好了，我和李敢为也就可以放心地走了。"

黄潇凤说："听着！如果去，必须把枪带上，提前压上子弹，以防万一。"

见黄潇凤很生气，桂春便答应了。黄潇凤到隔壁屋子休息，淑贞愁眉不展，跟了过去。黄潇凤对淑贞说："晚上看紧桂春，别让他去！"淑贞答应了。

谁知道，桂春像着了魔一样，想尽办法从淑贞眼皮底下溜走了，走的时候也没带枪。傍晚时分，等淑贞发现时，桂春早已没了踪影。她急忙去告诉黄潇凤，二人越想越不对劲，便一起去追桂春，一直追到青鸟林小学南门口，也没见到人。她俩不熟悉村里的情况，又牵挂家里的孩子，只好无奈返回。天黑后，黄潇凤陪在淑贞旁边寸步不离，等着桂春回来。

天黑了，桂春没有回来，出去买木料的桂清他们也没回来，黄潇凤和淑贞心急如焚，轮流到环道边张望。环道里侧的树林阴森恐怖，偶尔传来几声啄木鸟的敲打声。她们去了一趟又一趟，每次都失望而归。

正当黄潇凤和淑贞站在西环道边焦急张望时，下方公路上传来一阵马车的声响。借着昏黄的路灯，她们看到前方有一辆马车迎面驶来，车上满载着木料。二人定睛一看，李敢为、桂清、愣虎、桂云四人跟在车后，马夫在车旁吆喝着驾辕的一匹白马。她俩快步迎上前去，黄潇凤埋怨他们回来得太晚。李敢为嘟囔道："就这还没停歇，把人都快累死了。雇车过河后就立马串村找木料，这家找几根那家找几根，一刻没停，装好车天就黑了。"

见面后，黄潇凤当即说起桂春今晚应邀去谈判的事，众人大吃一惊。李敢为疑惑地问："这么巧？俺俩在的时候咋没人来说谈判的事？跟那种地痞有啥好谈的？你们咋不拦住他？"

淑贞急得都快哭了。李敢为摆摆手说："没啥大不了的，卸了车我马上过去看看，有我在，桂春哥不会有事。"

马车到了坡口，顺着直通崖面的土路上坡。黄潇凤嘱咐桂清、桂云、愣虎、李敢为先去卸货、付账，卸了木料回家吃饭。众人卸完货回到家，黄潇凤招呼大家洗脸、吃饭，让淑贞给桂清和李敢为每人拿一个蒸馍、一根大葱，对李敢为说："事情紧急，你俩先吃点馍，吃完赶紧去找桂春，一刻都不能耽误。先去青鸟林小学西边的落鹄村，找一个叫单喜的中间人，桂春说去他家谈事。"

"好！"燕桂清和李敢为不敢耽搁，立刻起身。

"我也去，回来再吃饭。"焦愣虎也很着急。

桂云说："我不去行不？今天跑了一天，家里事多，吃过饭我得回去安顿一下。"

李敢为鄙夷地看了桂云一眼，冷冷地说："当然行！你走你的。"他对黄潇凤说："事情紧急，俺吃两口就走。"说完，接过淑贞递来的一个馒头，啃了几口，喝了两口水，迅速取出手枪，检查了一下，压上子弹，快步转身离去。焦愣虎和桂清也跟了出去，在院里各自拿了一把铁锨，紧跟在李敢为身后。燕桂云见事态严重，匆匆扒拉了一碗饭就告辞回家了。李敢为他们走后，两个女人心里总算踏实了一些。

李敢为等三人出了家门，沿着杏树台西侧的小路，顺着青鸟林小学围墙外的土路朝南走。此时月色朦胧，东侧坡田里黑黢黢一片，只有西环道的路灯若隐若现。走过这段路，拐上小学南门口的一条东西土路，顺着围墙西行百余米，走过小学大门，再朝西走二百米，西面有一个丁字路口，一条南北土路在此交叉，落鹄村的村口就在路口以北二百米处。这天晚上路上行人稀少，李敢为一边走一边想着心事。明天就要归队了，本来今天心情还挺好，晚上却被这事搅和了。从路口北行一百米，到第二个路口，一条土路通往扶摇鹨，在百余米外与银宫街西侧的土路交会，路东紧挨着西农校园的西墙；从第二个路口西拐一百米，落鹨村便映入眼帘。这是一个坡向朝南的村庄，呈台阶状分布，数层崖面上错落着成排的柴门小院，后院都是土崖。

接近村口时，听到了几声狗叫。他们沿着街道往前走，没有碰到一个路人。路边一棵树上，传来几声猫头鹰那令人毛骨悚然的恐怖叫声，紧接着，远处又传来几声猫头鹰的回应，让人脊背发凉。街道两旁，皆是柴门或是土墙，门口堆着草垛，在朦胧的月光下，一切都影影绰绰，啥也看不太清。远处，偶尔又传来几声狗叫，更添几分诡异的氛围。李敢为手持枪支，在村街上转悠了一会儿后，他问桂清："单喜的家在哪里？"桂清赶忙回答："后排十字西边第二家。"李敢为站在街边看了看，便继续向前走去。

三人来到单喜家门前，开门的正是单喜。见气喘吁吁的桂清等三人站在门口，单喜满脸惊讶："桂清哥，你咋来了？桂春哥呢？"

桂清听了这话，惊愕得瞪大了眼睛，脊梁骨不禁一阵发凉，他急忙问道："桂春哥没来你家？你没见到他？"

"没见啊。"单喜说，"我在家里等了半天，人影都没见着。"

李敢为一听，顿时大怒，上前一步，一把揪住单喜："你小子搞啥名堂？骗谁呢？老实说，到底见没见燕桂春？"

"没见啊！我对天发誓。"单喜蒙了，声音里带着哭腔。

"真的？"李敢为用力推开单喜，走进里屋。只见炕上蜷缩着一个瘦弱的女人和两个面黄肌瘦的孩子。李敢为怒火中烧，厉声质问道："你不是约了几个人来谈判吗，其他人呢？"

"天刚黑的时候，游狗和那两个中间人就来了，等了一会儿不见桂春，他们就都走了！"

李敢为当即掏出枪，用手枪顶住单喜的脑袋，怒吼道："王八蛋！你居然搞谋杀？不管咋说，这都是你惹的祸！燕桂春到现在都没回来，一定出大事了。俺现在只问你要人！找不到燕桂春，老子一枪崩了你！"单喜见状，"扑通"一声跪倒在地，他的女人吓得用被子蒙住了头。李敢为对单喜说："都是你捣的鬼！小子，燕桂春要是有个三长两短，你也别想活！走，跟俺到村里找人，快点！"说完，他鄙夷地看了单喜一眼，大步走出院子。焦愣虎和桂清紧跟其后，单喜哆哆嗦嗦地跟在他们后面。

他们沿着街道开始搜寻，先到两个中间人的家里找，对方听了他们的来意，都十分吃惊。看着满脸怒气的李敢为，谁也不敢多说话。李敢为怒骂了几句，带着众人和单喜离开了。接着，他们又来到游狗家门口。单喜不敢叫门，李敢为气得飞起一脚，连踹大门几下，引得里面的狗一阵狂叫。大门没开，里面有人搭话："谁啊？这么晚叫门，有啥事？"

"先开门！"李敢为大声喊道，"你开不开？"

大门"吱呀"一声开了一条缝隙，里面露出一双鼠眼，有人问道："你找谁？"

李敢为上前一步，猛地一掀大门，里面的人被门板撞得惨叫起来。此人正是游狗，他疼得连叫几声，半蹲到一旁。李敢为他们走进院子，一只狗朝着他们狂吠。焦愣虎眼疾手快，顺手抄起一把铁锨抡了过去，狗被打了一下，灰溜溜地缩回到狗窝。李敢为站在院里，借着窑里和厢房透出的蜡烛光，仔细巡视着院子，连喊三声燕桂春。四周一片寂静，只有墙角传来几声昆虫的鸣叫声。

李敢为一挥手，说道："搜！"焦愣虎和桂清闯进每间屋子，仔细搜索了一遍。厢房里间炕上的一个女人见到他们，吓得惊叫了一声。这时，大门口有人说话。李敢为出来一看，游狗正在骂单喜："你这个畜生，竟敢把这些人晚上领到我家，看我明天不卸了你的狗腿！反天了，你这个穷鬼！"

"住嘴！"李敢为上前，用手枪枪筒顶住游狗的脑袋，"别嚣张，都是你捣的鬼！燕桂春要是有啥闪失，俺立马来割了你的狗头！"

游狗吓得张口结舌，一下瘫软在地。看到对方瘫倒，李敢为转身就走，焦愣虎和桂清随后跟上，单喜也跟在后面。走到坡下的十字路口，众人停下脚步，都看向单喜。单喜吓得浑身发抖，嘴里的牙齿都在打架。李敢为说："今晚的事都因你而起，你给俺听好了，俺们先回柳坞巷一趟，你今晚别睡觉，继续在村里找桂春。找到了，立即到柳坞巷报告，不得有误！桂春要是遭遇不测，俺要你的命！滚！"

说完，他们顺着原路返回。走到村口时，李敢为又站住了，侧耳细听村里的动静。村里又传来几声犬吠，他听了片刻，便继续往回走。走到小学西头的丁字路口时，西北方向突然传来几声枪响，紧接着引发一阵犬吠。三人顿时手忙脚乱，焦愣虎不知所措，桂清只感觉腿发软，走路都不听使唤了。李敢为虎目圆睁，再次拔出手枪，示意二人跟他再次进村。李敢为大步往前走，桂清想问什么，却吓得不敢吱声。走到第二个丁字路口时，李敢为问："去崖背有没有近路？"桂清张口，却因紧张说不出话来，只能用手指了指北方。李敢为挥了挥手，桂清头前带路。他们继续北行数十米，沿着一条之字形小路向西拐上一个坡面，坡田中央有一条小路，向西通往第二层窑户门前。

他们在每层崖畔边伫立张望，不放过任何蛛丝马迹。前阵的犬吠声平息下去后，过了十几分钟，村里又传出几声狗叫，再次打破了村庄的寂静。

然而，一番搜寻下来，他们什么都没发现，也没找到桂春。黎明时分，李敢为一行人拖着满身疲惫，从青鸟林小学崖背北侧的小路回到柳坞巷。这时，几个孩子都已经睡了，黄潇凤、淑贞和桂元正在烛光下打盹儿。听到叩门声，三个女人顿时慌了神，赶紧往外跑。打开大门一看，三个男人神情沮丧，却不见桂春的身影。两个女人心里一凉，预感到大事不好。黄潇凤急切地问道："你们没找到桂春？"

李敢为大致讲述了一遍寻找的经过。淑贞吓得瑟瑟发抖，黄潇凤怒不可遏，大声对李敢为说："废物！没找到桂春，你们回来干吗？再去找，找不到就别回来！"李敢为领命，急忙转身离去，焦愣虎、桂清紧跟其后，他们再次返回村里。

众人走后，黄潇凤对淑贞说："你把桂春的手枪和子弹取出来，姐拿着以防万一。"淑贞应道："好。"她将桂春的手枪交给了黄潇凤。黄潇凤仔细查看了一遍，快速给手枪压上子弹，拎在手里，一语不发。

次日上午九点左右，柳坞巷突然被青云县保安队和警察包围，一群士兵开始搜捕所谓的一个高个子"河南人"。恰逢李敢为出去找人，这才幸免于难。黄潇凤得知后，马上藏匿了手枪，坦然出去应对。桂清家里登时乱作一团，一群人闯了进来，其中有两个身穿黑色制服的警察，还有两个身穿黄色军装的保安队员。领头的是保安队的少尉副队长熊升树，此人中等身材，五官端正，年龄不到三十岁。他带人在院里搜了一遍，看到几个小孩被吓得躲在墙角，便示意其他人都退出去，将黄潇凤、淑贞和桂清叫到面前，详细询问了桂春回家前后的有关情况。起初，他的态度冷漠，后来逐渐缓和，显得惊讶不已，脸上还露出同情之色。

听到一半，他从兜里掏出一个笔记本，边听边记，问这问那。之后，他起身告辞。走到门口时，他回头对身后的黄潇凤等人说："燕桂春出事了，昨晚被人打死在落鹄村东北的观音庙。你们村有人夜里报案，说两股土匪火拼时发生枪战，一人当场死亡。有人辨认死者正是燕桂春。此事正在调查，暂时还说不清楚。现在观音庙已经被封锁，你们要有思想准备，暂时不能认领遗体。"

众人听后，惊呆了，犹如五雷轰顶。淑贞一下昏倒在地，桂清放声大哭。熊升树见状，默默无语，转身离去。众人先将淑贞搀扶起来，送进屋内让她躺在炕上，然后又劝说桂清忍住悲伤。

燕桂云得知燕桂清被害的消息，犹如五雷轰顶，愣在原地，半晌说不出话来。他在院子里徘徊了很久。他有心想要给桂清、淑贞帮忙，可又惧怕游狗的势力，一时陷入了两难之中。他那小脚妻子更是极力劝阻他不要多事，生怕惹祸上身。燕桂云内心纠结不安，只能在家里躲了两天。

黄潇凤心里焦急万分，多次站在西环道边观察情况。思索再三，她决定派桂元和小草各带些盘缠，分头出去寻找李敢为。临行前，她千叮咛万嘱咐："找到李敢为，把盘缠交给他，让他先在外面躲几天，等风声过了再赶回部队。让树熊想办法给桂春翻案。让李敢为多加小心，切记！"

两人走后，黄潇凤把几个孩子安顿好，让她们在院子里玩耍，自己则默默陪伴在淑贞身旁，许久都没有说话。淑贞缓过神来后，突然放声大哭，那悲恸的哭声惊动了左邻右舍。孩子们被吓得躲到一旁，一些邻里妇女纷纷过来打听消息。当听到有人传言桂春通匪时，几户本家邻居竟然纷纷找借口离开。黄潇凤见状，气愤地骂道："这都什么人啊！不分青红皂白，一群软蛋！"

黄潇凤耐心劝慰淑贞，等淑贞情绪稍微平复后，说道："叫上桂清，咱们三人马上到观音庙去看桂春。你赶紧收拾一下，咱们这就走！"

淑贞强忍着悲伤，从家里找出一绺白布，撕成几段，当作孝布顶在头上，又递给桂清一绺，急忙拉着他往外走。黄潇凤想到死者为大，便拿了一块白布戴上。她嘱咐娃们别出大门。

此时，观音庙外已经围了一群人，门口有两个警察把守。有人看到桂清他们过来，便相互交头接耳，窃窃私语。观音庙是村子西北断崖下的一处空窑洞，里面供奉着观音菩萨。庙的东侧有一个小院，院里有两孔窑洞，这里是本村的私塾。私塾先生姓党，是落鹊村西侧党家村的人，晚上回家。今天恰逢休课，镇公所便让县里来的巡警队暂时在此休息。小院里住了一个班的巡警，他们正在院里埋锅做饭，袅袅炊烟缓缓升起。桂清和淑贞一路哭到庙前，黄潇凤紧紧跟在后面。他们想要闯进窑洞，却被警察死死拦住。黄潇凤试图和警察讲道理，可警察根本不予理会。双方僵持不下，警察甚至企图驱赶他们。淑贞又哭又闹，桂清早已哭成了泪人，黄潇凤也泪眼模糊。

中午时分，围观的闲人渐渐散去。一个身材较矮、头顶白孝的少妇给淑贞他们端来了两碗热水。她叫七丫，刚成婚不久，老家在四川，管淑贞叫六婶，是桂春的远房侄媳。桂春和淑贞初次回家时，在闻讯赶来的亲友中与她见过面，当时就相谈甚欢，一见如故。桂春刚回柳坞巷时，七丫还提了十几个鸡蛋来看过他们。听说桂春出事后，她当即哭成了泪人。她是第一个赶到庙外的人，一心想看看她的六叔。淑贞她们来到庙前，七丫便陪着他们一起哭，一起想办法往里闯。

"让七叔先在这儿守着！六婶，你和越夫人先到我家歇歇，吃了饭再跟这些兵理论。六叔死得冤枉，行凶的人一定不得好死！"七丫说道，"吃过饭，我陪你们去要人！"

"好！"黄潇凤神色忧虑地说，"淑贞，咱们先走，一会儿再来！"

淑贞此时浑身散了架一般，站不起来。黄潇凤和七丫搀扶着她往坡下走。到了七丫家，黄潇凤安排淑贞躺在炕上休息，然后对七丫说："我家里还有一群孩子，得回去给他们做饭。安顿好家里，我下午就过来。麻烦你照顾好你六婶，吃过饭再去庙里。"

"好，你放心走吧。做好饭，我先给七叔送一碗。吃过饭，我就陪六婶去庙里。"

黄潇凤这才放心地离开。

四

午后，淑贞和七丫再次来到庙前，桂清一直在那里守候着。后半晌，保公所来了一群衣衫不整的保丁，个个斜挎着一支老套筒步枪。桂清一眼就认出为首的正是面目狰狞的猪鼻子丁四。此人在本地臭名昭著，经常在各村游荡，人们都像躲瘟疫一样躲着他。丁四看到跪在庙前的桂清，鼻子里不屑地哼了一声，背着长枪径直走进了私塾小院。桂清顿时觉得一股热血涌上脑门，只恨手里无刀，不能立刻诛杀这个恶人。

这伙人进去没多久，熊升树骑着马再次来到庙前，身后跟着几个保安队队员。他骑在马上，看了一眼泪眼模糊的淑贞等人，便直接走进了小院。不多时，院子里就传来了激烈的争执声，有人在愤怒地吼叫。随后，丁四等人被保安队员推搡了出来，几个警察也跟着出来看热闹。丁四满脸怒容，冲着院门喊叫："姓熊的，你怀疑我杀人灭口？证据在哪儿？你跟谁说话呢？你不要狂，你给我等着！我丁四这就到县上告你！"

这时，熊升树快步追了出来，冲着丁四大吼道："站住！你听着，案发时就你在场，在这件事查清楚之前，你的嫌疑最大！说话注意点！再胡说八道，小心老子现在就把你绑了。等事情水落石出，该给你定罪的时候，你跑都跑不了。别在这儿猖狂，赶紧滚，免得你身上这股臭气熏着我们弟兄！等我查清了此案的真相，该枪毙谁就枪毙谁，绝不留情！你再不走，我就以扰乱治安罪，立刻把你羁押起来！不信你就试试？"

熊升树身后闪出几个全副武装的保安队员，他们手持清一色的汉阳造步枪，朝着丁四拉动了枪栓。丁四等人见势不妙，不敢再吭声，灰溜溜地走了。

熊升树走到淑贞面前，说道："这位女士，我叫熊升树，是保安队的队长。事情的情况我已经了解了，下午法医会过来勘查现场，等看完现场，你们就可以把遗体领回去了。"

熊升树说完，飞身上马走了，几个保安队员则跑步跟在后面。

下午后半晌，观音庙前来了两个骑马的警察，他们带着皮箱，戴着白手套和口罩，走进了观音庙。半个小时后，两人走了出来，去了隔壁小院。没过多久，这两个警察提着小皮箱出来，翻身上马走了。院子里的警察也出来列队，一个青年警察走到戴着白孝的几个人跟前问道："谁是死者的家属？"

"我是！"淑贞眼中含泪回答道。警察语气冷冷地说："现在通知你，可以进去认领遗体了。"随后，两个警察拎着行李走了，守卫庙门的警察也跟着走了。

警察走后，站在旁边的桂清第一个冲进庙里，淑贞和七丫紧紧跟在后面。三人进去之后，庙里顿时哭声震天。杨淑贞看着死亡现场，悲痛万分。她推测着桂春遇害的全过程，心中充满了愤怒。原来，桂春当晚在去落鸪村谈判的途中，遭到了突然袭击，被游狗及丁四一伙半路绑架到观音庙。丁四把桂春捆在直径约二尺的磨盘上，吊到半空，逼迫他写下自己所种游大十亩地归游狗的字据。桂春坚决不从，破口大骂，最终因为绳索断裂，被磨盘压死。匪徒们见出了人命，便对着桂春连开数枪，伪造了死亡现场，以土匪火拼一死一逃上报此案，这才惊动了县保安队派兵前来抓人。这是丁四在解放后被提审时交代的事实，后来丁四被人民政府依法处决。这都是后话了。

黄潇凤闻讯后，立即给焦愣虎捎话，让他托人购买棺材。傍晚时分，桂清等人用门板将大哥的遗体抬回柳坞巷，经黄潇凤提议，暂时放在崖下自家后院西侧的小窑内。

桂元和小草傍晚也回到了柳坞巷，带来李敢为的消息：当天上午，李敢为四处打听桂春的消息，在镇公所的驻地五云镇东段，听到桂春的死亡及通匪的一连串消息，包括县保安队和巡警队正在搜捕自己。李敢为来到一个偏僻之处痛哭起来，开始谋划报仇的计划。当天，他在外面潜伏下来，急切地想知道柳坞巷两家家眷的安危，准备深夜回去打探消息。午饭之后，他正在西农路铁道闸口处徘徊，忽然看到神色慌张的桂元正在穿过铁路，他悄悄跟了过去，在铁路南侧百余米外的渭惠渠畔叫住了桂元。桂元见到李敢为泣不成声，李敢为带她来到桥南东侧一个僻静之处。桂元述说了保安队在家搜捕他的情况，李敢为怒火中烧，准备回去拼命，被桂元阻挡了。桂元说："黄潇凤嫂子让你先别回家，躲过风头之后返回山西，寻找越树熊大哥，让他想办法给桂春哥翻案。她让我给你送来五块银圆，让你暂住到我家，有事好找你"。

"不行，你是桂春的妹子，住你那里会给你惹麻烦，迟早会走漏风声的。你快走吧，不用管俺。"桂元说："那你把盘缠带上，先躲避几日再说。钱花完了，就到渭河边的莲花湾找我。"李敢为说："好。"

说完，李敢为朝桂元拱拱手，头也不回地走了。

谁知世事难料，李敢为这一走，十年都没有回来。

桂元回到柳坞巷，对黄潇凤细说了见到李敢为的经过。黄潇凤既喜又忧，喜的是李敢为安然无事，忧的是从此一别，不知何日才能重逢。

银宫街的简易新房眼看就要盖好，就此停了下来。焦愣虎忙着赶制棺材，桂清和妹妹日夜守护在大哥的遗体旁边。亲戚们纷纷前来吊唁，淑贞和弟妹忙于应酬。黄潇凤一边照顾几个孩子，一边抽空到崖上小院打扫卫生。

直到保安队撤走，燕桂云才露面。他对桂春的遭遇十分同情，闲了就过来和桂清坐坐，或帮淑贞打扫庭院，他胆小怕事，出头露脸的事他躲得远远的。他沉默寡言，与人无争，是喂养牲口和种地的好手。他后来被抓了壮丁，送往中条山打仗。

邻居之中，只有游家两户人对桂春一家比较冷淡，他们是游狗的远族，不愿自找麻烦。桂清的西邻是游雕游鸦兄弟俩，再往西是在镇公所当保丁的游公羊家。游雕兄弟二人个头较矮，颧骨较高。游雕长得尖嘴猴腮，眼窝深陷，背微驼，长了一双鼠目。他们家院子东西只有七八米宽，是柳坞巷最早盖瓦房的住户，家里有十多亩耕地。他家后院的崖下游一孔颇有陕北特色的深窑，冬暖夏凉。游雕原在十七路军当兵，西安事变后十七路军遭到整编，之后开往山西前线。行军途中，他伺机逃走，回到家里。其弟游鸦，性格倔强，因为娶了一房手巧心细的媳妇，得意扬扬。游公羊个头高，是个驼背，好抽旱烟，行动不离半米长的烟枪。此人话语不多，脾气执拗，不愿搭理别人。他有八亩土地，自己耕种，经常为犁沟和别家打架。她的老婆外号银钗，是一个头上爱别银钗爱抽水烟的方脸小脚女人，大脸盘大眼睛，目光犀利，平常爱拉是非，早年给一户财主做过小老婆，财主死后被人赶了出来，最后跟了游手好闲的游公羊。银钗对人冷漠，嫌贫爱富，邻里都躲着她走。他们家后院也有一孔深窑，门口有一间瓦房。

一天清晨，村里传出一个个惊人的消息：昨夜一匹快马在村里各条街道跑了三圈，有人说骑马的人银盔银甲，手执长矛，在街上高呼游狗的名字，呼喊杀贼，呼啸而来，呼啸而去，最终不知所向；有人说骑马的是桂春，穿一身戎装，手握一把明晃晃的马刀，四处找冤家报仇；有人说骑马者曾经下马叩响游狗家的大门，这家的狗居然不敢出声。

说来也怪，就在桂春死后的第三天，游狗的老伴突然死了，人们纷传说是被骑马者吓死的。

淑贞决定将桂春的遗体暂缓入殓，桂清、桂元都同意，从此，她踏上了一条艰难的上诉之路。

1937 年 10 月 23 日，淑贞身穿黑色大襟棉袄和灰色棉裤，从家里出发去县城。为了节省路费，她打算独自徒步抄小路赶往县城。

青云县城设在青云镇，在五云镇东北十五里之外，位于三面环崖一面临河的坡面。

青云县历史悠久。据县志记载：北周天和元年秋七月戊寅（566 年 8 月 4 日），修筑青云城（青云镇）。建德三年（574 年），废郡设县，治所迁至中亭川（青云镇）。隋唐后晋时期，郡县州府设置频繁变动。明清时期，青云县没有发生大的变化。

县城中心有一座建于隋代的古塔，名为五云塔，相传曾有五色云在此聚集，带来风调雨顺。以古塔为中心，县城分为东、西、南、北四条街道，街道上布满各式青砖瓦房的店面，店门大多由可以拆卸的门板组成。四条街的周边分布着五云塔村、东关、南关、西关、北关村等五个村庄。县政府位于北街中段路北，警察局就在其隔壁。

到了县城，杨淑贞边走边打听，在好心人的帮助下找到了县政府大院，却被门卫拦住。她出示诉状，门卫不识字看不懂，不准她进去。淑贞连哭带闹，惊动了院里一位青年官吏，他看了看诉状，皱着眉说："这是命案，你可以到隔壁警察局报案，警察局专门负责受理这类案件。"

杨淑贞听罢只好转身离开，她来到警察局，又被门卫拦住。她再次掏出诉状，门卫打电话从里面叫出了一个青年胖警察，这人方脸阔目，梳着一个大背头，门卫称他为王副局座。此人看完诉状，招呼淑贞走进一处办公室，叫来两个警察，一同详细询问了燕桂春一路从山西辗转回家直至遇害的过程。他命人写了笔录，让杨淑贞画了押。询问完毕，他说："丁四无法无天，杀害抗日志士，这还了得？一个小小的保丁，居然如此猖狂，简直无法无天！我非常气愤，在举国抗日的大形势下，竟然还会发生这种事，真是惨无人道！听得出，你确实是山西那边的口音，你的话我信！我叫王武，是警察局副局长，你的诉状我收下，你在这里先等等。我将此事向上峰汇报，尽早给你答复。如果情况属实，一定替你申冤。"

杨淑贞听了大受感动，一时声泪俱下。王武让人给她递上一杯热水，劝她不要悲伤。王武走后，淑贞坐在办公室的排椅上一言不发，等候王武的消息。

过了半天，王武一脸沮丧地回来了。淑贞看到后赶紧站起来，谁知王武像变了个人，将诉状递给淑贞，他叹息着说："据我了解，此案已经了结，定性为土匪火拼。五云镇保公所报的案，警察局派人到现场勘查过，虽然我提出疑点，最终却未被采纳。我很同情你，在局长面前替你说了话，但是作用不大。丁四虽是鼠辈，其靠山却众多。想在本县翻此案，很不容易。我无能为力，你还是另想办法吧！"

淑贞听罢，目瞪口呆，半晌才哭出声来。屋内的警察面露同情之色。淑贞哭了一场，想走却迈不开腿，她感觉周身发软。王武顿生怜悯之心，将她轻轻扶出警局大院，目送她慢慢走远，自己站在远处静静地发呆。

出门后已是正午时分，县城街道上人来人往，车马声嘈杂。路边的小贩叫卖声不断，行人走走停停，在街上流连忘返。卖饭的摊点热气腾腾，散发出阵阵诱人的香味。淑贞走在人流中，神色憔悴，一脸哀愁。过了南关门外的护城壕，她迟疑地站住了，在路旁找了个歇脚之处，坐下来痴痴地发呆。

"就这么回去？"淑贞想了又想，"不，不能这么回去。既然来了，就得有个说法，不能轻易被官家打发了。我得接着找！让官家把话说清楚。"

想到这里，淑贞打起了精神，她在路边歇了一会儿，起身二次进城。城门口有两个正在站岗的保安队员，一个望着她嬉皮笑脸地说："吃饭了没有，没吃的话等会儿我请你。"

淑贞没有理睬，面无表情地往里走去。她在街上瞅了瞅，在路边一家饭馆要了一碗面条，吃了几口感觉难以下咽，她朝跑腿的伙计说："上碗面汤！"

店里小伙计赶紧端了一碗热汤上来，淑贞心想：必须吃碗热饭，下午才能打起精神和官家讲理。

店掌柜听到淑贞说话，笑呵呵地凑到近前搭讪着说："妹子，您这是打哪儿来？在这里找谁？"

"从五云镇来，到县衙办事。"淑贞平静地说。

店掌柜愣了一下，又乐了："您对本县挺熟悉，说来自五云镇，本县确实有个五云镇，你的家在哪儿？"

"你问得多了，我不想说话！"淑贞低头吃饭，店掌柜自讨了个没趣儿，皱了一下眉毛，溜到里屋去了。

吃过饭，淑贞喊了一声："收钱！"店伙计上前收取了饭钱，淑贞大大方方地朝街上走去。等她走后，店掌柜出来看着她的背影，叹息说："看来大脚女人还是好，走南闯北见识多。"

"我看咱家老板娘也很能干，不比别人差。"

"哼！别看在家里逞能，出门跟瞎了似的。让她独自出趟远门，不出三天就会叫人拐走！哪有人家这本事，你看见没，刚才那个女人言谈不俗，遇事不慌张。"

离开饭馆，淑贞二次来到县政府大院门口，又被门卫拦住。她愤然说："你凭啥挡我？上午我来了，里面的一个官让我去找警察局，我去了，警察局说他们不管，你让我找谁？我不来县政府到哪里申冤？你给我指个地方，指不出你就得放我进去！"

这个门卫不是原先那个人，他听说淑贞有个诉状，提出想看看，被淑贞拒绝了，她说："麻纸写的，再翻就揉烂了！"这个门卫笑了笑说："好吧，等下午上班了我给你往里通报一声，这阵子里面没人，那些老爷还没上班呢。你现在不能进去，等上班了我帮你叫人。"

淑贞点头同意，她在岗亭外找了个地方坐了下来，准备在此守候。

到了下午两点，外面有人陆陆续续往里面走去。淑贞焦急地望着门卫，门卫示意让她再等等。不多时，门卫截住一个穿西装戴眼镜的中年男子，对他说了句什么，二人同时朝淑贞这边看。淑贞起身走到近前。戴眼镜的人说："你的事，我上午也听说了，这个案子已经结了，你找谁也没用！你还是回去吧。"

淑贞气愤不已："出了人命，你们为啥不管？"

"县警察局已经结了案，事情都完了，你让我咋管？"对方冷冷地说，"土匪火拼，扰乱治安，有啥可说的？"

"谁是土匪？"淑贞愤怒地说，"这是冤案！我丈夫是抗日军人，遭人陷害，死得不明不白，必须调查此事，对凶手进行惩处！杀人者偿命，这是公理。事情不弄清楚，我丈夫死不瞑目，我不能安葬丈夫！"

"你说是抗日军人，谁来证明？"

"我这次是和越营长的夫人一起回来的，她可以证明。护送我们回来的士兵李敢为也能证明！"

"就算能证明，也只能证明燕桂春是逃兵。好好的不在前线打仗，跑回来做什么？不是逃兵是什么？"

"你胡说！我丈夫回来是请了假的，有李敢为做证。"

"兵荒马乱的谁能证明？我们到哪里去查？何况这事已经结了案，我管不了，你别在这里闹，有冤情到警察局去申冤，别在县政府闹！"

"警察局我去过了，他们不管，县政府就得管！我今天来，非得讨个说法。你不管，就让开，我自己进去找！我不信天下没有说理的地方。"说完，淑贞直接往里走，被戴眼镜的人紧紧拦住，他对旁观的门卫说:"你是个死人?快挡住!快挡住!"门卫上前接替戴眼镜的人挡住了淑贞,戴眼镜的人转身往里走,淑贞朝他的背影大声说:"你是个昏官!不分青红皂白,白让百姓养活。"

淑贞再三往里闯,被门卫牢牢地挡住。她和门卫吵了起来:"当官的黑了心,你也黑了心?你有良心没有?你就这么怕官?"门卫开始态度还好,后来变了脸,硬把淑贞往外推,推推搡搡之间,引来了一堆路人围观。淑贞情绪激动,朝路人哭诉了丈夫遇害的案情。路人越聚越多,几乎遮住了大门。众人不肯散去,围着淑贞旁听。淑贞嗓子喊哑了,最后跪在县政府大门一侧,双手捧着诉状,静静地等候。周围的人们议论纷纷,有人在指责警察局颠倒黑白,有人对县政府表示不满,有人哀叹世道不公。淑贞的旁边聚了几个小脚女人,看着她无助的样子站在旁边不停地抹眼泪。

淑贞一直这样跪到傍晚,用行动诉说自己的冤屈。围观的行人来来去去,一拨刚走一拨又来,她的冤情迅速传遍了县城。

黄昏的时候,一个微胖、穿着光鲜的小脚少妇扶起了淑贞,她端庄秀丽,慈眉善目。她说自己姓马,是保安队熊升树的妻子,家里有三个女儿。淑贞听后眼前一亮:"俺知道他是个好人,你找俺有啥想说的?"

对方和蔼地说:"我家先生相信这是一桩冤案,却无法出面给你帮忙。他秉公执法,得罪了上面的一些权贵,经常受到排挤。现在,他雇了一匹马车,正在南关城门口等你,我和你一块儿过去,送你上车回家。车夫很可靠,请你放心坐就是。先生让我带话给你,说告一次不行就再告一次,直到讨回公道。如果县上没法说理,就往省上找,一定要讨回公道。估计此事还得大费周折,他让我给你送来五块银圆,略表敬意。咱俩现在就去城门口。"

淑贞非常感动,觉得一股暖流涌上全身,眼泪簌簌直流,来人递给她一块儿新手帕,让她擦去泪水。看到对方言辞恳切,她伸手接过银圆，跟随这位少妇往南走去。走到南门外，一辆马车已经在等候。少妇给车夫叮嘱了几句，又对淑贞说："车费已经付过了，你不用管。你走吧！"

　　马车上路之后，那位夫人还在朝淑贞挥手。淑贞回头看见，急忙挥手作别。

五

回到家里，淑贞一下病倒了。黄潇凤慌了神，赶忙请来医生给淑贞诊断，开了几服中药。次日清晨，淑贞与小草同去县城告状，奔波了一天，依旧没有结果。

第三天，她们又跑了一趟，仍然无果而返。

第四天，淑贞决定给桂春入殓。在一片哭声中，众人用铁钉钉住棺材木盖，准备择日安葬。关于安葬问题，家里意见不一。淑贞坚持停棺上诉，直到真相大白之日再行安葬。桂清却认为不妥，觉得棺木久放在家里不吉利。经过商讨，最终决定先将棺木移到墓地附近封闭起来，停棺继续告状，直至真相大白。落鹄村的坟地在观音庙西侧的土坡，庙西的断崖下有一条丁字路口，一条小路从这里拐向西坡的坟地和北边的田间，此段路北侧是一带低崖。经过商议，众人决定在通往坟地的最后一段东西路北侧的矮崖上打一孔墓穴，暂时将棺木搁置在那里。七丫说她家离此不远，也好照应。桂清和愣虎二人当日借来木梯子，便开始在那里打墓穴。一天后，墓穴打好。次日，近亲们合力将桂春的灵柩移往墓穴，待将棺材移进墓穴后，用土坯封堵了墓穴口。诸事完毕，回到家，众人又商议告状之事。桂清和愣虎表示愿随杨淑贞一同前往县城、省城告状，汾兰、汾花则交给黄潇凤照顾。

此后，淑贞带着桂清、愣虎天天赶往县城和省城告状，然而由于政治黑暗，连续告状均无结果。

后来，在亲友和族人的劝说下，淑贞同意安葬桂春。

在安葬的前夜，家里搭建灵堂，举行祭祀仪式。当晚，家里沉浸在悲哀的气氛之中。院里院外贴满白色挽联，唢呐声凄婉，哭声震天。淑贞头顶白孝，桂清、桂元披麻戴孝，族人及亲友依次祭奠焚香、烧纸、行礼。祭奠过程中，黄潇凤陪伴淑贞许久，竭力安慰淑贞，生怕她悲伤过度累坏了身体。燕桂云戴着白孝忙里忙外，毫无半点怨言。

安葬日的清晨，杨淑贞、黄潇凤、桂清和附近的亲戚们一起为桂春送行。桂清手捧牌位在前引路，从柳坞巷出发，绕过青鸟林小学南门，在学校西侧路口祭祀亡灵，焚香祷告，摔破瓦盆。礼毕，送葬的队伍一直北行，绕道崖背，在观音庙西侧打开临时墓穴，抬出棺材，朝西走向坟地。

安葬了燕桂春，淑贞极度悲恸。那时，内地缺衣少食，民不聊生。关中地区匪患猖獗，土匪白天在村里佯装为民，夜里出来抢劫，他们既抢劫财主，也抢劫有田的农民。大土匪占山为王，小土匪昼伏夜出、袭击民众。这些土匪大多是饥民，为求生存铤而走险。无论富贵贫贱，谁遭遇土匪谁倒霉。十里八乡，隔三岔五就传来被土匪洗劫的消息。青云县保安队四处剿匪，却顾此失彼，十分被动。有一天傍晚，几股土匪包围了县城，西农校警队奉命驰援，抽调三十多人分乘两辆卡车，每辆卡车上架一挺轻机枪，从县城南门外侧击土匪。机枪一响，吓退了土匪，解了县城之围。

五云山一带，西农校警队加强戒备，严防土匪袭击。学校大门及重要位置均有校警队把守，校警三人一组在墙内外昼夜巡逻。校警队常年招聘有实战经验的退役官兵，形成了一套优胜劣汰的用人制度，敢于打硬仗，震慑了远近的土匪。银宫街有学校的庇护，相对来说比较安宁。

桂春入土后，杨淑贞憔悴不堪，经过一个多月的休养，才渐渐缓过神来。黄潇凤是陪伴在淑贞身边最多的人，只要有空她就过来陪淑贞。自从一群打手闯进桂清的家，她一直不敢搬往新居，继续和淑贞两家合灶。淑贞起早贪黑，每天按时做饭。黄潇凤晚上将李敢为留下的手枪压在枕头下，随时准备应对突发情况。等淑贞精神稍稍恢复，她便动员淑贞叫焦愣虎继续收拾崖上的房子，淑贞同意了。于是，崖上房子开始二次动工，五天之后顺利落成。待墙壁上的泥干透后，黄潇凤就动员淑贞暂时搬到崖上新房里住。淑贞同意了，她锁了院里的房门，跟随黄潇凤搬到了崖上。

李敢为走后，黄潇凤心情郁闷，鬓角冒出几根白发。家里花费有出无进，她开始着急起来。

附近的人们发现，银宫街西端，猿雏楼东侧新矗立了四间茅屋，黄潇凤和淑贞两家各占两间，淑贞家在西，黄潇凤家在东。这两家人吸引了街上人们的目光，走门串户的妇女不少，很快就和她们熟悉了。

街上的住户为了排水方便，都挖掘前院的土垫地基，导致房前地势较低，显得北高南低。银宫街东片地势平坦，最东端是一排东西走向的住户，宅后是西农基建时取土留下的一个四方形深坑，三面是崖，南侧西边是一排瓦房，东侧有两扇铁门，里面是一个小院，住着几户教师家属；银宫街西片各家院南均有一条东西贯通的土梁子，上面宽约两米，是一条连接东西的土路，土路的东段有一个自来水龙头，是学校为解决这些难民而专门引出的一个水源。各家门前都有一条窄路通向水龙头，打水很方便。

自从住到银宫街，黄潇凤心里觉得安稳了许多。闲时，淑贞帮她看娃，她便有了自己的独立空间。心情好的时候，她早晚会出去伸伸腿、练练拳，或者到南面的崖畔散散步。

这天黄昏，正当她独自在崖畔散步，一个三十岁出头的画师走近了她的身旁。他姓钟，是河北人，与妻儿流亡于此，以裱画、画像、写字为生。自从发现了黄潇凤，他一直想画一幅素描，可惜一直没有机会。黄潇凤的美貌、冷艳，给他留下了极为深刻的印象。

黄潇凤见到生人打算离开，钟画师开口说道："黄女士您好，能和您说几句话吗？"

"可以，俺知道你是个画师，请讲。"

"我想请您给我当模特，画一张素描。就几分钟，行吗？"

"不行！回去给你老婆画吧。姐忙，没时间。"

黄潇凤笑了一下，飘然而去。钟画师看着她远去的美丽背影，发了一会儿呆，最后叹息了一声离开了。

黄潇凤和淑贞搬到银宫街上的新居后，引起了个别男人的关注。校警队有个姓耿的矮个子班长，三角眼，瘦长脸，背有点驼，说话拿腔拿调，老爱四处溜达。起初，碍于耿班长的权势，黄潇凤对他忍让三分，淑贞也不敢怠慢。只要耿班长来了，两个女人就用茶水招待，使得耿某十分高兴，一坐就是半天。后来，黄潇凤不耐烦了。

有一天，耿班长又来了，坐着喝茶。黄潇凤笑着说："你来俺们这里，你老婆知道吗？"

"知道。"耿班长怔了一下，眼珠骨碌碌转了转，一本正经地说："你嫂子说了，两个外省少妇，人生地不熟，多可怜啊！需要你帮啥忙，你就去帮帮。"

黄潇凤想了一下，又说："别人欺负俺俩，你敢为俺俩打架吗？"

"当然敢！谁敢欺负你俩，你说！"

黄潇凤趁机把燕桂春死于非命的前后过程说了一遍。耿班长听后唏嘘不已，连连咒骂丁四一伙，却闭口不提出手帮忙的事。

黄潇凤说："你敢出面帮俺俩吗？"

"这事关人命，我说了不算。咱和地方上没有交集，这事插不上手。"

"那就去打架，带人把丁四揍一顿，也算替俺姐妹出了口气。这总能办到吧？"

"不行！打架的事校警不能参与。"

"那就说别的，能不能给俺们两家通上水电？"

"不行，学校有规定。"

"那你能办啥事？"黄潇凤冷冷地说，"那俺告诉你，以后别来了！姐不想再见到你。"

耿班长满脸涨红，悻悻离去。淑贞要去送，被黄潇凤拦住了，对着耿班长的背影高声说道："来的都是常客，有啥好送的？！"

淑贞十分担心，唯恐耿班长日后寻衅滋事。

耿班长走后，轻易不敢再到西街来。每次在街上遇见黄潇凤，他就像老鼠见了猫，远远地避开。

半年后，银宫街来了一户马姓人家。男的二十多岁，名叫马小奔，中等身材，身体壮实，眼睛有神；女的不到十六七岁，名叫向川花，个子不高，眉目清秀，不胖不瘦。他俩在街上私下花钱买了一块别人家院南的空地，在水龙头的北侧盖起一间半土坯墙的瓦房，从此以卖牛羊肉为生。马家新屋上梁那天，黄潇凤和杨淑贞主动去帮忙做饭，对方十分感动，两家的关系迅速升温，女人相互串门，几乎无话不谈。时间久了，黄潇凤得知了他们的来历。马小奔自幼无依无靠，后来为了填饱肚子去军阀马步芳属下当兵。由于他相貌英俊、做事干练，后来受到一名匪团长的赏识，被提拔成一名军官，跟随其左右，成为一个骑兵团团部的警卫排长。马匪军彪悍凶恶，军纪败坏，内部矛盾重重。当兵久了，他对这支军队产生了反感，尤其是对马步芳强抢民女深恶痛绝。在一次与西路军的战斗中，许多红军女战士被俘，四川籍女兵向川花是其中之一。在关押期间，女战俘们受到马匪欺凌，马小奔对她们十分同情。一名凶神恶煞的马姓团长企图霸占向川花，她誓死不从，遭到对方毒打，被关了起来。马小奔对向川花十分爱慕，借故经常接近向川花，两人逐渐产生了好感。熟悉之后，向川花动员马小奔带自己逃走，马小奔起初不敢，后来架不住川花的耐心劝说，终于动摇了。一天，匪团长酒后狂言，宣布次日活埋向川花。马小奔得知后震惊不已，经过再三考虑，决定舍命解救川花。当晚子夜时分，趁匪团长酩酊大醉，马小奔用木棒砸晕卫兵，趁机将向川花救出，并牵出两匹战马。二人骑马绕过关卡，乘夜色逃离了马匪的魔爪。途中二人结为夫妻，最终流落到五云镇。他俩考察了几日，决定在此安家。于是，先卖掉马匹筹措资金，后买地造屋，安顿下来。从此，结束了颠沛流离的逃亡生活。

马小奔想居家过日子，向川花只想寻找红军。生活困难，向川花不怕吃苦。马小奔多次想卖掉逃跑时随身携带的短枪，但向川花坚决不肯。她想拿着这把枪重返红军部队，回到人民军队当中。马小奔对她疼爱有加，拿她没有办法，只能听她的。

生活安定下来后，黄潇凤专心在家里管娃，做饭、提水的事落在了淑贞身上，她任劳任怨，争着在家里干杂活。有一日，淑贞吐露心事，对黄潇凤说自己想养个男孩。黄潇凤听后，非常支持。消息传出后，桂元登门和嫂子商议，想把幼子小船过继给嫂子。黄潇凤觉得不错，淑贞便欣然同意。次日清晨，桂元就将小船抱了过来。淑贞接过一看：小圆脸，白白净净，头发密，眉毛黑，她非常喜欢。桂元顺便带来一包小孩的旧衣服。安顿好孩子，桂元怕以后引起嫂子多心，从此很少再登娘家的大门。不久，小草也有了身孕，肚子渐渐鼓了起来。

自从有了儿子小船，淑贞的气色好了许多。她似乎在漆黑的夜里看见了明亮的星斗，重新燃起了希望的火焰。她决心将三个孩子抚养大，让每个孩子都能成才。

淑贞树立起了生活的希望，黄潇凤却陷入了悲观之中。她不知道李敢为何时才能搬来救兵，也不知自己在这个地方还得待多久。每天除了早晨到崖畔活动一圈，白天看管几个孩子，有空就坐在门前的崖畔，朝西环道下方张望，盼望着丈夫越树熊早日出现在视野里。

可是，日子一天天过去，黄潇凤始终没有盼来一点音信。

眨眼间，农历十一月到了。北风呼啸，天气越来越冷。两家的钱都花光了，生活陷入困境，连炉子都搭不起，只能靠烧炕取暖。好在有桂清接济粮食，才勉强能够度日。在这寒冷的冬季，没有火炉，日子着实难熬。黄潇凤打算卖掉崖下的院子，托人联系买家。正当二人为过年发愁的时候，一个人的出现打破了门前的宁静。

这天傍晚，在崖畔守候了多时的黄潇凤起身正准备回家，突然，她的目光被西环道上一个身影吸引。那人背着一个大包袱，正朝着崖上健步走来。只是一个模糊的轮廓，却让黄潇凤的心猛地一紧，那身影，像极了越树熊。黄潇凤眼前瞬间一亮，瞪大了眼睛，几乎不敢相信自己的眼睛。她内心激动不已，快速向前走了几步，眼睛死死地盯着那个人，不放过他的一举一动。那人继续前行，来到柳坞巷和崖上的岔路口时，停下了脚步，开始四处张望。他穿着一身破旧的棉衣，头上戴着一顶破棉帽，在寒风中显得有些单薄。黄潇凤看到这一幕，屏住了呼吸，心都提到了嗓子眼。她越看越觉得，眼前之人就是越树熊。她凝眸细看，生怕一眨眼睛，对方就会从眼前消失。就在这时，那人在柳坞巷的坡口犹豫了一下，竟转身下坡，朝着柳坞巷走去。黄潇凤顿时着急了，她赶忙朝着坡下一路小跑。等追到坡口时，那人已经走到柳坞巷最东一家的门口，似乎正准备找人问路。黄潇凤站在西环道边，看着那熟悉的背影，忍不住大喊一声："越树熊！"

那人听到呼喊，回过头来，定睛一看，惊喜地喊道："嫂子！嫂子！嫂子！"

黄潇凤惊呆了，这才看清此人不是别人，竟是丈夫的弟弟越二熊，她不禁喜极而泣："二熊啊，你可算来了！"

二熊快步走到嫂子面前，连声说："今天在五云山周围转了一天，总算找到你了。娃们呢？"

"在家里，在崖上的家里。走，回家说话。"

"这儿有家？"二熊疑惑地问。

黄潇凤说："对，有家，进门你就知道了。"

这是个中等身材的帅小伙，二十出头，走路生风，十分精神。黄潇凤和丈夫完婚后，曾回获嘉县老家一趟，见过二熊。弟兄俩长得很像，二熊是个白面书生，平时喜欢哼几句豫剧，颇具艺术细胞。他早年在县城一家饭馆帮厨，说话声音像个女孩。黄潇凤几次想问他是如何找到这里的，话到嘴边又咽了回去。黄潇凤想问又不敢问，皆因她昨夜做了一个噩梦。她想避开今日，明天再说其他。

到了小院门口，二熊惊讶地注视着这个院子，连声说："这地方好！僻静、向阳，你们找了个好地方。"

"进去说话，到家了。这是咱自己盖的房子，住着踏实。"

二熊听了简直难以相信，连声说："太好了。这里安静，听不到枪声、炮声，比老家强。"听到屋外说话声，几个孩子跑了出来，黄潇凤给孩子们介绍了二熊，两个孩子立刻抱住了二熊的腿，二熊见了十分高兴，孩子们嘻嘻哈哈地围着他转。二熊卸下包袱，里面装了不少食物，有羊排、红薯粉等。他从包里拿出两把冰糖，分给每个孩子。黄潇凤拿起二熊带来的羊排，对淑贞说："走，给姐帮忙，今晚煮羊肉吃。"淑贞满心欢喜，赶忙下厨去了。二熊在各个屋子转了一圈，自己到厨房打了一盆凉水，洗了把脸。

洗过脸，两个侄女依旧围着二熊。二熊刚想说些什么，黄潇凤说："有话明天说！今天不提别的，只说高兴的事儿。"

二熊说："好，今天俺先熟悉熟悉地方，啥话都不说。明天先搭炉子，做好过冬取暖的准备，甭把娃们冻坏了。"

二熊带着孩子到屋外玩耍。他的到来，让家里的气氛活跃了起来。二熊看前院不平，土梁子到屋前是一片凹凸不平的坑，就知道是盖房取土时留下的，整理一下可以种菜。他去找镢头想挖地，被黄潇凤拦住了："明天再挖也不迟，今天就算了，你先好好歇歇。"

二熊提出带孩子们出去转转，黄潇凤欣然同意，还让二熊带上汾花、汾兰。四个孩子跟着去了，个个连蹦带跳。

到开晚饭时，桌上摆了一碟羊肉、一碟炒粉条、一碟咸菜、一碟黑窝窝头和几碗面糊糊。看到菜上来，孩子们都抢着夹肉，他们平时从未这样，今天实在是太馋了。黄潇凤和淑贞没有阻拦，看着孩子的吃相，她俩鼻子直发酸。二熊说："看样子娃们平时很少吃肉。"

"有黑馍吃就不错了，眼看就要断粮了。"黄潇凤皱着眉说，"整天都是黑馍就咸菜，粮食都是汾花她叔父接济的，不然早饿死了。前几天想卖崖下的院子和两间瓦房，这几天正找买主呢。"

二熊询问了崖下建房的事，他说："嫂子，你真了不起！花小钱办大事，厉害！俺来了，就不用卖房了，俺来的时候变卖了家产，身上带了十八块银圆，够维持一阵子。"

淑贞听了没吭声，黄潇凤也没什么表情。二熊的到来解决了眼前的困难，可黄潇凤却高兴不起来。对黄潇凤而言，桂春之死对她打击太大，加上李敢为走后杳无音信，她预感情况不妙。她不知道李敢为找到部队了没有，也不清楚二熊是如何得到消息找到这里的。

昨晚她梦到越树熊开小差找到了她，想和她在银宫街长期生活。听人说，梦都是反的。

次日清晨洗漱过后，黄潇凤问二熊："现在可以说了！你哥呢？"

听了这话，二熊瞬间流下了两行热泪，他说："俺哥阵亡了！全营三百多人都战死了。一个叫李敢为的同乡从山西辗转找到俺，给家里传来口信，说送走你的半个月后，在一次阻击日寇的战斗中，大哥和全营官兵集体阵亡。他找到俺时，穿得跟乞丐似的，临走给俺五块银圆，说这钱是你托人送给他的盘缠，他一路乞讨，没舍得花一文钱，让俺给你送到陕西，说你们两家在陕西无依无靠。他让俺赶紧过黄河找你们，说你们在陕西遇到了麻烦，他牵扯到一桩命案不能回来，让俺务必尽快找到你们。提起你和淑贞嫂，他就唉声叹气。他给俺提供了燕桂春的老家住址，说他准备投奔八路军报仇，说完就走了。听到这个消息，家里乱成了一锅粥，年迈的父母一起病倒，不久先后去世，家里就剩俺一人。安葬了父母，俺锁了家门，按照那个同乡留下的地址，只身来陕西找你们。"

黄潇凤听后怔怔地发呆，好久说不出话来。最担心的事还是发生了，丈夫已经殉国，再也回不来了。面对这残酷的现实，她彻底崩溃了，头脑一片空白。她示意二熊抱孩子出去。二熊出去后不久，黄潇凤哭出了声，顷刻间泪如雨下。二熊在院里听到后心里难受，抱着孩子躲到了一边。

淑贞很快得知了越营长阵亡的消息，来到隔壁，她试图劝慰黄潇凤，却发现屋门关着，叫了几声没人回应，只好回屋，心里难以平静。黄潇凤把自己封闭在屋里，不吃不喝坐到天黑。这期间，淑贞帮黄潇凤照料孩子们。

淑贞心想：难怪李敢为一去杳无音信，原来出了这么糟糕的事。

三天后，黄潇凤平静了下来，像是生了一场大病。她明显消瘦了，变得沉默寡言。她在家里设了越树熊的牌位，简单祭奠了一番。此后，在相当长的一段时间里，每天吃饭前，她都要先在越树熊牌位前摆放碗筷，然后才和家人一起用餐。

灾难过后，生活还得继续。她和淑贞一样，为了抚养孩子，只能选择坚强地活下去。

二熊雇车给家里买了炉子、铁壶和煤，很快搭起了火炉。室内温度升高了，娃们不用整天坐在热炕上了。黄潇凤和淑贞闲了就围着炉子拉家常，淑贞给孩子们缝制衣服、做针线活，黄潇凤也跟着学，过去她不会这些。孩子们扎堆玩耍，一会儿跑出去，一会儿又围在炉子边。火炉上整天坐着一壶水，"吱吱"地冒着热气，发出阵阵声响。屋内的热气引来了街上一只黑猫，整日卧在炉子旁不走，从此成了家里的常客。黄潇凤不忍心驱赶，孩子们闲了就给猫喂食。

半个月后，黄潇凤的身体渐渐恢复，不再提及丈夫的事。她试图遗忘战争留下的创伤，不想生活在无边的绝望之中。

匪患严重时，黄潇凤让淑贞晚上搬过来住。她让二熊持棍独守东院的西屋，她俩和孩子们挤在里间。

一天深夜，忽然街上家犬乱叫，吵醒了沉睡中的黄潇凤、淑贞和二熊。他俩凭窗向外看，在朦胧的月光下，两个黑影蹿到自家的墙外。淑贞见状吓得瑟瑟发抖。黄潇凤让她看好孩子，自己拎着压满子弹的手枪敏捷地走到窗子边，仔细观察动静。当黑影走近后，她让二熊守住房门，自己站在木格子窗口举起了枪，注视着窗外。当黑影走近东院的窗口时，"砰"的一声枪响，一道火星划破了寂静的夜空。两个黑影拔腿就逃，很快消失在夜幕之中。

虽然因天色太黑，黄潇凤未能击中目标，但也吓退了那两个黑影。眼看两个土匪在眼前逃走，黄潇凤想推门出去追赶，却被二熊死死拉住。她只好站在窗口继续观察，见没什么事了，才放下心来。

一个小时后，一队巡逻的校警赶到这里，打着手电筒四处照射，忙活了半个小时后才撤走。

自从挨了这一枪，土匪再也没敢来骚扰黄潇凤的住宅。

天亮后，附近传来土匪夜袭柳坞巷的消息。有三家被抢，游雕、游鸮兄弟俩碰巧不在家，游鸮的妻子山花被土匪轮奸，还有一人被土匪吊起来打个半死。东邻燕桂云夫妇家里有狗，土匪听见狗叫退了出去，他俩急忙抱起儿子银民钻进了窨子。桂清夫妇通过柴窑里面的地道，提前将孩子转移到了半崖鸽子窝。听到异动后，他俩急忙抱起被子来到柴窑，钻进了通向鸽子窝的暗道，才幸免于难。他俩刚进暗道，土匪就跟踪而至，土匪拽住了被子角，桂清在洞里奋力撕扯，最终被子才没被抢走。

按时间推算，这伙土匪是在抢了柳坞巷之后，才到了银宫街。

六

　　土匪袭扰银宫街后，县保安队副队长熊升树带领一个排进驻五云镇。熊升树把兵力以班为单位分成三组，在接下来的一周时间里，采用昼伏夜出的策略，变换位置设伏，连续伏击了多股散匪，俘虏了十多名土匪。这些土匪大多是衣衫褴褛、因生活所迫铤而走险的外村饥民，手中大多拿着刀具，没有枪支。为了诱捕其他土匪，熊升树想出一计。他让两个班白天押着俘虏游街，又密令三个班暗藏武器，化装成饥民，伺机伏击那些企图营救同伙的土匪。当天，保安队押着被俘的土匪上街游行，可土匪们没敢轻举妄动。

　　与保安队强势剿匪的气势形成鲜明对比的是，当地巡警和镇公所的保丁完全成了摆设。他们在百姓面前耀武扬威，吃喝嫖赌无所不为，可一遇到土匪，就吓得逃之夭夭，根本不敢和土匪拼命。有的人甚至沦为暗匪，与土匪串通一气，敲诈店家，坑害百姓。

　　熊升树家姊妹五个，他是家中唯一的男孩。熊家是县城的大财主，拥有三进的大院，家里骡马成群，良田数百亩。1929 年陕西遭遇大旱，饿殍遍野，熊家响应政府号召，在街上设粥棚接济灾民，在当地口碑颇佳。熊升树不爱读书，却偏爱习武。高中毕业后，他报名参加了保安队，先后被提拔为下士、中士、上士、少尉。县保安队编制共百余人，下辖三个排九个班。

　　熊升树痛恨土匪的凶残，对待土匪从不手软。凡是抓住的土匪，无论贫富贵贱，他都铁面无私，一律先施以鞭笞，常常把土匪打得皮开肉绽，哭爹喊娘。有人问他为啥要打，他说这是在给这些人"治病"，不打难以让他们改邪归正。他练就了一手好枪法，能够在飞奔的马上击中目标。在历次剿匪行动中，他总是身先士卒，屡次受到上级的嘉奖。

这次在五云镇剿匪，他主动出击，战果丰硕，维护了大学周边的治安环境。保安队徒步押着被绳索捆绑的土匪，街上民众纷纷跟着围观。人们咒骂这些丧尽天良的恶徒，那些曾经被抢的人，朝着这些衣衫不整的土匪扔东西，高喊着要砸死这些畜生。熊升树化装成一个头戴礼帽的老板，率领一众便衣混在人群中，寻找暗藏的土匪，随时准备对目标实施打击。

熊升树的队伍撤走后，土匪的嚣张气焰有所收敛。

当年冬季，本地开始抓壮丁，柳坞巷的燕桂云也被抓走，在西北军旧部当兵，后来随部队渡过黄河，与日寇展开鏖战，参加了中条山战役。

游鸦的妻子山花，长得特别漂亮且贤惠，心灵手巧，性情温和，总是面带笑容，是出了名的能干媳妇。她娘家是个小财主，有二三十亩地。婚后不到一年，她惨遭土匪侮辱，一时想不开，天天闭门哭泣。游鸦回家后劝她别哭，她根本听不进去。保安队撤走后不久，她悬梁自尽。游鸦精神受到极大刺激，一连数日像疯了似的大哭不止，几乎哭瞎了双眼，从此落下神经不正常的病根，经常独自离家出走。他的精神状态时好时坏，从此变得好吃懒做，还沾染上了鸦片，很快就败光了家产。

游鸦疯了以后，人们常常议论他娶亲时的风光场景：他身着新衣，头戴新帽，骑着一匹上好的黑驴，走在迎亲队伍的前头，威风凛凛，曾让许多人羡慕不已。可谁能想到，不到一年时间，游鸦家就遭遇了这样的变故，实在令人唏嘘。

看到外面局势太平了些，淑贞搬回了西院。黄潇凤和孩子住在东院里间，二熊住套间。要出入里间，必须经过套间，所以二熊晚上不敢脱衣服睡觉。黄潇凤几次劝他："脱了睡舒服些！"二熊依旧和衣而眠。

二熊的到来，既带来了坏消息，也帮助了两家人。生活有了保障，两家人的日子安稳了下来。孩子们有了过年的新衣，做母亲的心里自然欣慰。

除夕夜，外面不时传来一阵阵爆竹声，时断时续，隐隐约约。在这个喜庆的时刻，各家各户都在忙着准备年夜饭。饺子出锅后，黄潇凤和淑贞分别先在自己屋里，在丈夫的牌位旁点燃一支香，献上半碗饺子，并在碗上放一双筷子，请他们享用。片刻之后，大家正式开饭。这时，四个大孩子早已等得不耐烦了，听到大人发了话，赶紧端起自己的小碗吃了起来。

孩子们欢天喜地的场面，勾起了两个女人对以往过年的无数回忆。

黄潇凤陷入对过去的遐想之中，淑贞的眼泪一直在眼眶里打转。

这天，七丫用竹篮子给淑贞提来几个白馍，两人坐了半天，说了许多知心话。七丫走后，淑贞前前后后仔细想了一遍，她觉得自己在这个村里纯粹是个外来户，知心的亲人只有黄潇凤和七丫两人。前路迷茫，一片漆黑，她的心里感到十分茫然。

这个春节，淑贞心情郁闷，经常独自发愣。在别人面前，她装作若无其事；可在人后，常常以泪洗面。桂春之死，让她刻骨铭心，难以忘怀。过年期间，在小草的陪伴下，她走访了几家主要的亲戚。所到之处，没说几句话，她就忍不住抹眼泪，气氛异常沉闷。大家都竭力劝她坚强些，把孩子照顾好。

转眼春节就过去了，柳枝上冒出了新芽，崖畔的迎春花开了，散发着浓郁的清香，仿佛在提醒人们春天已经来临。布谷鸟出现了，其他鸟儿也相继露面，清晨和黄昏时叽叽喳喳，似乎在诉说着春天的故事，全然不知人间疾苦。

泥土解冻后，二熊闲不住，用镢头把两院的空地翻挖了一遍，再用铁锨平整好，准备种菜。黄潇凤夸奖了二熊几句，二熊干得更起劲了。只要有空，他就拿起农具在菜园里忙活。黄潇凤劝他出去找个活干。二熊去了几次五云镇，可都没找到合适的活，心里很发愁。

有一天晚上，各自回房休息后，淑贞听到隔壁传来黄潇凤的怒骂声，她起身过去，刚走到门口，就听到几句话："父母不在，长兄为父，嫂子就是你妈！给俺洗一下脚怎么了，委屈你了？俺给你哥生了两个孩子就不委屈吗！"

"洗，洗，俺给你洗就是了，别大呼小叫的行不行？"

听到这里，淑贞转身回屋。第二天，淑贞串门时，发现二人相处得好好的，这才放下心来。

水龙头位于一片中槐树林里，东、北两侧紧挨着街中的两户住户。排水沟很浅，朝南流入马小奔新开辟的一块菜地，东侧紧挨着老关家的二分菜园。东边的菜园杂草丛生，零星冒出几棵菠菜。西侧菜园几乎没有杂草，里面的菠菜已经长到巴掌大小，吸引了街上人们的目光，经常有人站在地边观赏，有人叹息自己没眼光，没有发现这片宝贵的土地。街上有菜地的只有西头五六家，其余人家门前都是学校栽植的中槐树，谁也不敢擅自开垦。水龙头西侧三十米外，有一个砖砌的、正面朝东的小公厕，是学校为保护环境而建的。公厕到水龙头之间，是一个长宽各三十多米左右的土广场，是孩子们活动的场地。

西面的几户人家为避开厕所后面的粪坑，很少走院南土梁上的窄路，而是从厕所东面十余米处朝西北方向踏出一条小路，直通各家门前。黄潇凤和淑贞常走这条小路，因为每天都得去接水，水龙头成了各家碰面的公共场所，大家见了面都会打招呼。

二熊来了一段时间后，街上有人问黄潇凤："是不是你男人来了？"

黄潇凤点头说："是啊，谁忍心让老婆一个人在陕西生活？"

对方惊讶地说："你男人好年轻啊，文质彬彬，模样也俊，看着很面善。"

"那是。"黄潇凤说，"结婚前选对象，没眼力可不行，起码得对得住自己，这可是一辈子的事。"

淑贞听到后，心里不是滋味，脸涨得通红，也不敢多问。她从桂清家里借来农具下地干活。

五云山里花树竞相绽放，香气袭人，引来众多鸟儿在此栖息。

晴朗的日子里，街上各家各户门外菜园的菠菜绿油油的，菜叶渐渐变得肥厚，在阳光的照耀下，令人赏心悦目。荠荠菜迅速生长，田间野草也开始疯长。二熊一有空闲，就借来农具整理门前的空地，打算等清明时节种菜。

农历二月二，是落鸪村传统的集资唱大戏的日子。落鸪村有个惯例，除非遭遇年馑，否则每到农历二月二，村里都会筹钱给观音菩萨唱大戏，祈愿以此保佑全村五谷丰登、吉祥如意。村里有人到柳坞巷凑钱，问到淑贞时，桂清和小草只好替她出了这份钱。

村里各家都有来客，都在改善生活。银宫街的多数人家虽然不看秦腔戏，却也跟着改善伙食。早上，黄潇凤和杨淑贞提前采购食材，准备中午包饺子吃。饺子馅是猪油炒豆腐、小蒜，香味浓郁。孩子们在街上玩耍，银宫街槐树林西侧的空地上聚满了孩子。男孩子玩沙包、滚铁环，女孩子跳毽子、玩跳绳，稚气的孩子在一旁当观众，街上闹哄哄的，十分热闹。

二熊端着脸盆到水龙头边洗肉，那里已经围了一堆人，二熊只好在一旁等候。除了街上的人在这里打水，柳坞巷的人也到这里汲水。柳坞巷游鸪家门前有一孔老井，过去这里的住户在门前的井里用辘轳打水。西农建校后，街上有了水龙头，多数人宁愿到银宫街担水，也不愿从井里打水，久而久之，那口水井就闲置下来了。后来听说井里钻进了一条大蛇，就更没人吃井里的水了。

银宫街的水龙头边是个热闹的地方，一天到晚都有人光顾。自从二熊在这里出现，总感觉有个圆盘脸的小脚女人盯着他看。这个女人三十多岁，穿着的棉袄太大，都盖到膝盖了，看上去腿很短，她是钟太太，想要给黄潇凤画像的那个钟画师的妻子。

自从察觉到有人这样盯着自己，二熊感到很不自在。

水龙头边，有人在给桶里接水，有人在旁边洗衣，人们一边忙活一边闲聊。个别人图省事，直接在水龙头下面洗东西，害得等候接水的人只能干等着。这天，一个模样俊美的青年妇女正在水龙头下涮洗衣物，看到二熊来了，赶忙把洗衣盆挪到旁边，对二熊说："你快接，不用等了。"二熊把水桶放到龙头下，拧动手柄，水桶里哗哗直响。这时，碰巧钟太太过来淘菜，她瞅着二熊说："大兄弟，你有媳妇吗？"见二熊没搭话，她又说："你这么英俊，肯定能说个好媳妇。"

"有。"二熊低声说道。说完低头注视着桶里的水位，等水满了，准备换另一只桶。

"要是没有，姐给你说个俊的，你跟姐说实话。"

"不用不用。"二熊的脸一下子红到了耳根。

"人家有女人，就是黄潇凤。潇姐很漂亮，也能干，两人郎才女貌，很般配。您就别瞎说了。"向川花正在洗衣的手停了下来，她抬起头笑着说，"棒打鸳鸯可不好，大姐！"向川花圆脸、明眸、柳叶眉，眼睛似水，温情脉脉。

二熊换了一个水桶，把接满水的桶挪到数米之外。

钟太太皱了下眉头："话是这么说，俺咋看都不像！黄潇凤虽说好看，可怎么看都是个少妇，这娃明显年龄小，一看就是个孩子！还是个童男！"她的话引得众人一阵哄笑。

"童男你也能看出来？你的眼睛可真厉害，跟钟画师一样了，够神的！他见了美女就想画人家，他那算啥呀？亏你说得出口！"有人调侃道。

"画一下当然可以，他要是敢干别的，俺不卸了他的腿！"钟太太瞪了一下眼睛，随后态度又慢慢缓和下来，神神秘秘地说，"哎，你别说，只要哪个女人在俺面前走上几步，俺就能看出她是哪种人。"

"吹牛！俺不信。"一个少妇说道，她是修钟表老云家的女人，个子高挑，脸较小，眼睛不大。

"你走两步让俺看看！看你属于哪一类？"

"呸！你说的这叫啥话？呸呸呸！"

接满第二桶水，二熊双手各拎一只桶走了。钟太太对在场的其他人说："这小伙子力气挺大的，真有劲。"说完，菜也淘完了，她转身走了。水龙头边人来人往，人们都在忙碌着。

小孩们不懂其他事，只顾自己玩耍。

一天，二熊对黄潇凤说想回老家，黄潇凤没有同意，担心他这一去就回不来了。黄潇凤痛定思痛，为了抚养两个女儿长大，她打算让二熊留下来。

此后，淑贞发现黄潇凤开始注重打扮，脸上渐渐有了喜色，对二熊说话也客客气气的。她的气色明显比淑贞好，那张漂亮的鸭蛋脸偶尔飞起一片红晕。黄潇凤催着二熊出去找活干，二熊经常到街上找，无奈没有合适的活，只能继续等着。

这天，淑贞和黄潇凤在院子里坐着闲聊，淑贞说："嫂子，心里别太难过，娃们是咱将来的依靠。咱俩好好管娃，把娃管大就是福。"

"你放心，俺想得开。有啥好难过的？难过又有啥用？先过好眼前，过一天算一天。这些当兵的，可把咱俩坑苦了！生了一堆娃，想逃都没个地方去，真不该嫁给军人。"

"熊大哥是好人，在最危险的时候还惦记着你，想给你留条生路。唉！男人们真可怜，一心想着妻儿，想着家。听说咱俩走后刚一个月，太原就沦陷了，日本鬼子杀人放火，残害妇女，太恐怖了！要是当时没逃出来，咱俩早就没命了，孩子们更不用说。"

"你以后打算咋过？就一个人这么过下去？俺可不想一个人过，活得太累。"

"那你打算改嫁？"淑贞睁大了眼睛，吃惊地问。

"俺准备让二熊娶俺。现在是乱世，没有男人，日子实在没法过。二熊不习惯这里的生活，多次提出想回河南老家，俺不敢放他走，他走了，俺和孩子以后靠谁？没办法，只能对不起俺家树熊了，希望他的灵魂能原谅俺。"说到这儿，黄潇凤长叹一声道，"为了管娃，只能靠二熊了。俺想好了，俺给他哥生了两个孩子，就给他两个选择：要么两个孩子归他，俺走人改嫁；要么他娶俺，和俺一起过日子。"

"你给二熊说了吗？"淑贞追问。

"昨天说了，他起初不肯，却被俺吓住了，半天说不出话来。这小子不识抬举，俺得想办法治治他。"黄潇凤扑哧一声笑了，脸上泛起红晕，"依姐看，这小子已经害怕了，就怕俺扔下两个孩子走了。据俺观察，他离答应的日子不远了。"

淑贞一脸愕然，不知不觉满脸绯红。

发现二熊和黄潇凤走得越来越近，淑贞感到一种莫名的伤悲。等孩子们睡下，二熊天天晚上伺候黄潇凤洗脚，一开始不情愿，后来竟成了习惯，他的这种变化让淑贞无法理解。

立夏后的一天，淑贞听溪芹、溪芸说半夜妈妈不见了，淑贞听了没多问。当天夜里，等隔壁熄灭了蜡烛，淑贞走到东院，隔着窗户侧耳细听，传来男女亲昵的低语声，原来黄潇凤和二熊睡在了一起。听到这儿，淑贞只觉得脑袋"嗡"的一声，急忙转身回屋。睡到床上，她羞愧难当，仿佛自己做错了事。

次日清晨，黄潇凤和往常一样，淑贞却对她躲躲闪闪。黄潇凤察觉到了，也没多说什么。

在接下来的三天里，淑贞天天往西农门口跑，黄潇凤也没多问。又过了几天，淑贞提出分开过，黄潇凤十分吃惊："怎么了？为啥要分开过？"

淑贞平静地说："我找到了一份差事，给学校的灶上帮忙，以后能独立生活了。你和二熊好好过日子，我不能再给你们添麻烦了。"

黄潇凤听后沉默片刻，说道："俺和二熊的事你知道了？实不相瞒，俺俩已经在一起了。就因为这你不愿和俺们一起过了？那你以后咋办？你想清楚，俺们还是一起生活吧，俺让他出去找份差事，咱俩管娃做饭就行。咱俩死里逃生，理应不离不弃！别犯傻了，该干啥干啥，别惹俺生气！"

"我知道你说的是心里话，都是为我考虑，你的心意我领了。可毕竟这不是长久之计，还是早点分灶，免得以后产生矛盾。等我以后揭不开锅了，再来求嫂子你。你看这样行不行？"

黄潇凤想了想说："话都说到这份上了，姐也不好再说啥。行，反正都住在一起，要是觉得有啥不方便，你随时过来跟我说，千万别闷在心里，不然姐真会生气。这样吧，明天出去，俺让二熊给你买一套灶上用具，暂时分开一段时间试试。"

"好！"淑贞点头答应。

晚上，等孩子们睡着，淑贞独自躺在床上哭了很久。

经过反复商量，夏日的一天上午，两家分开了灶。黄潇凤分给淑贞四块银圆，对淑贞说："到现在为止，姐手里就剩八块钱了，咱俩一人一半，先凑合着用。"

淑贞推辞不要，黄潇凤生气了："我发现你变了！再这样姐可真生气了。树熊和桂春是生死弟兄，咱俩跟亲姐妹没啥两样。你要是再这样，咱俩以后就别来往了。拿着！"

淑贞只好收下，她说："嫂子，我以后帮你带孩子。"

"这就对了！你跟姐好好的，别让外人看笑话。"黄潇凤说，"缺钱随时跟姐说，二熊是个大老爷们儿，不能老闲着，俺让他今天就出去找活。等姐有了钱，不会不管你，放心吧！"

分开之后，淑贞感觉自由了。不用抢着干活，不用顾忌黄潇凤的感受，还能睡懒觉。就这样一个人独处了半天，为了避免黄潇凤过来叫他们吃午饭，她提前做好了饭。开饭前，她抱着儿子小船去请黄潇凤一家过来吃饭，黄潇凤笑着说："姐也做好了，你回去和孩子们吃吧！以后别这么客气了，咱都有锅灶。"

淑贞从此开始了独立生活。她让汾花、汾兰在家看弟弟，自己到西农的员工灶上帮厨，一天往大学校园跑两趟。黄潇凤经常过来逗孩子玩，二熊在五云镇一家熟肉店当厨师，老板娘见他忠诚老实，经常背地里给他一些难卖的熟杂肉。二熊每次把这些杂肉带回家，黄潇凤总是先分给淑贞的孩子们一些，然后才和自己的孩子一起吃。淑贞对此心存感激，黄潇凤常说："有好吃的先给孩子，娃们正在长身体，最需要营养。大人吃了也不长肉，只能填饱肚子，咱的生长期早过了。"

一天晚上，七丫来看淑贞。七丫得知淑贞分灶的消息后，对淑贞说："六妈，你应该买一块地，土地能养人。有了土地，只要人勤快，起码饿不着肚子。吃饭可是个大问题，只有种地才能解决。现在地也不贵。"

淑贞听了眼前一亮，说道："你帮我打听一下，有合适的先买一点。"

"好，我回去就去打听，有消息马上告诉你。"

一天，七丫领着淑贞来到路南一处田埂上，指着路南崖背与一小片麦地毗邻、开满稀稀拉拉油菜花的地块说："就是这块地，六妈你仔细看看。"

这块地不太规整，南边短北边长。邻近的崖畔有几棵桐树，几只鸟正在树上鸣叫。地的南侧与游公羊的一亩麦地相邻，北边紧挨着那条东西土路。淑贞走到地里，抓起一把土，土质干硬，不太松散。她松开手，凝视着这块土地，心里涌起一股亲切感。

次日凌晨，淑贞独自又去看了一次地。看完后，她去七丫家里，表示决定买那块地。七丫夫妇找了中间人，经过双方协商，达成了土地买卖协议，完成了地契交接。

从此，淑贞有了自己的一亩半地。白天只要有空，她就到地里拔拔草，或者站在地边发呆。晚上，只要能静下心来，她就会对着隐藏着青花瓷双佛的壁洞，望着那和蔼可亲的女佛像虔诚跪拜，拜过之后便陷入痴痴的沉思。

一天上午，黄潇凤看见银宫街来了一男一女，他们在街上想找地方盖房，听说已经在街上转了三天。黄潇凤在水龙头边洗菜时，听到一群洗衣妇的议论。

"这两人是从江苏逃出来的，那女的逢人就说：日寇在南京屠城，奸淫掳掠，杀人放火，杀了几十万人。"

"那女的像个阔太太，也是大脚，身材很好，穿一身花色棉旗袍，走路一扭一扭的，涂了口红，长发披肩。"

"那男的话少，很沉稳，老是板着脸，走路像个军人。那女的穿得好看，说话很难懂。"

"那女特别漂亮。俺在西农南门口的早市上遇见过她，她走过以后，好多男人都停下脚步偷偷看她。"

"那女的皮肤白净，眼睛会说话。"

这时，紧挨着黄潇凤家的木匠老鱼来挑水，几个妇女便低头洗衣，不再说话。黄潇凤洗完菜便转身回家了。刚才妇女们的话，引起了她的极大兴趣。她想知道这个女人是谁，来自哪里。

七

一天下午，黄潇凤在水龙头附近又看到了那个女人和那个男人，同行的还有校警队的耿班长，他们在水龙头东南的菜地撒了些白灰。那个男的脸色似乎有些发白，像一个久病初愈的人，身着黑色校警制服。撒过白灰后，他与耿班长一起走访了东边的关家，院里传出几声争吵。他们出来后，院门"咣"的一声被关上了。耿班长骂了两句，带着这对男女在街上转了一圈，很少说话。见到黄潇凤后，耿班长给那一对男女做了介绍："这位嫂子来自山西，祖籍河南，从前线回来的，精明能干，以后就是你们的邻居。"

"认识您很高兴，请多关照。"那女的说，"我叫钱江燕，来自重庆，祖籍南京。我先生叫秦笛，陕西安康人，也是从前线回来的。"

"认识你们很高兴，我叫……"黄潇凤做了自我介绍，接着说，"你们有空就到家里坐坐。"

临走时，耿班长对黄潇凤说："大妹子，几天没见，你越发标致了。哪天做了好吃的，别忘了叫哥一声，尝尝你的厨艺，咋样？"

"没问题，等有空再说。你带他俩在街上转悠啥呢？"

耿班长说："找地方盖房。这是新来的同事秦笛，想在街上找块地皮盖两间房。"

"找到了吗？"黄潇凤关切地问。

"找到了，他俩看上水龙头东南侧路边的那块菜地，是老关家占用的，种了些零散的韭菜、白菜和菠菜。我刚才给地上撒了些白灰，算是圈了地。刚才去给老关打招呼，老关不肯给用，说这是他家的菜地，我当时就火了，对他说街上的地都是学校的，你们在街上盖房，谁掏过一文钱买地？你看老关多刁？这事他挡不住，我让秦笛过几天就动工，到时候看谁敢挡？"

黄潇凤说："欢迎新邻居。"

秦笛和钱江燕说："谢谢，还望多关照。"

黄潇凤回到家里，脑海中经常闪现出钱江燕的身影，觉得她太美了，窈窕动人，目光清澈，很想与她交往。晚饭后，她到向川花家串门，鼓动川花等人给新邻居帮忙，等秦笛夫妇盖房时，让马小奔和二熊一起给新邻居搭把手，向川花爽快地答应道："没问题，小奔听我的。咱俩到时候在我家给他们提供开水，尽力帮帮他们。其实，耿班长撒的白灰线我也看到了，也占了我家的部分菜园，占老关的菜地多，占我家的地少。我和小奔没意见，占就占了，都是逃难的，不能相互为难。我寻思赶在动工前，先把影响盖房的菜拔了，到时候也给嫂子你送些，反正一两天也吃不完。要我说，当初校方没有阻拦咱盖房，咱就已经应该千恩万谢了。都是学校的土地，学校说了算，咱凭啥阻止人家？"回家后，黄潇凤对二熊说："街上新来了一对夫妇，是从南京逃出来的，他俩在水龙头南边看好了一块地，和校方说妥了，但老关两口子有些不情愿。等他家动工时，你提前给老板娘请个假，和老马一起给新邻居帮一天忙，表示点心意。"

二熊说："中，你把握好时间，俺好提前请假。"

次日清晨，秦笛开始备料，将木料、土坯和泥土陆续堆到那块地周围，老关夫妇暴跳如雷，不准施工人员动自家的菜地。秦笛到学校反映，校方说："你盖你的，不用理他。"过了几天，秦笛找了一群工匠准备破土动工。听到消息后，二熊和马小奔当天就去帮忙，秦笛两口子喜出望外，给他们每人发了一盒三炮台香烟，两人推辞不过，只好收下。正当众人挖地基时，老关跳出来阻拦，秦笛夫妇难以应对，施工被迫停止，工匠们站在旁边面面相觑。二熊和马小奔见状，又是给老关说好话，又是给他发纸烟，谁知老关脖子一扭，跟鹅似的晃来晃去，就是不买账。二熊和马小奔很生气，对老关怒目而视，强压着胸中的怒火，不再搭理他。忽然，二熊灵机一动，把马小奔拉到一旁耳语了几句，两人示意工匠们休息片刻，不要离开施工现场。然后，他俩结伴赶往学校南门送信，值班的校警听了，立即向上级报告。

送完信，二熊和马小奔再次回到施工现场，劝秦笛夫妇别着急，让工匠再等等。老关瞅着他俩暗自生闷气，不知道他俩在捣鼓什么。大约在停工一个小时后，耿班长闻讯怒冲冲地来到施工现场，指着老关的鼻子破口大骂："滚回去！这是西农学校的土地，没你说话的份！你再在这儿顶嘴，我立马让人扒了你的房，让你没处可去，你信不？不信就试试！"

老关被气得浑身哆嗦，此人是个鞋匠，中等身材，身体消瘦，小方脸上长着一双小眼睛。看到耿班长发威，他的眼珠子几乎都快蹦出来了："你扒，有本事你扒！你有啥能耐，不就穿了这身黑皮吗，有啥了不起！有本事咋不去打日本鬼子，在大后方耍威风！"

"你说我耍威风？好，我今天就专门对你耍威风，看你能怎样？有能耐你搬走，别在这儿住了！告诉你，秦笛是从前线下来的，打过日本鬼子，因为负伤才到后方来的，他有战功，所以我必须帮他。你们要是再捣乱，我真叫人扒了你家的房，你想清楚！"

"先回家，别说了！菜地咱不要了，保房要紧，俺的爷——你不要咱这房了？"他的女人脸色煞白，紧紧拉住他的一只胳膊说道，"人家有后台，咱惹不起。"老关看到耿班长动了真格的，一下蒙了，虽然嘴上不饶人，心里却没了底气，被老婆拽着往回走。临走时，他冷冷地看着二熊和马小奔说："来了新邻居，就不认老邻居了，你俩就是势利眼！"马小奔吼道："少说这种话，谁有理俺向着谁！"老关女人不敢多嘴，使劲拉着老关回家。老关虽然有些不甘心，嘴里嘟囔着什么，双脚却一步步往回挪。

"现在我宣布开工！"耿班长喊了一声，工匠们开始动手。放线的放线，打夯的打夯。耿班长手拎一根警棒，斜睨了老关一眼，似乎在等他过来滋事。老关走到自家门口，转身瞅了瞅凶神恶煞的耿某，又翻眼看了看正在干活的二熊和马小奔，嘴里哼了一声走进了家门。他老婆随后跟了进去，"吱呀"一声关上了院门。看到老关夫妇走了，秦笛一颗悬着的心终于落了地。秦笛夫妇热情地给在场的众人散烟，秦笛给耿班长敬了一支烟，用火柴给他点上。耿班长吸了两口，缓缓吐出一串烟雾。等烟雾散开，他轻蔑地说："有些人吃硬不吃软，对他就得用硬的！老子见的怪人多了，他算老几呀？也算他识相，不然我急了，真就搭梯子上他家的房，揭他家的茅草。"

秦笛说："算了，都是同胞，何必呢！"

得知盖房首战顺利，黄潇凤和向川花很高兴，二人出来帮忙，一起来到川花家烧开水，给干活的工匠提供热水，秦笛夫妇深受感动。

耿班长跟打了胜仗似的，一边吸烟，一边在工地外面悠闲地来回踱步。他对身旁不停给他递烟的秦笛说："兄弟，你福气大，娶了个好媳妇，白白净净、身材又好，真让人羡慕死了。等你盖好了房子，搬家时可得庆祝一下，让你媳妇炒几个菜，咱俩好好喝几盅。"

"那是自然，肯定没问题。"秦笛笑着回应道。

"再一个，你是科班出身，上过前线，还当过排长，一来学校就给封了个班长，跟我平起平坐。我在学校干了四五年，才熬到个班长！"耿班长皱着眉，一脸苦相地说，"这事弄得我都没干劲了。这帮书呆子看重学历，我也只能是哑巴吃黄连——有苦说不出。估计你以后升得比我快，以后高升了，可别忘了老哥我。"

"您放心！滴水之恩，当涌泉相报。秦某若有出头之日，怎敢忘了耿兄的恩情。"

"这就对了！看这情形不会有事了，我该走了。"耿班长对秦笛说，

"有啥事马上给我传话，半小时我准到。走了!"

下午收工后，秦笛夫妇邀请二熊和马小奔到南门外一家小面馆吃饭，二人坚决推辞。二熊说："你家刚动工，用钱的地方多着呢，咱们都是自己人，往后打交道的日子长，千万别这么客气。"马小奔也说："我家就在水龙头北侧，离得近，现场的材料你不用操心，我晚上帮你照看，没人敢来乱动。你俩辛苦一天了，回去早点休息。"

秦笛夫妇听了十分感动，连声道谢："也好，谢谢!"

为防止发生意外，二熊和马小奔次日又给秦笛夫妇帮了一天忙。一周之后，两间半茅屋落成，大门上也安好了锁。新屋一建成，秦笛和钱江燕很快就搬了过来，他称钱江燕为柳夫人，别人听着好奇，问她为何这样称呼，他却笑而不答。为缓和与关家的矛盾，秦笛夫妇买了些礼品送给关家，暂时让双方关系得到了缓和。

搬到新居后，秦笛与柳夫人先后请耿班长及几个校警队同事、黄潇凤与二熊、向川花与马小奔到家里吃饭。柳夫人注重打扮，外出时衣着光鲜，常穿一身新做的墨绿色旗袍，脚蹬高跟鞋。她身材高挑，长相出众，一双大脚走起路来轻盈优雅，吸引了不少邻居的目光。每次到水龙头边洗菜，她见到街上的人，总会主动打招呼，很快就和街上的妇女们熟络起来。银宫街的住户大多是从沦陷区逃出来的河南人，对外来人有一种天然的亲近感，对柳夫人很是敬重，更多的妇女则羡慕她的那双大脚。有人感叹自从街上有了黄潇凤、柳夫人、向川花这三个美貌的大脚女人，小脚女人就备受冷落；有人说柳坞巷自从出了大脚杨淑贞，小脚女人也没了优势；还有人羡慕杨淑贞干活麻利，下地劳作像个男人。

后来，通过聊天，街坊们渐渐了解了柳夫人的身世。她老家在重庆，幼时随父母搬到南京生活。她的丈夫柳荫是黄埔军校毕业的一名少校军官，随部参加淞沪会战时，在战场上牺牲了。得知这个消息，人们对柳夫人愈发肃然起敬。

这天午后，黄潇凤到秦家串门。见大门紧闭，她便开始叫门。门打开后，看到是黄潇凤，柳夫人很是欣喜，热情地把黄潇凤请进屋。屋里摆设十分简单，一张床、一张木桌、一个木箱、几个木凳。柳夫人让黄潇凤坐下后，去给她倒了一杯红茶，然后便和她聊了起来。柳夫人说："盖房的时候多亏您和先生大力相助，真是太感谢了！"黄潇凤回应道："应该的，都是邻居，不必这么客气。"

一番寒暄过后，征得柳夫人的同意，黄潇凤先后到卧室和厨房看了看。卧室地上放着两个塑料脸盆和一个暖水瓶。被褥都是市面上常见的。厨房里，有一个泥砌的灶台、一张旧案板、一个摆放着碗筷油盐调料的小木架，地上还放着两个铁桶。整体感觉就是质朴整洁。

看完后，两人又回到待客室，继续交谈。她们论起了年龄，柳夫人比黄潇凤年长一岁半。

柳夫人说道："我年长，你要是不嫌弃，以后叫我柳姐就行。我初来乍到，以后还望你多多关照。"

黄潇凤回应："好说，大家都是外来人，理应相互照应。为躲避日本鬼子，我和淑贞都是从山西过来的，俺们来这儿的时间也不长。"

柳夫人顿时觉得自己跟黄潇凤又亲近了许多。

在接下来的闲聊中，柳夫人向黄潇凤详细讲述了自己的人生遭际：

"我先生叫柳荫，是国民党军队的一名营长，随部队在上海与日寇作战，牺牲在了上海，他和战友们在阵地上被敌人的炮火吞噬。他的战友给家里送了信，可连遗体都没找到。我们有个快满两岁的女儿，叫叶甜，她特别可爱。南京保卫战前夕，我带着叶甜，跟随父母和妹妹逃出城，过江后打算回重庆老家。可谁知道，渡过长江后遭遇敌机轰炸，一家人失散了。我带着女儿在江边找了三天，都没找到他们，估计他们也在往重庆赶。没办法，我只能带着女儿徒步往西走。路上难民多得很。逃出来后没吃没喝，有一天我饿昏在路边，醒来却发现女儿已经饿死在我身旁。我大哭了一场后，在江边草草掩埋了女儿的遗体，然后跟着人群继续往前走。走到武汉的时候，我突然情绪崩溃，不想活了，站在江边准备跳江，却被一个伤兵死死拉住，这个人就是秦笛。当时他左臂受伤，头上还缠着绷带。他见我神情不对，对我十分同情。他拉住我，听我讲了一家人的生离死别，又听说我想回重庆老家，当即表示愿意一路护送我，于是我俩就结伴上路了。路上听他说，他老家在陕西安康，父母去世得早，是在亲友的抚养下长大成人的。上初中时，在进步老师的影响下，十六岁就离开陕西报考了黄埔军校，毕业后在一支部队担任见习排长，参加过淞沪会战。部队退守南京后，他随部参加南京保卫战。南京沦陷前，他所在部队在南京外围防守，他在战斗中负伤，头上缠满了绷带。阵地失陷前，在一名上尉的带领下，他们拼死冲出日军的包围圈，逃进了郊外的丛林。当时，部队建制已经混乱，聚在一起的战友们彼此都不认识，而且面临弹尽粮绝的困境。

"听秦笛讲，日寇在南京城内城外烧杀抢掠，这激起了郊外零星中国军人的奋勇抵抗。面对日寇的屠杀，只要手里有武器，郊外的抵抗就从未停止过。许多官兵自发聚在一起，在缺衣少食的情况下，还伺机袭击敌营，打击日寇。秦笛和一群来自不同部队的溃兵，在一名上尉连长的召集下，伺机袭击日寇的营房，抢夺粮食和弹药。在一次抢粮行动中，他们与敌人遭遇，激战中秦笛左胸肩胛骨下方被敌人一颗子弹打穿，当场血流如注，战友们给他进行了简单包扎，这才保住了性命。两天后，那位连长带着其他战友夜袭敌军一个粮库，却身陷重围，全部牺牲。因为秦笛受伤留守营地，这才幸免于难。等到天亮，秦笛发现战友们彻夜未归，就知道情况不妙。他在驻地等了三天，也没等到战友回来，这才趁着夜色离开驻地向南转移，白天找地方隐蔽，晚上赶路。后来在一个老乡的帮助下，找来一个小竹筏渡过长江，逃离了南京。到了对岸的小树林，他收集干树枝，向路人借来火柴生火，用柴火烤干衣服，打算投奔其他抗日部队。之后，他就徒步沿江西行，在武汉码头遇到了我。当时要是没碰到他，我早就跳进长江了……

"他当时上衣沾满血，衣服又脏又破。好在口袋里积攒了几块银圆，这才解决了沿途吃饭的问题。他忍受伤痛，带着我跟随西行的难民潮徒步逃往宜昌，计划乘船继续西行。然而，在宜昌码头，根本买不到去重庆的船票。当时，在黑市买一张去重庆的船票需要 400 元（法币），我们俩身上的钱远远不够。到了宜昌，我们实在走不动了，只好在码头等了两天。就在这时，碰到了一个好心的商人。他看到秦笛是个伤兵，问明秦笛负伤的原因后，当即慷慨解囊，帮我们买了两张去重庆的船票。就这样，我们得以顺长江溯流而上。到了重庆，找到外婆家，这才知道父母和妹妹并没有回来。我在外婆家安下身来，打算一直等到父母归来，可谁知在这里等了一个月，也没见他们的踪影，估计是凶多吉少了。幸亏舅舅、舅妈家经济条件不错，出钱帮秦笛治好了伤。到了重庆后，他一直闷闷不乐。我问他为什么这样，他说自己没脸见人，觉得自己是个逃兵，当初就应该死在战场上，为国尽忠，而不应该逃到重庆。我怎么劝都没用，他这人就是认死理。他还经常在睡梦中大喊大叫，说着'冲啊——杀啊——'之类的话。伤好转一些后，他两次背着我报名投军，都被我拽了回来。我知道他的伤还没有完全好，不能让他走。他比我小五六岁，我得保护他。疗伤期间，一闲下来，我就到嘉陵江畔的朝天门码头等候父母和妹妹，盼着他们能平安归来，可一直都没等到。时间长了，我就在江边跟着大学生们做义工，疏导从码头下来的难民，给他们提供热水，指引他们安家的方向，从早忙到晚。秦笛伤势完全好转之后，每天都陪着我一起去。有一天，秦笛在码头遇到了他的表哥。他表哥在西部农学院校警队担任副队长，恰巧乘卡车翻越秦岭，护送学校的一位领导来重庆办事。于是，他动了回陕的念头。陕西人乡土观念重，他表哥走后，他天天晚上失眠，一心想回陕西。他征求我的意见，我表示愿意陪他到陕西生活。毕竟他救了我，我也得救他。过了一个月，通过他表哥的关系，我们设法搭乘西部农学院派往重庆办事的一辆卡车，经过长途颠簸，经汉中翻越秦岭，到达了陕西，来到了这里。在你和川花妹妹的帮助下，盖了两间茅屋，总算安了家。秦笛最初想护送我到西农后，把我安顿好，自己就去参军上前线。我早就看穿了他的心思，死活不同意，坚决不依，他也没办法，只好先在学校找了份差事干着。学校里面没有地方住，于是就找到了这里……

"我这是死里逃生啊！父母和妹妹不知去了哪里，一直毫无音信，一家人就这么散了，散了……"柳夫人神色凄楚，长叹口气接着说，"国家落后，就要挨打。鸦片战争以后，外敌入侵，老百姓的日子凄惨得很。九一八事变后，日寇疯狂进攻，凶残得很，毒辣得很！全是一群畜生、恶魔！"

"到了这里就好了，往后能安定生活了。常言道：'大难不死，必有后福。'"

"现在活着太痛苦，痛苦万分。丈夫和孩子都死了，父母和妹妹也失散了，我活着还有什么意思？唉，看不到一点希望。"说到这里，柳夫人异常悲伤，几度哽咽。

黄潇凤起身给她倒了一杯热水，说道："鬼子作恶多端，肯定没有好下场。"

柳夫人伸手接过水杯，接着说："我的女儿太可怜了，活活被饿死了，我有错，我对不起娃，对不起柳荫。"

"可别这么说，能逃出来就是万幸。既然活过来了，就得好好生活。"黄潇凤说，"你得保重身体，一切都会好起来的。"

为了安慰柳夫人，黄潇凤也简单地讲述了自己从山西来到这里的经过。柳夫人认真地听着，听完后哀伤地说："你丈夫也是个英雄。他们都是为国而死，虽死犹荣！他俩身为军人，为国尽忠，死得其所。咱姐妹俩今生能在这里相遇，也是缘分。有个知己朋友很重要，以后咱俩相互照应，也有个依靠。"

"一言为定！不过俺又成家了，和小叔子成一家人了。秦笛救了你，你不打算和秦笛一起生活吗？"

"知恩图报，这是肯定的。可是秦笛一心想着上战场，压根儿没打算结婚，说养好伤就去投军。他常念叨国家有难，作为军人要为国家捐躯。他满身是伤，我怎么劝都劝不住。我们俩在一起搭伙过日子，实际上是名义夫妻，晚上各睡各的。先活下去再说，过一天算一天。"

"柳姐，感谢你掏心掏肺地跟俺说这些。今后咱俩就是姐妹了，比亲姐妹还亲，你有空常到俺家坐坐。时间不早了，俺该回家了，你也早点休息。"黄潇凤起身准备回家。

"好，姐有空就去看你。"柳夫人把黄潇凤送到门外。

回到家里，黄潇凤的心里难以平静，柳夫人讲述的悲惨往事，萦绕在她的脑海里，始终挥之不去。

八

这天早晨，银宫街上突然来了一支国民党队伍，挨家挨户抓壮丁。没来得及跑出去的年轻人被抓住，家里的妇女们哭哭啼啼地求情，当官的却根本不予理会。当场就抓走了四五个青年人，押往镇公所关押。搜完银宫街，他们又去搜柳坞巷，原在西北军当兵后开小差回来的游雕也被抓走了。当时，抓壮丁的士兵所到之处，一片鸡飞狗跳。

黄潇凤的心一下子悬到了半空，她担心二熊被抓走。那些兵走后，黄潇凤知道淑贞没在家，便把两个孩子托付给柳夫人，独自赶往五云镇。她找到二熊打工的那家熟肉店，见二熊安然无恙，这才放下心来。熟肉店门外支着一口大锅，锅里正煮着猪肉，香气四溢。旁边有一张木板案板，二熊正站在一个冒着火苗的炒锅前，给顾客炒肉、加汤，几个衣着阔绰的顾客坐在凉棚下的小桌旁等候。二熊看到黄潇凤来了，跟她打了个招呼便继续忙碌。这时，听到店外有人说话，老板娘笑嘻嘻地走了出来。老板娘是个三十多岁的小脚女人，生着柳叶丹凤眼，白白净净，相貌很清秀，只是大腿粗壮。她看到黄潇凤后问道："你是二熊他姐？"

"嗯，是他姐，跟他晚上在一个炕上睡的姐。"黄潇凤说道，"你是他的老板娘？"

"不敢称老板娘，也是他姐，给他发工钱的姐。"那女人仔细打量着黄潇凤，笑着说，"进来坐坐，没想到你这么漂亮，难怪二熊天天往回跑，再忙也不愿意在店里过夜。我给他加钱让他看门，他都不干。"

"二熊胆小，看不了门。俺不进去坐了，听说街上抓壮丁，俺过来看看。听二熊说你们对他很好，谢谢你了。以后还请多关照。"

"放心吧！抓不到咱这儿。镇公所那帮老爷欺负人，经常过来蹭吃蹭喝，咱又惹不起。不过他们白吃白喝，哪个还好意思到本店找麻烦？你就放心好了！"

"你们忙吧，俺回去了。"黄潇凤朝老板娘挥了挥手，转身往回走。

"哎，等一下！"老板娘从摆放熟肉的案板上用麻纸包起一斤左右的熟肉，对二熊说，"赶紧给你媳妇塞到手里，快去！她头一次来，哪能让她空手回去？"

二熊笑着摸了摸头，接过那份熟肉去追黄潇凤。黄潇凤已经走出好远，得知是老板娘的心意后，她伸手接过，心里对老板娘产生了好感。

回到银宫街时，快到中午了。黄潇凤走进家门，看到柳夫人正在给围坐在她跟前的溪芸、溪芹讲故事。柳夫人见到黄潇凤，站起身来问道："情况咋样？"

"二熊没事，虚惊一场。你中午就别回家了，在这儿吃饭吧。"

"我得回去，以后有事你随时找我。"柳夫人想要离开。

"那你等等。"黄潇凤快步走进厨房，切开肉，给柳夫人包了一份，递到她手里，"谢谢你，帮我看了半天孩子，帮大忙了。二熊的老板送了块熟肉，分给你一份，拿回家尝尝。"

柳夫人推辞不过，只好把熟肉拿回家了。随后，黄潇凤让九岁半的溪芸给在家看弟弟的汾花、汾兰也送去了一份熟肉。

在西农地下党的宣传鼓动下，西农校园里师生的爱国热情高涨，纷纷报名要求上战场杀敌报国。其中有许多青年教师是从海外留学归来的人才，却被校方阻拦下来。校长劝师生们安心学习，将来用科学知识报效国家，可很多人无法接受，坚持当兵入伍，走上了抗日战场。有一次，部队来征兵，秦笛对柳夫人说想报名参军，柳夫人这回没有阻拦，打算随他去。秦笛去报名时，校警队研究后表示同意，征兵的人也同意了。临行前，柳夫人哭了一场，秦笛见状唉声叹气，一夜未合眼。柳夫人打算送他走后，自己收拾行李返回重庆。谁知事情出了意外，当柳夫人泪眼婆娑地送秦笛到五云车站的站台上，眼看着他和入伍的青年列队集合完毕，正准备登火车出发时，秦笛却突然昏倒在地，同伴们连忙把他架起来。接兵官发现后很惊讶，柳夫人急忙上前诉说秦笛受伤的原因。接兵官听后深受感动，劝说秦笛回家继续养伤，下次再带他走，秦笛只好听从。柳夫人陪同秦笛回家后，秦笛在家休息了两天，又重新回到校警队上班。

街上的人们得知秦笛的事迹后，有人感叹：国难当头，有人争着当兵，有人却四处躲避。

傍晚，银宫街被抓去的青年们一个个都被家人凑钱赎了回来。

晚上就寝后，黄潇凤将二熊审问了半天，生怕二熊与老板娘有染。二熊最后不耐烦了："你不相信俺，你相信谁？你太多疑了，再这样俺真去当兵了，去打日军！让你一个人过！"

"你反了？长本事了，是你那个老板娘教你的吧？"黄潇凤拧住二熊的耳朵，二熊连喊痛，黄潇凤这才撇了撇嘴松了手，"记住！你跟姐现在是一家人了，就得听姐的话，跟姐走！一辈子伺候姐。"

二熊没好气地说："俺算是上了你的当了！说啥都晚了，睡！俺困了。"

黄潇凤在被窝里笑出了声。

西农的学生每隔一段时间就到街上游行，振臂高呼"打倒日本侵略者""团结起来，就是胜利！""还我河山！""抗日救亡！"等口号。他们在街上当众演讲，散发抗日传单，声势浩大。有的学生不顾阻拦报名参军，有的三三两两奔赴革命圣地延安。

半个月后的一个夜晚，游雕鬼鬼祟祟地回来了，走路时瞻前顾后，生怕被邻居发现。回家后，他闭门不出，一连三个月闷在家里。桂清听说后，猜测他又从部队开了小差。

每次学生游行时，街上熙熙攘攘，看热闹的人很多。有时大学生们在南门里侧的广场聚集，有人演讲，有人高呼口号，师生们群情激昂。受到学生抗日宣传的影响，秦笛热血沸腾，渴望重返前线杀敌报国。他经常尾随在游行队伍的后面，暗暗地保护学生，直到游行结束。柳夫人也经常参加游行，每次回到街上，她就站在水龙头边，给人们讲述游行的见闻。

有一次，黄潇凤正在水边洗菜，柳夫人又给聚拢在水龙头边的人们讲新闻，两名巡警恰巧路过此地，停下脚步眼睛直勾勾地看向柳夫人，其中一个盯着她丰满的前胸，另一个看着她匀称的身段，柳夫人却浑然不觉。等他俩走了，黄潇凤说："柳姐，你注意到刚才那两个陌生警察了没？他俩看你都看呆了，你再这么抛头露面，小心有人打你的主意。"

柳夫人怔了怔，似乎在回忆刚才的场景："你这一说，我想起来了，那两个警察的眼神好像确实有些怪。应该没事，放心吧！"

柳夫人搬到新居后，曾与秦笛邀请老耿等同事到家里吃饭。酒酣耳热之后，老耿大肆夸赞柳夫人的长相，一双眼睛老是贼溜溜地盯着柳夫人，搞得秦笛与柳夫人很尴尬。送走老耿后，柳夫人让秦笛以后别把他往家里带，她觉得此人不可交。

一天上午，趁秦笛上班，老耿提了一包点心来到柳宅。敲门不久，木门开了一道缝，柳夫人看到是老耿，非常惊讶。老耿满脸堆笑，小声说："是我，路过这儿，顺便看看你。"说完，不等柳夫人回应，老耿就轻轻推开门，径直往里走。柳夫人愣了一下，心里有些慌乱。她急忙到门外看了看，街上空荡荡的，一个路人也没有。她一下子慌了神，犹豫片刻后，只好把门完全打开，满心疑惑地跟着老耿走进了屋子。

这时，老耿已一屁股坐到了柳夫人的床上。柳夫人满心不悦，站在一旁，对他根本不予理会。老耿却像没察觉似的，侧身躺了下去，嘴里念叨着："老秦那家伙，可真是有福气，娶了你这么个如花似玉的媳妇，哥我羡慕得很哪！快给哥倒杯水，渴得嗓子都快冒烟了。"

柳夫人给老耿倒了一杯开水，放在床边，随后又退到一旁，继续站着。老耿下了床，蹑手蹑脚、神神秘秘地走到屋门口，朝外瞅了一眼，紧接着出去关上了大门。听到木门的撞击声，柳夫人柳眉瞬间倒竖，脸色也跟着阴沉下来。老耿再次走进屋子，这才发现她的脸色不对劲。老耿厚着脸皮凑上前，伸手就要去拍她的肩膀，柳夫人猛地问道："你是不是日本人？"

"不是啊，"老耿这才感觉气氛不对，支支吾吾地回应，"咋突然这么问呢？"

"你喝醉了，赶紧回去！"柳夫人冷冷地说了一句，老耿一下子就愣住了。

"耿先生，请你出去！"柳夫人提高了嗓门，镇定地说道，"你喝醉了，有话咱们明天再说。"

老耿像遭了雷击一般，呆立在原地。瞧着柳夫人脸色吓人，他自知理亏，拔腿就往屋外跑。刚跑到院里，就听到柳夫人喊道："等一下！"

老耿停住了脚步，头都没敢回，还假装醉酒，故意摇晃了两下。柳夫人走到院里，把老耿带来的那包点心递给他，说道："带回去吧！给你家人吃。你之前帮过我们，按道理该是我们给你送礼才对。"

"不不，你收下吧。"老耿脸涨得通红，转身就想溜。

"拿着！不然我让秦笛回头给你送到家里去。"

老耿心如死灰，皱了皱眉，上前接过那包点心，转身打开院门灰溜溜地走了。

柳夫人去关大门时，发现老关的女人正远远地盯着自己。

到了下午，水龙头边就传开了关于柳夫人和老耿的绯闻。一人说："听说秦笛跟旗袍（柳夫人）不是原配，是半路凑到一块儿的。"另一个人接话道:"昨晚短腿耿班长跟旗袍鬼混了一整夜,天大亮了才走,有人亲眼瞧见的。"还有人附和:"俺第一眼看到旗袍,就觉得她眼神勾人,男人见了魂都得被勾走。往后可得防着她,现在的男人靠不住啊!"又有人跟着说:"旗袍占地盖房的时候,怪不得耿班长那么卖力帮忙。"

这些闲言碎语传到了黄潇凤耳朵里,她气坏了。见到柳夫人后,她提起这些话,柳夫人轻蔑地笑了笑,说:"想不到是非这么多,这些人可真够无聊的!姐是那种人吗?根本不可能!"

柳夫人大致给黄潇凤讲了老耿酒后上门的经过,黄潇凤说:"看来问题出在老关的女人身上,咱俩找她问问去!"

"算了,冤家宜解不宜结,随她们怎么说吧!古人说得好:浊者自浊,清者自清。姐不在乎,不想搭理那些长舌妇。"

黄潇凤只好作罢,劝慰了柳夫人一番后,便起身回家了。从那以后,黄潇凤越发看不起老关的女人,从此再也不跟老关的老婆搭话。

平日里,淑贞依旧在学校灶上帮厨,业余时间还忙着打理庄稼。西坡那块地被她视作命根子,仿佛那地里能挖出金元宝似的。初夏收了油菜后,她用菜籽换了三小壶菜籽油,给黄潇凤和桂清各送了一份,自己留了一份。家里平时炒菜少,一般用的都是猪油,菜籽油珍贵,通常只在年底才用。看着淑贞整日忙得风风火火、风尘仆仆,黄潇凤有些心疼,便经常到隔壁帮忙照看孩子。

淑贞不怕吃苦,也不乱花钱。她常年不买蔬菜,都是靠捡菜叶或者挖野菜做饭。看到有人来挑灶上的剩饭剩菜,她便动了心思。抽空在外面捡来旧砖,在自家崖下院子的柴窑外垒起了一个小猪圈。她在集市上打听好小猪的价格,后来用积攒的工钱托焦愣虎给自己买了一对小猪,养在柳坞巷后院。每天下班之后,她就用旧桶拎回半桶剩饭喂猪。因为食物充足,小猪长得很快。过了农历八月十五,她找了几家卖猪肉的屠夫，让他们过来看猪。几家看过之后，经过一番讨价还价，她和其中一家达成了购买意向。过了三天，那家屠夫交了钱，把猪拉走了，淑贞也因此有了第一笔可观的收入。

有了卖猪的钱，淑贞想买一头耕牛，因为有了耕牛种地就不用再求人了。桂清原本也有一头耕牛，为了打官司给卖掉了，种庄稼很不方便。为了买牛，淑贞节衣缩食。功夫不负有心人，秋末种麦之前，她用积攒的工钱和卖猪的钱，终于买了一头小黄牛。自从买了小黄牛，她干活越发勤快了，每天按时喂养，盼着牛能早点长大。为了让牛在冬季不受冻，她征得桂清的同意后，赊账请了两个匠人在靠东的崖下打窑。先是从崖上往下把崖面挖齐，这个工程叫"洗崖"，然后在崖下往外掏土，就地把土垫在窑洞前方，用新挖出的土垫高地面，这样就省去了运土的费用，不过却把瓦房置于低坑，院子地面比屋里还高，可这也是没办法的事。经过半个多月的辛苦劳作，最终把那孔小柴窑扩建成了大窑，引得那些没有深窑的邻居纷纷效仿。这年的 10 到 11 月，成了柳坞巷打窑最繁忙的季节。

淑贞的能干得到了邻里的夸赞，银钗却对她十分嫉妒，在背后冷言冷语地讥讽她，淑贞并不理会。

那一阵子，淑贞在崖上崖下两头跑。等新窑可以入住了，她就陆续把东西搬到崖下，准备挑个好日子搬到崖下住。

这天中午，淑贞去挑水时，遇到一个姓赵的西农学生想租房，她便把学生领到银宫街西北角，让学生看了自己的房子。学生很满意，当场就谈好了租金，并交了订金，还说三天以后搬过来住。

淑贞跟黄潇凤说了想搬到崖下住的想法，黄潇凤表面上答应了，可心里却很不痛快。淑贞搬家的时候，黄潇凤没搭理，也没去帮忙。

当天傍晚，在桂清夫妇的帮助下，淑贞搬到了新窑里住，让三个孩子住在瓦房里。淑贞搬走的当晚，黄潇凤心里十分难过。她对二熊说："淑贞变了，真的变了！现在的她一门心思就是拼命干活，跟疯了似的。买猪买牛、打窑、种地，这些本该是男人干的活儿，她全干了。你瞅瞅她现在成啥样了，看着比实际年龄大了十岁都不止！她脸上的皱纹多了，心态也老了，跟姐也没什么话可说了。早知道这样，姐来陕西图个啥呢？唉。"

二熊也跟着叹了口气，不知道该怎么安慰她才好。

淑贞搬到崖下的院子后，生活重新步入正轨。早晨出门时，她会提前给孩子们做好饭放在锅里，让汾花照顾妹妹和弟弟；中午回家，匆匆忙忙做好饭，又赶紧往学校赶；晚上回来时，拎着大半桶剩菜，准备喂猪。

在七丫夫妇的帮助下，她借来麦种。因为心疼小黄牛，不忍心用它耕地，所以耕地和播种用的是七丫家的黄牛。趁着墒情好，她耕种了第一茬小麦，有了自家的麦地。只要一有空，她就会到麦地去看看。一个月后，看到地里嫩绿的麦苗疏密合适，她这才放下心来。

入冬以后，黄潇凤家里搭起了木炭火炉。坐在屋子里，不再觉得寒冷。那只黑猫卧在炉火旁打盹儿，陪伴在黄潇凤身边。她在家做饭、哄孩子，二熊则继续在熟肉店打工。自从淑贞搬到崖下住，她很少再去淑贞家。

到了当年的 12 月，日寇的飞机毫无征兆地空袭了西农校园。

飞机快到时，西农校园拉响了防空警报，人们纷纷逃往刚挖好不久的防空洞躲避。在最高的七层教学楼三号楼楼顶，校警队架起两挺重机枪，对敌机猛烈射击，打得日寇飞机火星飞溅。敌机一边投下炸弹，一边用机载机关枪扫射机枪阵地。双方激战多时，最后，日机狼狈地丢下几颗炸弹，向东逃走。炸弹落地爆炸，炸毁房屋，燃起熊熊大火，整个校园沉浸在空袭的氛围中。

敌机飞走后，警报解除。学校组织人员扑火、抢救伤者，校园秩序渐渐恢复。

炸弹爆炸后，柳坞巷东头燕桂云家靠近院门、搁柴草的一孔窑洞被震塌。当时，他老婆带着一双小儿女出去挖野菜，幸好躲过这一劫。柳坞巷的人们发现，西环道中段路面出现一个弹坑。走到跟前一看，炸弹入地两米多深，却没有爆炸。学校得知消息后，第一时间派人封锁了西环道，准备联系工兵排除险情。傍晚，西安方面派车送来两名工兵，最终卸掉弹尾上的引爆装置，西环道的交通才得以恢复。

银宫街和柳坞巷的人们，目睹了工兵排险的全过程。

在这次轰炸中，有几人死伤，数十间民房被毁。西农三号楼上弹痕累累，这些痕迹一直留在这座标志性建筑物上。此后连续多年，日寇飞机频多次轰炸西农，还多次深入兰州等地，犯下累累罪行。

当天晚上，淑贞在窑里睡到半夜，忽然被一阵鼠叫惊醒。她点亮一盏煤油灯，听了一下，感觉老鼠吱吱叫着狂奔，仿佛地震即将来临。她赶紧把孩子们带到院子里。这时，她猛然想起自家的黄牛还在后窑拴着，于是赶忙穿好衣服，下了土炕，一手遮风，一手端着煤油灯走到窑里，解下拴牛的绳子，牵着牛往外走。刚走出窑洞，只听"轰"的一声巨响，一股黄尘从身后冲出来。转身一看，原来是窑洞顶层土层坍塌了。

原来，日寇的炸弹震坍了窑上的土层，土层处于类似发酵式的活动状态。到了后半夜，终于爆发了这惊天的一幕。事后，每当淑贞想起此事，就非常后怕。

淑贞家里的事，轰动了柳坞巷和银宫街。黄潇凤得知后，赶紧下来查看情况，看到淑贞安然无事，这才放了心。她对淑贞说："多亏你命大，住这儿太危险了！还是搬回银宫街住吧。"

淑贞说："和小赵说好租一年，不能说话不算数。俺先搬到东边的灶房里住，请姐姐放心！"

黄潇凤没有办法，只好告辞离去。

柳夫人听到后，也来到淑贞的家里。看了现场，她对淑贞说："这是祖上有德，你才能化险为夷。谢天谢地，只要你平安，姐就放心了。"

日月如梭，转眼间进入腊月。淑贞还清了账，她的干劲更足了。游鸦家门前十余米处有一棵大柳树，附近有一口深水井，邻居们宁可到崖上的银宫街挑水，也不愿用辘轳摇桶打水。游鸦本来想借换井绳、修辘轳收些集资款，捞些好处。看到多半邻居不怕路远，去银宫街挑水，只能作罢。

腊月二十三下午，黄潇凤让二熊给淑贞送来两斤瘦肉、一包调料，并传话让淑贞一家除夕到她家过年，淑贞爽快地答应了。

除夕下午，淑贞和孩子们早早带着一盘炒鸡蛋、一盘泡菜，到黄潇凤的家里去。桂清知道了，没有言语，让小草来劝阻。小草对淑贞说："咱这地方，除夕下午，各家都要用木盘端上供品和香、纸，到坟上请三代祖宗的魂灵回来过年，到正月十五的下午再去坟里送他们走。这种习俗由来已久了。"

"哦，知道了，俺先将孩子们送走，一会儿就下来。"

到了黄潇凤的屋里，偏巧柳夫人也在。孩子们出去玩耍，三个女人拉家常。说了一会儿话，淑贞提起上坟的事，便先行独自离开。

回到崖下的家里，淑贞随桂清夫妇先后到西环道里侧、村里的坟地等处走了一圈，在祖宗及桂春的坟前烧了几张麻纸，请他们回家过年。到了桂春的坟前，淑贞和桂清先哭了一场，才离开坟地。

到了黄潇凤的住处，淑贞眼眶发红。黄潇凤说："哭有啥用？你的眼泪太多。目前最重要的是照顾好孩子，过好日子，少想些悲伤的事。再这样下去，你的身体会垮的。傻妹子！"

九

除夕夜，两家人合灶，一起忙碌，聚在一起吃饭。饭后围在火炉旁取暖，黄潇凤和淑贞聊天，缅怀过去，旧事难忘。这是一年之中最温馨的时刻，三个大人说话，孩子们聚在一起嬉戏，个个欢天喜地。小船好奇地问这问那，小姐姐们耐心回答。街上那只黑猫又在炉边打盹儿，谁也不想打搅它睡觉。

外面，迎新的爆竹声偶尔在远处响起，发出阵阵回响。

深夜，黄潇凤让二熊抱着小船，护送淑贞和孩子们回家。刚走到西环道边，忽听崖下一声狗叫，引发四处狗叫声和一阵杂乱的喊叫声。淑贞还往前走，被二熊低声叫住："有土匪，快往上走！"

淑贞一听，吓得魂飞魄散，感觉腿都挪不动了。二熊让淑贞和孩子们先走，自己抱着小船且退且看。走到崖顶，黄潇凤早已拎着木棍出来了。看到淑贞和孩子平安归来，她让二熊护送淑贞一家回家，自己断后。她站在崖畔，查看崖下的动静。这时，崖下传来一阵急促的犬吠、狂乱的脚步声和厮打声。看到没有人从西环道尾随而来，她便往回走。走进家门后，她镇静地关上屋门，让二熊搬来一个小木梯，架在卧室的墙角。她敏捷地爬上梯子，揭开席顶棚一角，伸手取出一个尘封的包裹。下来打开后，里面是淑贞交她保管的那只乌黑发亮的手枪和数发子弹。淑贞看到手枪，牙齿开始打战。黄潇凤看了她一眼，轻声说："不怕，有姐在！今晚别回去了，就住在这儿，和俺一起睡。你先看孩子，姐出去一下。二熊，你跟我出去看看桂清家的动静，走！"

黄潇凤压上子弹，开门走了出去，二熊拎着木棍跟着她。走出屋子，站在门前观察了片刻之后，他俩走向崖畔。忽然，银宫街树林边闪过两个黑影，黄潇凤心里一紧，让二熊注意那边动静，她俯视桂清家的院子。听到桂清似乎正在和谁扭打，还传来女人哭泣的声音，黄潇凤朝空中打了一枪，这枪声震动了柳坞巷，崖下霎时静了下来。黄潇凤小声对二熊说："喊话！说你们被保安队包围了，快点投降！"

二熊定了定神，终于喊开了："下面的土匪听好了，保安队已经将你们包围了，你们快点投降！"

话音刚落，黄潇凤对准桂清家的院门口方向扣动扳机，又一声枪响，划破了夜空。

这时，崖下传来一片杂乱的脚步声，土匪纷纷朝西南方向奔逃。过了一会儿，从青鸟林小学校园方向传来几声清脆的枪声。黄潇凤示意二熊回家，二人一边慢慢往回走，一边留意周围情况，发现树林边那两个人影不见了。他俩分别关注着银宫街和崖背西边土路的动静。到了家门口，他俩躲在院西猿雏楼旁边，警惕地监视着院南。半个小时后，一群校警队队员分乘三辆三轮摩托车来到西环道。两辆摩托车顺着西环道开了下去，一辆停了下来，从车上下来三个人，打着手电筒四处查看，刺眼的光束在柳坞巷的夜空晃动。看到一个手电筒的光朝着坡上照过来，黄潇凤和二熊悄悄回到了屋里。

两辆摩托车开进了小学校园，一进门便展开搜捕行动。从西环道下来的校警则在四处寻找开枪的人。两处校警折腾了大半宿，才收兵回营。

次日，土匪洗劫柳坞巷的消息传开了。经过打听，人们得知了土匪前一夜的行踪。当夜，土匪分头行动，先闯入东邻家和游公羊的家。游公羊毫无防范，他的女人被土匪糟蹋了。东邻的女人则钻进自家窨子，这才躲过一劫。两家的黄牛都被土匪拉走了，粮食也被抢走了几袋。游公羊当晚酒醉不醒，保公所发的一支老套筒步枪也被抢走。西边的游雕一家守岁到深夜，听到动静异常，早早带着一家老小钻进了地窨子，幸免于难。桂清从坟地回来，晚上喝了半瓶老酒，喝醉后就骂人，还和小草吵了一架。小草刚准备睡觉，忽然听到有人大喊："土匪来了，快跑啊！"她顾不上桂清，急忙拉起正在熟睡的女儿林兰，钻进了东窑窑口的暗道，这才躲过一劫。她们刚钻进暗道，土匪便进了院子。她带着孩子来到鸽子窝，惊起几只野鸽飞了出去。等她趴在洞口喊桂清时，土匪发现了她，却够不着她。她看到桂清和土匪厮打在一起，急得哭了起来。鸽子窝洞口距离崖面不到两米，她哭泣的声音，黄潇风站在崖畔听得清清楚楚。黄潇风开枪之后，那些土匪受到惊吓，丢下桂清逃走。在逃跑途中翻越围墙进了青鸟林小学，穿过操场，跑向校园西北角，企图抢劫那里的教师宿舍。可这所小学是西部农学院的附小，平时教工宿舍区域驻守着校警队一个班。土匪的行踪惊动了校警队的一个游动哨，哨兵当场开枪射击，一名土匪当场被打死。次日，警察局派人来验尸，死者衣服破旧、瘦骨嶙峋。经查，死者是五云镇西北方向十里外一个叫栖鸦村的农民。案情公开后，当地人都说栖鸦村是个贼窝。

桂清不知道内情，逢人就说："是保安队的枪响救了我一命。"

黄潇风听后，只是微微一笑。

淑贞次日急忙回家，到后窑寻找小黄牛。看到小黄牛还在，她这才放下心来。原来，由于窑内的积土还没有清理完，土匪没有到窑内查看，淑贞的小黄牛这才幸免于难。淑贞大年初一早晨带孩子们回家，听到桂清提起打枪的事，她没有接话，心里清楚是谁开的枪。但是，黄潇风一直不明白，自己那天晚上在崖畔打枪时，是谁在不远处走动。

土匪夜袭柳坞巷，次日县保安队得知消息后并没有出兵。春节期间，土匪四处侵扰，保安队东奔西跑，忙不过来。出了这样的事，淑贞心里非常害怕。回到崖下自己的家里，因为担心土匪再来袭扰，晚上总是睡不踏实。

向川花得知土匪袭扰的事情后，在银宫街四处劝说各家出人防范土匪。她的话唤醒了人们的安全意识。在她的奔走和提议下，柳夫人答应让秦笛出面，组织了一支由十多个青年组成的护街队。通过在街上集资募捐，用筹来的钱统一制作了十支梭镖。众人推选秦笛为队长，秦笛安排五人一组，每天晚上轮流巡逻，他自己晚上背着步枪定期查岗，成了一个特殊的游动哨。

银宫街护街队的威名传了出去，当地传言说街上人人都有一杆长枪。从那以后，土匪再也不敢来袭扰柳坞巷和青鸟林一带。

老关没有参加护街队，他老婆背地里污蔑柳夫人像"妓女"。柳夫人听说后，有一天叫上黄潇凤、向川花等一帮女人，把老关的女人堵在水龙头边，让她说清楚。柳夫人当众扇了她两耳光。看到众人都护着柳夫人，那个女人吓得支支吾吾，坦白是自己散布了流言。这样一来，流言不攻自破，柳夫人在街上恢复了名誉。老关的女人则像过街老鼠，见人就躲。

游公羊的女人银钗，平时爱坐在家门口的石头上东张西望。土匪凌辱她的第二天清晨，她依旧坐在门口，好像什么事情都没有发生过。有人问起她被土匪蹂躏的事，她翻了一下白眼，淡淡地说："那有啥，无非把他娘摸了摸就完了，又没把老娘背去，背去他龟儿子还要养活呢！"

游公羊丢枪后，被镇公所罚款并开除，从此在家种地。为了争夺犁沟，他经常和邻里打得头破血流，跟淑贞也发生过争吵。

春节过后不久，秦笛被提拔成校警队副队长，成了耿班长的上司。耿班长请秦笛吃饭，秦笛婉言拒绝了。从此，耿班长对秦笛恭恭敬敬，见到柳夫人更是躲得远远的。

农历正月十六，青鸟林小学开始报名了。黄潇凤想送长女溪芸到青鸟林小学读书，她让二熊去学校打听情况。学校表示只招收员工子弟，不收外来学生。黄潇凤着急了，她去找柳夫人帮忙，想争取两个入学名额，送溪芸和汾花上学。柳夫人爽快地答应了。柳夫人让秦笛先去托人说情，秦笛面露难色。柳夫人说："你打仗那么勇敢，这点小事都办不成？找人说说看，行就行，不行就算了。"秦笛觉得有道理，于是通过校警队长，给附小的校长做工作。没想到一说就成了，那个校长给了秦笛两张盖着学校印章的报名表，说："填好后直接到学校报名。"事情办成后，秦笛拿着报名表回到家里。柳夫人高兴说："这还差不多，姐很满意。你这人怕求人，不逼你，你啥事都不想做。"

柳夫人进屋照镜子检查了一下，准备往外走。秦笛皱着眉头，在一旁轻声说："看你急的，跟给你娃报名似的。你跟黄潇凤学了本事，对我成天姐姐长姐姐短的，在外面人面前这么叫，你想过我的感受吗？以后别这样说了，好不好？我的大姐。"

柳夫人说："好好好，这回听你的，谁让你嘴这么甜呢。"

黄潇凤接到报名表非常高兴，看时间还早，她给溪芸收拾了一下，想马上找淑贞，带着溪芸和汾花去报名。柳夫人起身告辞，二人匆匆道别。

黄潇凤下坡走到柳坞巷，心里犯起了嘀咕。她曾多次动员淑贞送汾花一起去读书，淑贞都不愿意，这次她心里没底。果然，等她找上门，淑贞说道："我妹子淑琴在北平念书，最终连个音信都没有，女孩子读书有啥用？长大找个婆家嫁出去算了！"黄潇凤说："淑琴是遭遇战乱，也许一切都好。不说别的，你这思想有问题。你不打算供女儿念书，这么说你将来只供儿子？"

"是的，振兴家业，给桂春报仇，全指望小船了。"

"想不到你这么狭隘！你变了，变得我都有点不认识了，目光太短浅了。报名很难，好不容易才通过柳夫人要了两个名额。你看着办吧，只要你准许汾花念书，孩子的学费我出。如果你不准孩子念，我也没必要跟你费口舌，马上就走。你给姐一句话！"

"我的孩子念书，咋能让你出学费。今年不上，明年再说吧！"

"你忒狠心了，居然说出这样的话。既然这样，我也不想跟你多说。"黄潇凤头也不回地领着孩子走了，两个人第一次红了脸。

黄潇凤带着溪芸来到学校，学校已经开学。门口有校警队员在值班，她亮出报名表后，门卫允许她进入校园。刚进门是一个大操场，西侧有一条南低北高的坡路，一直通向最北端的崖下。这条路北段的西面和北面都是崖，北边崖下是窑洞，一二年级的教室都在窑洞里。坡路西侧的隔墙内是教学区，中间有一个平台，平台上是教导处的几间瓦房。再往北有一排瓦房，是门朝南的办公区域和教师宿舍，宿舍门口有岗亭。平台以南分布着六间瓦房，是高年级的教室。

按照门卫指引的方向，黄潇凤带着溪芸来到办公区，在办公室给溪芸报了名。办公室安排一个年轻姑娘，将溪芸带到了最北端的一孔窑洞，她就是班主任李花老师。黄潇凤跟着来到教室门口，看着溪芸走进教室，这才放下心来。她看到二十几个孩子，坐在用砖块垒成的凳子上，个个稚气未脱，却非常听话。

黄潇凤站在窗外听了一会儿，才往回走，心里既忧伤又欢喜。喜的是溪芸终于上学了，忧的是汾花没能一起入学。她心想：每个孩子都是一个家庭的希望，都值得期待。往回走时，路过操场，她看见一个班的学生正在操场上跑步，传来阵阵欢声笑语。

走出校门，她沿着墙根朝东走了百余米，然后往北顺着操场东侧土围墙外的老路，拐上了柳坞巷，顺路来到淑贞家里。淑贞去灶上帮忙了，不在家，汾花在照看弟弟和妹妹。黄潇凤对汾花讲起学校里热闹的景象，汾花想上学的心思愈发急切。临走时，黄潇凤对汾花说："你妈糊涂了，你可要清醒着。你得逼她送你上学。"

回到银宫街，黄潇凤到柳夫人家串门。柳夫人听说淑贞不让汾花念书的事，立刻着急起来，连声说："淑贞好糊涂，这样可就把汾花的前途毁了。汾花多可怜啊！不行，既然是姐妹，就不能由着她。吃过晚饭，姐去找你，咱俩一起去找淑贞，劝劝她。"

"好，咱俩再试试！不过估计作用不大，淑贞铁了心，我已经劝过，她根本不听。你不知道，淑贞变了，如今愚昧得很，简直无药可救。"黄潇凤忧心忡忡地说。

晚饭后，柳夫人和黄潇凤来到柳坞巷。刚走到淑贞家的院门外，就听到淑贞在和汾花吵架。汾花哭得泪人一般，淑贞却显得很凶，完全不顾汾花的感受。见到黄潇凤，汾花哭着跑到她面前。黄潇凤俯身将汾花揽在怀里。淑贞招呼客人坐到屋里，生气地说："汾花说如果不让她念书，她明天就走，不再认我当妈。你们看，这孩子说话多伤人哪！"

柳夫人说："这怪你，你啥话都不用讲了，姐知道你的心思。你想错了，应该让娃念书。"黄潇凤说："为了念书的事，连娃都要没了，哪个划算？你掂量掂量！如果明天去报名，学校还收，过了明天，想念都念不成了。让娃念吧，姐再跟你说一遍，汾花今年的学费姐出！"

汾花满怀期待地望着母亲。淑贞犹豫了一下，长叹一声："好吧，我答应。明天送汾花念书，学费我确实没有，姐你先垫着，过一阵子还你。"

汾花破涕为笑，柳夫人的眉毛也舒展开了。黄潇凤说："淑贞，你可吓死姐了，姐的心差点蹦出来。这就对了，明天不用你操心，姐带汾花去报名，学费也不用你还。"

汾花说："大妈，多亏了你。你以后就是我的亲妈。"

"那我呢？"淑贞鼻子轻轻哼了一声，也忍不住扑哧笑了出来。

"都是亲妈。"汾花低下头，轻轻说着。

随后，黄潇凤和柳夫人把淑贞数落了一顿，淑贞无话可说。说完这件事，三个女人又拉了一阵儿家常。淑贞还在学校帮忙，年后又养了一对小猪。那头小黄牛已经长大，寄养在七丫夫妇家里。七丫的丈夫除了种好两家的地，还牵着这头牛帮其他农户耕地，得到的报酬七丫一分都不要，全部给了淑贞。淑贞打算再买几亩地，想给小船多攒些家业。黄潇凤了解了淑贞的想法后，心情很沉重。三个女人一直坐到很晚，柳夫人和黄潇凤才起身告辞。

次日清晨，黄潇凤领着溪芸来到柳坞巷，带着汾花前往青鸟林小学。她给汾花报完名后，来到溪芸和汾花的教室外，听了一阵儿琅琅的读书声后才欣慰地离开。

汾花自从上学后，变得更加懂事了。放学以后，主动拎着竹筐到西环道里侧打猪草，常常累得满头大汗。小小年纪如此懂事，黄潇凤看着特别心疼，她觉得汾花就像个小英雄，勇敢无畏。

溪芸和汾花入学的消息，刺激了银宫街上众多适龄孩子的家长。邻居们纷纷通过柳夫人，送自己的孩子到青鸟林小学上学。柳夫人成了街上人们眼中的救星，就连老关的女人对柳夫人也畏惧三分，她的孩子过两年也到了上学年龄，到时候还得求柳夫人帮忙。两年之后，黄潇凤的二女儿溪芹也在青鸟林小学入学。柳坞巷八爷的女儿棉花，看到小姐姐们都能念书，心里很着急，也非常想读书，却遭到母亲反对。她母亲只供儿子银民读书，坚决不让棉花上学。七八岁之后，为了读书，棉花整天哭哭啼啼，最后眼睛落下了高度近视的病根，这都是后话了。

租房子的小赵提出续租，淑贞爽快地答应了。小赵是国民党行政院一个议员的公子。小赵从邻居黄潇凤口中得知了房东的官司，便表示想帮助房东。他抽空到柳坞巷找到房东，仔细询问了桂春遇害的经过。事后，他先后给父亲写了两封信，详细陈述了此事的来龙去脉，要求上面重新调查此案。

淑贞得知后非常感激，又看到了一线希望。她每隔几天就到银宫街打听消息，盼望着能有奇迹发生，可惜一直没有结果。

同年6月，青云县保安队副队长熊升树晋升为上尉队长，掌管了全县的治安事务。上任伊始，熊升树极力动员大户人家捐助剿匪，他自己率先捐出了自家的五匹好马，成立了县保安队骑兵排，还购置了一批新武器。有了骑兵，保安队行动迅速，对土匪展开了一系列密集追剿，震慑了各股匪徒，五云县昔日匪患成灾的状况得到了明显改善。

熊升树为人正直，曾大义灭亲。他行伍出身，性情耿直。青云县民间有很多关于他的传说，只要一提起他，人们就啧啧称赞。他的大姐中年丧夫，膝下只有一子，这孩子不好好读书，在外打架滋事，惹了不少麻烦。多次趁着晚上在戏台下看戏的机会，在人群中用剪刀剪取少女的长辫子，有一次被群众当场抓住，押到警察局处理。在大姐的哀求下，熊升树多次出面解救外甥，这给他造成了许多负面影响，还曾受到知情者背地里的唾骂，让他懊悔不已。熊升树多次对外甥严加训斥，可外甥当面认错，背后却旧习难改，熊升树恨铁不成钢。后来，这个外甥沾染上了赌博的恶习，渐渐败光了家业，家里的境况越来越差，熊升树对他失去了耐心，不愿再填外甥这个无底洞。这个外甥在二十岁那年，经熊升树动员报名参加了保安队。熊升树本想借此机会对他严加管教，可惜收效甚微。这个外甥背着舅舅乱交朋友，在外吃喝嫖赌，熊升树百般劝说也无济于事。后来，他甚至发展到与土匪勾结，充当土匪的眼线，奸淫妇女、抢劫财物。熊升树察觉后，对他彻底死心。经过再三考虑，最后痛下决心，在一次夜里执行任务时，他从背后开枪打死了这个不争气的外甥，为当地民众除了一害，震惊了十里八乡。外甥死后，他把大姐接回自己家，一直赡养到老。

黄潇凤在柳夫人那里得知校警队有一个队员姓刘，是县党部书记长郭先生的外甥，便请柳夫人给淑贞帮忙，想托此人花钱打通关系，为桂春之死翻案。柳夫人爽快地答应了，收下了黄潇凤给的三块银圆。哪知秦笛跑了三天，回来像泄了气的皮球。他把银圆如数交给柳夫人，说："没门，不行。我费了好大劲活动了几天，才见到郭书记长，人家死活不要钱，说给钱就免谈。他看了淑贞的状子，表示愿意去打听。那人性格懦弱，说话不利索，我看办不成事。果然，我再次找到他时，他皱着眉告诉我，此案牵扯的人多，本县商会会长、警察局长和县长都插了手，他也没办法。"

"你啥事都办不成，好不容易傍上一个大官，竟也没办法，简直没法说！书记长是多大的官？"

"跟县长不差上下，官也不小，每月薪水和普通小学教员一样。"

"这人有价值，得想个办法。我去试试吧，没准能行。"

"拉倒吧！我打听了，此人为官清廉，与闲人来往少，但能力有限，是个十足的书呆子。他是个平庸的好官，平时衣着朴素，吃喝简单。每到礼拜六下班，他从县城徒步回家，一个来回往返三十多里路。听说他家穷得叮当响，周一早晨从农村家里背馍到县城，第一个去县党部上班，最后一个下班。这样的人，你去了也是白搭。"

柳夫人说："好不容易找到一个清官，偏偏胆小怕事，不敢得罪权贵。唉！白欢喜一场了。不说了，不说了！"

柳夫人立即来到黄潇凤的家里，说明了情况，把银圆退还给她。

黄潇凤说："向川花说共产党好，八路军好。她当过红军，说红军打土豪分田地，专为穷人做主，专杀魔鬼恶霸。看来，淑贞要想彻底翻案，只有等到八路军来了。"

十

柳夫人爱美，也会打扮。生活稳定下来后，她开始注重穿着。她穿衣十分得体，发型半月一换。她每天起床早，起来先在南门市场走一圈，再回家做饭吃。每当她走过银宫街，总会吸引众多目光。这天傍晚，她从南门口往回走，发现身后跟着一个熟悉的身影，很像柳荫，看上去二十多岁，扛着一个像迫击炮似的仪器，一直尾随她来到银宫街。到家门口时，她站住了，那个青年从她身旁擦过，径直走向银宫街南边的崖畔，在崖畔支好仪器，朝天空凝视着什么。

为了看清楚，柳夫人来到水龙头西侧土广场的西南角，静静地观察那个青年的举动。看着他的背影，她不禁联想起柳荫，往事历历在目。

她老家在秦淮河畔，有一个小院子，三间瓦房，院里种着花草。她有一个妹妹，父母都是小学音乐教师，家里不愁吃穿，有钱供她和妹妹读书学习。高中毕业十六岁那年，她邂逅了刚从黄埔军校毕业的柳荫。柳荫是江苏一户财主的少爷，长大后思想进步，不顾家里反对，初中毕业后报考了黄埔军校，后来成为驻扎在南京一支部队的军官。

柳荫爱好音乐，嗓音雄厚，他喜欢唱《黄埔军校校歌》，业余喜欢独自在秦淮河畔散步、唱歌。一次偶然的机会，二人在河畔相识，后来发展到相爱。柳夫人的父母得知后，经过仔细了解，及时促成了两人的婚事。新婚之后，二人有了一个温暖的小家，柳荫对她百般疼爱，不久她怀孕生女，有了天真烂漫的女儿叶甜。正当一家人幸福生活之时，淞沪会战爆发，柳荫所在的部队调往上海参战，一家人十分担心，生怕柳荫在前线遇到危险。当柳荫牺牲的噩耗传来时，全家陷入悲痛之中。日寇进攻南京时，柳夫人的父母开始商量出城逃难。那时，正读大学的妹妹在家避难。南京陷落前夕，柳夫人的父母没有轻信南京卫戍司令官誓与南京共存亡的豪言壮语，提前安排全家跟随逃难的人群逃出南京，没想到……

每次回首往事，柳夫人就失魂落魄，感觉像做了一场噩梦。经过逃离南京的生离死别，柳夫人的精神受到严重刺激，留下偶尔情绪失控的毛病。病犯时，她有时乱发脾气，有时失声痛哭，有时唉声叹气。对此，秦笛只有默默忍受，对她百般迁就。

她径直走向崖畔，仔细端详眼前的"柳荫"。那个青年见她走了过来，欣喜地说："大姐，您好！"

细看不是柳荫，柳夫人清醒了，她镇静下来，感到非常失望。她问道："小伙子，你贵姓？"

"免贵姓闻，名箫，叫闻箫，前年刚从英国留学回来，是西农气象学专业的教师。"

"是个知识分子，年纪轻轻就当大学老师了，前程不可估量！"

"大姐，听您口音也是南方的？"

"是的，我是南京人。"

"巧了，咱俩都是南方人，我来自杭州。今天偶然相遇，十分荣幸。"

"你到这里闲逛？"

"嗯，发现这地方好，眼界开阔，是观察星座的好地方。"

"你研究天文？"

"研究的是气象，观察星座是个人爱好。"

"附近最高的建筑是西农校园里的三号楼，有七层，你为何不去那里观测？"

"原先一直在三号楼的楼顶观测，自从日寇轰炸学校之后，校警队封住了通往楼顶的通道，每次去楼顶很不方便，所以一度中断了观测。"

"希望你好好观测，多出成绩。你忙吧，我先回去了。"

"好，大姐再见。"

从那以后，晴日的夜晚，崖畔经常出现闻箫手拿望远镜观察星空的身影。

一天黄昏，柳夫人远远地看见街上一个男孩在崖畔用弹弓瞄准椿树上的麻雀，她喊道："不能打！"那个男孩收起弹弓，露出一脸疑惑。柳夫人走到近前说："古语说：劝君莫打三春鸟，子在巢中盼母归。那只鸟也有家，让它平安回去。"男孩听了恍然大悟，赶忙点了点头。

淑贞继续在校园里帮工，默默承受着生活的重担。汾花放学后，除了照顾汾兰和小船，还要帮妈妈做饭，一有时间就去打猪草喂猪，成了母亲的好帮手。淑贞对汾花产生了依赖感，后悔送汾花去念书。她有意无意在家里发牢骚，吓得汾花背地里偷偷哭泣。

汾花把母亲的想法告诉了她的潇妈。黄潇凤听后，怔怔地发呆，半天说不出话来，只能竭力安抚汾花，让她别怕。淑贞的变化让黄潇凤愤怒不已。为了保护汾花，她约淑贞到家里谈心。当淑贞对黄潇凤说出自己不想让汾花念书的想法后，黄潇凤火冒三丈，叱责道："你糊涂！汾花遇上你这样的母亲，真是倒了八辈子霉了！"淑贞想解释，黄潇凤怒目圆睁，扬了扬手，让她走。淑贞只好起身离开。回家路上，她边走边想，叹息了一路。黄潇凤的激烈反应对她触动很大，让她暂时放弃了让汾花辍学的想法。

随着西农招生规模逐年扩大，南门外的早市规模也渐渐扩大。早市出摊早，收摊也早，通常不到上午十点就散了。自从有了早市，银宫街上租房的人渐渐多了起来。起初，早市设在南门外东侧，因场地不够用，后来挪到银宫街东南坡口下的树林。那片树林稀稀拉拉，西边是椿树，东侧是五角枫树，这些树栽植时间不长，树冠刚刚形成。树林南侧是西环道，北侧是南门外西侧的一排瓦房。早市的顾客主要是校园里的师生。凌晨四五点，就有商贩渐渐在这里聚集。清晨六七点顾客最多，市场熙熙攘攘，小贩的叫卖声不绝于耳。这里的小贩大多是自产自销的农民，有的人皮肤黝黑，有的因营养不良面色不佳，大多数人衣服破旧不堪，缀满补丁。与衣服整洁的师生们相比，这些农民显得十分寒碜。早市上的商品种类不少，大到米面、肉、油，小到蒸馍、蔬菜、水果。春夏季节，除了人来人往，椿树林里常有俗称"花大姐"的红翅膀椿象在活动。

自从自家的鸡开始下蛋，淑贞经常挤在卖鸡蛋的农妇中间叫卖鸡蛋，她舍不得给孩子们吃鸡蛋。黄潇凤与她不同，注重生活质量，把溪芹、溪芸打扮得漂漂亮亮，街上人人羡慕。淑贞对子女的苛刻让黄潇凤很反感，经常批评她只知道瞎攒钱。街上水龙头边的马小奔每天都在早市上摆摊卖牛羊肉，生意勉强维持生计，早市散后回家休息，晚上煮肉。

柳夫人素有早起的习惯，除了刮风下雨，她喜欢每天到早市上转转，哪怕什么都不买。起初她只是看热闹，后来看到有人乱扔东西，便呵斥一通，督促对方保持卫生，周围的人对她赞不绝口。时间久了，柳夫人养成了管闲事的习惯，天天出来维持早市秩序，长期监督不讲卫生的小贩，赢得了小贩们的尊重。小贩们对这位美艳的少妇恭恭敬敬，误以为她是这里的管理员。她的行动受到大多数人的欢迎，她的故事传遍了校园，引起了校方的注意。俞院长听说后十分欣慰。有一次，俞院长来这里参观，正碰上柳夫人教训一家商贩，对她大加赞赏。在听取随从的介绍之后，命后勤处聘请柳夫人为早市临时管理员，正式给她发放相应薪水，柳夫人欣然接受。这么一来，柳夫人的干劲更大了。有人说，柳夫人是早市上一道迷人的风景，不可或缺；有人说，自从柳夫人开始管理市场，每天买菜的师生更多了，做生意的人也更多了。

11月中旬，五云镇街上出现了许多用毛笔书写的"打倒恶魔马步芳""共产党万岁！""八路军万岁！"等标语，惊动了当地巡警。这天，有两个巡警在银宫街的水龙头边打探贴标语的目击证人，正巧这里围了许多洗衣的家庭妇女。她们听到后悄悄议论，话题转到向川花身上。有人说："写标语的人一定痛恨马步芳。"有人说："不一定，川花逢人就骂马步芳禽兽不如，她会写标语吗？没见过她写字，估计是男人干的。""银宫街上没人会写标语，到别处去问吧！"

女人们的话引起了巡警的注意，他们询问向川花的住址。众人一听都默不作声，没人再多嘴，一个个草草收拾衣服，纷纷默然离开，巡警叫都叫不住。这两个巡警摸不着头脑，正站在水龙头边乱瞅，恰巧黄潇凤过来洗菜。一个巡警上前询问："这里是不是有个女的叫向川花？"黄潇凤机警地问："你们找她想干啥？"

"让她写几个字，对一下笔体。"黄潇凤想了一下，镇静地说："我就是，笔墨在哪里？"

一个巡警掏出随身携带的钢笔和纸，让她写几个字。黄潇凤接过纸和笔，写了"抗日救国"四个字，递给对方。另一个巡警从衣袋里掏出一张写有标语的揉皱了的纸，展开对比了一下，两人面面相觑。一个赞叹道："你有觉悟。"另一个皱了皱眉毛，失望地说："你忙吧，没事了，我俩走了！"他俩收了笔墨，转往别处。

黄潇凤松了口气，走到水龙头跟前洗菜。向川花家的门口，正对着水龙头。黄潇凤洗完菜，等那两个巡警走远了，端着洗菜盆，走到向川花的门口。没等她叫门，木门打开了，向川花示意她进屋。她正想往里走，突然发现向川花手里紧握着一支短枪，她赶忙退了出来说："你先忙，姐回去了，闲了再过来坐。"说完，她赶紧走了。向川花没有挽留，目送她离去。

刚才巡警走到水龙头跟前时，向川花正准备出去淘菜，发现巡警后，她马上退了回来，关上木门偷听了几句。听到巡警问自己的名字，她飞快回屋取出藏匿的短枪，压上子弹准备应对。黄潇凤和巡警的对话，她也听见了，她对这位大姐非常佩服。

当夜，黄潇凤安顿孩子们入睡后，二熊正给她洗脚，忽听有人叫门。她隔门一问，原来是向川花。黄潇凤赶紧让二熊去开门，自己用毛巾擦脚穿鞋。门开之后，向川花和马小奔走了进来，对黄潇凤今天的搭救表示感谢，还带来两样礼物：一斤牛肉，两把挂面。彼此客气一番后，众人落座。向川花说："不是姐姐替我抵挡，今天就麻烦了。"

黄潇凤急忙问道："标语真是你写的？"

"我写了几张，多数是我让小奔写的，也是他出去贴的。当时我跨出大门，就看见了两个陌生的巡警，赶紧退了回去。外面的谈话，我都听见了。那几个嫂子说话不留神，牵连到我，惹来了麻烦。"

向川花将黄潇凤洗菜之前自己的耳闻说了一遍。

黄潇凤说："姐当时很纳闷，巡警怎么会找你？原来是这样。事情过去了，放心吧，以后不会有事了。""你冒充是我，万一他们再来调查咋办？"

"那简单，姐可以说自己以前也叫向川花，咋能说是冒充呢。放心吧，笔迹对不上号，巡警不会再来了。听姐一句劝，以后别贴了，贴标语骂不死恶魔。马步芳一伙是畜生，早晚会有人替你和你死难的众姐妹报仇的，你别再冒险了，好好过日子吧。想不到你是个女秀才，会写标语，很了不起，啥时候学的？"

"早了，在红军队伍里学的。姐姐，你一定要为我保密。"

"放心吧，妹子。"

两家人聊到很晚，向川花夫妇才告辞。黄潇凤开始拒收礼物，与向川花相互推来让去，最后拗不过向川花，只好收下。

次日，黄潇凤嘱咐二熊回家时准备两样礼物：三斤花生、两斤白糖。吃过晚饭，二人提着这两样东西到向川花家串门，以表回敬。向川花和马小奔热情招呼他俩坐下，两家人开始拉家常。谈话间，马小奔悄然下厨做了两个凉菜，并拿出酒招待两位来客。

一天晚上，向川花外出张贴标语时，被一位西农地下党发现。次日，地下党派一名叫范卿的女青年到她家走访。经过促膝长谈，范卿了解了她的战斗经历，并回去向党组织作了汇报。在组织的安排下，向川花成为一名勇敢的地下工作者，做了许多力所能及的统战工作。

又过了一段日子，向川花找黄潇凤借枪，黄潇凤很吃惊。经过再三询问，才知道土匪来袭的那天晚上，她站在崖畔朝崖下开枪时，东边树林里出现的那两个人影，原来是向川花和马小奔。当时，听到柳坞巷进了土匪，他俩出来观察动静，站在自家的菜园边朝西瞭望，认出了黄潇凤，看到她朝下打枪。

向川花提出借枪，黄潇凤犹豫了一下，最后还是借给了她。向川花激动地说："姐你放心，咱两家离得近，有啥情况妹妹一定第一时间把枪还给你。"

黄潇凤说："你晚上出去一定要注意安全。枪还不还无所谓，一定不能出事。"

转眼间又过了三四年。这期间，黄潇凤和二熊先后生了两个儿子，思行、雁行，从此更加忙碌。

这年春季，柳坞巷东头来了一家从河南逃荒过来的小两口。男的是个木匠，姓良，二十来岁；女的姓杨，不到二十岁，待人很随和。据说，在逃荒路上，他们的父母都去世了。他们从东邻买了一分多地，紧挨东头矮崖盖起两间茅草屋，在崖角围了一个小院，打算在此常住。

柳坞巷的住户里，只有淑贞家变化最大：她的土地增加了两亩，小黄牛变成了老牛。由于劳累过度，她颧骨凸显，瘦弱不堪，还沾染上了吸烟、喝酒的习惯，脾气也开始暴躁。淑贞的变化令黄潇凤错愕，但也束手无策，两家的关系越来越疏远。

这时，汾花上四年级了，学习成绩在班里一直名列前茅。年轻的班主任彭兰非常喜欢这个学生，了解了汾花的家境后，开始资助她，给她买衣服、买书本，鼓励她用知识改变自己的命运。

淑贞对此无动于衷，艰苦的劳动让她变得麻木。她对汾花态度粗暴，极力动员汾花休学给自己帮忙，汾花始终没有答应。眼看小船到了入学年龄，淑贞让汾花辍学的念头更加强烈。这年秋季开学时，她不给汾花报名，也不准汾花去学校。黄潇凤三番五次到柳坞巷劝说淑贞，淑贞就是不听，黄潇凤十分生气，只好拂袖而去。柳夫人也来劝过淑贞，淑贞同样不听。

汾花在家里哭得死去活来，淑贞却铁了心肠，毫不理会。开学数日后，没看到汾花，彭兰心急如焚。这天下午放学后，彭兰找到汾花家，淑贞正巧不在家。汾花见到老师，哭了起来，彭兰紧紧地将她抱在怀里。看到汾花眼睛哭得红肿，彭兰心里很难受，她说："孩子，不能哭坏了眼睛，老师给你想办法，你别哭了！"

淑贞回家后见到彭兰，不等彭兰开口，她叹了口气说："彭先生，家里需要人手，汾花不能再念书，我已经决定了，谁劝也不行。你的好意我心领了，请你以后别来了。算我求你了！"彭兰说："大嫂，汾花这么小能干啥活，你别指望她了。这娃学习成绩好，前程远大，得好好培养。娃将来有出息，你也有个依靠。娃将来吃苦，你也没指望。"

"我靠儿子！女儿指望不上，你别说了，我忙得很！"淑贞说完，头也不回地走出了大门，把彭兰气得满脸通红。彭兰想了想，只好起身离开。汾花把老师送出很远，分手时泪水涟涟，彭兰也眼含热泪，久久不敢回头。

后来，汾花偷偷跑到班里去听课，被淑贞从课堂上拽回了家。汾花一路哭哭啼啼，师生们都很怜惜。黄潇凤闻讯后，与柳夫人多次商议帮助汾花的办法。

为了给小船报名入学，淑贞硬着头皮去找黄潇凤，黄潇凤说："你如果让汾花上学，这忙我帮。你如果只供儿子，不管汾花，这忙我可帮不了！你想好了再来找我。"淑贞去找柳夫人，柳夫人也是这番话。淑贞这才明白，二人早串通好了，想逼她让汾花念书。淑贞心一横，打消了让儿子在青鸟林小学读书的念头，另给小船打听学校。经过打听，除了青鸟林小学，村里观音庙旁的私塾，是本村学生唯一还能读书的地方。淑贞把小船送到了这家私塾，每天准时接送。黄潇凤得知后，长吁短叹，对自己未能帮忙颇感后悔。

十一

淑贞自从接送小船上学，经常迟到早退，最后被灶上辞退，主要生活来源断了，日子过得更加拮据。种地、养牛、养猪成了主业，可这些生产周期长，没有现钱可用，她的生活陷入了困境。祸不单行，就在汾花辍学两个月后的一天清晨，她把小船送到私塾后，回到家一看，家里只有汾兰，汾花不见了。

淑贞慌了神，四处寻找。一连两天，跑断了腿，也没见到汾花的踪影。没办法，她只好去银宫街问黄潇凤。对方冷冷地说："你也知道发慌？你不让娃念书，娃的眼睛都快哭瞎了，也没见你着急，这会儿急了？晚了！别找了，汾花离家出走，不会再回你那个家了，孩子被你逼走了，可能回山西老家去了！"

淑贞傻了眼，张口结舌说不出话，眼泪簌簌往下掉。黄潇凤起初不理她，后来忍不住说："别哭了，娃没丢。实话告诉你，姐把汾花送回河南新乡老家了，让她在河南读书。姐让二熊前天把汾花送走的，在老家给娃找好了学校。过几年再接孩子回来，你不必担心！"

淑贞惊讶不已，似信非信。她说："这么大的事你咋能私自做主，为啥不提前和俺商量？"

"这都是被你逼的！姐找你的次数还少吗？为了让汾花念书，姐给你说尽了好话，可你就是不听！你已经昏了头，姐实在没别的办法了。为了汾花的前程，姐不怕得罪你。汾花是你的女儿不假，也是姐的心头肉，是姐看着长大的！你是个糊涂虫，重男轻女，只供儿子念书，不管女儿的感受。为了能让汾花念书，姐只好直接插手。娃念不成书，是你的错，也是姐的罪过，姐不能坐视不理。这都是被你逼的！怪谁呢？你要是能想通，姐定期让娃回来看你；你要是想不通，你们母女以后就别见面了。"

听到这里，淑贞无话可说，心里乱成一团麻。黄潇凤让她坐下，给她倒杯热水。淑贞双手接住，傻傻地想了一会儿，抬头诚恳地说："俺懂了！姐姐是在帮俺，帮汾花，俺心里很感激，就是太想汾花了，恳请姐姐让我把娃接回来，我以后一定送她去念书。行吗？"

"不行！你以为这是小孩过家家，说回来就能回来？姐不信，谁的话也不信，你可以回家了！娃的学费、生活费不用你管，只要你不干预就谢天谢地了。放心吧，等汾花念上几年书，姐会安排娃回来见你。你走吧！"

淑贞没有办法，只好起身回家。望着她远去的背影，黄潇凤唏嘘不已。

此后，淑贞多次找黄潇凤要求把汾花接回，均被一口回绝。为了汾花上学的事，两家关系闹得特别僵，从此很少有交往。过了一段时间，想娃的心思淡了，淑贞通过向川花给黄潇凤传话："只要娃好，就让娃在河南念书。"黄潇凤听后扑哧笑了，她对向川花说："淑贞再要闹下去，姐就崩溃了。这个傻妹子，把姐逼得够呛。好在她还知趣。"

二熊在外打工数年，慢慢有了资金积累。渐渐明白跟别人干只是暂时的，只有自己干才有出路。有一天，在黄潇凤的策划下，二熊离开了熟肉店，自己在五云镇街道租房摆了个杂货摊。试营业了一段时间，二熊感觉不错，便渐渐扩大了摊点。起初他一个人又当老板又当伙计，生意红火起来后，一个人忙不过来，就准备雇个帮工。本来，他在街上已经选好了人，回家跟黄潇凤一说，黄潇凤却不同意。黄潇凤让向川花给淑贞捎话，请淑贞到店里给二熊帮忙，工钱不比帮灶时少，还允许她迟到早退，方便她接送小船。淑贞听后爽快地答应了，登门对黄潇凤致谢。

到店以后，淑贞干活很卖力，把摊点打理得井井有条，二熊很满意。二熊觉得淑贞太辛苦，经常劝她歇歇，她却不肯。二熊把这话告诉黄潇凤，黄潇凤说："劳动改变了一切，改变了淑贞。她很可怜，也许只有汾花将来能救她。姐一定要供汾花读书，让汾花有个好前程，让淑贞有个好归宿。姐妹一场，姐必须尽力！"

"不是你一人在供，还有俺呢，你忘了？"

"对，也有你的功劳，姐忘不了。"

二熊憨厚地笑了笑，转身出去了。黄潇凤坐在炕沿上，痴痴地发呆。实际上，开学时，黄潇凤与二熊把汾花寄宿在了县城高级小学五一班女班主任马老师家里，安顿好汾花之后，她才放心离开。汾花很懂事，从此称黄潇凤为妈妈，感动得黄潇凤眼眶湿润。回家路上，黄潇凤嘱咐二熊，一定要把汾花当成亲生女儿，让二熊每周去看汾花，给她送生活必需品。

黄潇凤听说彭兰对汾花很好，抽空亲自到青鸟林小学找到彭老师，把送汾花去县城读书的消息告诉了她。彭兰听后，对黄潇凤再三表示感谢，托黄潇凤给汾花捎了一包图书。黄潇凤临走时，彭兰一直把她送到学校门口。

柳夫人对秦笛很了解，也很同情。秦笛在校警队执勤，平时很辛苦，每次回到家，都悉心照顾她，让她倍感温暖。时间久了，秦笛渐渐爱上了柳夫人。一次，他酒后向柳夫人表白。柳夫人听了久久没有说话，不知是喜是悲，但还是接受了秦笛的求爱。

1944 年暑假之后，溪芸高小毕业，在柳夫人和秦笛的帮助下，黄潇凤把溪芸送进西农附中读书。汾花考入县城的一所初级中学，黄潇凤继续供她读书。

这年秋天，桂清的儿子延胜出生了。因为家里穷，女儿林兰一直没能读书，只能在家帮父母打理家务。

1945年1月17日，西农校园广播播出一则新闻：飞虎队袭击上海、福州等地的日军军事目标，日军惨遭痛击。

这条喜讯被广播反复播放，师生们听了欢欣鼓舞，奔走相告。

银宫街和柳坞巷的人们听到这样的消息，个个喜上眉梢，大家猜测日寇已经走下坡路了。街上关心时事的人喜笑颜开，有人甚至打算杀羊，准备过个好年。黄潇凤盼望着早点胜利，好回河南老家。经她私下打听，其他住户也有同样的心愿，都想早点结束流亡生活，回到魂牵梦萦的故土。淑贞也很高兴，她希望战争结束后，能有机会带孩子们去太原转转，到以前生活过的地方看看。她还想寻找妹妹淑琴，和妹妹团聚。这么一想，她的心情好了许多。劳动之余，她翻出从山西带回来的母亲留下的一套剪纸工具，练习剪纸。看到淑贞寻找汾花的急切心情平静了下来，黄潇凤本想找淑贞叙叙旧。可转念一想，万一两人坐在一起闲聊，淑贞又提让汾花回来的事，那岂不是自讨苦吃？想到这儿，她便打消了这个念头。

腊月里，五云镇热闹非凡，穷家富户都在准备年货。卖年画、灶神、爆竹、调料的摊点比平时增多，二熊的货摊也增加了调料、干菜等货物品种。他每天摆摊、收摊，十分忙碌。淑贞依然在帮他打理生意。他的货摊顾客较多，生意越来越好。二熊起早贪黑，信心满满。

每年到了这个时候，银宫街就有了过年的气氛。年初养的小羊长肥了，养羊户请人杀羊，之后登门给左邻右舍送肉。大家当晚煮肉解馋，街上四处飘香。这一举动引得其他住户纷纷效仿，大家都提前购买猪肉改善生活，街上呈现出一片祥和的景象。水龙头边洗肉、洗菜的妇女更多了。

1月20日，是腊月初七，银宫街各家都忙着准备腊八粥。黄潇凤只管照看孩子，其他事情都由二熊去办。傍晚，向川花过来串门，还带来一斤黄豆。黄潇凤很高兴："黄豆是做粥不可缺少的好东西，姐正愁没有呢。谢谢你！"向川花听了也开心："姐，缺啥说一声，妹妹帮你凑齐。"黄潇凤问："你准备得咋样？"向川花说："我都准备好了，苞谷珍、花生米、黄豆、香菜、木耳、粉丝、豆腐、红黄萝卜，都备齐了！就等明天早晨熬煮，姐你准备了啥？"黄潇凤说："孩子都哄不过来，姐哪能顾得上这些。二熊会做饭，这些活都是他的。"向川花说："二熊真听话，姐的福气真好。"黄潇凤说："姐给他生娃，他得伺候姐一辈子。"向川花说："昨晚淑贞来找我，打听汾花的消息。"黄潇凤问："你咋说的？""我说早送到新乡老家了，你别乱打听。惹恼了潇姐，万一她把汾花送了人，你永远也见不到了。""回答得好！就这么说，打消她要娃的念头，她想害娃，姐绝不能答应！"

向川花走后，黄潇凤陷入了沉思。原本想过年把汾花接回来，临时又改变了主意。晚上二熊回来，二人商量了一下，黄潇凤决定次日去青鸟林小学找彭兰，看看寒假期间能不能让汾花寄宿在她家。

次日喝过腊八粥，二熊出去摆摊，黄潇凤让向川花帮忙照看孩子，自己前往青鸟林小学。到了学校一看，各班都在打扫卫生，学校即将放寒假。黄潇凤找到彭兰，说明来意。彭兰当即一口答应："没问题，就让汾花到我家过年，我也很想汾花。这样，寒假期间还能给汾花补课。家里好说，我父母知书达理，家里吃喝不愁，请你放心。约个时间，我去银宫街接汾花。"

"不用你接，汾花就在县城，暂住在班主任家里。腊月二十三上午我去县城，咱俩上午九点在南门见面，然后一起去接汾花，你看行不行？"

"行，一言为定！我准时在南门接娃，请你放心。"

"汾花的新衣已经做好，生活费也准备好了，等你接娃时一并给你。"

"生活费就免了，我回家和父母说说就行，汾花是我的学生，他们肯定不会要。"

到了腊月二十三，吃过早饭，黄潇凤把四个孩子托付给向川花，让二熊雇来一辆马车，备好双份四样礼品，每份礼品包括一瓶白酒、两包点心、三斤白糖、三斤炒花生。她在包裹里装上汾花的新衣和其他物品，赶往五云镇东北二十里外的青云县城。

上午九点，黄潇凤到达县城南门，彭兰早已在那里等候多时。见面之后，二人坐上马车进城，拐过几道弯，找到汾花的班主任马老师的家。汾花见到黄潇凤和彭兰，非常高兴，拉着她俩的手，满脸欢喜。

马老师是一位和蔼的年轻妇女，家里有三间瓦房，屋内摆设很简单。黄潇凤给马老师结清了汾花的生活费和学费，呈上四样礼物。马老师再三推辞，黄潇凤坚持让她收下，最后马老师拗不过黄潇凤，收下了一半。黄潇凤说明来意，马老师说："我也有个女孩，叫春霞，和汾花一般大，可以让汾花在我家过年，吃喝不愁，不必麻烦其他人了。"

黄潇凤说："非常感谢！明年再说吧，今年已经给娃安排好了，让汾花在她原先的小学班主任彭老师家过年。这次我先把娃接走，等下学期学校开学后，我再送回来，以后还要麻烦你照顾汾花。汾花虽不是我亲生，却胜似亲生，我会对汾花负责到底。"

彭兰对马老师说："谢谢你关照汾花，她也是我的学生，我跟家里说好了，就等汾花去我家过年。"

离开马老师家，黄潇凤带着汾花乘马车来到位于北关附近的彭兰家。彭兰家是两进的大院，房屋众多，家里有花有鸟，骡马成群。到了家门口，彭兰的父母出门迎接客人，态度十分友好。彭老先生对汾花夸奖了一番，又对黄潇凤说："汾花辍学的事我也听说了，兰兰提起这事就掉眼泪。感谢你出手帮助娃重返校园，你这是做了一件善事，是义举，很了不起，令我们全家都很佩服。以后逢年过节就让汾花到我家来，我们全家热烈欢迎。"

"谢谢！"黄潇凤感激地说。她拿出备好的另一份四样礼品，双手递给彭先生，对方坚决不收。彭兰劝黄潇凤把礼品带回去，黄潇凤执意不肯，还要留下汾花的生活费。彭先生见状，只好妥协："好，礼品我收下，收下你就放心了！其他的一概免谈，一概不要。各退一步，好吗？"

"好吧！"黄潇凤勉强同意，内心十分感动。

安排好汾花，黄潇凤起身告辞。看着时间快到中午，彭家父女挽留她吃饭，黄潇凤说："家里很忙，还有四个孩子，我得赶紧回去，谢谢你们的好意。汾花就交给你们了，请多费心！"

"既然这样，我们就不留你吃饭了。"彭先生说，"请稍等，家里刚杀了猪，送你一块猪肉。"黄潇凤推辞不要，彭先生却坚持。他吩咐用人到厨房取来一大块猪肉，放到门外黄潇凤的马车上。一家人把黄潇凤送到大门外，黄潇凤拉着汾花的手走到马车旁，和大家挥手告别。

马车走到街角，黄潇凤回头一看，彭兰拉着汾花还站在门口。黄潇凤鼻子一酸，眼睛湿润了。她想起自己离家出走，跟随杂技团在外打拼的困苦生活，一幕幕往事又一次浮现在眼前……

回到西环道时，已过十二点。黄潇凤给车夫付了钱，拎起那块猪肉上坡，感觉这块猪肉有八九斤。走进家门，向川花抱着小雁行正在院里给孩子们讲小红军追赶队伍的故事。院里聚集了十几个孩子，都聚精会神地听川花讲着。看到黄潇凤回来，向川花停了下来，对孩子们说："好了，今天就讲到这里，下次接着讲。"哪知孩子们却一动不动，一个个眨着眼睛，还想听。溪芸、溪芹也一样，听故事听得入了神，都忘了招呼妈妈。黄潇凤冲向川花点点头，示意她继续讲下去，自己回屋在炕上靠了靠。

川花在院里讲得绘声绘色，引发孩子们的阵阵欢声笑语。黄潇凤没想到向川花有这本事，暗暗心生敬意。回顾刚到这里时，小街没多少孩子，如今孩子们成群结队。她想：和沦陷区生活在绝望中的儿童相比，后方这些孩子是幸运的。虽说眼下生活困难，但生命有保障，这就是一种幸福，而这种幸福是前线将士用鲜血换来的，实在来之不易。

向川花讲完故事，让孩子们自己去玩耍。孩子们散开后，她把雁行抱进来，黄潇凤赶忙起身接过孩子。向川花问起汾花的事，黄潇凤详细讲了一遍。向川花说："这我就放心了，汾花是个乖孩子，聪明好学，心思细密，好好培养，将来肯定有出息。"

"交给你个任务，必须完成。"黄潇凤笑着说，"哎，把桌子上那块猪肉剁开，分成四份，给姐留一份，给你一份，剩下的麻烦你跑一趟，送给柳姐、淑贞她们。行不？"

"行，我马上办，不过我的那份不要，老马是回民，不吃猪肉。"

"姐差点儿忘了，好，那就一分为三，不给你了。"

向川花把猪肉拿到厨房，找出斧头，利落地剁开，分别用细绳绑好。二人相视一笑，川花拎起两块肉走了。

二熊的生意很红火，他干劲十足。黄潇凤听说生意好，提议卖掉崖下柳坞巷的房产，换一笔钱，来年租个店面扩大生意。二熊听了十分赞成，这事就这么定下来了。

腊月底，银宫街和柳坞巷的住户家家忙碌。阳光明媚的日子，人们心情愉悦，都在为过年做准备。孩子们欢天喜地，不惧寒冷，结伴在外面玩耍，刚会走路的小孩也跟着大孩子往外跑。

这天，黄潇凤吩咐二熊另找人帮忙，让淑贞回家准备过年。二熊提前三天给淑贞结了账、放了假，工钱按满月结算，淑贞非常感激。有了这笔帮工的钱，淑贞提前赶着老牛在后窑里磨了面，用自己种的菜籽到油坊换了两壶菜油，自己留一壶，另一壶给黄潇凤送去。次日，黄潇凤让二熊买了一条羊腿，剁成两块，给淑贞送了一块。

十 二

　　除夕下午，外面响起零星的爆竹声，这年的爆竹声比往年明显增多。爆竹一响，喜气弥漫。各家的狗先是结伴出去游荡，在树林里追野鸡，在垃圾堆翻剩骨头，然后在街上发呆，直到傍晚才回来。狗食盆里有了平时难得一见的猪骨，狗嗅到香味立即奔过去啃了起来，发出阵阵嚼骨声，主人见了颇感欣慰。可怜这些忠实的看家者，长年忍饥挨饿，只有到年底和过年时才能吃几口美食。

　　收到羊肉后，淑贞欣喜不已，分给桂清一少半，把剩余的羊肉洗净、切好放到锅里，开始烧火煮羊肉。她坐在锅台边，拉拉风箱，起身干点别的活，再回来拉风箱，用慢火炖肉。估计火候差不多了，她精心挑选了一沓剪纸，来到崖上黄潇凤家串门。离黄潇凤家不远时，她看到柳夫人和向川花的身影，听到向川花银铃般的笑声，于是中途折返，回家又取了一些剪纸，再次往黄潇凤家走。等她走进黄潇凤的院子，看到柳夫人和向川花正在帮黄潇凤收拾屋子。淑贞跟她们打过招呼，也上前帮忙。黄潇凤朝她笑了笑，劝那二人道："姐妹们歇歇吧，真不好意思，二熊太懒，这些活留给他干，不能便宜了那小子。"

　　柳夫人说："活靠川花干，我不过做做样子罢了，川花能干，还总能找到活干。看，她收拾过的地方，既干净又整洁。"

　　川花说："芝麻大的事，不值一提。你俩比我有本事，会治男人，把他们治得服服帖帖的，这一点我还得请教二位姐姐。"此话一出，室内的人都笑了。

　　黄潇凤说："那跟医生看病一样，要对症下药，得看准对方的弱点快速出击，不能犹豫。拿姐来说，姐给二熊的哥生了两个娃，二熊最怕姐跟人跑了不管娃，姐就用这招降他。他只要敢顶嘴，姐就离家出走，可不是说说而已，姐是真走！二熊开始不听话，到最后，他只能乖乖投降。可以说，姐让他蹲着尿，他不敢站着！"众人又笑了。

柳夫人说："马小奔要是不听话，晚上别让他碰你，时间长了，他肯定会求你。"

向川花说："我都试过了，不管用。小奔悟性差，是个倔脾气，你不准他挨你，他能独自睡一年。"柳夫人说："看小奔挺机灵，原来这么笨。"

众人聊了会儿天，淑贞拿出自己的剪纸分给大家，大家都很开心。向川花和淑贞给黄潇凤贴了窗花，准备去给柳夫人贴，黄潇凤把她们送到院外。

淑贞帮柳夫人和向川花贴好窗花，就回家了。淑贞走后，向川花躺到炕上睡觉，没下厨。马小奔觉得奇怪，问道："你咋了?"向川花没好气地说："以后家务归你了，我啥也不干。你要是不愿意，咱俩就分手。"马小奔笑着说："又使性子? 好，今天你歇着，看我的手艺，你等着开饭。"向川花说："我说的是真的。柳夫人和潇姐在家啥都不干，一心保养自己，你看人家多年轻。以后我也学她们，啥也不干。从现在起我要保养自己，锻炼身体。"马小奔愣了一下，没再说话。

淑贞回到家里，桂清早已备好酒菜、黄纸和香火，等着和她一起去坟地。淑贞叮嘱几个孩子别乱跑，自己端着桂春的灵牌，与桂清夫妇前往祖坟和桂春的墓地，恭请他们的灵魂回家过年。等办完这些事，夜幕已经降临。

吃过饭后，汾兰和小船出去玩。她站在桂春的牌位前，呆立了半天，回想起从山西到陕西的经历，感觉就像一场噩梦。她正沉浸在思绪中，忽然听到外面传来汾兰和小船的说笑声。她出门一看，黄潇凤抱着雁行走了进来，后面跟着二熊和思行。淑贞心里一暖，赶忙招呼他们进屋。二熊带来了一包糖果和两包点心。两家人坐在一起聊天，孩子们则跑到院里看放炮。桂清听到有客人来，过来邀请黄潇凤夫妇过去吃饭，黄潇凤婉言谢绝了。淑贞没敢提汾花的事，黄潇凤心情自然不错。正聊着，黄潇凤给二熊使了个眼色，二熊把汾兰和小船叫进屋，给每个孩子发了一块银圆。淑贞推辞不过，只好收下。这时，思行从外面跑进来，惊讶地对黄潇凤说："妈妈，你真抠，给我发了一张纸币，给汾兰发的是银圆，我也要银圆！"二熊说："都一样能买东西，出去玩！"说着就把思行撵了出去。发过压岁钱，黄潇凤起身告辞，二熊跟着离开。淑贞想给思行发压岁钱，被二熊坚决拦住了。淑贞挽留道："羊肉已经煮烂了，吃了再走。"黄潇凤说："不了，过年盗贼多，得赶紧回去。"淑贞只好把他们送到环道。临别时，黄潇凤说："明天中午带娃上来吃饭，二熊都准备好了，啥都别拿，不然就别来。记着，姐等你！"淑贞点头答应，看着他们走上银宫街，才转身回家。

晚上，孩子们熟睡之后，家长们把缝制好的新衣新帽叠放在孩子枕边，给孩子送上一份惊喜和吉祥。即便家境最为困难的家庭，也不敢忽视这件事，因为孩子关乎一个家庭的前途和命运，只要孩子好，这个家庭就有希望。

大年初一的凌晨，有的人不敢贪睡，早早起来在院里燃放一串或几个爆竹，这就是迎春炮，用来迎接新年的喜气。放完之后，如果时间还早，就可以进屋继续睡觉，一直睡到破晓。每次炮响，都会引发一阵鸡鸣犬吠。早晨起来，关中人讲究吃一顿碗里飘着油星的旗花面或臊子面。饭做好后，叫醒还没起床的孩子，让他们换上新衣，洗脸准备吃饭。先敬过神灵和三代宗祖的牌位，接下来全家人才能享用这顿美食。中午一般会炒几个菜，就着暄软雪白的馒头和蒸热的熟肉，美美地饱餐一顿。晚饭通常比较简单，把中午的剩菜热一热就行。

正月初二，桂元回娘家，给桂清和淑贞两家各带了两把挂面、一篮蒸馍。两家都招呼她和焦愣虎吃饭，桂元夫妇决定带着孩子在淑贞家里吃。桂元满头白发，明显苍老了许多。看着聪明伶俐的小船，桂元喜忧参半，心里满是愧疚。她抱着小船不愿放手，听小船叫她"姑姑"，桂元的眼泪在眼眶里打转。把孩子送给淑贞，延续了桂春哥的香火，了却了桂元的一桩心事，却也给她自己留下了无尽的思念，这思念让她变得憔悴不堪。她的长子大船没上过学，一直在家里帮忙；二儿子二船三年前哭着要念书，桂元供他在私塾读了三年，年后桂元正发愁没钱供他继续读书。

淑贞给桂元包了一顿韭菜鸡蛋馅饺子。饺子煮熟之后，香味溢满院子。淑贞先给桂清家端了一碗，回来请桂元一家吃饭。孩子们抢着吃，大人让孩子们先吃。饺子不够了，淑贞改做扯面。吃过饭，桂元稍作停留就起身告辞，带着一家老小徒步往回走。小草和淑贞把桂元一直送到五云山下，才转身走上西环道。桂元在回家的路上哭了一路。因为思子心切，桂元从此落下失眠的病症，久治不愈。因长期治疗需要一定的花费，家境愈发艰难。

1945年2月27日是元宵节。这天早晨，一个叫颜鲁，一个叫瑶彪的两个河南表兄弟同时找上门来，说想买黄潇凤在柳坞巷的院子。黄潇凤认识他们，他们是三年前银宫街的租客，一直在小街东头钟家和鹿家租房子住。刚到陕西时生活困难，交不起房租，靠街上的河南老乡救济度日。后来找到木工活，经济状况渐渐好转。二人都曾当过护街队的队员，姓颜的妻子在学校灶上当服务员，姓瑶的妻子在家照顾小孩。他们过去曾多次在水龙头边打听买房的事，黄潇凤早有耳闻，没想到这次他们真的要买房了。黄潇凤对这两家印象不错，便答应了下来。

这个春节，向川花啥家务都不干，马小奔处处让着她。奇怪的是，只要柳夫人和黄潇凤一叫，向川花跑得比兔子还快。对于向川花的异常行为，马小奔无法理解，只盼着她能快点给自己生个孩子。他心想：看这情形，现在可不敢招惹她，她背后有那两个"参谋长"撑腰。等有了孩子，还愁拴不住她的心？

正月十六上午，黄潇凤和二熊雇了一辆马车赶到县城彭老师的家里，给彭老师付了汾花的学费和寄宿的生活费。办完这件事，黄潇凤和二熊急忙往回赶。

回到家里，黄潇凤倒头就睡，她实在太累了。二熊回来喝了一杯茶，就开始在家里忙碌。

下午三点多，黄潇凤睡醒后，那两个河南表兄弟带着妻子又一次来到黄潇凤家里。黄潇凤夫妇把客人让进屋里，双方开始商量柳坞巷那个院子的价钱。经过一番协商，最终以三十块银圆达成买卖协议。瑶彪预付了十块银圆作为定金，双方当场立下字据，买方需在五天之内付清剩余欠款，卖方在收齐房款后将大门钥匙交给对方。

晚上熄灯以后，黄潇凤和二熊说起闲话。二熊说："太便宜了，咱开口要价低了。要是多要点，肯定能多卖八到十块银圆。"黄潇凤说："合适就行，要价太高你不怕把人家吓跑？况且都是河南老乡，价钱不能太离谱。"二熊说："你算过成本吗？光买地皮就花了十二块银圆，再加上盖房子的材料费和人工钱，这简直跟没赚钱一样。"黄潇凤说："姐算过了，其他花费和地皮钱差不多。卖了就卖了，就当腾出钱来做生意，不赔钱就行。想卖高价得看卖给谁，这两家买了咱的院子，以后长期都是咱的街坊邻居。俗话说：千金难买好邻居。低价卖给邻居也是应该的，何况这两家人都不错，那两个妹子见面不叫姐都不说话，姐很早就喜欢她俩，这就是缘分。"二熊说："唉，不管咋说，我还是觉得卖得太便宜了！"黄潇凤说："想开点，听姐的没错，用这笔钱租个门面，把生意做大，想赚多少就能赚多少。你别老盯着这点，睡觉！"

第三天，黄潇凤在水龙头边洗菜时听说颜鲁找秦笛借了五块银圆，心里很不是滋味。到了第五天，颜鲁和瑶彪哥儿俩登门来缴剩余房款，这时二熊恰巧不在家。黄潇凤收了房款之后，当即给他们退回了三块银圆，并把钥匙递给他们。二人万分感动，当即改口称黄潇凤为姐，黄潇凤欣然接受。黄潇凤让溪芸看好弟弟妹妹，自己给这兄弟俩带路，走到柳坞巷的家门口。这时二人的妻子早已在那儿等候，彼此寒暄之后，颜鲁微笑着打开院门。黄潇凤领着他们前前后后看了一遍，两对夫妻都非常满意。交代完事情，黄潇凤回家，两家女人拉着黄潇凤的手，一直把她送到坡口。

黄潇凤走后，颜鲁的妻子对瑶彪的妻子说："老乡就是亲！这种亲情比山还重。咱选对了地方，也选对了人。"对方说："潇姐一看就是大户人家的千金，爱面子还重情义，比亲人还亲。"

拿到钥匙，颜、瑶两家很快就入住了。在他们搬家时，游公羊对新来的邻居横眉冷对，颜、瑶两家看了很不舒服。这时候，游雕被抓壮丁后又一次开了小差回来，躲在家里昼伏夜出，生怕被人告发。游鹗自从妻子去世后，经常在外游荡，衣服破旧，胡子拉碴，说话颠三倒四，像个孤魂野鬼，夜里有时会突然出现，常常把人吓一跳。

卖了柳坞巷的房产后，二熊顺利租了两间临街且位置较好的瓦房，扩大了杂货铺，还拓宽了进货渠道。店门挪了之后，前一个月生意比较清淡，后来渐渐有了起色。雇请的店员依旧是淑贞，淑贞一天在店里待十个小时。二熊允许她迟到早退，以便她照顾孩子和家务。淑贞让七丫夫妇帮自己养牛，年后又买了两头小猪。她让汾兰在家照看小船，洗衣做饭，拔草喂猪。东邻燕桂云被抓壮丁后，他的闺女棉花没上学，在家里干活，儿子银民比小船大一岁，和小船在同一个私塾读书。汾兰一心想读书，却没办法实现这个心愿。淑贞家在银宫街的房子，小赵年后继续租用，每学期支付一次房租，这减轻了淑贞的生活压力。

每次回到家里，只要有空，二熊就整理菜园。这片土地暂时归自己所有，必须充分利用。入冬以后，菜园里只剩下少许菠菜，他把挑剩的菠菜移栽到一边，密植在一起。先用镬头把菜园里的空地挖一遍，再用锄头、铁锹进行平整，按照自己的设想划分成一块块菜畦，把菜地弄得像用梳子梳过似的，看着很舒服。等春雨过后，就按照时令准备种植辣椒、黄瓜、西红柿、芹菜、茄子、西葫芦、香菜等。他家的菜园每年在街上出菜最多，品种也最多，成了各家效仿的样板田。

种菜是一种乐趣，既能满足家庭做饭的需要，又能修身养性。好的菜园种类繁多，花红果绿，绿意盎然，让人忘却烦恼。春暖花开时，菜园能吸引蝴蝶、蜜蜂等昆虫前来停留、活动，让人浮想联翩、心旷神怡。

街上有两家住户喜欢养羊，有的人一养就是多年。春季养羊羔、喝羊奶，年底吃羊肉。他们白天在五云山或崖背放羊，晚上羊圈的臭气熏人，起初邻居意见很大。为了平息邻居的怨气，每到年底杀了羊，养羊户就给邻居送点羊肉或羊下水，取得邻居的谅解，以便来年继续养羊。

到了3月初，新闻报道：历时一年半的缅北、滇西反攻战结束。中国军队歼敌三万余，但也付出了惨重代价。3月下旬，又来了一对逃荒的小夫妻，想在柳坞巷买宅基地。他俩也是河南人，在柳坞巷转悠多时，看中了最东边八爷家院外窑前的两分地。双方很快达成买卖协议。紧接着购买建材、雇请匠人，在最东边的窑前盖了三间茅草屋，圈了一个小院。他们不等内墙干透，就举家搬了进去。这户人家男的姓良，二十多岁，慈眉善目，中等身材，是个木匠；女的姓杨，二十岁出头，举止得体，相貌端庄。搬进新居后，夫妇俩走门串户，和其他住户打成一片。

十三

　　时间过得飞快，转眼间暑期临近。彭兰在放假的前一天，来到银宫街，找到黄潇凤，说道："明天小学放假，我就回家了。我一直惦记着汾花的事，想跟您商量一下，让汾花这个暑假继续住在我家，省得回家被她妈妈发现。您同意吗？"黄潇凤说："太好了，当然同意。谢谢你！春节多亏你帮忙，汾花说你们一家人对她可好啦。汾花将来长大，肯定忘不了你的恩情。我给你两块银圆，别嫌少，就当是娃的生活费，你可一定要收下！"黄潇凤起身去取钱，被彭兰拉住了。彭兰说："下次再说，我先走了，明天我回县城接汾花，请您放心！您以后有空再来看汾花，暂时不用操心。我先走了！"说完，彭兰起身就走。黄潇凤没有来得及给她塞钱，只好目送她远去。

　　这个暑假好消息不断，银宫街有租房不回家的西农学生，他们经常收听广播，每天在水龙头边给洗衣、淘菜的人们讲述最近的新闻。

　　1945 年 9 月 2 日，日本正式签订无条件投降书。

　　面对这突如其来的胜利，大家喜上眉梢。街上有人杀鸡宰鹅，如同过年一般庆祝这个喜庆的日子。有人开始讨论回乡的事情。

　　这时，柳夫人决定立即动身去重庆看望外婆。秦笛向学校请了假，在西农联系好了一辆到重庆办事的吉普车，陪同柳夫人经秦岭前往重庆。到了之后，才得知外婆早已去世，柳夫人悲痛万分。原来，1939年 5 月 3 日，三十六架敌机突然轰炸重庆，外婆家所在的那条街道全部被炸毁。外婆执意看家，始终不愿去防空洞，最终被敌机炸死。

轰炸过后，家人在面目全非的街道四处寻找，才找到她的尸骨。在持续五年的大轰炸中，舅舅舅妈也先后被炸死，家里只剩正在上中学的表弟表妹，他俩相依为命，从此靠半工半读维持生活，直至日寇投降。

这次回到重庆，秦笛陪柳夫人在表弟家住了几天，祭奠了死难的亲人，资助了生活困难的表弟表妹。最后，怀着无限悲伤，搭乘西农的顺风车返回了银宫街，从此很少再去重庆。表弟表妹相继考上大学后，柳夫人定期给他们寄钱，直至他们毕业后参加工作。

抗战胜利后，黄潇凤想回河南新乡，可二熊放不下生意，况且溪芸、溪芹、思行都在这里上学。她与二熊商量来商量去，始终难以抉择，只能暂且搁置，以后再说。柳夫人也拿不定主意，她想让秦笛陪她回南京生活，秦笛却不愿离开陕西，这让她左右为难。向川花决定长期在此生活，马小奔对此没有任何意见。钟画师两口子为此吵得不可开交，老婆想迁回老家，他却死活不同意。教师云家、篆刻家老郭、石匠老柯、皮匠边家、打饼的傅家、卖豆腐的凯家、卖豆花的肖家、做粉条的鹿家、说评书的海家，家家都因这事闹起了矛盾。一些人整天嚷嚷着要回家，多数人却在观望，最后谁也没有率先动身。

相比之下，柳坞巷新来的三户外来人家显得很淡定，他们丝毫没有返乡的打算。

9月，在青鸟林小学开学报名的前一天上午，黄潇凤雇车独自赶到县城彭兰的家里，想给彭家支付汾花暑期的生活费。彭家坚持不要，黄潇凤诚恳地说："你们一家人都很好，以后寒暑假我还想把汾花托付给你们，让娃能安心念书，少受干扰。你们对娃的好，我和娃都记在心里。这生活费一定得给，多少是个心意，你们必须收下。要是不收，下次我都不好意思送娃来了，一定得收下。"彭兰的父亲听后说："听你这么说，不收钱反倒像是拒绝汾花来我家了，这可让我为难了。好吧，这钱我收下，但多少由我定，就一块银圆，再多我可不要，就这么说定了。记住，我们全家都很喜欢汾花，到了寒假，让兰兰再去接汾花，你就不用来回跑了。娃在我家，你放一百个心。"黄潇凤愉快地答应了。告别彭兰和她的父母后，黄潇凤带着汾花在街上吃了顿饭，给汾花买了两件秋装。之后，她把汾花送到马老师家，这才放心地离开。

青鸟林小学开始报名，黄潇凤给溪芸、溪芹、思行报了名，这才放下心来，专心照顾雁行。

进入腊月，国民政府实行新政策，要求大学、高中毕业生集中军训一年。消息传出，即将放寒假的西部农学院毕业生开始参加军训，有时还到野外拉练。银宫街的居民们议论纷纷，怀疑战事吃紧。

经历了多年的内忧外患，许多人对突然到来的和平局面难以相信。黄潇凤再次萌生回乡的想法，她想念太行山南麓的家乡，想念昔日的家园，特别想回去看看。但家里一摊子事难以推开：三个孩子读书，雁行明年就能入学了，还得关照汾花。

过了大半年，二熊的杂货店经营规模继续扩大。他请银宫街的篆刻家老郭制作了一个"新乡杂货铺"的牌匾，这一举动触动了老郭开店做生意的心思。在二熊的启发下，老郭随后在镇上开了一家制牌刻章的工艺店。自从有了招牌，二熊的货物种类比开店时增加了两倍，店员增加了两个男孩，十一岁的小杜和十三岁的小李，淑贞负责收银，二熊主要管账和采购货物。看到生意兴隆，黄潇凤心里很高兴，偶尔与柳夫人或向川花带孩子到店里转转，对二熊指点几句。此时小雁行已经懂事了。二熊对黄潇凤提出的意见，一向言听计从，丝毫不敢怠慢，淑贞看在眼里羡慕在心里。

自从汾花去县城上学，淑贞已经有两年没有见到汾花了。每当她提起想见汾花，黄潇凤就生气，对她横加指责，说她不配当汾花的母亲，说汾花不想见她，吓得她无言以对。碰过几次壁之后，淑贞渐渐心灰意冷，不再指望汾花给家里帮忙，任凭黄潇凤安排汾花的一切。

淑贞除了在店里帮忙，回到家里也不闲着。小船上学的前两年，她每天挤时间接送小船上学，每逢刮风下雨，她就背着小船上下学，黄潇凤得知后叹息不已。后来接送小船的任务落在了汾兰身上。淑贞一年四季除了养猪、养鸡，还养过几年奶羊，那是为了给小船喝羊奶。卖了老牛之后，她又买了一头牛犊，用积攒的余钱在宅前西南的杏树台东侧买了五分地种菜，起早贪黑地在地里劳作。为了供养小船上学，她仿佛浑身有使不完的力气。淑贞先后购买了五亩地，这些地分布在三处，耕种很不方便，而且遇到的邻家都不太友善。农民种地时相互侵犯犁沟是常有的事，为了守住自家的地界，淑贞经常勇敢地站出来理论。为了守住西坡那块地的地界，她多次遭到恶毒的邻家游公羊的打骂。被人打倒后，她会立刻爬起来，从不奢望打她的人给她看伤，只要能守住自己的土地，她甘愿付出生命。在她的顽强捍卫下，恶邻试图侵吞她那块薄田的企图一次次落空。每当遇到这种事，七丫夫妇闻讯后总是第一个赶到现场，帮淑贞说话，呵斥游公羊。由于七丫的丈夫年轻力壮，没人敢和他对抗，只要他一出现，游公羊只好灰溜溜地离开。

柳夫人、向川花和黄潇凤都劝说淑贞别再种地了，可淑贞就是不听。黄潇凤考虑到小船读书的私塾太远，想让小船转入青鸟林小学。淑贞怕二次出学费，执意要等下学期再说。

时隔不久，小船因为在学堂不好好练习毛笔字，受到责罚。回家后见到母亲就号啕大哭，淑贞也问不出原因。后来她发现小船的手心通红，才知道是私塾先生用戒尺打的。小船自此不愿再去学堂。

黄潇凤得知后，再次提出转学的事，淑贞只好答应。黄潇凤通过柳夫人和秦笛的关系，把小船转入青鸟林小学读二年级。由于跟不上课堂进度，小船的学习成绩一直不太好。

桂清夫妇生活也很艰难，常年在地里干活，过度劳累让二人落下一身病。桂春死后的前几年，每到农忙季节，桂清经常给嫂子淑贞帮忙干农活。时间久了，桂清的妻子小草心生炉忌，唯恐二人节外生枝，总是对桂清热嘲冷讽，对淑贞冷眼相对。淑贞心里明白，也不好和小草争辩，怕被外人笑话。桂清有苦难言，懒得和小草怄气，只能暗自生气。淑贞后来主动谢绝桂清的帮忙，有事自己想办法。因为这些琐事，两家的关系渐渐疏远。

新来的邻居良家的女主人杨洛兰对淑贞很好，闲了就过来串门。杨洛兰是个圆脸、爱笑的青年妇女，比淑贞小十几岁。同样来自外乡的身份，拉近了两人之间的距离，她俩见了面有说不完的话。后来杨洛兰听说淑贞和黄潇凤是闺蜜，央求淑贞在杂货铺给她找个活干。淑贞碍于情面，只好去问二熊，被二熊一口回绝。淑贞又去银宫街找黄潇凤，黄潇凤早知她的来意。她把淑贞让到屋里，从火炉边拿起一块热乎乎的烤红薯，递到淑贞手中。不等淑贞开口，便说道："先吃，边吃边说，走时给汾兰和小船也带两个。不用你说，事情姐都知道。让杨洛兰明天跟你去店里上班，有钱大家挣，一个帮一个，都不容易。姐给二熊已经下了命令，直接去就行了。"

淑贞回到家里，把烤红薯给了汾兰后，就去东头良家，把黄潇凤同意的事告诉了杨洛兰，杨洛兰非常高兴。次日清晨七点，杨洛兰就敲门叫淑贞去杂货铺，淑贞收拾好屋子，跟着杨洛兰出了门。小草事后得知淑贞给杨洛兰找了一份工钱不错的差事，羡慕不已。她后悔以前没留意这样的好事，让桂清去找淑贞说情。淑贞说："你们说晚了，刚找了一个帮手，暂时不需要人了。以后再看吧，如果再要人我给你们说。"

腊月到了，各家都在忙碌。学校放了寒假，在县城读初一的汾花学习成绩名列前茅，受到学校的表彰，汾花无比高兴。放寒假的那天上午，黄潇凤又来看她，汾花说自己想回银宫街过年，黄潇凤愉快地答应了。回到银宫街黄潇凤的家中，黄潇凤问她愿不愿意与母亲见一面，汾花连连摇头。黄潇凤理解汾花的心情，便答应不让她出去露面。

　　街坊邻居都以为黄潇凤家来了个亲戚家的孩子。柳夫人和向川花虽然知道，也替汾花保密。淑贞一直被蒙在鼓里，不知道汾花已经回来。每当夜幕降临，汾花常常站在自家的崖畔，向下俯瞰。她想念汾兰和弟弟，多想回家看看，但又怕母亲阻止自己继续念书，她决定暂时不去看望母亲。

十四

转眼间，除夕又至。寒风无法阻挡人们过年的热情，贫困也无法阻拦春节带来的欢乐。西农南门张灯结彩，焕然一新。银宫街家家户户都在忙碌，有的在煮肉，有的在蒸馍，有的在扫院，有的在张贴剪纸和春联。有人感叹：街上的孩子一批接一批地出生，一年比一年热闹。每到除夕，街上的孩子们欢天喜地地结伴玩耍，女孩子捉迷藏、踢毽子、玩沙包；男孩子有的在地上画个有进出口的四方形迷宫，玩集体攻防游戏，有的聚在一起燃放爆竹，有的整天在外面跑，在人群里欣赏年画、看热闹。夜幕降临时，街东一向沉稳寡言的说书艺人海汀突然来了兴致，在自家小院里生起火炉，边喝茶边讲《说岳全传》。消息传开后，吸引了不少孩子，个个听得入迷，直到深夜都不肯散去。

1946 年 2 月 2 日是春节，这是抗战胜利后的第一个春节。战争的阴霾已然散去，街上的居民心情格外舒畅。尽管生活依旧困苦，许多家庭吃了上顿没下顿，但人人脸上都洋溢着笑容。人们坚信，日子一定会好起来。

淑贞心想，日子再苦，只要自己好好种地，只要风调雨顺，明年定会有个好收成，到那时家里粮食就吃不完了。明年过年，孩子们就能吃上白馍馍。

2 月 10 日，国民党特务制造了"较场口事件"。和平的大好局面受到冲击，不安的情绪在民间蔓延开来。

2 月 20 日，西农和中小学相继开学。黄潇凤安顿好自己孩子入学后，又送汾花到县城初级中学读书。

6月26日，国民党军队大举围攻中原解放区，全面内战爆发。

6月底的一天，西农学生响应西安学生团体的号召，纷纷自发列队走上街头，高呼"反对内战！维护和平！"的口号，在街上向路人散发传单，进行即兴演讲，号召民众拒绝入伍，抵制参加内战。当地政府对此束手无策，与校方多次交涉均无果。此事致使本地区征兵工作陷入瘫痪，出现自抗战以来首次无人主动报名参军的情况，当地政府的征兵任务无法完成。不久，县警察局企图进入西农校园搜捕赤色分子，因校方拒绝而未能得逞。少数学生徒步奔赴延安，投身共产党，加入民族解放的洪流。

7月初，西农刚放暑假，形势陡然紧张。五云镇来了一个排的国民党军，在镇公所保丁的带领下四处抓壮丁，街上整天乱哄哄的，二熊的生意受到影响，下午提前一小时关了店门。为确保安全，黄潇凤在学校放假时把汾花接回自己家中。

次日上午，西农南门戒备森严，岗哨比平时增加了一倍。此外，校警队派出荷枪实弹的巡逻队在学校周边巡逻，维护社会秩序。秦笛腰挎手枪，坐在南门里侧西边值班室的办公桌后，仔细打量着出入校门的每一个人。附近个别青年被士兵追进校门，校警队拦住了抓壮丁的官兵。经过对峙，抓人的官兵被校方赶走。

一天下午，一队官兵突袭柳坞巷，却一个壮丁都没抓到。柳坞巷的青壮年近日听到风声，都躲进了地窖或鸽子窝，银宫街的适龄人员白天都躲进了西农校园。官兵临走时，正好碰到流浪回来的游鹝。当时游鹝衣服破旧不堪，面黄肌瘦。两个兵扭住游鹝准备带走，游鹝瞪着眼睛又蹦又跳，嘴里振振有词，说自己是个财主："你们连财主也敢抓？"领队的一个军官上前仔细看了看，发现此人精神不正常，这才摆手让士兵放开他。

8月底，西农和附属的中小学相继开课，黄潇凤顾虑汾花的安全，通过秦笛的活动，将汾花转入附中读书，和溪芸同在高中一年级。这时，思行已经读小学三年级，雁行读一年级。

9月初，当地的大街小巷出现了许多"打倒国民党反动派"的宣传标语，县警察局派人明察暗访，保安队派人来维持治安。五云镇空气紧张，没到天黑街上就没人了。保安队长熊升树亲自过来调查，查了两天毫无线索。随行的副队长宁清是一个热血青年，建议他打击当地的赌场，熊升树觉得有道理，借机带兵查封了本镇三家最大的赌场、烟馆和妓院，当场带走了数个正在参与赌博的保丁，此举震惊了全县。抓赌的当天，求情的说客纷至沓来，连县长都给熊升树写了条子。最后，熊升树只好放人，带队撤离了五云镇。

二熊回来给黄潇凤讲了街上发生的事，夸赞熊升树是个好官。二熊说："这熊升树不嫖不赌，做人正派。这次他做了一件好事，街上的治安环境好了，不三不四的人少了，晚上店铺能照常营业了，咱的生意也有所好转。最近，镇上有警察在调查张贴标语的事。"

黄潇凤说："物价都涨成啥样了也不管，居然管这事。"

二熊说："这是政治，警察最关心这个，最近标语又冒了出来，警察恼怒了，开始调查此事，不过好像没有结果。"

黄潇凤说："你见过那标语吗？字迹跟以前警察在银宫街对比的那种像不像？"

"没见过，不知道。问这干啥？"

"不知道就算了，姐随便问问。"黄潇凤不再提说此事，但她对向川花很担心。自从内战爆发后，她发现向川花经常早出晚归，担心她又去张贴标语了。为了阻止向川花引火烧身，她抽空到向川花家串门，有意说出警察局调查标语的事，向川花没有接她的话茬，她也不好多说什么，只好转移了话题。

临近年底，社会很不安定，学潮每隔一段时间就会发生。12月下旬的一天，西农再次爆发学潮运动，大批学生结队走出校门，举行反美示威。原来，12月24日晚上，北平发生美军士兵强奸北京大学女学生事件，引发全国性的大规模反美运动，西农的师生走上街头高呼反美口号，反对美军的暴行。学潮吸引了沿街民众的眼球。这时内战愈打愈烈，在美国的援助下，国民党军大举进攻解放区，战争的浓云密布。

这年腊月，向川花带马小奔回四川老家探亲。回家途中，向川花感叹时光的流逝，当年自己离家时只有十三四岁，十几年后再次回家，感到恍如隔世。回到家里时，见到了阔别已久的父母兄弟，一家人痛哭了一场。当年，她家有二十多亩土地，她和弟弟从小读了私塾，因为反抗包办婚姻，在红军路过家乡时，她和另外两个女孩子悄悄跟着红军走了，成了三名红军小战士。在她参军走后，母亲天天哭，几乎每天傍晚都在村口等她，常常等到半夜都不肯回家，导致后来双目失明。为了给她母亲治病，她父亲卖田卖地，几乎花光了所有积蓄，也没治好这个病。由于家庭困难，向川花的弟弟初中毕业后辍学在家务农。

向川花在四川老家住了数日后又和马小奔一起返回了陕西。

1947年春节过后，五云镇物价飞涨，人心惶惶。过了正月十五，向川花让马小奔放弃了牛羊肉摊点的生意。经组织安排，马小奔到校警队上班。这一年，秦笛刚担任校警队副队长。他对国民党内的腐败分子深恶痛绝，私下常收听延安新华广播电台的节目，思想渐渐发生转变，还主动向学校党组织靠拢。马小奔加入校警队后，很快成了秦笛的得力助手。

此后，向川花在镇上家属中间秘密活动，宣传党的政策。她组织了十余名热心的青年妇女，自购材料加工制作军鞋，准备迎接解放军的到来。柳夫人和黄潇凤听说此事后，积极捐钱捐物助力做鞋。秦笛和马小奔也全力支持，负责对外联络、转运这些军需品。

直到这时，柳夫人和黄潇凤才知道向川花已是地下党成员。向川花先后将秦笛和马小奔介绍给党组织。经过考验，二人后来秘密入党。

柳夫人对秦笛说："国民党太腐败了，好景不长了。纵观中国历史，腐败就是政权垮塌的主要原因。听川花介绍后，我才知道中国的希望在延安，中国的救星也在延安。共产党的军队纪律严明、意志坚定，为穷人打天下，真了不起。你这条路走对了，跟着组织好好干，等革命胜利了，咱们就有好日子过了。"

秦笛惊讶道："想不到你能说出这番话，太意外了。一定要给我保密，千万不能出去乱说。"

柳夫人应道："放心吧！"

晚上，秦笛到学校值夜班，柳夫人独自在家。她躺在床上，辗转反侧，难以入眠。突然，墙外一棵老槐树上，传来几声猫头鹰凄厉的鸣叫。柳夫人顿感一阵莫名的恐惧，赶紧用被子蒙住头。不一会儿，街上传来几声呼喊："去！到别处叫去！""打你！还不走？晦气！"原来是街上一个小青年正用土块驱赶那只猫头鹰。猫头鹰睁着发光的眼睛，凝视片刻后，扑棱棱飞往别处。

猫头鹰飞走后，柳夫人缓过神来。她想去找向川花，可又不敢出门，只能静静地躺在床上，不知不觉进入了梦乡。她梦见柳荫拉着自己的手，在南京城里一路狂奔，日本鬼子在后面紧追不舍。正跑得起劲，脚下突然被什么东西绊了一下，她低头一看，竟是一具血肉模糊的女尸……

这年年初，五云镇又开始大肆抓壮丁，青年人四处躲藏，不敢露面。陇海铁路五云镇车站驻守着一个排的士兵，对进出站的旅客严加盘查。客列日益减少，军列却不断增加。

过了正月十六，西农和中小学校开学。学生们上学的热闹场景，暂时冲淡了紧张的气氛。南门外的早市重新开张，柳夫人照旧穿戴得光鲜亮丽，去市场执勤。

孩子们都去上学了，黄潇凤轻松了许多。二熊早出晚归地忙着做生意，进货渠道越来越广，可物价却一直在涨，生意愈发难做。二熊不在家的时候，洗衣做饭就成了黄潇凤的首要任务。

春夏时节，闲暇时若遇晴天，她就会坐在台阶上晒太阳，欣赏阶下菜畦里的蔬菜。在二熊的精心打理下，门前的菜地菜苗种类丰富。春季有菠菜、香菜，夏季有韭菜、芹菜，秋季有萝卜、大葱、白菜、莲花白，除了冬季，菜地常年绿意盎然，产出的蔬菜基本够自家食用。每逢下雨，她就让二熊把雨水排入菜地浇灌；遇到旱季，就挑水浇菜。常有邻居过来观赏黄潇凤家的菜园，对这片菜地赞不绝口。

到了腊月底，菜地只剩下一小片香菜，散发着浓郁的香气。白菜、萝卜已经存进菜窖，芥菜也腌好了。挖过菜的土地凹凸不平，长出了野草。黄潇凤坐在台阶上的小木凳上晒着太阳，想着自己的心事。有时，她会突然想起俞叶梅，后悔当年没把俞叶梅和那几个孩子带回银宫街，心里十分牵挂他们。

一天，她突然听说淑贞准备给汾花找婆家，想用换来的彩礼购置邻村的六亩薄田。黄潇凤听到后十分吃惊，立刻当面去问淑贞。淑贞见黄潇凤满脸怒气，赶忙改口说是给汾兰找婆家。黄潇凤严厉地训斥道："婚姻是人生大事，你可不能害了孩子。孩子现在还小，别急着给她找婆家。再过几年，等孩子懂事了再说。"

淑贞回应道："汾兰的事你就别管了，女娃大了迟早都要嫁人，我提前给她打听个好人家。"

黄潇凤说："不管怎么说，咱俩是一路人，我必须给你提个醒：眼光要放长远，不能只看眼前。再苦也不能苦了孩子，再紧也不能打孩子婚姻的主意。你别嫌我多管闲事，我这是为孩子好。这么跟你说，不管什么时候你给汾兰找婆家，都得先跟我说一声，征求下我的意见，我能给你和孩子当个参谋。目的只有一个，对汾兰负责。我知道你这几年变化很大，心里可能一直在埋怨我，我不怪你，谁让咱俩是姐妹呢。我再说一遍，汾兰的婚事我必须过问。你要是敢背着我擅自决定，别怪我跟你翻脸，记住了！"

淑贞看着柳眉倒竖的黄潇凤，犹豫了一下，点头表示同意。黄潇凤瞧她目光游离，心里很不踏实。回到家后，黄潇凤一想起这事就心烦意乱。

青云县征兵任务繁重，征兵成了当地政府的首要任务。保安队受命抓壮丁，农村青年纷纷消极抵抗。内战爆发后，保安队长熊升树向来敬重共产党，对抗战胜利后国民党官员的腐败深感不满，对打内战态度消极，便称病请了长假，委托副队长宁清代理保安队日常工作。宁清对抓壮丁也很消极，经常敷衍了事。抓壮丁时，年轻人能躲就躲，能藏就藏。白天抓不到，有人立功心切，就晚上去抓，闹得村里鸡飞狗跳。自从胡宗南进攻延安，青云县被抓壮丁的事搅得鸡犬不宁，社会动荡不安。

游雕逃回来后又被抓走了。游公羊也被抓了壮丁。他的小脚老婆银钗当时想阻拦，却拦不住，就在门外跳着脚大骂抓人者。一个带兵的黑脸上士把她拉进院内教训了一顿。银钗一开始骂个不停，结果被士兵打了几记耳光，最终被制服了。游公羊被抓走后，她就坐在门前的捣衣石上，傻傻地发呆。河南邻居颜鲁的妻子路过银钗家门口，劝她去告状。银钗说："这事没人管，告了也是白告。出了人命都没人管，谁会管这种事呢？唉！"

十五

内战升级，贸易市场受到冲击。进货渠道受阻，通货膨胀日益严重，粮价一天一个样，到处都是饥民。街上的乞讨者越来越多，店铺生意冷清。二熊的杂货铺顾客锐减，门可罗雀，他忧心忡忡，不知道未来形势会怎样。店里的四个员工照常上班，他不忍心辞退任何一个，只盼着战争能早点结束。

五云镇的妓院和烟馆生意也很清淡，经营者都无精打采。妓院的老鸨逼迫妓女们站街拉客，可行人却纷纷躲避。

西农南门外的早市客源不少，但供货小贩少了。卖菜的年轻人都躲到了幕后，凌晨帮着妻女或父母把菜送到市场，赶在天亮之前就消失得无影无踪。

大船在渭河边当挑夫，小小年纪，就扛起了生活的重担。他顶风冒雨，经常蹚水过河，给南岸的财主家送货。途中只带一个饼子，饿了就吃两口，走一段路歇一歇。极度劳累的时候，他只能独自掉眼泪。路上的苦和累，他从未在父母面前提起过。

上半年，蒋军大举进攻陕北和山东解放区，相继失败。4 月 22 日，西北野战军收复延安。五云镇的人们议论纷纷，都说国民党快不行了。

从 4 月初开始，法币贬值，五云镇物价飞涨，有时一天能涨好几次，商贸业受到巨大冲击，店铺纷纷关门歇业。二熊的杂货铺也关门了，他遣散了所有店员，请大家回家等消息。很多家庭只能靠挖野菜解决吃菜问题。街上的乞丐越来越多，大多蓬头垢面，衣不蔽体。西环道里侧的野菜被附近居民挖得精光，榆树叶也被捋得一干二净。

西农南门口的早市彻底陷入了萧条，买卖几乎完全停滞。4月中下旬，饭馆里一碗米饭售价高达两万元。西农的师生们陷入了窘迫的境地，吃饭成了校方最为头疼的难题。校园内学潮频繁爆发，学生们走上街头游行，反内战、反饥饿，抗议国民党的黑暗统治。学校当局对此束手无策，只能竭力安抚学生们的情绪。

黄潇凤开始节俭度日，不再大手大脚地花钱。她悉心照顾着汾花和自己的四个孩子，满心盼望着世道能够好转。她对现实社会满心忧虑，时常暗自叹息。而向川花的态度却截然不同，她对未来满怀期待。她盼着解放军能早日打过来，早日解放五云镇。向川花开始在银宫街公开讲述红军的故事，她说解放军就是当年的红军，专门打土豪、分田地，为穷人打天下。向川花的讲述吸引了众多听众。

有一天，黄潇凤问向川花："解放军打过来，你会不会跟着部队走？"向川花回答："我当然愿意跟着走。"

"姐姐不希望你走，你要是跟部队走了，往后咱们就很难见面了，姐姐舍不得你。"黄潇凤动情地说。

向川花回应道："放心吧，就算跟部队走了，等革命胜利了，我肯定会回来，因为家在这儿。"

"共产党能严惩杀害燕桂春的凶手吗？"

"那肯定能！杀人偿命，国民党管不了的这些命案，共产党一定会管！等解放了，我就带着淑贞姐去新政府申冤，请求新政府审判、严惩凶手，丁四那伙坏人肯定得挨枪子！到那时，军阀马步芳的末日也就到了，解放军一定会枪毙他们。我早就盼着这一天了！"

"那可真是太好了！难怪共产党深得民心，难怪国民党打不过共产党。不过，姐是国民党军家属，共产党来了，会不会找姐的麻烦？"

"不会的！我敢担保！你就放心吧，共产党只抓坏人，不会为难抗日军人的家属。国共合作的时候，两党建立了统一战线，枪口一致对外。熊大哥牺牲在抗日战场，那是民族英雄，放心吧！"

"你这么一说，姐心里踏实多了，也盼着早点解放，再这么熬下去，日子实在没法过了！"黄潇凤把这番话告诉了淑贞，淑贞听后又惊又喜。

当天晚上，淑贞心潮澎湃，久久难以入眠。睡着之后，她梦见红旗插遍了五云镇，地主老财们四处逃窜，无路可逃；丁四、游狗一伙被解放军五花大绑，押往刑场，街边人山人海，人们拍手称快，都挤上前去看热闹。

此后，解放军胜利的消息不断从西农校园传出。

5月下旬的一天，西农南门外围墙东边荒鸡寺村有一户姓刘的人家，托人找到了此前四处打听廉价土地的淑贞，愿意以超低价格出售自家的六亩薄田，价格是一马车五十担小麦。淑贞听后将信将疑，亲自到那个村子了解情况。那家人说："今年小麦长势不好，家里又急等着用钱，所以才会低价卖。过了这个村可就没这个店了，你要是想要，就赶紧筹钱，我就等十天，十天一过，肯定涨价。"

淑贞听了，立马动了心思，飞也似的跑回家，托人联系前段时间给汾兰提亲的媒人。她清楚地记得，媒人说有个叫王永实的二十多岁的青年，曾在国民党军当兵，在抗日前线负了重伤，被部队遣送回来，一直娶不上媳妇。当初那家人通过媒人提议，用一马车五十担麦子作为聘礼，想和汾兰定亲，被她拒绝了。如今，她很想促成这门亲事，好给儿子置办六亩田产。淑贞不顾汾兰的强烈反对，背着黄潇凤，通过媒人说好了这门亲事，收了男方的聘礼，双方约定过年结婚。

次日，她找到荒鸡寺那位姓刘的卖地人，查验了六亩土地，双方签订了买卖契约。下午，刘姓人家派马车来到淑贞家，拉走了五十担小麦。直到这时，邻里们才知晓事情的真相。黄潇凤听说后，气得眼珠子都快瞪出来了，半晌说不出话。等情绪稍微平静下来，黄潇凤让二熊给淑贞传话："汾兰是你的娃，也是俺的娃。你既然这么狠心，那咱姐妹的情分就到此为止，往后各走各的路。"

淑贞几次登门，想向黄潇凤解释，可黄潇凤拒而不见。淑贞只好转身离去。此后，两人有一年多都没有往来。当年底，淑贞给汾兰草草准备了几件衣服。到了正月初二，淑贞强行让汾兰出嫁了。

同年秋季，汾花考入西安一所医学院，成为外科系的一名大学生。黄潇凤继续供她读书。汾花生活节俭，学习刻苦，学习成绩在班里一直名列前茅。

1949 年 6 月下旬的一天，陇海铁路五云镇车站缓缓停靠了一列闷罐车。车门打开，从车上下来一支国民党广东部队。下车后，他们迅速集合列队，一路北上。队伍顺着西农路往北徒步行进，途经西农南门外西环道崖背的土路，沿着西部农学院围墙外的土路，源源不断地朝西北方向开拔。

当日傍晚，一个后卫连突然驻扎在了柳坞巷，瞬间引发一阵混乱，当地居民惊恐万分。布置好岗哨后，这些官兵分头闯进各家院子，找了数间空房住下。他们大多在地铺铺上一层厚厚的麦秸和褥子，便开始埋锅造饭。其中，有一个班住进了燕桂云家门外的两孔窑洞，燕桂云虽满心不愿意，却也无力阻拦。他对这些官兵不冷不热，也没什么惧怕，依旧自顾自地做着该做的事。他让全家老小都躲在里面的窑洞，千万别出来。这一年，他的小儿子黑民刚刚出生。

抗战期间，燕桂云被抓了壮丁，在国民党西北军旧部当兵，还曾给一个团长当了两年马夫。在一次反冲锋的激烈战斗中，他冒着生命危险，将一个身负重伤的张姓营长背回阵地，二人自此结下了深厚情谊。燕桂云的双耳在战场上被日寇的炮弹震聋。因耳聋，他被遣散回乡。回到家后，他顿时傻了眼，家里原有的一孔土窑洞也在日机空袭西农时，被落在附近的一枚炸弹震塌了。一家人的日子过得紧巴巴，常常吃了上顿没下顿，生活艰难无比。

燕桂云回家没多久，就有人向他伸出了援手，这人不是别人，正是张营长。张营长伤愈归队后，得知燕桂云已被遣散回家，心里一直惦记着他。部队撤回陕西后，张营长打听到燕桂云家的住址，专门抽空乘车赶来。他送给燕桂云十块银圆，还有一匹四岁的白色公马。这匹马体型健壮，毛色纯正，是他在市场上精心挑选的。燕桂云得到这匹马后，简直视若珍宝。他按照张营长的叮嘱，请人打制了一辆木制马车，在五云镇火车站附近拉人运货。后来，他又请人打了两孔新窑，还置办了几亩薄田。农忙时，他就下地干活；农闲时，便经营马车生意，日子一下子有了依靠。

解放前夕，张营长跟随国民党余部去了台湾。到了台湾后，他成为一名地下工作者。后来受叛徒牵连，惨遭国民党反动派杀害。

回乡之后，燕桂云的听力渐渐有所恢复，别人说话声音大时，他勉强能够听清。

国民党军的后卫连驻扎在柳坞巷后，燕桂云的白马一下子引起了这群官兵的注意。许多人都围过来，对着马指指点点，这让燕桂云心里十分不安。他远远地避开那群国民党军。

有一天下午，一个军官特意过来看马，燕桂云瞧了瞧，发现是个上尉。上尉看过马后，大声对燕桂云说："老乡，把这匹马借给我几天，我给你出高价。"燕桂云装着听不见，对方给他打手势，燕桂云摇摇头说："不借不借，你出钱再多我也不借。这兵荒马乱的，你把马拉走了，我到哪里找你呢？"

上尉又说："这样吧，我出钱雇你牵马，跟我们几天。"说着又打手势。

燕桂云还是摇摇头："不行，家里离不开，实在是不行。"上尉哼了一声，转身就走了。

一群官兵闯进西隔壁，强迫桂清一家挤到挂着锁的淑贞的东屋。他们直接用起桂清的被褥，桂清和小草吓得大气也不敢出。士兵们走进厨房，翻箱倒柜地找食物，一看到蒸馍，便一哄而上，抢过来就吃。

一群士兵刚踏进游雕的院门，游雕就点头哈腰地迎了上去。游鸮出门流浪去了，家里就游雕和老婆孩子。打过招呼后，游雕又是端茶，又是递烟。寒暄一番后，游雕在前头带路，把几个兵领到自家盘着大炕的窑内。游雕的老婆见到兵，吓得面如土色，一句话也说不出来。游雕示意她揭开锅盖，窑内连着土炕的灶上热气腾腾，一股面条的香味扑鼻而来。他招呼士兵们吃饭，士兵们早就饿得饥肠辘辘，抓起碗吃了起来。游雕在一旁笑眯眯地看着，他老婆则抱着孩子，躲进深窑里不见了踪影。

饭后，游雕本想送走这群兵，可这群兵却不想走，直接躺在他的土炕上。

一个上士说："我们不走了，晚上在你这儿住一宿，明天早晨吃过早饭再走！记着，明天早晨按时开饭。"

"那我晚上没地方住啊。"游雕感到情况不妙。

"到邻居那里住一宿嘛，你这死脑筋。"那个上士心不在焉地说，"你老婆人呢？"边说边四处张望。

游雕惊恐不已，小声说道："你们不讲理，我找你们的长官去。"说完，他就朝外走去，身后传来一阵哈哈大笑声。

连部设在燕桂云门外的一孔窑里，紧挨着木匠良家。良家住的是低矮的茅草屋，倒是没有人前去打扰。游雕找到连部，被一个勤务兵挡住了："你找谁？"

"找你们长官。"游雕的声音有点发抖。

勤务兵上下打量了一下游雕，问道："你有啥事？"没等游雕张口，从窑里走出一个小个子军官，高声说道："谁找我？"游雕见是个连长，立马来了精神，疾步向前，双脚并拢，"啪"的一声站直了，举起右臂行了一个军礼。连长皱了一下眉，声音缓和下来："你当过兵？在谁的部队？"

"杨虎。"游雕怯生生地说，慢慢放下手臂，站在那儿一动不动。

谁知那个连长突然发起怒来，上前扬手就打，"啪啪"两声，左右开弓给了游雕两耳光，愤愤地骂道："土匪！"游雕被打蒙了，呆立在原地，一动也不敢动，完全不明白为什么挨打。周围出现了几个邻居的身影，都远远地站着看热闹。

"还不快滚！"勤务兵看不下去了，对游雕说道，"去去去！你这不是没事找事嘛。"

游雕转身就走，周围的观众纷纷散开。游雕回到家，那个上士一见到他就问："你老婆长得挺俊的，她在哪儿呢？叫她过来烧一锅水，大伙口渴了。"

"我来烧。"游雕嗫嚅着，"你们住这儿，晚上我都没地方睡了。她走亲戚去了。"

"睡一块儿多好！炕大着呢。你把她叫回来，女人烧的水好喝，你烧的可不行！"

游雕只觉得脑袋"嗡"的一声，心里火冒三丈，却又不敢吭声。想了想，他低声说道："西边有个更漂亮的女人，她烧的水肯定更好喝。"上士听了，顿时来了兴致，问清楚是西隔壁后，在院里找了个凳子，一跃而上，骑在墙上喊了两声。隔壁也有几个士兵，上士在墙上跟他们叽里咕噜说了几句。看到游公羊的老婆后，他直接翻墙过去了……

当晚，银钗被一群士兵强暴了。为了保护老婆孩子，游雕坐在窑里的灶台下，浑身直哆嗦。

游雕的老婆躲在窑里阴暗的窨子里，一直哄着孩子，让他千万别哭。孩子倒是没哭，可他老婆半夜实在忍受不了窨子里阴冷的潮气，偷偷爬了上来，突然咳嗽了两声。这一下被一个醒来小解的士兵察觉到，士兵一把抓住她，当场就实施了侮辱。

当晚，游公羊和游雕的院里，各有一处土墙被广东兵的尿冲垮了。

这天夜里，西南方突然传来一阵枪声，广东兵慌忙集合。连长派出一个排朝南搜索前进，其余部队依次跟进。一个小时后，一个排长回来向连长报告："共军一支骑兵袭击了火车站军火库，把车站警备连打得落花流水，抢走了一批军火。听溃散的国军士兵说，共军的骑兵速度特别快，穿的是保安队服装，现在已经撤了。"

连长听后，命令部队原路返回，在柳坞巷留下一个排在西环道警戒，其余部队继续休息。

次日清晨，这个连提前开饭。饭后，他们顺着崖上的土路，紧急朝西北方向开拔。临走前，连长厉声呵斥燕桂云，要么交出马，要么跟着马一起走。燕桂云实在拗不过，为了保住马，只好跟着这支部队上了路。临行前，他对老婆说："放心，我上过战场，知道咋躲枪子儿。"老婆哭得跟泪人似的。

次日中午，传来一个爆炸性新闻：县保安队昨夜在副队长宁清的率领下突然起义，改名为青云县游击大队，宁清被党组织委任为大队长。之后，游击大队兵分两路袭击反动势力：宁清率领骑兵排夜袭五云镇火车站军需仓库，抢夺了一批军火，武装了数百名隐蔽在火车站外围接应的游击队员，之后返回青云县城，与其余部队会合；骑兵排夜袭战打响后，新来的政委率领其余部队先包围警察局，俘虏了反动警察，接着打开监狱大门，解救了数十名政治犯，攻占了国民党县政府，逮捕了一批贪官污吏。骑兵排返回县城后，宁清与政委合兵一处，扫除了国民党残余势力，占领了县城。

次日，城外突然出现一支敌军主力部队，企图包围青云县城。根据搜集到的情报，游击大队迅速突围，朝邻县转移。跳出包围圈后，游击大队从敌军侧翼不断发动袭击，打得敌人措手不及。敌军占领县城后，反动势力再次抬头。

保安队长熊升树因反对内战，长期在家养病，保安队一直由副队长宁清实际掌控。起义前夕，宁清单独找他谈话，请他参加起义。熊升树这才恍然大悟：他这位生死与共的弟兄竟然是共产党员。听了宁清的话，熊升树说："共产党人光明磊落，一心为国为民，这样的政党将来肯定能得天下。你今天能当面把话挑明，说明你够兄弟。如今，国民党腐化堕落，已经无药可救，气数已尽，失败是必然的。但是，人各有志，我不会跟你走。"

宁清竭力劝说，熊升树却始终不为所动。最后，二人洒泪而别。后来，在"三反""五反"期间，熊升树被抓，宁清冒死相救，才使熊升树得以无罪释放，这都是后话了。

广东兵刚走不久，扶眉战役就打响了。7月中旬的一天夜里，银宫街的人们突然看到西北方向腾空升起三颗信号弹，划破了黑暗的夜空。紧接着，枪炮声大作，"噼噼啪啪"的声音渐渐连成一片，一直响到天明。原来，解放军各部在彭德怀的指挥下，迅速包围了扶风、眉县地区的数万国民党军队。经过连续苦战，广东军被打得溃不成军，最终被解放军逼近渭河，死伤大半。这期间，燕桂云瞅准机会，趁乱骑马逃脱，一路狂奔。由于他一身农民打扮，外围的解放军没有朝他开枪，放他骑马过去，燕桂云这才平安地骑马回到家中。

十六

1949 年 7 月 11 日，在青云县游击大队的有力策应下，解放军一举击溃国民党守军，成功解放青云县。根据组织安排，并结合个人志愿，游击大队官兵集体转入公安部门，负责当地治安工作。宁清被任命为青云县公安局长。

解放军打了胜仗后，暂时在当地休整，一个连队进驻西农南门外西环道附近。解放军纪律严明，秋毫无犯，深得民心。向川花组织当地妇女赶制了大量大饼、煮鸡蛋等食品，送到解放军手中。一个解放军连长询问向川花的名字，向川花回答："我当过红军。"连长惊讶不已，立即向她敬礼。连长又问是哪支部队，这勾起了向川花一段痛苦的回忆，她一时哽咽，许久说不出话来。最后，她眼含热泪说道："西路军，红三十军……"

连长听罢，再次向她敬礼，说道："听说过西路军的悲壮故事，西路军指战员个个都是英雄。"

解放军部队入驻西农校园后，驻扎在南门里侧的一处瓦房校舍。每天早晚训练时，嘹亮的军号声响彻云霄，仿佛成了一种吉祥的音符，给五云镇带来了幸福安定的气息。每天早饭前、晚饭后，部队集体高唱《三大纪律八项注意》，歌声在空中回荡，振奋人心，当地民众深切感受到共产党的伟大和人民军队的光荣。拥军爱民活动迅速展开，许多有文化的知识青年也都积极参军。

部队驻扎后，燕桂云的白马偶尔奋蹄嘶鸣，引起了驻军的注意。下操后，前来看马的军人众多，还有人同这匹马合影留念。燕桂云生怕节外生枝，看到解放军来了，心都提到了嗓子眼。过了几天，燕桂云担心的事还是发生了。这天，一个二十多岁、模样像书生、操着一口苏北口音的团长亲自来找白马的主人。找到燕桂云后，团长很客气地说："这匹马真好，老乡，你卖不卖？要是愿意卖，你开个价，我们尽量满足你。"真是怕啥来啥，燕桂云想都没想，一口就回绝了。任凭这个年轻团长劝说了半天，也没说服脾气倔强的燕桂云卖马给他。团长最后看穿了燕桂云的心思，笑着说："这样吧，你不想和马分开，马钱我们照给。你年龄虽大了些，但可以破例参加解放军，跟我们走，我们让你在部队养马，继续照料这匹马，以后绝对不会亏待你，你看咋样？这样，你考虑一下，给我们个回话。"团长走后，还派人来问过几次，但燕桂云认死理，始终不松口。部队开拔后，燕桂云的心一下子踏实了许多，觉得自己很有主见。

五云镇解放的次日，街上敲锣打鼓，西农学生上街游行，载歌载舞，街上熙熙攘攘，充满了喜庆氛围。

在五云镇解放前夕，西农地下党发起护校运动，命令秦笛带领校警队严密封锁校门，拒绝国民党军从校园路过。扶眉战役后，西农校警队宣布起义，三号楼上挂起了红旗，校警队成员集体转为保卫处员工，负责校园治安。解放军一个运输连进驻守卫校园，南门口有解放军站岗。

在地下党的领导下，秦笛和马小奔在西农解放前夕均参与了护校运动，退休后享受退休待遇。解放后，秦笛一度担任西农保卫科副科长，马小奔是保卫科干事。向川花一心想跟着解放军上前线，最终未获批准，只好留下继续工作。西农南门国营百货商店开业后，她被任命为商店经理，在这个岗位上一直干到退休。

黄潇凤让二熊上街打探外面的动静，二熊回来说："天下太平了！老百姓的好日子到了。街上有解放军在巡逻，秩序彻底好了。好多店铺都开了门，咱们也得准备准备。"

"先别急。"黄潇凤说，"等等看。"

新中国成立后，银宫街和柳坞巷的晚辈开始称呼黄潇凤为潇婆，杨淑贞为六婆，燕桂云的老伴为八婆。

新中国成立后，社会稳定，商业复苏，西农南门的早市热闹非凡。柳夫人闲不住，又开始义务管理菜市场，受到人们的欢迎。五云镇街道办聘请她为清洁工，负责整治早市卫生环境。

自从崖上院子的租客小赵退房后，淑贞又搬回崖上居住。黄潇凤的态度也渐渐缓和，不再对她冷嘲热讽。年底寒假时，淑贞见到了朝思暮想的汾花。可因为汾兰的婚事，汾花对她十分冷淡，见了面根本不理她。淑贞借故到黄潇凤家串门，黄潇凤也懒得跟她说话。如此一来，两家虽相邻，却仿佛隔着一座大山。

看到社会安定，黄潇凤和二熊再次商量后，决定拿出积蓄进货，召回伙计，重新开业。过了两天，二熊的杂货铺重新开张。

新中国成立后，青云县城迁至陇海路沿线的赤云镇，老县城沿用古地名青云镇，距新县城二十余里。

刚解放时，市面上流通的货币是边区票。五云镇各行各业相继恢复正常，商贾往来不断。二熊发现，新政府迅速成立，各种办事机构相继挂牌，街上有了派出所，穿警服的大多是年轻人。这些警察对来访者态度和蔼可亲，和过去的旧警察截然不同。这天上午，两个警察挨家挨户登记店铺的姓名和身份，来到二熊的杂货铺。二熊见了，毕恭毕敬，又是端茶又是倒水。一个警察笑着说："叔，您别客气，现在解放了，人人平等，我姓林，您就叫我小林，以后有啥事儿，随时可以到派出所找我。"二熊听了，心里暖乎乎的，连声说："中，中。"

中午回家后，二熊给黄潇凤讲述了警察登门登记的事。黄潇凤说："上午西农保卫科的人带路，五云镇政府派了几个人，其中有个警察，他们挨家挨户登记户口和房产，问得可仔细了。我把咱家的详细情况说了一遍，你的生日我不清楚，就随便说了一个，他们就记在笔记本上了。真是稀奇，这么多年了，咱都没经历过这种事，看样子，共产党的江山坐稳了！"

二熊说："生日可不能乱说，这不是欺骗政府吗？你咋能随便说呢，也不问问俺！"

"这有啥？当时问得急，不说还得麻烦他们再跑一趟，何必呢！你忍心让他们再跑一趟？咱现在都是新社会的人了，可不能给政府添乱。你的出生时间就以我今天说的为准，以后不准乱改，听见没？"

"好，知道了！"

"还有一件事，把汾花登记到咱家，我今天说汾花是咱的女儿，这事儿就这么定了！你以后也不准乱说。"

"你问过淑贞没有？她要是不答应咋办？"二熊皱着眉说道，"你太冒失了！"

"你懂啥？淑贞太愚昧，简直不可理喻，不用跟她商量！"

"中。"二熊轻声应道，"咱也是为汾花好，听你的！"

"这就对了！"黄潇凤对二熊说，"你去派出所打听打听，当年迫害燕桂春的凶手丁四现在在哪儿？这种官司新政府管不管？咱该咋帮淑贞告状？"

"中，我尽快去找小林，他说有事能找他。"

下午上班后，二熊来到派出所，见到了小林，讲述了燕桂春被害的大致经过。小林把他领到所长办公室。所长请二熊坐下，给他倒了杯热水。所长对二熊说："燕桂春的事儿我早就知道，当年没办法翻案。国民党地方政府昏庸无道，对残杀抗日志士的凶手放任不管，简直天理难容！凶手丁四罪大恶极，身上背着好几条人命，早就被告发，已经被政府逮捕，关在五云镇车站的临时看守所。你回去告诉燕桂春的家属，提前准备准备，到公判那天，可以登台申冤，这种坏人肯定会被枪毙！国民党不管的命案，人民政府不但要管，还要主持正义，严惩凶手！"

"太好了！共产党万岁！"二熊激动万分，起身告辞。他打算立刻回家，把这好消息告诉所有街坊邻居。

黄潇凤听到消息后，心情十分激动。她直接来到隔壁，急着把这消息告诉淑贞。见面后，淑贞很高兴。自从汾兰许配人家，黄潇凤就再没踏进她家一步，今天算是破例，肯定有大事。两人落座后，黄潇凤说了丁四被关押的事儿，淑贞哭了起来。

黄潇凤说："还是新政府好，还是共产党好啊！你有个心理准备，到时候开公审大会，姐陪你去申诉冤情，让凶手偿命！"

一天下午，一个背着枪的娃娃兵来到五云镇火车站，走到站台东边设立的临时看守所门口，给门口两名荷枪实弹的卫兵看了一封介绍信。这娃娃兵只有十五六岁，却英气勃勃，他不是别人，正是投奔了解放军的二船。一个卫兵看过介绍信后，让他稍等，进去向领导报告。几分钟后，那个卫兵出来了，请二船进去。

二船进去后，向女所长敬礼，对方还礼后，温和地问："你想看一下关押在这里的犯人名单？"

"报告，是这样。"二船站直身体说道。

办公桌上放着那封介绍信，信的内容如下：

尊敬的所长同志：

今有我连通讯员焦二船同志到贵处寻找一名熟人，敬请给予方便。

此致

敬礼

青云县县委警卫连连长许文江

1949 年 8 月 9 日

女所长说："好。"她从身后的资料柜里翻出一沓表格，递给二船，上面登记着此处关押的犯人信息，让他辨认要探视的人。

这位女所长能文能武，早年在西部农学院读书，后来奔赴陕北革命根据地参加革命，在延安抗日军政大学毕业后，参加过敌后抗日及土改工作。

二船指明要看登记表中的一个犯人。女所长表示同意，让门外的卫兵带他去。卫兵带着二船向西走，铁路北边站台北侧有一排装着大铁门的仓库，门口站着几个全副武装的公安人员。卫兵让一个士兵打开其中一扇大门，让二船把枪放在门外进去查看。二船趁卫兵不注意，抽出枪上的通条，放下枪走了进去。里面，一个戴着手铐脚镣的犯人正坐在草帘子上发呆。二船厉声说道："罪犯听着！报上名字！"那人鼠目圆睁，没有吭声。二船吼道："你就是丁四？"

"没错，正是。"那人懒洋洋地说，"你是谁？"

"是你爷！"二船上前一步，抢起通条"啪啪"就打。丁四被打得抱头鼠窜，哭爹喊娘。

门外的卫兵听到里面动静异常，赶紧推门进来，急忙上前抱住二船，二船奋力挣扎，指着丁四骂道："老狗！你还记得十年前落鹄村北边观音庙那场血案吗？你勾结地痞流氓，深夜诱杀抗日军人燕桂春，他是我舅，你这狗东西！你害死我舅，我今天就要打死你！为我舅报仇，为我妗子报仇！后悔没带刀子，不然今天就宰了你这狗东西！"卫兵紧紧抱住二船，竭力把他拉到门外，极力安抚他的情绪。

女所长听到卫兵报告后，花容失色，让立刻把二船带到她的办公室。二船进门后，行了军礼。女所长说："身为一名解放军战士，无组织无纪律，居然虐待囚犯，简直无法无天！"二船平静地说："同志，您不知道其中缘由。此人作恶多端，我跟他有血海深仇。"女所长听了很诧异，询问原因。二船简单讲述了舅舅遇害的经过。女所长听完，态度缓和下来，她对二船说："小同志，你惹了大麻烦。这些都是死刑犯，过几天就要公审，肯定会被枪毙。他们罪大恶极，双手沾满人民的鲜血，都该枪毙。但还没等公审，就在监狱里打死犯人，这完全违反纪律，绝对不允许。"

当天晚上，二船所在部队的连长亲自骑一辆三斗军用摩托车来到五云车站，找到女所长，向她致歉，并将二船带回了连队。

次日，二船报仇的事儿很快在本地传开，淑贞听了倍感欣慰。当天下午放学后，淑贞准备好香火和麻纸，带着小船来到丈夫的坟前。焚香烧纸后，她跪在坟前，讲述了二船痛打丁四的经过，之后才起身带着孩子回家。这一夜，她半夜哭醒了三次，梦到二船杀死了仇人。

过了一段时间，青云县政府在西农北门外的一大片空地上召开万人公审大会，公开审判一批恶霸。罪犯们个个被五花大绑，戴着手铐脚镣。会场人头攒动，人山人海。法官请部分证人登台做证，上台控诉的人声泪俱下，感染了全场。人们振臂高呼，要求镇压凶手，为死难者报仇，齐声呼喊："共产党万岁！""毛主席万岁！"

柳夫人、黄潇凤、向川花一起陪着淑贞前去申诉。然而，因为观众实在太多，她们根本挤不进去，只能远远地望着审判台，等候广播公布宣判结果。最后，包括丁四在内的十多名罪大恶极的死刑犯被判处极刑，立即执行。听到喇叭里播放的消息，杨淑贞激动得热泪盈眶。宣判结束后，丁四等人被押往法场执行枪决，许多人跟着押解车辆奔跑，都想亲眼看看罪犯被处决的场景。枪响之后，人民群众拍手称快。

过了两天，黄潇凤听到院外有人说话。她出门一看，路上站着两个拎着大包小包的军人，其中一个看着特别眼熟。很快，李敢为认出了她。他把手里的东西递给旁边的军人，上前几步，给她敬了个军礼，高声说道："嫂子，咱们又见面了！真是对不住！"

黄潇凤愣了一下，认出了李敢为。她强忍着内心的喜悦，冷冷地对他说："你还知道回来？进屋说话。"

"中。"李敢为又敬了个军礼，给同行的人示意了一下，跟着黄潇凤走进屋子。黄潇凤招呼他坐下，责备道："当年指望你搬救兵报仇，没想到你走后就没了音信。好在你叫来了二熊，不然嫂子和娃们早饿死了。这些年你跑哪儿去了，这么长时间也不捎个信？"

李敢为满脸惭愧，说道："自从离开了这儿，我一刻都没敢忘记你和孩子们。只是我运气太差，那真是泥菩萨过河——自身难保，只能干着急。"

"说说看。"黄潇凤起身给李敢为倒了杯茶，李敢为双手接过，继续说道："嫂子不知道，我的命有多苦！燕排长出事后，满大街都是兵在抓我，我不跑不行啊。我想赶紧回部队，好调兵回来报仇。按原路返回，过了黄河，到永济县城那家旅店牵了战马，日夜兼程赶往部队驻地。可等我到了驻地，才发现情况变了，我们营在一次阻击战中全体阵亡。听当地老百姓说，阻击战打响后，熊营长身先士卒，带领部队多次打退日军的进攻。后来，他组织了一次反冲锋，在激烈的战斗中，不幸中弹牺牲。战场上尸横遍野。阵亡的将士，都被当地群众冒着生命危险掩埋了，根本没法辨认。我在乱坟场祭奠了一番，大哭了一场，只好骑马返回河南新乡，到获嘉县熊营长的老家报信，让二熊赶紧到陕西找你和孩子们。国民党政府昏庸无能，我决定投奔八路军。谁知道找了半个月都没找到，却意外碰上了傅作义将军的晋绥军部队，最后在傅将军所部的一个团里当了兵。我多次向上级报告燕桂春被害的事，上面答复说现在兵荒马乱，没法管，等打完日本鬼子，一定帮我了结此案。俺没办法，只能忍气吞声，继续当兵。当年俺让二熊火速到陕西找你们，俺知道这地方乱，你们人生地不熟，没个依靠，只有二熊过来，你们才能渡过难关。二熊来了吗？"

"来了！这事多亏了你。接着说，后来呢？"

"后来，我跟着傅作义将军的35军转战南北，从上士一直干到上尉连长。1948年11月25日，解放军向张家口发起攻击，傅将军急令35军驰援张家口，中途遭到解放军阻击。12月5日，35军在回北平途中，于新保安被解放军包围。6日，解放军攻城，35军下辖的两个王牌师被消灭，俺就在那支部队里，一下子成了俘虏。被俘后，经过教育，俺知道了国民党失败的原因。和其他人一样，俺弃暗投明，加入了解放军，又从大头兵干起。现在已经升任连长了，还加入了共产党，成了一名共产党员。"

"当了解放军好，你做得对！"黄潇凤说，"门外那个兵是你的随从？"

"那是连部的通讯员，是人民战士，解放军官兵平等，不叫随从。我这就叫他进来。"李敢为出门把那个战士叫了进来，黄潇凤请他落座，拿出花生、瓜子，热情地招待他俩。接着，黄潇凤把淑贞叫了过来，熟人见面，格外亲切。他们聚在一起，聊起了许多往事。最后，黄潇凤提起丁四被捕的事，李敢为感慨地说："国民党反动政府腐败无能，早就失去了民心，失败是必然的。参加了解放军之后，我才深刻认识到：只有共产党，才能主持正义！只有共产党，才能救中国！"

晚上，二熊回来了，大家欢聚一堂。黄潇凤帮二熊下厨，给李敢为和通讯员做了一顿可口的饭菜。李敢为得知二熊和黄潇凤走到了一起，非常高兴，连说这样最好。饭后，黄潇凤腾出一间空屋，打算安排李敢为和通讯员住下。李敢为婉言谢绝了，他急着回部队，谁也留不住。临行前，他拿出一沓边区票，对黄潇凤说："俺就攒了这点钱，请嫂子收下，给孩子们买新衣服穿。以后等俺有了钱，一定帮你和孩子们！"黄潇凤说："你的心意姐领了！钱坚决不要！姐现在还过得去，你自己留着娶媳妇吧！记住，娶媳妇的时候，一定来个信儿，姐和二熊一定去参加你的婚礼。"李敢为点头答应，他再三央求黄潇凤收下那些边区票，可黄潇凤坚决不收，他最后只好作罢。告别后，他和通讯员徒步赶往火车站，打算找机会搭车先去西安，再回部队。黄潇凤、淑贞、二熊一直把他俩送到五云山下，才依依不舍地分别。原来，李敢为这次到西安出差，趁机挤出时间，坐火车到五云镇，专程来看望两位嫂夫人，了却多年的心愿。

1949年秋季，溪芸和汾花分别考上了北京和西安的两所大学，溪芹还在继续读高中，后来考上了南京的某大学。小船和思行都在青鸟林小学上学。

汾兰出嫁后才知道，母亲收到的五十担小麦，大半是婆家从外面借来的。这个债务，她和丈夫王永实足足还了五六年。

淑贞本以为买了六亩土地，家里土地多了，就能振兴家业，为儿子撑起一片天，可没想到打错了算盘。新买的土地只种了一茬小麦，农村合作化运动就来了，这些土地全被集体收走。不算人工和牛力成本，前后收获的小麦不到十五担，赔得底儿掉，她欲哭无泪，这才明白别人卖地的原因：卖方消息灵通，早就料到会进行土地改革，所以才低价卖出。淑贞可吃了大亏。这事对她打击很大。土地被没收后，仅有的一头黄牛也被集体拉走了，淑贞病倒好几天。到这时，她才醒悟，自己犯了糊涂，对不住汾兰，也对不住燕桂春的亡灵。从那以后，她性格大变，遇事优柔寡断，再也不敢擅自做主了。

土地归公后，淑贞跟其他社员一样，按时出工，就盼着年底能有所收获。

十七

农业集体化运动一展开，燕桂云的大白马也面临被没收的命运。合作社成立后，规定所有牲畜必须统一管理，合作社派人上门做工作，可燕桂云坚决不答应。社里多次找他谈话，燕桂云始终无动于衷。有几户已经交了牛的社员心理不平衡，便鼓动了几个莽撞的年轻社员，闯进燕桂云家，不由分说就要强行拉马。燕桂云一下子慌了神，想阻拦却根本挡不住。

大白马被拉走后，燕桂云就此一病不起。合作社的负责人沈靓是个英俊的小青年。他自幼丧父，全靠老母亲一手拉扯大。初中没读完，就因家里实在供不起辍学了。回乡后，他四处找活干。他人品好，勤劳又朴实，向来尊老爱幼。得知燕桂云病倒，沈靓登门看望，对他说："这是政策，谁都得遵守，不交可不行。不过，村里人都知道您爱白马胜过爱自己，我跟大伙商量了一下，决定请您担任社里的饲养员，给您记工分，跟其他劳力一样，年底统一结算。您要是当了饲养员，就能天天和白马在一起，您愿意不？"

"好，我愿意！"燕桂云心里十分激动。

"大伙都知道您特别会喂牲口，把大白马养得膘肥体壮，谁见了都夸赞。这次当了饲养员，您不光要照顾好白马，还得管好社里其他的牛马，您能做到不？"

"放心吧！大伙既然信得过我，我肯定不会掉链子！"

"好，那就这么说定了，您先养病，等病好了就可以去饲养室上工。"

"我下午就去上工，你这么一来，我的病好了一大半，不碍事了。"

"那就好，我回去就安排一下，社里还有别的事儿，我先走了。"说完，沈靓起身往外走，燕桂云一直把沈靓送到门外。

沈靓走后，燕桂云来了精神，把院子打扫了一遍。他爱干净，每天都要把院里院外清扫两遍。到了下午，别人还没出工，他就去饲养室上工了，他担心自己那匹白马饿着。

此后，不管哪个牲口病了，他都牵到家里精心照料。在他的悉心饲养下，生产队的骡马个个膘肥体壮，毛色油亮。

沈靓从小就听过许多燕桂云早年在山西前线抗击日寇的故事，对燕桂云十分钦佩。解放后，他查阅相关史料，得知当年陕军三万多将士进入中条山，与日寇浴血奋战三年，阵亡两万一千多名官兵，心情格外沉重。经过一番精心筹划，在某年清明节，沈靓自己掏钱，陪着燕桂云前往中条山，在当年抗日战场旧址，祭奠昔日阵亡的同乡英灵。一路上，燕桂云心情激动，讲述着自己的抗战经历，沈靓听得入神，仿佛身临其境。1939 年 6 月 6 日，陕军一七七师在中条山麓的二十里岭、陌南镇周边被日军包围，师长陈硕儒将军率部用四十挺机枪杀开一条血路，大部分队伍突出重围，没能突围的部队被日寇逼困在黄河北岸的芮城大沟南村、许八村、老庄黄河沿岸等地。被围部队在陌南大沟南村的马家崖等地，与日寇展开殊死搏斗，弹尽粮绝后，剩余的八百官兵面向家乡方向集体跪拜，然后相互挽手，跳入黄河，以身殉国。重返中条山，燕桂云泣不成声，哀悼那些在此为国捐躯的战友。

从山西回来后，燕桂云干活更起劲了，每天早出晚归，在饲养室勤勤恳恳地喂养牲口，赢得了社员们的敬重。这一切，沈靓看在眼里，喜在心头。他心想，只要每个社员都能像燕桂云这样，尽心尽力为集体做事，合作社肯定能办好。

新中国成立后，银宫街和柳坞巷的居民过上了和平安定的生活，人人喜气洋洋。后来，经地方政府认真核实，无地的外来居民统一转为城镇居民。子女到了就业年龄，五云镇居委会负责安置工作，居民们得知这个消息，都欣喜若狂，奔走相告。当时，工商界推行公私合营，二熊经营了一段时间杂货店后，响应政府号召，把杂货店交给集体管理。因为思想积极进步，二熊被五云镇街道办事处转为正式员工，担任机关灶管理员，有了稳定工资。人民公社成立后，二熊又成了五云公社机关灶的伙食管理员。

在向川花的大力推荐下，街上有几户人家的子女，被招为青云县商业公司旗下西农百货门市部的售货员，从此有了正式收入。银宫街居民的生活，就此翻开了新的篇章。

从20世纪50年代开始，街上居民都改称秦笛为老秦，马小奔为老马。柳夫人和黄潇凤都四十多岁，两人在一起聊天时，常常感叹岁月匆匆，说要是年轻十岁，说不定也能被政府安置工作。

这时的柳夫人，依旧光彩照人。每天早晨六点，她准时起床，洗漱完毕，就直接到家门口的菜市场维持秩序、打扫卫生，继续担任菜市管理员。她要求各个摊贩收摊前，必须自行打扫摊位卫生，把垃圾倒进附近垃圾桶，不能给政府添麻烦。小贩们见到她，都毕恭毕敬，生怕下次不让自己在这里摆摊。

自从有了女儿，柳夫人的脾气好了很多，轻易不对老秦发火，老秦脸上也渐渐有了笑容。不过，老秦很少回老家，南京的沦陷对他刺激太大，成了他的一块心病。有一次回到安康老家，见到亲戚，他忍不住泪流满面，生怕亲戚们问起自己过去的军旅生涯。

长期操劳容易使人显老。从外表看，淑贞比黄潇凤和柳夫人显得大了十多岁。黄潇凤为此常常叹息，她对柳夫人说："识字和不识字就是不一样；念过书和没念过书，差别太大了。淑贞半辈子出傻力，到现在还是穷得叮当响。"

思乡是漂泊在外的人难以解开的心结。淑贞多次让汾花陪自己去北京、山西等地寻亲，寻找妹妹淑琴的下落。每次去，汾花总要拉上潇妈一起，好让母亲有个伴儿，黄潇凤拗不过，只好陪着这娘儿俩一同前往。可无论她们怎么打听，淑琴始终音信全无。每次到了天安门广场，黄潇凤心情都格外舒畅，和汾花有说有笑，淑贞却总是高兴不起来。

黄潇凤和二熊每年正月都要回河南新乡老家一趟，在老家住上几天。老家还有亲戚和族人，见到他们都格外热情。每次回去，二熊穿着体面，黄潇凤打扮得也很时髦。小时候的玩伴都围着二熊，听他讲述在陕西的见闻。黄潇凤出手大方，为人厚道，在老家受到了很高的礼遇，黄潇凤心里十分满足。

向川花自从担任西农南门外百货店经理后，比以前更忙了。她经常为邻里妇女提供减价布匹，给孩子们提供减价作业本，深受银宫街、柳坞巷邻里的爱戴。返乡潮兴起后，川花也是银宫街回乡探亲的发起人之一。

1950年春季，向川花和马小奔回四川老家探望父母。回乡后，他们才得知在解放前夕，二老已经相继离世。在弟弟的陪同下，向川花和马小奔到父母坟前祭奠。向川花悲痛万分。经小奔百般劝说，向川花才慢慢止住悲伤。从坟地回来后，一群乡亲闻讯赶来，打听那两个女伴的下落。看着乡亲们殷切的目光，川花犹豫许久，不忍说出实情，她说："她们和我一样，当了红军，被分到不同部队，后来一直联系不上。我正在托人打听，有消息马上告诉你们。"

牺牲同伴的家属走后，向川花失魂落魄，又一次陷入极度悲伤之中。为了躲避家属后续追问，她选择提前回家。

回到银宫街，向川花和马小奔商量后，决定每月拿出一半工资，以两个牺牲同乡的名义，定期给她们的父母邮寄生活费，一直寄到老人离世。马小奔对向川花的做法非常赞同，也全力支持。

当年春季中小学开学前，五云县新政府完成了境内中小学校的改组。通过考试，留用了绝大部分适龄教师，并招聘了一批新教师，面向社会广泛招生。各校积极修缮旧教室，扩大招生规模，前来报名的学生和家长络绎不绝，各校面貌焕然一新。

青鸟林小学开学后，学校教室紧张，一、二年级沿用学校后崖下那排窑洞作为教室，教学设施落后，但师生们精神饱满，学习气氛浓厚，校内充满朝气。

随后，当地政府给各校拨款修建一批新的瓦房教室，青鸟林小学进入紧张施工阶段。学校封堵施工现场，启用临时教室。到六一儿童节前夕，三至五年级各班都搬进了窗明几净的新校舍。

新中国成立后的首个六一儿童节前夕，青鸟林小学鼓乐齐鸣，焕然一新。校园里的教师基本都是青年人，处处洋溢着青春气息。学校举办了全校师生参加的庆祝大会。各班在教导处台阶下的小会场列队集合，主席台上坐满了新政府官员。主持人宣布大会开始后，按照指令，数十位身穿节日服装的少年儿童组成的仪仗队，奏响乐器集体入场。这是节前学校精心选拔和排练的仪仗队，他们个个英姿飒爽，步调一致。仪仗队在指定位置站定后，主持人请大家就座，依次介绍主席台来宾，接着是大会发言，后面是各班的文艺表演。

银宫街和柳坞巷的人们被青鸟林小学的鼓乐声吸引，不少家庭的孩子事先透露了这一重要消息，许多家长闻讯赶到校园观看，会场周围站满了学生家长。小演员们精彩的演出，让他们惊喜不已。

抗美援朝战争爆发后，当地群众群情激昂，积极响应政府号召，纷纷加入捐款捐物的行列，全力以赴支援前线。适龄青年爱国热情高涨，踊跃报名参军，家长们也纷纷表示支持。新兵临走时，地方政府敲锣打鼓欢送，新兵们个个胸前佩戴大红花，被群众簇拥着送往火车站集结地，吸引了沿途群众羡慕的目光。

西农大学生课余自发上街游行，同学们振臂高呼"抗美援朝，保家卫国！""打倒美帝国主义"等口号。

在医学院读书的汾花，在校期间申请入党，成为一名光荣的共产党员。尚未毕业时，恰逢朝鲜战事吃紧，她和部分同学响应党组织号召，报名要求上前线参战，很快得到批准。随后，她随部队跨过鸭绿江，赶赴前线，成为一名战地医院的医生。在战火纷飞的朝鲜战场战斗了两年多，直到当地政府敲锣打鼓给家里送来"志愿军军属"的牌匾，黄潇凤和淑贞才知道汾花的英雄事迹。

黄潇凤为汾花感到高兴，淑贞也激动不已。

在硝烟弥漫的战场，汾花和许多白衣战士冒着敌机的狂轰滥炸，克服重重困难，抢救伤员，多次与死神擦肩而过。

回国后，汾花继续完成学业，毕业后留校工作。工作稳定后，她每次回乡探亲，都会去看望从前的班主任彭兰老师。

1956年，汾花与大学同学李霞蔚结婚，婚后育有一女。为纪念与母亲失散多年的姨母淑琴，给女儿取名丹琴。

汾花每逢长假，就回来看望潇妈和母亲，陪她们聊天，给她们讲外面新奇的事儿。潇妈总说汾花最懂事，比自己的儿女还贴心。在汾花的极力邀请下，黄潇凤和淑贞去过几次汾花在西安的家。汾花两口子住单位集体宿舍，每次二老来西安，汾花两口子就安排他们住单位旅馆，白天接回来吃饭。汾花和丈夫都特别热情，变着法儿给二老做好吃的，一有空就陪她们去参观钟楼、大雁塔、古城墙，还给二老买衣服，从不心疼花钱。

20世纪50年代，银宫街出生的这拨孩子中，黄潇凤和二熊生的小儿子溪女最为活泼。他性格开朗，聪颖过人，极具艺术天赋，从小能歌善舞，成了夫妻二人的开心果，也成了街上人们公认的"小演员"。有人说这孩子相貌清秀，像个女娃。后来，黄潇凤埋怨二熊给娃起错了名字，觉得这名字影响了孩子的性格。

柳夫人和老秦生了一个女儿，聪明可爱，白白净净。他们请西农一位懂国学的教授给孩子起了几个名字，最后选了柳叶莺。街坊邻居都说这名字好，富有诗意，象征着生命如璀璨星光。

老马和向川花生了一个女儿，请人起名向青，夫妻二人将女儿视若掌上明珠。这三个孩子年龄相仿，受家长们的影响，从小就是玩伴。

这期间，杨淑贞为了要回西农征用的六亩农田，多次到学校交涉。经校方开会研究决定，让后勤处在学校其他闲置地块给燕桂春划拨两亩农田，并立下字据、盖上公章，字据上写明后勤处完成土地划拨后收回此凭证。

在汾花的帮助下，小船初中毕业。他没考上高中，也不想复读。正好本县招小学民办教师，他和燕桂云的儿子银民去应考，结果都考上了，从此成了青云县西南渭河边一处偏僻村庄的小学教师，那儿离家有二十多里地。当时学校只有三四个教师，一排旧窑洞，三四十名学生在这儿上课。在这儿教书的两年中，小船白天给学生上课，晚上借着昏黄的煤油灯看小说，常常看到深夜，学校图书室里古今中外的大多数文学名著他都读了个遍。读完这些书，小船在校园里待不住了，他实在受不了这份寂寞，一心想出去闯荡。

1958 年，汉中略阳县大炼钢铁，当地政府动员青壮年民工到略阳县参战。小船向往火热的炼钢一线，就辞了学校的工作去报名，审查通过后，不久就乘火车顺着宝成铁路西行，经宝鸡站南下到略阳县，在古兴州略阳县城投身热火朝天的大炼钢铁活动。在厂里，他认识了当地姑娘叶亚荷，两人一见钟情。在双方家长商议下，1959 年初春节期间，二人结了婚。在汾花资助下，淑贞在家里摆酒待客，给小船办了婚礼。

结婚那天，桂元全家都来了。二船在五云镇政府工作，特意请了灶上的大厨来炒菜，宾客吃了都说好。

1958 年，西北的甘南地区发生叛乱。青马匪军的残余势力恶习难改，不甘心失败，悍然纠集在一起袭击当地乡政府，杀害工作人员和无辜群众，罪行累累。驻守附近的一个团的解放军得到消息后紧急驰援，迅速包围并歼灭了这股匪徒，严惩了一批恶贯满盈的上层匪首，保障了人民群众的生命安全。

向川花和老马听到解放军镇压叛乱的消息，感到十分欣慰。

1959 年末，银民和延胜也先后结婚。银民的妻子春英，在渭河边长大；延胜的妻子叫麦香。亚荷、春英、麦香都不识字，婚后在村里上了几天扫盲班。此后不久，桂清和小草因病先后去世。淑贞对延胜格外关心，经常为他操心。

小船在略阳炼了一年钢，由于劳动强度太大，一年后辞职回乡。从略阳回来后，小船在村里务农，先后担任村会计、村长、支部书记，亚荷在社里参加劳动，淑贞在家里做饭。两年后，得知一起教书的银民涨了工资，小船心动了，到县教育局咨询，了解到自己原来教书的学校正缺教师，如果想去还能回去。和亚荷仔细商量后，亚荷支持小船辞掉村里职务，重新去学校教书。可折腾了几天，事情没一点进展，小船教书的热情也慢慢没了。

1960 年春季，正值经济困难时期，粮食非常紧张。西农南门外的五云山，每天都有人去挖野菜。春季有荠荠菜、白蒿，树上有洋槐花、榆钱等；夏季有野芹菜、灰灰菜等；秋冬季有野蔓茎、小蒜。银宫街的居民，多半家庭都有菜园，吃菜基本不用买。那时社会风气好，夜不闭户，坏人很少，即便缺吃少穿，也没人偷盗。柳夫人每到菜市收摊前，就主动跟几个出手大方的卖菜人打招呼，让他们把顾客择菜时摘下的好菜叶收集起来，收摊后交给她。菜市散了，她就用事先准备好的菜筐把这些菜叶拎回去，除了自己用，大半都分给了邻居们。有一次，她给淑贞送了些菜叶，淑贞受到启发，说烂点的菜叶她也要，拿回去喂猪。这样一来，柳夫人有了帮手，转运菜叶轻松多了，淑贞也得到不少喂猪的烂菜叶，还节省了粮食。

十八

回头再说说李敢为。他离开银宫街后归队，随四野大军一路南下，一直打到广西。后又随军入朝作战。抗美援朝期间多次受伤，脚趾大部分被冻坏，走路十分吃力。由于战绩突出，他在火线上多次被提拔，一直升到副团长。战争结束回国复员，被安置在地方，担任某县副县长，一直到"文革"爆发。后来，李敢为和一个江苏籍女护士结了婚，婚后育有一双儿女。复员后的前几年，李敢为经常来看望黄潇凤和杨淑贞，"文革"后，他来的次数少了，每年派儿女到银宫街走动一次。

礼尚往来，每当李敢为或他的子女走后，黄潇凤就派自己的子女代表她到李家回访。

20世纪60年代初部队征兵时，银宫街的适龄青年踊跃报名，不少人都参军走了。思行也想参军，跟父母说了后，父母大力支持。黄潇凤对二熊说："思行没考上大学，对招工又不感兴趣，让他去当兵再好不过了，既能保家卫国，又能锻炼身体。年轻人不历练历练可不行，在部队经过严格的训练，对他的一生都有好处。"二熊点头表示认同。

经过体检，思行顺利入伍。黄潇凤成了军属，居委会敲锣打鼓地送来了光荣牌，并在她家门框上钉上了"革命军属"的牌子，这让她感到无比光荣。

思行当兵走了两年后，雁行也毕业了，他高考落榜，同样想报名参军，父母表示同意。当年冬季征兵开始后，雁行积极报名，体检通过后，他随新兵队伍出发了。

淑贞得知雁行报名参军，急得直掉眼泪，她找到黄潇凤说："当兵可是个危险的事儿，谁知道啥时候会打仗？一家送一个娃参军就行了，你为啥要送两个呢？"

黄潇凤说："送娃参军是对的。没有国家哪来的小家，只有国家强大了，咱们才能过上和平安定的日子。当年日本人之所以敢侵略中国，就是因为那时候国内民不聊生，国家积贫积弱。抗美援朝的时候，志愿军打败了美帝国主义及其帮凶，打出了国威，让中国人扬眉吐气，咱们才过上了幸福安定的生活。现在的中国可不是以前的旧中国了，是人民当家作主的国家。抗美援朝前期，毛主席都派儿子毛岸英入朝作战了，给全国人民树立了榜样，开国领袖都能这样，咱们更应该让娃参军报国。现在国家太平，让娃参军保家卫国，既是咱的责任，也能锻炼他们。你就放一百个心吧！"

银宫街的居民家里全部通上了电灯，学生们晚上能在电灯下写作业。而柳坞巷因为地处城乡接合部，村里通电成本太高，一直无法解决通电问题。村里曾跟青鸟林小学协商，想从学校后面靠近柳坞巷的电房引出照明电到柳坞巷，校方开会研究后基本同意了这个方案。可是，游公羊、游雕两人思想顽固，这两家不仅拒绝出钱购买电线，还不允许别家的电线从他们家的庭院上方经过。尽管公社驻村干部多次上门做思想工作，都没能说服他们，所以通电的事情就这么搁置下来了。这导致柳坞巷的农民家庭在50年代及60年代初都没有通上照明电，只能靠煤油灯和蜡烛照明。因为崖下没有电，淑贞在银宫街的院子里住了好多年。60年代末，在柳夫人的帮助下，东头的良家、银民家、小船家、延胜家四家商量后，集资购买了电线，还栽了三根木头电线杆，从崖上给崖下东面三家的院子引来了照明电。东面四户通电后，西头的颜、瑶两家也从青鸟林小学墙里引来了照明电，只有游公羊和游雕两家还是靠煤油灯照明。直到70年代初，游公羊和游雕去世后，两家的后代在邻里的劝说下，才同意出资引电，解决了用电问题。

银宫街不仅通了电，还有自来水，而柳坞巷所有的住户吃水还得到崖上的槐树林去挑，这种情况一直持续到90年代初期。

新中国成立后，以西农路为中心，五云镇先后成立了八所部属及省属的科研单位及农林学校，俗称"八大单位"，这些单位给五云镇注入了无限的活力，五云镇也被誉为关中腹地的一片世外桃源。后来，各单位协商后约定，每逢周末，轮流在大门口附近放映电影，以此来丰富干部职工的业余文化生活。这种现象一直延续了三十多年，直到80年代初期才逐渐取消。柳坞巷因为地理位置特殊，看电影十分方便，一直是附近农民羡慕的风水宝地。

多年来，银宫街东边槐树林下的水龙头一直是街上居民取水的唯一地方，这里总是人来人往，人气很旺，也是附近居民打听新鲜事儿的好去处。一到周末晚上哪个单位放电影，消息灵通的人很快就会在这里发布消息。在这里汲水、淘菜、洗衣的人们得知后都兴高采烈，回家后马上告诉家人和邻居，大家都很高兴。那时候，每周能看一场好电影可是一件天大的喜事，只要有电影看，哪怕走个三五里路，大家也都不嫌远。每当银幕挂起来，银幕正反两面很快就会坐满观众。许多人为了能占个好位置，总是提前赶到，就算是看第二遍、第三遍，也愿意坐等半天。

那时候，放映的影片有《鸡毛信》《智取威虎山》《英雄儿女》《游击大队》《地道战》《地雷战》《平原游击队》《奇袭》《苦菜花》《三八线上》《红岩》《五朵金花》《今天我休息》等，看电影成了持续时间最长的热门话题。

小船最爱看电影，每到有电影放映的晚上就坐立不安，急着把当天的家务赶紧做完，好早点去看电影，亚荷拦都拦不住。淑贞埋怨道："为了看个电影，你连家都不要了？真是没出息。"小船听了只是笑笑，还是照旧。电影《白毛女》，小船看了不下十几遍，每次看的时候都神情专注，就像第一次看一样。

在银宫街的家里，平时都是小船负责挑水。小船上班走了后，淑贞和亚荷就轮流去挑水。亚荷跟银民的妻子春英、延胜的妻子麦香平时关系很好，出工时总是同去同归，几乎形影不离。她们三个都不太爱做饭，如果提前下了工，宁可坐在柳坞巷西南的大杏树下休息半天，也不愿意早点回家帮忙做饭。亚荷和春英平时靠婆婆做饭，麦香则指望延胜做饭。做饭时间长了，延胜竟练出了一手还算不错的厨艺。每逢邻里谁家有个红白喜事，只要有人邀请，他就会去义务帮忙。

淑贞的看家意识很强，不论刮风下雨，她总是很少出门，经常坐在门前做针线活。汾兰后来生了两个儿子和一个女儿，虽然有汾花帮忙，但家庭负担还是很重，孩子们常常缺衣少穿。淑贞经常给汾兰的孩子们缝制布鞋。

柳夫人喜爱音乐，一有空就会出去练唱几句。天气好的清晨，她喜欢独自到西环道里侧林子里练歌；若是天气不好，就在家里轻声哼唱。一天不练，她就浑身不自在。她练歌时，不喜欢被人打扰。她歌声婉转动听，表演动作优美，在音乐方面很有造诣。

20世纪60年代初的一天，县剧团的团长听说了这事，专门骑着自行车来到五云山，悄悄观察了一番，对柳夫人的唱功大为惊叹。随后，团长亲自登门拜访，希望她能加入县剧团参加演出，却被柳夫人婉言谢绝了。县剧团团长不禁连连叹息，说道："我希望您再考虑考虑，如果想通了，随时可以联系我。"这件事很快就在街上传开了。黄潇凤听说后，询问柳夫人拒绝的原因。柳夫人说："我琢磨过了，去剧团不合适。我都五十来岁了，去了也干不了几年。现在我就想过个安稳日子，不想东奔西跑的。再说，我还得给叶莺做饭呢。"黄潇凤想想，觉得确实也是这么回事，这一年叶莺上初一。

街上的人对此议论纷纷。有人说柳夫人傻，放着歌唱家不当，偏要干那费力不讨好的菜市管理员；有人觉得柳夫人挺可惜的，说县剧团的人也都在饿肚子，发的粮票根本不够吃；还有人说柳夫人压根儿没吃过苦，肯定不会跟着剧团四处演出。

这些话传到柳夫人耳朵里，她只是淡淡一笑，并不在意。

向川花自从在百货公司上班后，便很少串门了。她喜欢种菜，以前老马在水龙头排水口开辟了一块菜地，平时都是老马打理，向川花做饭时直接去拔菜，从不操心种菜的事。如今日子好了，心情舒畅，她就经常数落老马，说他对种菜不够上心，种的菜种类太少，应该多向二熊学习。每次向川花这么说，老马总是笑笑，从不和她顶嘴。自从女儿向青出生后，老马整个人精神多了，走路都带风。

解放后，柳坞巷东头良银书在宝鸡市的一家国有木器厂上班，妻子杨洛兰生了三个儿女，分别是海雯、海樯、海霏。银书整天乐呵呵的，很少发脾气。他在家里备了一套木匠工具，每次回来休假，就喜欢捣鼓这捣鼓那，给邻里帮忙。给这家做个木制婴儿车，给那家做一架手摇式纺车，他手艺精湛，很受邻里欢迎。

柳坞巷最不受待见的就数游雕家和游公羊家。游公羊的儿子长得五大三粗，说话直来直去，愣头愣脑的，平时自私自利，根本不把邻里放在眼里，他家里穷得叮当响，却蛮横霸道，大家给他起了个外号"南霸天"。就因为在水龙头接水这点事儿，都跟人闹过好几次矛盾。大家远远看见他来了，心里就不痛快。

游雕被人称作"座山雕"，对人爱搭不理的，就好像别人欠了他多少钱似的。他的兄弟游鸦患有间歇性神经病，经常离家出走，今天不见了，明天又突然冒出来。有人看见游鸦在外面当乞丐，沿街乞讨。这话传到游雕耳朵里，游雕恨恨地说："真是丢尽了祖宗的脸，早该死了！"听到的人都十分惊讶，没想到游雕如此心狠。游鸦每次回家，都是满脸笑容，把在外面别人施舍的钱粮都交给游雕，这样才能在家里勉强住上几天。要是游鸦带回来点外快，游雕才会按时给他饭吃。但最多也就让游鸦在家待三天，就把他赶出门去。有一次，适逢游鸦脑子清醒，在邻居的指点下，直接跑到大队部告状。大队派人来和游雕谈话，说："你这是驱赶人民公社的社员，这可是违法行为，你必须马上认错改正！"没想到游雕根本不听，还说："好啊，我没本事照顾这个神经病，你们既然说他是社员，那你们把他接到自己家去住好了，我可不要这样的社员！"大队对此也毫无办法。

游雕有一儿一女，女儿早早出嫁了，儿子游蛤游手好闲，呆头呆脑，走路一颠一颠的，两个肩膀晃来晃去，大家给他起了个外号叫"虾皮"。虾皮从小不爱读书，就爱出风头。他也算是个孩子王，放学后经常带着几个小孩去偷生产队的豆角、玉米棒，常常被看青的社员追到家里，跟游雕大吵大闹。

1962年春季的一天上午，银宫街来了两个不速之客，一男一女，还带着许多精致的挂面。男的斯斯文文，谈吐不凡；女的眉清目秀，明眸皓齿，说着一口流利的普通话，一看就是大城市来的。这个女的找到了黄潇凤和淑贞，二人又惊又喜。原来，来的人正是俞叶梅和她的丈夫。黄潇凤连忙把他们请进屋里，热情款待，问寒问暖。叶梅询问了她们分别后的经历，也讲述了自己当年在西安和黄潇凤、淑贞等人分开后的情况。离开西安火车站后，叶梅带着几个小伙伴去找她的小姨，经过一周的艰难寻找，终于找到了。小姨安排叶梅他们在自己家住了两天，然后把其余孩子送到流浪孩子收容站，那里有人照顾他们的生活和学习。小姨供叶梅读书，后来叶梅考上了西安的一所大学。毕业后，她在一所小学教书，现在已经是这所小学的校长了。叶梅经常去看望并帮助那几个小伙伴，在政府的培养下，他们都完成了初中学业，也都有了自己的工作。

宾主欢聚一堂，有说不完的贴心话。黄潇凤让淑贞陪着客人聊天，自己赶忙到院里的菜地拔了些菜，又让二熊去菜市买肉买菜，准备给来客做顿丰盛的饭。叶梅想下厨帮忙，被黄潇凤拦住了。

吃过午饭，叶梅夫妇起身告辞，黄潇凤想留也留不住，只好送他们出门。她和淑贞一直把叶梅夫妇送到火车站，才依依不舍地分别。

这次叶梅夫妇给恩人们送来的挂面，可真是雪中送炭，短暂地改善了两家的生活。叶梅走后的当天晚上，黄潇凤分别给柳夫人和向川花各送了两把挂面，还简单讲述了在黄河边和一群孩子相遇的故事，听的人都感慨万分。

又过了半个月，叶梅找了个从西安发往五云镇的顺风车，给黄潇凤送来两大袋白面，黄潇凤分给淑贞一袋，暂时缓解了吃饭的难题。从那以后，叶梅几乎每年都会来五云镇一趟，专门看望黄潇凤和杨淑贞。

十九

　　1963 年，国民经济逐渐好转，粮食供应有所缓和，银宫街的居民不再为吃粮发愁。3 月 5 日，《人民日报》发表毛泽东"向雷锋同志学习"的题词。五云镇各单位迅速掀起学习雷锋先进事迹的热潮。银宫街的中小学生自发组织起来，定期清扫街上的各个角落，清除杂草和垃圾，街上的环境变好了，居民们的心情也舒畅多了。西农的师生利用星期天，走出校园，清扫南门口及东西环道，受到当地群众的一致称赞。

　　当年 6 月 21 日，亚荷生了一个男孩，取名横海。两个月后，银民的长子凌安也出生了。春英身体好，奶水充足；亚荷身体消瘦，孩子出生后缺奶，体弱多病，经常需要吃药打针。那时候药品短缺，常用的青霉素、链霉素很难买到。二船得知后，想尽办法帮小船买药。小船定期骑自行车奔波十余公里，到陇海线沿线的新县城找二船取药。

　　一天，小船到了县城，二船把已经买好的两盒青霉素拿给弟弟。看看手表，临近中午，便留弟弟吃饭。他到食堂打了两碗米饭、两份烩菜，兄弟俩坐在卧室里的桌旁开始吃。热气腾腾的烩菜里有豆腐、肉块、粉丝、土豆、白菜，香味扑鼻。小船说："想不到县委伙食这么好，跟过年似的。"二船说："哪能啊，我在这儿管灶，平时天天吃面条，每顿饭就一点炒菜，多了可没有。哥是看你来了，知道弟妹是陕南人，听说你受弟妹影响也爱吃米饭，所以特地给你做的，只要你喜欢就好。你从来没在哥这儿吃过饭，哥理应犒劳你一下。"

　　小船感动地说："难为二哥了！下次可别这样，免得别人有意见。要请客就在自己家里请，你啥时候在家里好好请我一顿呀？"

二船笑道："这话亏你说得出口？你在外工作多年，也是挣工资的人了，从来不知道请哥吃饭，反倒还让哥请你，有完没完？哥是跟你开玩笑呢，你别往心里去。"

小船说："我负担重，有心无力啊。"

二船说："咱俩都一样，哥的负担也不轻。你放心，下次到了莲花湾，哥让你嫂子多做几个菜，咱俩好好喝几盅，让你解解馋。不过，在你嫂子面前说话可得注意，你嫂子脾气不太好，心眼也小，有些话，比如说买药的事儿，最好别当着她的面说，尽量避开她，这样哥以后办事阻力就小些。"

"好，记住了。你怕我嫂子，我知道了。"

二船听了，有些不高兴，放下碗筷说："哥是为了家庭和睦才说这话。办事得讲究个方式，避免家庭矛盾。你还年轻，以后慢慢就明白了。"

吃过饭，小船要到院里的水龙头边洗碗，被二船拦住了。二船说："娃等着用药呢，你赶紧回去，其他事儿你不用管。"小船临走时要给药钱，二船阻止道："这次就算了，哥刚领了工资，手头还算宽裕，下次买药实报实销，快回去吧！"二船从床下的纸箱子里掏出一瓶包装精致的白酒，又从床头柜里翻出两包茶叶，装在一个手提袋里交给小船，说："把这些东西交给妤母，她老人家爱喝茶、爱喝酒。本来想抽空去看看她老人家，平时太忙没时间。你刚好给她带回去。"

小船愉快地答应了，他把袋子挂在自行车手把上，推起自行车往外走。二船一直把他送到大门外，才转身回去洗碗。

五云公社当年各大队生产经营有序进行，夏收之后，各队的社员都分到了应得的口粮。虽然数量不多，但粗细粮搭配着做饭，勉强能解决吃饭问题。

南门外的菜市恢复了往日的繁华。每天早市上，卖菜的、卖肉的、卖鸡蛋的、卖瓜果的摊点排成一溜长队。附近的农村妇女经常三五成群地聚在一起，站在菜市一角，出售自家舍不得吃的鸡蛋，换钱贴补家用。亚荷、春英、麦香隔三岔五就到菜市上卖鸡蛋，柳夫人只要看见，就热情地和亚荷打招呼。从5月中旬开始，社会主义教育运动在各地蓬勃开展，这股春风很快吹到了青云县，也改变了小船的人生轨迹。

这一年的秋季，公社领导通知他到公社谈话，组织上任命他担任刚成立不久的毛泽东思想宣传队的队长，负责宣传工作。接任后，小船十分高兴，积极投入工作中。宣传队寓教于乐，编排文艺节目，队员们大多能歌善舞，受到群众的热烈欢迎。队伍组建后，经过短期排练，先后在全公社35个大队的140多个自然村巡回宣传毛泽东思想，宣传社会主义教育运动。由于成绩突出，多次受到县委宣传部的表彰奖励，还多次代表公社到外公社、外县参加学习和交流经验。

八大单位陆续上映了《鲁智深大闹野猪林》《红旗谱》《南征北战》《智取华山》等电影，吸引了大批观众前去观看。

银宫街有个说书艺人叫海汀，老家在河南开封。他喜欢书法绘画，年轻时当过私塾老师，后来以说书为生。从河南逃亡到陕西，在银宫街落脚后，生活渐渐安定下来。他老伴去世得早，平日里在家带孙子孙女。早年有些积蓄，不用为生计发愁。他偶尔在街上给孩子们说书，很受孩子们喜爱。他的儿子海岛、儿媳文霞都是国营工厂的职工，他的孙子海浪、孙女海鸥出生于50年代，小时候活泼可爱。海汀本人思想进步，经常夸赞新社会好，是居民中的积极分子。他这人爱热闹，心情好的时候，星期天会在家里摆好桌凳，准备好瓜子、花生，邀请小朋友们到他家听故事。因为海老先生人品好，街上的家长都不介意孩子们去他家。他爱讲《说岳全传》《隋唐演义》《杨家将》《三国演义》《聊斋志异》《醒世恒言》《西游记》《欧阳海之歌》《红岩》等小说里的故事。

海汀是作家老舍的忠实粉丝，他曾给街坊邻居讲过《四世同堂》，绘声绘色地描述瑞宣一家在抗战期间的日常生活。讲着讲着，他自己对小羊圈胡同都充满了向往之情。街上的孩子们听了他讲的《四世同堂》

后，有的孩子说长大后一定要去北京的老胡同看看，感受一下北京城的独特韵味。还有的孩子追着他问老三瑞全的婚事，好奇老三最后到底跟谁结了婚。听到孩子们这么问，海汀高兴得哈哈大笑。

海汀的儿子海浪也爱听故事，而且特别合群。1963年，他已经九岁，正上小学四年级。开展学雷锋活动后，放学后，他常常组织一帮小朋友聚集在西环道通往崖背的陡坡旁玩耍。只要看到坡下有单个农民往上拉架子车，他就招呼大家一起去帮忙，一直把架子车推到坡顶才罢休。

落鹄村生产队种地广种薄收，粮食产量一直不高，经常被公社点名批评。队里每到夏收和秋收之后，留够公购粮，便在田间地头按户给社员分配粮食，用磅秤称重。缴公粮的时候，队里组织社员用马车统一把粮食运到粮站，完成当年的公粮上缴任务。那时候粮食紧张，小船家的粮食年年接济不上，每到春节过后，就到了青黄不接的时候，家里满是愁云。这种情况下，只能靠借粮周转，才能熬过粮荒。

生产队一年四季农活不断，除了刮风下雨，几乎天天有活干。平时用架子车往地里拉粪，收获前收拾禾场，收获的时候全员出动，分粮的时候轮流过秤、装筐；农闲的时候参加公社组织的各种大会战，修渠、平整土地，帮社员修房、打土坯准备盖房，还有务棉花、种庄稼等。生产队的活把一拨又一拨返乡青年累得够呛。到了出工时间，家家都得按时出工。村里一天打两次铃通知出工，谁不去都不行。不出工就分不到粮食，一家老小都得饿肚子。

横海出生后，亚荷奶水不足，孩子晚上经常哭闹。淑贞提议养羊，小船和亚荷同意了。过了几天，小船从集市上买了一只奶山羊，每天负责放羊、挤奶给孩子吃。因为这只奶羊品种不太好，每天产奶也就二斤多，但基本能满足孩子的需求。

解决了孩子吃奶的问题后，淑贞家从此就一直养羊。羊舍在柳坞巷自家门外路南猪圈西侧的麦垛旁边。杨淑贞每天按时放羊、挤奶、喂料、加水。

横海不爱喝羊奶，加了白糖才肯喝。那时候白糖供应紧张，小船只能通过二船才能买到。有一次，黄潇凤到淑贞家串门，看到淑贞给横海喂羊奶时加白糖，便劝阻道："这样可不好，白糖吃多了，会坏孩子的牙齿。"淑贞无奈地说："没办法，糖少了他不喝。"黄潇凤说："这都是惯出来的毛病，必须把白糖停了！"看到淑贞支支吾吾的，黄潇凤责备道："你不懂，小船也不懂！等以后你们就知道后悔了。"

小船和亚荷回家知道了这事，亚荷对母亲说："潇婆又不是医生，咱别听她的。"

银民有了儿子后，为了给孩子理发，置办了一套理发工具，自学了理发手艺，经常给儿子理发。邻居们发现后，时常上门请他帮忙理发，他都热情接待。

杨淑贞平日里闲下来，就坐在家里哄孙子，一有空还接着做针线活。可西农征用的那六亩地，始终是她心里的一块大石头，怎么都放不下。她往校园跑的次数多了，校办的领导一看见她，就纷纷躲开，这种事谁都不想沾边。

1964 年，沈靓已经当上大队长了。他听说西农征用六婆家六亩地这事儿后，就去找六婆，想问问到底咋回事。可淑贞啥都不肯说，沈靓也只好作罢。沈靓调到大队部后，继任的生产队长武全听说了这事，就几次三番地来找淑贞，对她说："六婆，这种官司私人可打不了，只能公对公。听说您手里有个字据，您把它给我，生产队出面去打这场官司。要是打赢了，队里给您几担粮食，您看咋样？"

淑贞说："娃呀，婆可没有啥字据，你可别听别人瞎咧咧。队里要是想找西农，直接去就行！"武全不信，还想接着劝，淑贞说自己出去有事，不跟武全说了。武全没办法，只能悻悻地走了。武全走后，淑贞就把沈靓和武全先后上门索要那六亩地字据的事儿跟亚荷说了。亚荷说："大队也找我谈过话，想为这事跟西农打官司，打赢了想给队里换两台拖拉机。妈，这字据您可坚决不能给。我说我不知道，要问就问我婆婆。"小船听说后，也说："不给！给大队跟给生产队都一样，咱啥好处都捞不着。就算现在解决不了，留着以后再说。只要有这凭据，还怕解决不了问题？"亚荷又说："妈，您闲了就去西农找，尽量早点把这事儿解决了，给家里要点钱，改善改善生活。我就不信没人管这事，不信一个大单位能坑咱农民。"

杨淑贞把这事跟黄潇凤说了，黄潇凤说："财产都是社会的，争那个干啥？依姐看，没必要，就当是捐助学校了。钱财这东西，生不带来，死不带去，该是谁的就是谁的，不是你的，争也没用。过分计较，不光给自己添堵，还容易惹来不必要的麻烦。小船目光太短浅，格局太小，私心太重，为这事儿让你跑来跑去的，也不怕把你气坏了？"

淑贞说："我觉得亚荷说得对，不能轻易把字据交出去。这字据可是拿土地换来的，土地可是穷人的命根子，来得不容易，哪能说丢就丢。现在把字据妥善保管好，等以后有机会了，再拿出来说事。要是在我手里解决不了，就留给儿孙后代去解决。"

黄潇凤说："你糊涂，太无知了！随你吧！"

二十

1964年元旦过后不久,春节就快到了。除夕下午,家家户户门口都贴上了春联,门板上贴着秦琼和尉迟敬德骑马的画像,屋里张灯结彩,弥漫着炖肉的香味。家庭主妇们忙里忙外,既要敬神、祭灶,还要准备年夜饭。家猫懒洋洋地躺在自家炉火旁,听着水壶"吱吱"作响;狗安静地卧在大门里侧的窝里,时不时朝厨房瞅几眼,盼着能吃到骨头。男人们惦记着看电影,手头的活一做完,就急忙赶往放电影的地方,想从银幕上享受期待已久的视觉盛宴。

除夕夜,爆竹声远远近近地响着,此起彼伏,火光不时照亮天空,将吉祥之光连成一片……

1964年2月10日,《人民日报》发表社论和通讯,介绍山西昔阳县大寨大队艰苦奋斗发展生产的事迹。此后,"农业学大寨"运动在全国迅速开展起来。

青云县也掀起了轰轰烈烈的"农业学大寨"高潮。大寨社员艰苦奋斗的精神,鼓舞着所有社员。各生产队纷纷成立青年突击队,劳动任务成倍增加。农闲时节,五云公社组织各大队抽调精壮劳力集中劳作,修水渠、平整土地;在渭河边加固河堤,征用河边各大队的六百亩河滩地,建设公社农林场,进行整地、修水田、建荷塘、挖鱼池、修场房等工作,并在各村选拔二十余名有知识的返乡青年当工人,发展水稻生产。各大队任务繁重,社员们加班加点,早出晚归。

落鸹大队除了完成公社交办的重点任务外,还组织各生产队抓紧落实各项生产任务。该村地处渭河北岸河滩往上的第二个阶梯,村边周围的地块形状不规则、地势不平，耕种时不好管理。结合各村实际情况，大队安排各村挤出时间平整土地，尽快完成下达的任务。那时，平整土地主要靠两轮的架子车和独轮的手推车运土，耗时较长，进展缓慢，全凭人力苦干，但社员们生产积极性高涨，每天都能完成预定任务。

由于劳动强度增大，亚荷有些吃不消了。白天干一天活，晚上回来腰疼腿疼，睡觉连身都不想翻一下。春英和麦香也是如此，感觉快坚持不下去了。淑贞看在眼里、急在心上，便尽量把家务全包揽下来，挑水、洗衣、做饭、哄孙子。

小船每周一出去上班，周六下午才能回家。每次走之前，小船都会把水缸挑满水，给灶房劈好干柴，尽可能多干点活。

横海已经一岁多了，还没断奶。亚荷奶水不足，过夏后的羊奶也急剧减少。春英的孩子和横海出生时间相近，春英经常背着婆婆偷偷给横海喂奶，就怕被婆家人发现，遭到婆婆训斥。

小船在宣传队工作，经常需要外出活动，顾不上家里。宣传队里有个叫白雪妮的姑娘，和小船来往密切，有人把这事反映到公社领导那里。公社领导找小船了解情况，希望他以后注意些。小船心里不痛快，经过再三考虑，给公社打报告，请求换个工作。公社领导同意了，任命邻村的大队书记杜新云接任宣传队队长，让小船暂任落鹄大队党支部书记，等以后有机会再给他重新安排工作。

小船重新回到大队部上班后，空闲时间比以前多了，可烦心事也跟着多起来。经常有好事之徒到大队部找麻烦，可以说麻烦事一桩接着一桩，让他应付不过来。

东邻银民的长子凌安出生一年后，春英多次提出要分家，还放话说如果不分家，就不去队里上工，也不管队里年终结算的事儿。燕桂云的二儿子黑民比银民小十几岁，因为学习不好，早就辍学在家干活了。燕桂云本打算等黑民娶了媳妇再分家，可春英不答应，银民又做不了主。燕桂云硬扛了三个月，发现实在扛不过去，只好同意分家，但前提是银民得承担黑民结婚的所有费用。春英和银民商量后，只肯承担一半费用。燕桂云一听，火冒三丈，在家里大骂三天。春英躲了出去，不敢跟他吵架，怕把公公气死，到时候银民和自己就得承担黑民娶亲的全部费用。为此，燕桂云憋了一肚子闷气，最后勉强同意了。分家时，燕桂云把后窑的两孔窑洞分给银民，一孔住人，另一孔在前面盘上锅台，支起案板当厨房，后面用来堆放杂物。另外，还给银民置办了一个扁担、两个木水桶、一个小案板以及好几个碗和盆。分开后，春英脸上有了笑容，上工也格外起劲。

分家一个月后，春英鼓动银民借钱买了辆新飞鸽自行车，银民对这车爱惜得不得了，就算下着小雨赶路，都舍不得骑。可没想到，还不到三个月，燕桂云就强行把自行车没收了。燕桂云对银民说："这辆车充公了！给黑民留着，黑民还没媳妇，家里有辆自行车，好说亲事。"春英闹了好几次，都没要回自行车。燕桂云把车锁在自己睡觉的窑洞里，出门时还不忘上锁，春英想趁机推出来都难。春英骂银民没本事，银民背地里偷偷哭了两次，也没办法。从那以后，春英对公公婆婆意见很大，经常在背地里数落公公。

有了新自行车，黑民还是说不上媳妇。燕桂云两口子急得直上火，一有空就托媒人给黑民提亲。媒人撮合了好几次，都没成。邻近的两个媒人借着这事儿，三天两头往燕桂云家跑，燕桂云还得按时管吃管喝，可事儿就是没个着落。有一次，燕桂云把一个媒人问急了，媒人说："能怪谁呢？为黑民的事儿，我没少跑腿。黑民长得太黑，还不懂得收拾自己。这都不算啥，关键是黑民跟别的男娃不一样。别人相亲的时候，两眼放光，就跟公猫见了母猫似的，恨不得把女方吞了。黑民相亲的时候，却低头犯傻，蔫得像霜打的茄子，谁给他出主意他都不听，一见到姑娘就紧张，话都说不利索。"

燕桂云叹了口气，无奈地说："娃不争气，还得麻烦你多费费心。"

燕桂云的长女棉花反应有些迟钝，做饭、洗衣总是比别人慢半拍。出嫁后，她经常遭丈夫打骂。燕桂云派银民联合小船、延胜等人，多次上门找女婿谈话，可效果不大。棉花心疼黑民，回娘家的时候就数落黑民，让他按时理发。黑民不爱听，气得棉花哭了好几回。燕桂云给黑民零花钱，督促他穿戴整齐，可黑民邋遢惯了，根本不当回事。

春英把这些都看在眼里，心里暗自高兴。闲的时候，她就对外人说："那老东西心太狠了！偏爱小儿子，不爱大儿子，这就是报应！黑民又黑又丑，谁能看上他呀，没媳妇才好呢，一人吃饱，全家不饿！"燕桂云听到这话后，牙疼了三天。思来想去，这天傍晚，他把银民叫到跟前，骂道："你这窝囊废，不配当老大，丢死人了！回去跟你媳妇说说，她那张嘴太毒了！你要是有点出息，我立马让你休了她！你是干部，吃公家饭的，月月有工资，她跟着你享福，轮不到她在外面说黑民的坏话！你让她管好自己的嘴，别再胡说八道了。你要是管不住，我就去找你老丈人说理去！"银民被骂得满脸通红。晚上，他小心翼翼地把父亲的意思转达给春英。春英担心公公真的跑到娘家去，就对银民说："那老东西在你面前净胡说八道，看在你的面子上，我就忍了，不跟那老东西一般见识。那老东西抓住了我爹的弱点，动不动就说要去我娘家，真不要脸！我爹跟你爹一个毛病，爱面子，不顾里子。他小儿子没本事，反倒怪我，一点道理都不讲。你看着，就算我不说，黑民也娶不上媳妇，不信你就等着瞧！"

银民就像老鼠钻进风箱里，两头受气。他只能尽力安抚春英，不想家里再起争执。

黄潇凤和二熊把原来的三间茅草屋拆了，重新盖起三间红瓦大房，在整条街上都很显眼。盖房的时候，她留了个后院，没动西农的围墙，校方知道后派人来看，也没说什么。在她的带动下，街上的老住户纷纷改造房屋，好多人家都推倒旧房，盖了新房，住宿条件得到了很大改善。柳夫人和向川花也盖起了新房，家里宽敞了不少。

黄潇凤盖房之前，动员淑贞也一起动工。一开始，淑贞有些犹豫。等隔壁盖好后，她自家的旧房就显得越发破旧不堪。和小船两口子商量了好几次，最后决定翻修旧房。小船请大船来帮忙，在门前临时搭了两间窝棚，全家搬进去住。在汾花的资助下，请大船雇了几个工匠，拆掉旧房，重新盖了三间瓦房。夏收前，一家人搬进了银宫街的新房。

这年 3 月，五云医院的妇产科医生池畔荷打算在银宫街租房，找了一整天都没找到合适的。她是个二十多岁的少妇，中等身材，圆脸，笑起来特别亲切，很会说话，还带着个三岁的女儿兰兰，她爱人在西农上班。淑贞听说这事儿后，马上把崖下的两间房屋彻底打扫了一遍，然后带池医生去看房。池医生和在西农教书的丈夫迟舒一同前往。房子虽说有些破旧，可屋顶不漏雨，屋里也干净。灶房里有锅台、风箱、大水缸和案板，院子宽敞，阳光充足，和延胜家面对面。站在院子里向北望去，干燥的崖面被雨水冲刷得凹凸不平，保留着自然的模样；崖顶布满像瀑布一样的迎春花藤，绿意葱茏，充满生机。东西两邻的崖顶同样爬满迎春花藤，东邻崖上长着几棵椿树，树叶翠绿，在蓝天的映衬下，显得格外生机勃勃。池医生仔细看过后，觉得环境不错，就同意租下了。和淑贞商量好价格，她表示过两天就搬过来。

池医生搬来后，就像一只吉祥的鸟儿，给邻居们带来了不少喜气，也让柳坞巷热闹了许多。淑贞的院子一改往日的冷清，成了附近居民常来的地方。

池医生把女儿兰兰送进西农幼儿园读书，她和丈夫上班前下班后轮流接送孩子。平日里，她骑着自行车去位于五云镇的公社医院上班，下班回来就忙着洗衣做饭。迟老师下班回来后会帮忙带孩子。池医生老家在上海，出身高级知识分子家庭。她是本科毕业的妇科医生还是一名共产党员。她性格好，特别乐于助人。这消息一传开，不管是街上还是柳坞巷，谁家媳妇要生孩子，都会上门找她帮忙。池医生随时备着一个药箱，不管谁来请，她都二话不说就去，只要她到了，大家心里就踏实。

池老师每天都要到崖背上的槐树林挑水，时间一长，就有些吃不消了。左邻右舍听说后，纷纷主动帮忙。池医生几乎帮过柳坞巷所有住户的忙，街坊们都念着她的好，都想为她做点事。

除了游蛤和游鳖两家，这里其他人家经常派人给池医生家挑水。小船也给池医生挑过几次水，他对亚荷说："池医生的威望可真高，比公社书记的影响力还大，真了不起！"亚荷接口道："就是，你有空就多去转转，要是发现池医生水缸没水了，就去给挑上。"淑贞提议："我想着给池医生减点房租，你和亚荷商量商量。"亚荷听了，表态说："池大夫是我的朋友，房租减半是应该的。"

池医生听淑贞说要给她减房租，觉得不合适，她对淑贞说："您家里也困难，房租可不能少。少了我住着心里不踏实，一分都不能少。"淑贞拗不过她，只好打消了这个念头。

淑贞和小船夫妇商量后，决定借钱修缮崖下院子的房屋，黄潇凤听说后，非常支持，还拿出十元人民币表示心意。趁着暑假池医生全家回乡探亲，亚荷提前向池医生要来了那间房屋的钥匙，并说明了原因，池医生一家表示同意。他们走后，小船找了几个经常来挑水的小青年当帮手，请了两个瓦工，忙了三四天，把屋顶修缮好了，墙面也粉刷一新，院子打扫得干干净净。暑假结束，池医生回来一看，特别高兴，连声道谢："这里的乡亲们真好，太让我感动了！"

汾花听说池医生的事迹后，每次回乡探亲，都会给池医生送一些紧俏药品。

向川花主动给池医生当帮手，银宫街不管谁家孩子快出生了，她都格外留意，一有动静就赶紧去找池医生。池医生接到消息，马上就赶过去。时间长了，向川花也学到了一手接生的技术。要是池医生不在家，孕妇的家人就会放心地请她接生。

二十一

　　溪芸、溪芹大学毕业后，都在外地工作、安家，溪芸在北京，溪芹在南京。每到长假，姐妹俩就带着全家回来小住几天，陪陪父母，和他们说说话。她们一回来，家里的伙食马上就改善了，黄潇风让二熊变着花样做菜，招待女儿一家。女儿们邀请父母到自己婆家做客，二熊因为工作忙，轻易不出门，黄潇风偶尔会应邀到女儿家住几天。回来后，她就兴高采烈地给柳夫人和向川花等人讲述在外面的所见所闻，大家听了都觉得既新鲜又高兴。

　　思行当的是汽车兵，入伍不到半年，就熟练掌握了驾驶技术，能够独立完成部队交给的任务。他工作积极，思想觉悟高，很受领导重视。驾车行驶在苍茫的青藏高原上，穿梭于常有羚羊出没的雪域高原，他感到无比自豪。

　　雁行当的是铁道兵。他性格随和，爱说爱笑。每次从部队回乡探亲，晚上就会被附近的孩子们围住，央求他讲故事。有一次，正好是礼拜六，一帮孩子听说有个单位放电影，就跟着雁行一起去，结果扑了个空，消息不准确，当晚好多人都白跑了一趟。晚上回来后，几个孩子簇拥着雁行来到柳坞巷西南的杏树台聊天。闲聊了一会儿，孩子们请雁行讲故事，雁行想了想，便答应了。他刚讲了几句，就看见小船拉着架子车从磨坊磨面回来，走到杏树台的坡道下，正准备拉车上坡。雁行招呼孩子们帮忙推车，大家一起帮小船把架子车推到坡顶。小船问他在这儿干啥，雁行说："几个娃让我讲故事呢。"小船回家卸了东西，也来到孩子们中间听故事。雁行正讲得投入：

"……解放军的一支部队在连队里选拔侦察兵，侦察兵那可不是谁都能当的，报名之后，要层层选拔，经过多次考验才有可能被选上……这一年报名之后，又开始选拔了。需要分组完成任务，第一组有十二个人，半夜十二点在一座山下集合，然后赤手空拳出发，每两个战士之间要保持半里路的距离。大家要沿着山间小路，穿过一片片狂风呼啸的树林，才能到达山顶的一座破庙。破庙里躺着三个死人，必须从他们身上的衣袋里翻出一封信，再按原路带下山，才算完成第一关的任务。时间到了，第一个人出发了，可走到半路就折返回来，经受不住考验，失败了！接着，第二个、第三个先后出发，最后只有三个人成功到达破庙……结果呢，第一个人看到死人后吓得半死，两腿直发抖，刚想迈步向前，突然发现门外闪过一个黑影，他转身就往回跑，路上摔了好几跤，失败了；第二个人壮着胆子进去，在第一具尸体上摸了一下，啥都没摸到，到第二具尸体旁边站定，刚伸出手，就看见尸体动了一下，他大喊一声，转身就逃，一直逃到山下，也宣告失败！轮到最后一个人，他听回来的人说死人会动，于是在途中偷偷找了一根木棍，拿在手里往前走。到了破庙以后，他先抡起棍子在尸体上打了一下，第一个没反应，正当他准备打第二个时，第三个突然坐了起来，吓得他转身就跑，一口气跑到山下，信也没取回来，同样没成功。最后才知道，那三个死人，其中两个是假尸体，还有一个是装死的考官。就这样，折腾了一晚上，一个人都没选上。当一名英勇的解放军侦察兵，可真不容易！"

小听众们听得全神贯注，一个个眼睛睁得大大的，紧张极了。小船凑到跟前听了一段，觉得特别恐怖。讲完之后，小听众们不肯走，要求再讲一个。雁行想了想，又讲了起来："南方养蟒挺常见的，就跟北方人养猪似的，有的地方家家户户都养。蟒一般比小腿还粗，伸展开有七八米长。北方人见了害怕得不行，南方人却不怕，把蟒圈养在院门里侧，用蟒来看门。蟒可听话了，生人根本不敢进去。蟒最听女主人的话，喂蟒的事儿一般都是女主人负责。到了喂蟒的时间，女主人往食盆里倒上食物，再敲响蟒圈外面的食盆，蟒就哧溜一下钻出来，慢慢开始进食，吃饱了就回去睡觉……"雁行讲的这些故事，情节特别吸引人。孩子们听了雁行的故事，一个个对神奇的南方充满了向往。

1964年10月，第一颗原子弹爆炸的消息在银宫街和柳坞巷传开后，人们个个喜笑颜开，为祖国感到骄傲，为民族感到自豪。

那几天，海汀在水龙头边洗菜时，逢人便说："原子弹的威慑力可大了，敌人不敢轻举妄动。你有，咱也有；你要是敢给咱扔一颗，咱就给你扔十颗。这样一来，谁还敢招惹中国？国家安定了，咱老百姓就能过上太平日子。"

转眼间，腊月到了。这一年的腊月，五云镇下了一场持续三天的大雪，整个户外仿佛披上了一层洁白的盛装。雪净化了空气，滋润了田间的麦苗和油菜，为来年的农业丰收奠定了基础。这场雪给孩子们带来了无尽的欢乐，雪后的清晨，家家户户的门前院内，常常能看到小孩子们帮着家长扫雪。扫完雪后，男孩们就在路边就近堆雪人，女孩们则认真地给雪人化妆，引得路人忍俊不禁。那时，西农南门外西环道过往的车辆很少。环道路面平坦且坡度较大，是滑雪的绝佳场地，西环道俨然成了天然的滑雪场。不少男孩结伴到环道上滑雪，女孩子们则站在一旁围观。男孩们一个接一个地奔跑、滑行，一旦有人摔倒，立刻会引发女孩子们银铃般的笑声。

到了腊月二十三，家家炊烟袅袅，充满了烟火气息，都在忙着烙馍准备祭灶。祭灶时烙的是巴掌大的圆饼，在锅底用慢火细细烘烤，还要不停地在锅内翻动。烙熟后的圆饼酥香可口。这一天，大人们忙得不可开交，孩子们则结伴玩耍，个个兴高采烈。男人们挤出时间收拾被雨水冲刷过的外墙面，清扫屋顶的落叶；在屋内打扫灰尘，用报纸糊墙面；在窑洞里，用新挖的白土和成白泥抹墙，把窑内被烟熏火燎得发黑的顶部抹上一层新泥。女人们则忙着缝制新衣新鞋，蒸馍做饭。每到傍晚，大家就四处打听哪里晚上放电影……

这一年的除夕，西农南门放映电影《南征北战》，小船耐着性子帮亚荷择菜、洗菜，又在案板上切肉。母亲则默默坐在灶台前，抽拉风箱炖肉，火苗随着风忽闪。眼看活儿忙得差不多了，小船洗完手抬脚就往外走。亚荷说："去吧！看把你急的。"小船说："一起去，这电影可好看了。"母亲说："你俩都去，我在家煮肉。"亚荷说："我不去，那电影我看过。你都看了三遍了，今晚咋还去？"小船说："这电影值得再看一遍。你们忙，我走了。"

小船快步朝着电影场走去。到了地方，只见银幕下坐满了观众，银幕上正打得热闹。小船在人群的缝隙中挤来挤去，好不容易找到一个不错的位置，刚站稳脚跟，全场观众却"哄"的一声都站了起来，原来电影已经放完了。他只好转身往家走。

燕桂云特别疼爱黑民，每次黑民去看电影，他总不忘叮嘱银民多操点心，生怕黑民晚上迷路。银民是个孝子，虽说管不住媳妇，可对父亲的话却言听计从，为此春英没少奚落他。

这天晚上，良银书、杨洛兰夫妇也去看电影。看完往回走，到了家门口，看见西邻银民背着一个半大小子正往坡下走，他俩站在那儿看了几眼，觉得很奇怪。原来，银民是奉父亲的命令，到电影场去接弟弟黑民。走到家门口，银民俯身让背上的"黑民"下来，可这个"黑民"却"腾腾腾"地朝西跑去，银民一下子傻眼了，良银书和杨洛兰也看愣了。银民急忙追过去，没想到这个"黑民"突然跑进了游雕的家门，"砰"的一声关上了大门。正当银民满心疑惑的时候，良银书在远处喊道："民哥！你背错人了！你背的不是黑民，刚才黑民已经回去了。"银民这才明白过来，原来自己把游蛤当成黑民了，他俩年龄差不多大。

当晚，燕桂云得知银民没把弟弟接回来，气得直哼哼。

春英知道后，骂银民道："你眼瞎啦！背人都不看看是谁？都怪你老爹，那老家伙心坏得很，黑民都多大了，还让你背来背去，简直是疯了！"

初一是讲究早起的，家长们满脸喜气地准备美食，孩子们睡醒后穿上新衣、戴上新帽，家家户户都欢天喜地。初二，就开始走亲戚了，这家走完去那家。家家都准备两顿饭，早上是热气腾腾的旗花面，中午则有酒有菜。孩子们一般能得到两三角钱的压岁钱，大人们也个个笑逐颜开……

到了正月十五，吃元宵、看花灯；正月十六和十七，街上人山人海，锣鼓喧天。各村的锣鼓队都集中到街上，在各个单位大门口敲敲打打，单位负责接待的同志热情地送上成捆的麻花和礼金，向表演的队伍表示感谢。与此同时，各支传统的社火队也相继登场，演员们装扮成各种历史人物在花车上亮相，有吕布、貂蝉、许仙、白蛇、青蛇，等等；沿途吸引了大量观众，人们扶老携幼前来观看……

1965年，亚荷的二儿子出生了，取名横洋。

二十二

转眼间，一年又过去了。1966 年除夕，看电影的人回来后，一家人先聚在一起吃饭，然后围在火炉旁守岁。孩子们嗑着瓜子、翻看小人书，大人们有的打盹儿，有的听收音机。这时，外面的爆竹声渐渐响了起来，而且一阵比一阵猛烈。过了一会儿，有人熬不住就睡了；可也有人还在坚持，图的就是来年吉祥如意。

子夜时分，外面的爆竹声突然变得震耳欲聋，四面八方的声音汇聚在一起，形成一股冲天的声浪，把睡着的人惊醒。

淑贞说迎春炮放得越早越吉利，小船赶紧起身去放炮。放完几个单个的爆竹后，他又点燃一串鞭炮，顿时响起一阵炸响，冒出一股股蓝烟，火药味四处飘散。

正月初二上午十点，汾花和爱人李霞蔚带着女儿丹琴坐火车回到了五云镇。两人都穿着绿色军装，神采奕奕，一路往北走。霞蔚背着女儿，汾花拿着几包礼品。他们一路上吸引了不少人的目光，大家都很羡慕。到了五云山山下，一家三口在山下台阶旁歇了一会儿，就顺着山间小路继续往上走。他们刚走上崖顶，就被坐在自家门前的淑贞看见了，淑贞喜出望外，急忙迎上前去。

丹琴远远地喊着奶奶，淑贞笑得合不拢嘴，招呼女儿女婿往回走。听到动静，小船夫妇也迎了出来，上前接过了霞蔚手里的东西。走进家门，亚荷到后院东侧的厨房准备午饭去了。其余的人聚在一起说了会儿话，汾花就拿起一包礼品到隔壁干妈家去了。

正好黄潇凤的长女溪芸带着两岁的女儿晶晶和女婿杨海从北京回娘

家过年。黄潇凤母女俩见到汾花很高兴，大家聚在一起闲聊，有着说不完的话。霞蔚后来抱着女儿也过来了，众人都夸丹琴聪明可爱。

亚荷做好饭，过来叫汾花一家回去吃饭，还邀请黄潇凤全家过去。黄潇凤说："不用了，午饭早就准备好了！汾花和霞蔚你们得过去吃，新年的第一顿饭，必须在自家吃。晚上你俩过来，干妈好好招待你们一顿。"

回到柳坞巷的家里，他俩进屋一看，屋内的四方小桌上摆了一二十碗热气腾腾的旗花面，汤里飘着葱花、鸡蛋饼、肉丝和海带丝，屋里香气扑鼻。众人坐下后开始吃饭，亚荷和小船负责端饭、换碗，霞蔚吃了十几碗，才觉得稍微饱了点。看小船一直端个不停，他放下筷子站起身想换小船，亚荷看见了说："不用换，你只管吃，旗花面不吃上二十碗，可吃不饱。"众人听了哈哈大笑，霞蔚只好红着脸坐下继续吃。

饭后，溪芸过来叫汾花跟自己到西农去转转，汾花愉快地答应了。

她俩从南门走进校园。三号楼离南门大约二百多米。一条水泥路绕过升旗台。道路两侧各有一排二十米长的石砌画报栏，十分惹眼，玻璃框里贴满了花花绿绿的图片和报纸。再往北走，穿过楼前环形的大小花园，便来到三号楼下。站在楼下，抬头望向楼门上方，首任校长题写的校名赫然入目，字体刚劲有力，笔势潇洒飘逸。看到这些字迹，不禁让人联想到学校创办时的艰难以及先贤们的卓著功绩。

她们一边走，一边观赏，一边闲聊。向东走了五六十米，绕到楼后，再朝北穿过大片树林，便能看到正对着三号楼的一栋三层大楼，那便是学校图书馆。顺着路再往东走，绕到四号教学楼北侧，就到了学生宿舍区。偶尔能碰到几个朝气蓬勃的大学生，个别外省的学生春节期间没有回家，留校复习功课。浴池坐落于学生宿舍外面的路旁，平日里每到下午蒸汽弥漫，是学生及附近员工洗澡的地方，现在已经关门停业。

到了这儿，二人又顺路往西走，朝着操场前行。在大学校园里漫步，仿佛又回到了自己的大学时光，心情格外舒畅。

西农那椭圆形的大操场位于校园西北角，占地数十亩，四周是砖砌的五层看台，正北面是一个历经多次拆建的大戏台。这里既是运动场，也是1966年从学校南门迁过来的露天电影场。操场西南一百米外有一座砖木结构的大礼堂，是学校开会以及下雨天放映电影的场所。每逢凭票看电影的时候，礼堂东、西、南三面的六个大门都有工作人员把守，外面围着一大群想看电影的观众，有时还会发生拥挤。由于看守严格，想冲进去可不容易。大多数观众只能眼巴巴地在外面等着，等到放映三四十分钟后，负责人通常会宣布放行，允许其他观众进去观看。

礼堂东南有条弯弯曲曲的小路，这是一条从发电厂门前、卫生所、招待楼、西墙区成排的职工瓦房宿舍区通往南门的捷径，也是从南门进来看电影的校外观众往返时常走的路。路旁全是长满荆棘的篱笆墙，里面花木种类繁多，阴凉处春夏季长满了可以用来做焖饭菜的水芹菜。银宫街和柳坞巷的孩子们常常拎着筐子进来采摘，带回家洗净后，和上点白面，只需在锅里蒸上半小时就熟了，揭开锅盖，香气扑鼻，大家都爱吃。

从西农校园回来后，溪芸和汾花感觉有些累了。回到家，汾花在炕上躺了一会儿，不知不觉就睡着了。等她醒来时，天色已晚，溪芸正坐在她身旁看书。溪芸说："你干妈等你开饭呢，霞蔚和丹琴早就过去了。"汾花起身擦了把脸，便跟着溪芸过去了。溪芸叫淑贞、小船和亚荷一起去，他们仨说："你家人多，做饭的锅又不大，我们几个就不过去了。"

当晚吃过晚饭，汾花就在干妈家睡下了。

第二天早饭后，汾花决定和霞蔚一起去看望妹妹汾兰。干妈家有两辆自行车，她借了一辆，推着自行车，带着丹琴上了公路。到了西环道，李霞蔚骑车带着母女二人一路下坡，过了西农路的铁道闸口，顺着渠岸边的东西公路往西走了一公里，在河岸边的商店买了几样礼品，然后往南走过石桥，汾兰所在的村庄——五星村便立刻出现在眼前。进村的路是一条土路，路边全是田地。村口有许多孩子在玩耍，几个闲人正坐在路边的墙根下晒太阳。汾兰的家在第一条东西街道西头的街北，家里有五间旧土房。走到家门口，汾兰抱着两岁的女儿丹玉刚好出来，她高兴地迎了上去。汾花放下丹琴，抱起丹玉，给她口袋里装了一张五元新币；汾兰抱起丹琴，带着姐姐一家进屋。

汾兰从一个褪色的老银柜里取出一个包裹，一层一层地打开，拿出一张两元的纸币，塞到丹琴手里。汾花对丹琴说："拿好了，这是小姨给的压岁钱，可千万别弄丢了！"接着，她从自己口袋里掏出一沓崭新的五元新币，硬塞给妹妹，说："这是三百块钱，给你的。"汾兰犹豫了一下，霞蔚说："汾兰，你姐天天念叨你，说一想起你受的苦，她晚上就睡不着。快把钱收下，这是我俩商量好的。别担心！"汾兰这才把钱收起来，放进一个包裹，又装进了银柜。汾兰说："姐，你一个月就那几十块钱工资，每次来都给我钱，你家里要用钱怎么办？"汾花说："姐工资是不多，但每个月都有。你就不一样了，没钱日子咋过？"

汾兰的丈夫王永实正在一间屋子里养病。他在抗日战场负伤回乡，又患有严重的风湿病，长期卧病在床。只有常年睡在热炕上，才能缓解周身疼痛，就算是六月天也得睡热炕。之前，在汾花的资助下，王永实住院治疗了一段时间。病情好转后，王永实被推选为生产队长，他起早贪黑地带领社员下地干活，结果积劳成疾，导致旧伤复发，去年夏收时在禾场病倒了。当时送到医院，在医院住了半个月。由于病情复杂，一时难以治愈，为了省钱，只好回家养病，从此卧床不起。汾花听说后，曾回家看望过一次，看了病例才知道是癌症，且已经到了晚期，她也没有更好的办法。现在，王永实吃饭都很困难，平时只能靠吃中药缓解病情。今天，王永实听说姐姐一家来了，想下炕给他们准备茶水，被霞蔚拦住了，让他继续休息。霞蔚坐在炕边陪他聊天。王永实气色很差，满脸皱纹，身体状况糟糕，瘦得不成样子。

汾兰的三个孩子名字都是汾花当年取的。儿子丹军、丹文都在上小学，丹玉才刚刚会跑。丹军、丹文出去玩了。汾花和汾兰在里屋聊天，丹琴和丹玉在院子里玩耍。姐妹俩聊了会儿天，汾花数落了当年母亲的糊涂。汾花说："老妈的心太狠了！当年差点害了我，多亏潇妈出手帮忙，要不然姐也惨了！可怜的是你，被老妈害苦了！她一门心思就想置地发家，根本不顾女儿死活，最后啥都没捞着，害了你也害了她自己。"

汾兰劝道："姐，别说了，毕竟是亲生骨肉，妈当初没文化，也是实在没办法才那样做。"汾兰衣着朴素，头发凌乱，穿的全是汾花送的衣服，看上去满脸愁容，显得比姐姐老了许多。

汾花说："她就爱儿子，让她以后去享儿子的福，咱俩以后少管。"

汾兰说："我知道你是在说气话，你嘴上说不管，可年年都回来看妈，给妈零花钱，还带妈去西安、去北京玩，你可孝顺了！比儿子强多了。小船负担重，上班也不容易，队里年终结算年年亏空，真的很艰难。"

汾花说："你管好自己就行，别瞎操心那么多。小船困难，他后面不是还有个卖女儿给他买地的老妈嘛！你困难，又能指望谁？姐心里啥都清楚，但总是会心软，总觉得应该好好照顾老妈，她这一辈子也不容易。可只要一想起她当年做的那些事，就恨不得跟她断绝关系。天底下哪有这么狠心的母亲？咱俩真是倒霉透了。"说完，她自己竟咯咯地笑了起来。

汾兰说："姐，你心直口快，敢当面顶撞老妈。每次你顶撞老妈，她都不敢吭声，就怕你今后不认她。我可不敢，我说她一句，她能回我十句，老妈对我可凶了。不过，她做的那些事，她自己心里清楚，她跟我说过对不起咱俩。事情都过去了，你也别再生气了。"

汾花说："看到你的生活条件，姐姐心里真不是滋味。好在最艰难的时候都挺过来了，孩子们也都在慢慢长大，一个比一个优秀，往后日子肯定会越来越好。姐姐不会不管你的，以后一定会好好帮你，让你不用再受苦。"

二人唠着家常，不知不觉就到了饭点，姐妹俩便一同下厨做饭。吃午饭的时候，丹军、丹文也回来了，孩子们瞧见大姨，格外高兴。汾花给他们每人发了五元钱，叮嘱道："开学了要好好念书，只有书念好了，将来才有出息。"

吃过午饭，汾花起身告辞。霞蔚推着自行车，把丹琴安置在车后座上，一行人顺着原路走出村子。汾兰默默地和孩子们把姐姐一家送到村口。汾花说："回去吧，记得按时给丹军他爸熬中药，希望他能早点好起来。"汾花走出老远，回头望去，汾兰和孩子们还在远处望着他们，她鼻子一酸，眼泪夺眶而出。

回到银宫街时，已经是下午四点了。汾花一家刚走上柳坞巷的崖背，就瞧见家门口聚了几个人。溪芸看到汾花，赶忙迎上前说："花妹，你可算回来了。东邻打饼的傅家儿媳难产，来不及送医院了，池医生又不在，川花阿姨正在傅家干着急，让我来找你好几趟了。那家人都慌了神，你赶紧过去看看！"

"好，我这就去。"汾花一听，心里一紧，急忙快步回到家里，翻出自己随身带的军用小挎包，匆匆往外跑，溪芸也跟在她身后一路小跑。她俩穿过槐树林，来到银宫街东北角的傅家。门外的一个青年见了汾花，忙说："汾花姐，可把你盼来了！你是军医，肯定有办法，快进去吧！"汾花说："我学的是外科，对妇产科不太懂，我先进去看看情况，最好赶紧送医院！"汾花进去后，溪芸腿都软了，不敢进去看，只能站在门外干着急。

一个多小时后，屋里传来婴儿的啼哭声。溪芸顿时来了精神，进屋一看，汾花脸上挂着笑容，正给傅家人讲解护理婴儿的常识；向川花满头大汗，抱着婴儿，满脸欢喜。傅家人激动不已。汾花洗完手，整理好挎包往外走。川花对众人说："还是汾花有办法，到底是科班出身。她让孕妇翻了翻身、活动了几下，帮忙调整了胎位，最后给孕妇打了一针，孩子很快就生下来了！这阵仗我从来没见过，可把我吓死了！"汾花说："生孩子可不是件小事，不能冒险，不能在家里生。医院条件好，能应对各种复杂情况。幸好我备了一支催生素，以防遇到紧急状况，没想到这次用上了。您跟邻居们都宣传宣传，今后到了临产期，一定要去医院生，得相信科学。老办法早就不行了，遇到特殊情况，弄不好会出人命的！"

向川花说："池医生也常跟邻居们说这话，可就是没人听。有些人总觉得生孩子简单，还说什么瓜熟自落，没必要去医院花那钱。今天碰上这事儿，算是给我上了一课，也给邻居们提了个醒。看以后还有谁敢在家里生孩子？反正我是不敢再接生了。"

回家后的第三天，汾花在五云镇买了不少礼品，独自乘车前往老县城，去看望自己的小学班主任彭兰。彭兰后来调回老县城的一所中心小学教书，此时双鬓已染上白发。师生见面，格外惊喜，中午两人一起吃了顿饭。饭后，她俩依依不舍地道别。回到银宫街的当晚，汾花便和爱人、孩子一同返回了西安。

二十三

转眼间，腊月又到了。池医生夫妇带着孩子回上海过年去了，街上租客走了不少，比往常冷清许多。五云镇的街道上，年味儿越来越浓。肉、油、米面都凭票排队供应。

银宫街的人们忙得不可开交，有人去校园洗澡，有人置办年货，有人杀鸡宰羊，有人打扫卫生。各家都在操持家务，孩子们聚在一起出去玩。水龙头西侧狭长的土场，成了女孩子踢毽子、玩沙包、跳绳的好地方。柳坞巷的人挑水经过这里时，脚步都会放慢，孩子们看到有人路过，便纷纷让路，等人走过去，她们又继续嬉笑玩耍。男孩子则结伴出去闲逛，有的去学校操场，在沙坑边打墙，有的在水泥乒乓球桌上打球，有的在简易篮球场上打篮球、踢足球。他们贪玩，常常忘记吃饭，直到肚子饿了才肯回家。

横海和凌安在街上逛了半天，中午回来时哭哭啼啼的。亚荷一问，才知道了缘由：上午，横海在街道的人流中走着，突然发现地上有一张一元的纸币，他刚弯腰伸手去捡，就被身后一个妇女撞到一边，那个凶悍的妇女捡起纸币，看左右没人注意，马上就溜走了。亚荷问横海："那张纸币是不是那个女人丢的？"凌安说："不是，她在我们后面走着，看见钱才跑过来的。"

吃午饭时，亚荷把横海捡钱的事告诉了家里人，淑贞听了十分生气，大骂那个女人不要脸。小船说："社会上什么样的人都有，靠捡钱发不了家。"亚荷说："你说的啥话！那个人明显是抢钱，横海才是捡钱，你搞混了！"

小船说："事情都过去了，说这些也没用。以后让孩子出去小心点，离坏人远一点。"

亚荷说："要是能找到那个泼妇，我非得跟她评评理，问问她凭啥撞我娃，太野蛮了！这种人就该教训教训！"

淑贞说："现在还有这样的女人，竟然欺负小孩子，真不要脸。"

小船说："世界上不要脸的人到处都有，这也不稀奇。有花有鸟的地方，说不定就藏着毒蛇。有些人年轻时为非作歹，到老了还是坏人、恶棍，对他们可得提高警惕。"

亚荷说："扯远了，不说了！"

到了年底，大船开始上街卖调料，每天早出晚归。他做生意很有一套，进的货价格低、质量好，卖得也便宜，所以顾客源源不断。

五云镇白天街上热闹非凡，民兵小分队戴着红袖标在街上巡逻，严查投机倒把行为。大船让大儿子昆宁在一旁放哨，看到民兵快来了，马上收摊藏起来，等民兵走了，再继续摆摊。打游击的摊点很多，摊贩们各个神经紧绷，生怕货物被没收。许多农村中青年妇女站在街道出入口的路边，摆着一篮子鸡蛋或者一只土鸡，双手抄在袖子里，等着顾客询问。买主大多是穿着干部服的城里人，买鸡蛋时和妇女们讨价还价，谈好价钱后掏钱拿货。要是有人提出送货上门，有的妇女就只好跟着走一段路。这些妇女一看见民兵，马上一哄而散，等民兵走远了，又重新回来。

腊月二十一，公社大院杀了几头猪。当时凭票供应猪肉，按平价卖给内部人员，机关每个同志限购两斤猪肉，几个主任每人还可以再买一个猪头，一个猪头两块钱。二熊负责食堂事务，领导关照他可以多买一个猪头。忙完手头的工作，下班后二熊准备回家，他把买来的一个猪头和两斤猪肉挂在自行车后座上，一路推着上坡。西农路北段是一段二里多长的缓坡，骑车下来时一阵风，回去就得骑一段、推一段，一口气可骑不上去。

回到家，黄潇凤正在烧热水。二熊把自行车上的东西卸下来，开始收拾猪头。他先用火钳子烙，又用镊子拔，费了好大劲才弄完，然后请黄潇凤过目。黄潇凤仔细瞧了瞧，瞪了二熊一眼，说道："你看看你，现在越来越懒了，毛都没拔干净就想煮，太不像话了！"二熊苦笑着，不敢吭声，只好低下头重新收拾。

过年放假后，思行带着新婚妻子回来过年。思行在部队转业前夕，谈了个重庆籍的女朋友晓宁。在晓宁家人的帮助下，思行被安置在重庆公安系统工作。元旦期间，他们在重庆举办了婚礼。晓宁温柔漂亮，深得公婆喜爱。年底时，雁行也带着女朋友胡萍回乡探亲。胡萍气质优雅，小船一家也十分满意。两对小夫妻打算过了正月初五再走，想多陪陪公婆。

雁行回来时带了不少四川腊肉，黄潇凤给淑贞、柳夫人、向川花每家分送了三斤，她们都很高兴，还抽空过来与晓宁和胡萍聊天，顺便打听打听外边的新鲜事儿。

黄潇凤让小儿子到南门外的邮电所给溪芸、溪芹拍了电报，问她俩什么时候回来。两个女儿听说两个弟弟回家后，回电说年后回来一趟，年前就不回来了，理由是家里住不下。

二熊心里高兴，他根据家里的人数置办年货，想让儿子儿媳吃好喝好。黄潇凤做些针线活，二熊负责做饭，儿媳们抢着帮忙，一家人皆大欢喜。

思行受职业影响，即便身着便衣，也天天到街上抓小偷，一抓住就马上扭送到派出所，多次受到派出所民警的表扬。二熊知道后，对他说："你好不容易回来过个年，天天不着家，往外跑。一会儿逮小偷，一会儿管闲事，你知道这有多危险？我和你妈天天为你提心吊胆，就怕出点啥事。坏人可都不是善茬，逼急了啥事儿都干得出来。再说，抓小偷那是民警的事儿，你就别掺和了。"

思行说："农民群众攒点钱不容易，要是到街上办年货被贼偷了，这年可就没法过了。"晓宁说："爸，您别担心。每年年底街上小偷最多，各地警力都不够。思行回家过年，在家里也没啥事，让他出去转转，抓几个小偷，维护一下街上的治安，也是为人民服务，应该去。他在部队练就了一身好本领，擒拿格斗样样精通，那些小蟊贼根本不是他的对手，您就放心吧。"

二熊皱了皱眉，不说话了。

黄潇凤说："好是好，可也不能天天出去。好不容易回来了，也该歇歇，陪妈说说话。"

思行说："我坐不住，让晓宁陪您说话也是一样的。"

黄潇凤笑了："好，好，我跟晓宁比跟你还亲呢，跟你也说不到一块儿去。你想在家就在家，想出去就出去，随你便吧。老话说得好：'儿大不由爷。'"众人都笑了。

溪女对雁行说："哥，你以前回来，每到晚上经常给我和小伙伴们讲故事，好久都没听你讲故事了。今晚讲不讲？要是讲，我出去叫几个人，晚上都来听你讲故事。"

"没问题。"雁行满口答应，脸上堆满了笑容。

胡萍对溪女说："你哥还有这本事？我从来都不知道，太不够意思了。今晚给我讲一个，不讲不准睡觉。越雁行，听到了没？"雁行笑了笑，爽快地答应了。

胡萍接着对溪女说："你哥都娶媳妇了，哪能还跟以前一样到处跑？嫂子跟你商量一下，今晚就算了，别让你哥出去了，让他给我也讲一个，我还没听过呢。你看咋样？"

"当然可以，就看二哥愿不愿意给你讲。"溪女说，"据我所知，二哥是个孩子王，一见到小朋友就想讲故事，没见过他给大人讲。"

"你哥童心未泯，到现在都像个孩子，有时候天真得很，有些事儿可有意思了，有空嫂子慢慢给你说。"胡萍说，"你说他能讲故事，我还真信了，今晚可得听听。"

溪女想了想，说："我先走了，你们慢慢商量，我出去打听一下今晚哪儿放电影，回来告诉大家，谁晚上想去看就跟我走。"

除夕夜，西农大操场放映电影《铁道卫士》，吸引了从四面八方赶来的大批观众。银幕上列车轰鸣、人声鼎沸，公安局侦察员在车厢顶部追击特务，双方相互射击，火车在激战中呼啸前行。

二十四

1968年3月，春寒渐渐退去，气温逐步回升，田间的麦苗开始返青。

当地中小学开学后，小船和亚荷商量了一下，到青鸟林小学给横海报了名。上学前，小船强行拉住横海，让母亲给横海理了个月牙头：头顶留一圈儿头发，左右两侧和脑后剃成光头。横海不配合，哭了半天。

教室在小学后院的土崖下，一年级五个班都在窑洞里上课。用的是旧桌子，排凳是用木板支起来的。

一天小船接到了上级的通知，让他择日到山西太原参加由国家农科院组织的一次棉花种植技术培训，为期十天。小船收拾好行李，按照培训的时间要求动身去山西报到。

小船坐火车到了山西，在指定地点报到后，被安排到附近一家旅馆休息。培训期间，他按时参加技术培训。有时在课堂听讲，有时实地查看棉花示范田，还去了几次汾河边。每次看到奔腾的汾河，他都思绪万千，不由自主地想起老母亲讲过的往事，想起年轻的父亲在山西的战斗经历，想起家仇国恨，想起母亲颠沛流离的生活。

培训结束，临行前，他在太原火车站前拍了张照片，买了一张太原地图，打算带回去给母亲看。买好西去的车票，又买了几件山西的土特产后，小船匆匆踏上了返程。

回到柳坞巷，小船把带回来的土特产交给母亲，又给母亲看了他在太原市拍的照片。淑贞仔细端详了一阵，眼泪簌簌落下……

淑贞让小船给潇妈送些带回来的土特产。到了潇妈家，小船放下土特产，讲述起自己在太原的见闻。

第二天早饭后，小船到公社汇报情况。公社书记宁云听完汇报后，对他说："你得把学到的技术传授给各大队的农业技术员。公社打算办一次为期两天的棉花技术培训，让全公社三十六个大队都派人来学习。落鹄村是公社有名的落后村，群众觉悟不高，换了两任书记都改变不了现状，这当然也不能怪你。你擅长技术，根据你的表现，公社开会研究决定，派你到新成立的公社农林场当场长，月薪三十六元，同时提高农林场职工的生活待遇，不再按工分计酬，跟生产队脱钩，稳定职工队伍。希望你努力工作，别辜负党组织对你的期望。"

"好！"小船心情激动，站起身来，给宁书记倒了一杯热水。宁书记接着说："发展经济离不开人才，没有人才可不行。农林场刚成立不久，前期土地划拨、土地平整、农田规划、场房建设这些主要任务已经完成，去年春季投入生产。可第一任场长没经验，去年水稻产量竟然还赶不上沿河生产大队，根本没发挥出农业示范的带头作用，这样可不行。经组织研究决定，把他调离工作岗位，选派你来负责农林场工作。你有信心把这项工作干好吗？"

"有，保证完成任务，绝不辜负党组织的信任。"小船斩钉截铁地说。

"那好，你先去找廖副主任确定技术培训的时间，让办公室及时通知各社队确定人员，上报名单，尽快组织技术培训。"

"好，我这就去。"

这一年，青云县实施修路计划，给五云公社下达发动社员碎石的任务。公社召集各社队干部开会，决定把块石分发到户，发动群众砸石块，按数量折算成工分计酬。任务下达到各社队，小船家分了两架子车茶碗大的青石块。他和亚荷用架子车拉回家，抽空用铁榔头把茶碗大的石块砸成核桃大的石块。砸好收堆后上缴给生产队，队里根据数量折算工分，到年终统一结算。那些天，家家都叮叮当当砸石块，砸得人头晕眼花，双手磨出茧子，个个叫苦不迭。

公社棉花技术培训结束后，小船的任命状也下来了。接到任命状的第二天清晨，他把收拾好的行装用细绳子绑在自行车后边，推着自行车拐上柳坞巷东边的短坡，骑车顺着西环道而下，经过西农路，翻过柳横坡村的陡坡，沿着正南的那条砂石路直奔农林场而去。

快到农林场场部时，有两个小青年迎了上来。其中一个热情地问道："您就是新来的燕场长吧?"

"是的，我是燕小船。"

"我叫穆虎，是场里的生产队队长。"

"我叫徐彬，是场部会计，管办公室的。"

穆虎上前接过自行车，徐彬伸手扶住车后绑着的被褥，三人一边走一边聊。小船把公社开的介绍信递给徐彬，徐彬边走边看，带着小船前往场部。

来到场部那排瓦房从东边数第二间门口时，徐彬停住了，指着这间房门敞开的宿舍，对小船说："这间房子就是你的宿舍，已经打扫干净了，要不先进去休息一下?"

小船说："好。"

他走进房间一看，里面已经收拾妥当，室内地面铺着蓝砖，前后都有玻璃窗，屋顶是木格子席棚。南窗下有一张桌子，北窗下靠墙支着一张双人床，床板也已清扫干净。

穆虎和徐彬帮小船卸了自行车上的行李，就到外面给小船打热水去了。不一会儿，先后有几个青年人过来，跟小船打了声招呼便转身离开了。

小船开始布置房间，他铺好褥子和床单，把脸盆、牙刷、拖鞋等物品摆放好。过了一会儿，穆虎打来热水，徐彬提进来一桶凉水。徐彬说："我把工人们召集到会议室了，请你和大家见个面，相互认识一下。"小船说："好，你考虑得真周到，办事很利落。"

小船跟着徐彬来到禾场北侧的一间屋子，这里是场部的会议室，里面坐着十三四个小青年。东边靠墙摆着一排桌子，桌子后面放着两条刷了红漆的条凳，就算是主席台；桌前摆着五排条凳，那些青年都在桌前坐着。

徐彬请小船坐到主席台上后，说："给大家介绍一下，这位是新派来的场长燕小船同志。大家鼓掌欢迎！"掌声过后，徐彬对小船说："这就是农林场的全体工人。"他逐个点名介绍，小船起身和大家一一握手。之后，徐彬说："请新场长讲话。"又是一阵掌声。

小船说："今天是我来报到的第一天，很高兴能认识大家。今后，我会和大家齐心协力，共同把公社农林场办好，让农林场早日发挥农业示范带动作用，提高粮食产量，推动五云公社的社会主义生产快速发展。往后，我们在一个锅里吃饭，这是缘分，我一定会珍惜。我一定会和同志们团结友爱、互相帮助，有错就改、共同进步。请同志们以后多提宝贵意见，别客气。"掌声响过，小船宣布见面会结束。

在徐彬的陪同下，趁着饭前的时间，小船在场部周围转了一圈，熟悉了一下情况。

小船问徐彬："前任李场长什么时候走的？"徐彬说："上周调令下来后，他就走了，去赤云公社农场当场长，听说那个农场只有六十亩地，四五个工人。李场长走的时候，账上只剩下八块钱了。女出纳虞燕上周有事请假，下周才能回来。"

职工灶在场部最西头，烧的是柴草。做饭的师傅姓杜，三十多岁，是个退伍军人，家在横柳坡。场房后面有一条流沙河，河面有六七米宽，河水清澈；两岸长满了碗口粗的毛白杨树，微风吹过，树叶沙沙作响。站在场部的坡上朝南望去，渭河北岸是大片平整的稻田，被细小的水渠分割成无数个小方块形的稻田。

上任后，小船给公社打了一份贷款报告，申请从农业银行贷款五千元，以缓解农林场的资金困难。公社批准了，办完贷款手续后，这笔贷款很快发放到位，农林场派人采购急需的生产资料，各项工作步入正轨。

工作理顺后，小船经过精心筹备，完善了各项规章制度，并连续召开了两次职工会议，强调工作纪律，明确每个人的工作职责，给每个职工都压上了担子。

此后，小船通过柳坞巷迟舒老师的关系，多次到西农拜访农林方面的专家，咨询提高粮食产量的有效方法。经过请专家实地勘察调研，他掌握了改良土壤、科学种植农作物及其管理的相关技术。小船及时向公社领导汇报，得到了公社书记宁云的肯定。宁云说："这条路走对了！那些专家都是能人，向他们请教可以少走弯路。你放手去干，公社大力支持你，只要能实现增产丰收的目标，就能发挥农林场的示范作用，调动各大队社员的生产积极性，希望早出成果，早日见效。"

自从到农林场上班，小船每周一骑自行车去单位，每周六下午骑车回家。

池医生一家三口仍住在柳坞巷。迟老师被学校派到一个大队当技术顾问，负责指导大队的农业生产。池医生继续在公社医院上班，每天往返奔波。女儿兰兰从西农幼儿园毕业后，进入青鸟林小学读书。每天放学后，兰兰和西农的同学一起结伴回家。

迟舒老师刚到农村驻队时，每次从农村回来，家里就会出现跳蚤，池医生发现后惊呼不已，急忙让他换衣服，并给家里喷药灭虫。时间长了，池医生想出一个办法，她和迟老师约法三章，要求迟老师每次回家前必须带上换洗的衣服到学校澡堂洗澡，洗完后换上干净衣服，把换下的旧衣服用塑料袋装好，拿回家用开水烫过再洗。这样一来，家里果然没有跳蚤了。邻居们被跳蚤困扰已久，纷纷尝试这个方法，效果都不错。

这年夏收之后，小船所在的农林场小麦和水稻产量翻了一番，粮食产量大增，引起轰动，受到县委表扬。全县六个公社纷纷派人来参观学习，公社领导组织各社队派人前来取经，农林场的人气一下子旺了起来。场里足额上缴公粮后，除留够种子和职工食堂需要的粮食，把其余粮食平价卖给公社粮站，还清了所有贷款，账面上有了一笔可观的收入，为农林场下半年的发展积累了资金。

暑假期间，本地突降暴雨，防洪形势严峻。汛期，农林场承担公社区域渭河段的防洪任务，按照县防洪指挥部的要求，制定加固大河堤的实施方案，派人到县城拉运国家下拨的防洪物资，做好前期准备工作。汛期事情多，小船多次坐火车跟随公社主管领导前往县防洪指挥部开会。公社按照县防洪指挥部的要求，通知各大队集中精壮劳力出工加固渭河大堤，按照农林场划分的任务进行施工，农林场负责物资调配和质量验收。

集中上工时，各大队的中青年社员高举红旗，用架子车拉着农具，列队徒步走到渭河边，认领任务后开始干活；河堤上红旗招展、人山人海，社员们干劲十足。公社领导每天骑自行车到工地检查，查看各大队的施工进度。农林场的工人分段负责，指导各队社员加固河堤。

1968年12月，《人民日报》发表毛主席的指示：知识青年到农村去，接受贫下中农的再教育很有必要。此后，一千七百万知青响应毛主席的号召，奔赴全国各地最艰苦的农村，开启了人生新的旅程。知青下乡，缓解了城市就业压力，推动了农业生产。

银宫街的适龄青年也不例外，从十四五岁的小姑娘到二十岁左右的初、高中毕业生，纷纷报名参加这项运动。街上第一批共有十二个男女青年报了名，当年元月全部分配到农村正式插队，立即前去报到。陕南分配了六个：鱼传鸿、海浪、傅冲、柳叶蝉、良海樯、鹿敏；宝鸡三个：颜真平、良海雯、瑶青；陕北两个：关蓬心、钟卫东。

知青们出发时，他们毕业的学校组织学生热烈欢送，街道办组织群众也到火车站送行。欢送现场锣鼓喧天，旗帜飘扬。有人欢喜有人忧，知青们脸上喜气洋洋，家长们的脸上却愁云密布。

这年底，五云公社迎来了第一批知青，两男三女，都是从西安来的。他们被安置在大队部隔壁的一个空院子里，院子里有两间空瓦房，男女各住一间。

大队部提前组织群众铲除了院子里的杂草，修缮了屋顶和院门，在瓦房西侧搭建了一个简易灶房，盘好了灶台，置办了一套简单的厨房用品，并找了一个就近居住的中年妇女给知青做饭，首先解决知青们的吃饭问题。

知青报到后，大队杀了两只公鸡，召集各队干部开了一个例行的欢迎会，介绍了大队的基本情况和发展计划。会后，与会干部和知青一起聚餐，吃完鸡肉后，主食是鸡汤面，知青们有了回家的感觉，个个都很高兴。第二天，沈靓和其他主要干部带着知青们在大队四处参观，让他们熟悉村情民情。

不久，传来一个好消息：12 月 29 日，南京长江大桥全面建成通车，铁路桥长 6772 米，公路桥长 4589 米。这是当年我国自行设计建造的大型铁路、公路两用桥。当年腊月，南京长江大桥的年画风靡全国，成了国人争相抢购的年画，几乎家家户户屋里都挂着这幅画。

小船家也挂了这幅画。画面上，南京长江大桥雄伟壮丽，江面上水天一色，画的右下角有两艘解放军军舰在江面上巡逻。

二十五

1969年春季的一天上午，一阵震耳欲聋的伐木声从环道里侧传来，惊飞了栖息在五云山的鸟类。附近居民惊奇地发现，有很多人在用电锯伐木。原来，西农制订了一套退林还田的计划，打算把学校所有空闲的大片林地及荒地开垦成农田，五云山西山环道里的五十亩森林及东山部分树林也在计划范围内。工程第一步是伐木；第二步是推地。经过半个月的伐木、清理林地，往日林木茂盛的西山变成了两块凹凸不平的荒坡，站在环道上，只能看到环道两侧碗口粗的中槐树。视野开阔了，眼前却是一片狼藉。

伐木期间，当地居民纷纷到坡上捡柴；伐木队撤走后，附近农民带着斧、锯、砍刀、架子车，到这里争抢树根，给自己弄柴。不到半个月，西山便到处都是大坑，坑挨着坑、坑套着坑，几乎所有的树根都被刨出来拉走了。这里成了小学生玩耍的地方，每天放学后都有一群孩子聚在这里玩耍。

五一节前后，西山来了两台推土机，昼夜轰鸣，从高处把黄土推到低洼处，推土机经过的地方，留下一道道新土的堆痕。经过一个多月的施工，西山彻底变了模样，原来的坡田变成了两块梯田，山中的那条小路不见了，每块地的最北端，出现了一排刀切似的崖面，中间的崖面高低一致，最北的崖面依地形东高西矮，离西环道边不到十米，崖上西边是缓坡，东面与台阶西侧的绿化带连接处有一片残存的核桃林。

这两块平整的土地一马平川，吸引了路人的目光。人们惊讶地发现，新社会的力量无比强大，可以改天换地。到了国庆节种麦的时候，这两块地变成了两块崭新的麦田，附近居民经常到田里挖荠荠菜，用来补充蔬菜的不足。

老秦从西农退休了。回家后，他根本闲不住，一有空就拎着收音机到南门外溜达。他爱管闲事，瞧见有人攀折树枝，就立刻上前制止；看到有人放羊啃食树皮，更是严厉批评，甚至会把放羊人带到保卫科去教育。柳夫人十分支持老秦，老秦的干劲也就更足了。不过，因为爱管闲事，老秦得罪了柳坞巷西头的游氏两户人家，他们在背后骂老秦不通人情。这话传到老秦耳朵里，他只是淡淡一笑，根本没把那两家人放在眼里。

柳夫人的女儿叶莺，比溪女小一岁，两人是同班同学。叶莺从小聪明伶俐，也跟溪女一样，极具艺术天赋。他俩打小就是班里的积极分子，经常代表班级参加学校的文艺演出。在排练《白毛女》舞剧时，溪女常饰演杨白劳，叶莺饰演喜儿，两人配合得十分默契，深受师生好评。

黄潇凤现在脾气变好了许多，轻易不再发脾气。雁行有了孩子后，寒假常把孩子送过来，溪芸、溪芹也是如此，常把儿女送过来，给老两口增添了无穷的欢乐。每年过年时，外甥、外孙四五个，黄潇凤一家忙得不可开交。溪女比大外甥东东年长两岁，东东有时在外人面前敢跟舅舅顶嘴，弄得溪女下不来台，惹得众人哈哈大笑。

思行的岳父岳母只有一个女儿，结婚后女儿很少回娘家。每次孩子放寒假，思行和妻子就会把孩子送到姥姥家。二熊起初心里有点不痛快，黄潇凤却说："这你还有意见啊？真是老观念。她父母就一个女儿，不像咱们孩子一大群，女儿不在家，老两口多冷清啊。随他们去吧，只要他俩过得幸福，比啥都强。"二熊听了，觉得很有道理。

退休后，二熊成了家里的专职厨师，每天按时做饭，闲下来就到菜园里忙活。家里的两块菜园被他打理得像小街的样板田，菜苗间距均匀，横竖成线，让邻居们赞叹不已。他善于学习实用的科学知识，懂得按季节种菜，还会适时到西农找研究蔬菜的老师，采购温室大棚培育的小菜苗，按时浇水、施肥。他种出的菜长得快、成色好、鲜嫩可口。天气好的时候，他喜欢拿个小木凳，坐在菜地边发呆。阳光下的菜苗生机勃勃，叶子绿得仿佛能滴出水来。他仔细观赏每一株菜苗、每一朵菜花，凝视着这些菜苗，就像在端详自己的孩子。遇到邻居请教种菜的事儿，他总是毫无保留地介绍自己的经验，生怕邻居们学不好种菜技术。他还常到各家门前转转，查看邻居的菜园，有问必答。时间长了，他成了街上的种菜顾问，邻居们都爱和他唠嗑。

三春易过花易残，时间似水不回头。延胜对此感触颇深：昨天还看见放学的小学生在青鸟林小学操场矮墙外的路边攀折榆钱，今天就到了炎热的三伏天。

延胜爱好乐器，上小学时就学会了乐谱，后来又学会了吹笛、吹唢呐。结婚后，他曾和其他乡村艺人搭班，成了一名乡村乐人。在关中，流行薄养厚葬，谁家遇到"白事"，在安葬的前夜，都得请一班乐人吹吹打打，举行隆重的祭拜仪式悼念死者。延胜经常受邀去帮忙，这事儿在当地叫"跟事"。那些年，艺人的报酬很低，除了管饭，跟一次事，忙一天半，每人只能分到一包大雁塔牌香烟和几块钱。可延胜就喜欢这行当，乐意被人邀请。

他的妻子麦香身体瘦弱，心眼小，还很迷信，常为家庭琐事和延胜争吵不休。一发生矛盾，延胜总是选择逃避，实在忍无可忍了才大动肝火。有两次，他气愤至极，摔了铁锅，可每次闹腾的结果都是他自己吃亏。接下来几天，麦香罢工不做饭，延胜和孩子只能啃馒头，最后还得自己掏钱买锅。吸取教训后，延胜轻易不再激化矛盾，麦香发脾气时，他就出去躲一躲。心情不好的时候，他就独自坐在环道边吹笛。

延胜的姐姐林兰嫁到西边一个村庄，养育了两子两女，经济负担很重，没办法资助弟弟。小船了解延胜的情况，很乐意帮他。每次家里煮肉，就叫亚荷给延胜送去些。自从小船当了农林场场长后，曾想让延胜到农场当个工人，延胜说抽空到农林场看看再说。这天，延胜顶着烈日，独自骑自行车到渭河边转了一圈。不巧，那天小船刚好不在场里。周六小船回家后，延胜对他说："离家远，来回不方便，每周就一天假，影响我'跟事'。不去了！"小船只好作罢。

二十六

珍宝岛自卫反击战结束后，中国面临的国际形势异常紧张，为此全国掀起了挖防空洞的热潮。五云镇街道办发出通知，要求各居民点组织居民就近选址挖地道，尽快完成防空备战任务。

银宫街和柳坞巷的居民在老秦、老马和二熊的带领下，各家派出一名代表，在附近实地勘察了一番。这时传来一个消息：青鸟林小学在西农校方的帮助下，正在校园后院与柳坞巷界墙里侧的崖下挖防空洞，准备就近打通西农校园附近的防空主洞。居民们商议后，确定挖洞地址选在柳坞巷西头紧挨青鸟林小学界墙的颜家后院土崖下。这里崖面不到两丈高，施工相对容易，万一有紧急情况，还能与隔壁小学的主洞打通。

地址选定后，众人搜集了几把镢头、铁锹等工具，当天下午便动工了。十几个小青年聚集在颜家的后院，找准开挖位置，男青年们轮番上阵挖土，女青年们则用架子车往外运土。颜家人热情地为参战的邻居们烧热水、泡茶，做好后勤保障。

只见石渣飞溅、尘土飞扬，不到两个小时，就突击挖出了半个小窑洞。这时，大家发现崖土是那种含有小砾石的红土，异常坚硬。再看自己的手指，不同程度地都磨出了血泡。个别人开始打退堂鼓，这种情绪影响了其他人，挖掘进度逐渐减慢。还没到吃晚饭时间，大家便一个个找借口溜走了。

溪女去挖了一次，手上就起了泡，回家后喊疼。母亲带他到池医生家敷了药，才渐渐好转。第二天，任凭父亲怎么催促，他都不肯再去。

叶莺听说他受了伤，登门来看望溪女。叶莺对溪女说："这种活又苦又累，你以后别去了。挖地道的时候，我们几个女孩都去看过，尘土大得很，呛得人受不了，对身体不好。再这么下去，敌人还没来，自己先被呛死了。我最担心干这活会影响你的嗓子，你以后还要唱歌呢。"黄潇凤说："叶莺说得对，以后别去了。你细皮嫩肉的，哪能吃得了这种苦。还是让你爸替他去挖吧。"

二熊说："这就是缺乏锻炼，应该好好锻炼锻炼才是。"

黄潇凤说："你说得轻巧，要锻炼你替溪女去锻炼好了，别催俺娃去。解放后出生的娃，享福享惯了，谁能吃得了这种苦？"

颜家后院的洞挖了几天，由于土质坚硬，不宜再继续挖掘。有一天，老秦在水龙头边对聚在一起的邻居们说："防空洞虽然难挖，但作用巨大，这可是经过实践证明的真理。在抗美援朝的上甘岭战役中，志愿军在石头山上挖出一个个地下防空洞，在枪林弹雨中掩护了自己，战胜了敌人，取得了辉煌的战绩，把美国佬打得死伤无数，实在是了不起。干啥事都不能半途而废，必须要有恒心。让挖洞的娃们先歇几天，过几天看看形势，如果还需要继续挖，咱们必须齐心协力，不能遇到点挫折就打退堂鼓。我不同意挪地方，还是颜家的后院好，虽然难挖，但挖成了洞里不潮，对人的身体有好处。"

街上的居民大多目睹了挖洞的艰难，没有人支持他的观点。经过协商，大家决定另选洞址，挖洞工程就此搁置下来。

在燕桂云的提议下，柳坞巷的居民一致推选刚调回青鸟林小学教书的银民为顾问，负责选址和组织人力挖洞。防空洞地址定在了和青鸟林小学仅一墙一路之隔的杏树台下。杏树台突兀地立在坡田边，西侧、南侧均有一丈多高，北面直通各家门前，东边呈直角，北高南低，与坡田相连。

挖地道采取自愿原则，能者多劳。开工之初，柳坞巷的居民户比社员户积极。这里的土质疏松，挖洞进度较快。银民平时要上班，不在家，一回来就立刻过来帮忙，生怕落邻居们的闲话；延胜、黑民和游蛤最为积极，一有空就去挖洞。银宫街的居民也自发加入杏树台的施工。大家齐心协力挖了半个月，挖出了一个斜向东北方向的大洞。但因为洞里潮湿，居民们又开始动摇，挖洞的人越来越少，最后这个洞也没挖成。

正当附近居民为挖防空洞的事纠结时，形势渐渐缓和下来。大家根据新闻动态，商议暂时缓挖防空洞。后来，随着国内一级战备的解除，挖洞一事彻底搁置。这时，各大单位的人防工程均已完成，地道四通八达，每隔一段距离就设有通气孔。

这年10月下旬，五云公社出了一件新闻：公社书记宁云在一次例行的全公社干部会议快结束时，提前安排了今冬困难群众的救济摸底工作，并主动站起来做了一番深刻检讨，此事一时轰动全县，受到干部群众的一致好评。当时，宁云站起身，向台下同志鞠了一躬，眼睛泛红地说："上周我到外县出差开会，偶然碰到一个乞丐，他说因为吃不饱才出去要饭。经过了解，这个乞丐竟然是五云公社的社员，家在落鹄大队第七生产队，就住在柳坞巷。发现这个情况后，我当时既震惊又惭愧，心里十分痛苦，回来后连续失眠。想不到解放二十年了，还有社员出去讨饭，如果有饭吃，谁会出去要饭呢？作为公社主要领导，我觉得自己辜负了党和人民对我的信任，对不起全公社的社员。通过这件事，可以看出我的工作没做好，这是我的失职，也表明直到现在我们还没真正解决群众的温饱问题。我今天在这里做检讨，今后一定要抓好农业生产，切实解决群众的吃饭问题……"

宁云二十五岁就担任公社书记，任职以来，带领全公社三十六个大队的数万名社员，高举红旗，大搞农田基本建设，挖水渠、平整土地、加固渭河防洪大堤，在极其困难的情况下，干出了一系列轰轰烈烈的大事，各项工作在全县六个公社中名列前茅。

听了宁云的话，与会干部倍感压力，落鹄村的驻村干部张景明如坐针毡，头上直冒冷汗。会议结束后，张景明立刻找到宁书记，立下军令状，表示尽快解决当事人的生活困难问题。问清当事人的姓名后，张景明马上骑自行车赶到落鹄大队，传达宁书记的指示。沈靓听了，叹了口气说："游鸮的情况你不了解，早年他妻子死了，他受了刺激，精神时而正常，时而不正常，谁也弄不清。这次被宁书记撞见，他胡说八道，宁书记信以为真，这下事情闹大了，不好收拾。他哥游雕本指望他挣工分，可他今天去干活，明天又不去，游雕也拿他没办法，就不准他在家里吃闲饭，找借口把他赶出去。游雕自私自利，根本不管游鸮的死活。这事偏偏被宁书记碰上了，这下难办了。给游雕做工作根本没用，大队以前试过，游雕冥顽不化，跟他说话简直是对牛弹琴。你回去给宁书记说游鸮有神经病，这不就行了？"

张景明说："不行，这话我可不敢说，也不能说！要是让外人知道宁书记为一个神经病费神，宁书记的面子往哪儿搁？这么好的领导，咱们必须坚决维护，其他话一个字都不能说。这样吧，咱俩到民政局给游鸮争取点救济，让游雕得到些实惠，再好好教育他一下，不准他再赶游鸮，你看咋样？"

"也好，那就再试试。"沈靓叹息着回应道。

再说游鸮，路遇宁书记，他喜出望外。当时他说话恢复正常，丝毫看不出有啥问题。饱餐一顿后，他听从宁书记的安排，坐上了回家的客车。宁书记一直看着游鸮乘坐的汽车离开，他的眼泪差点儿夺眶而出。

游鸮回到家，把刚刚在胸口焐热的十元钱交给游雕，游雕高兴得合不拢嘴，特许他在家住几天。有了落脚的地方，游鸮每天三顿回来有饭吃，吃完饭又出去游荡，游雕也懒得管他。

这天，沈靓和张景明来找游雕，告诉他已经为游鸮争取到一些生活补助，要求他善待游鸮。游雕慢条斯理地说："他想来就来，想走就走，我能有啥办法，我也管不了。政府要是想管，把他接走好了！"

张景明说："你真是个老顽固，思想太反动了。今天我也不想跟你多说，警告你别胡来。说实在的，你弟挺可怜的，你作为兄长，应该体谅他、多照顾他，这也是积德行善，你好自为之吧。"

游雕眨了眨眼睛，思索片刻后点头称是。然而，没过多久，游鹘又离家出走了。沈靓听说后，让生产队长武全把游雕叫到大队部，对游雕严加训斥。沈靓说："我限你三天之内把你弟找回来，要是找不回来，年终决算时，生产队就扣你家的工分，不信治不了你。"

游雕听了，脸色陡然一变，急忙说："那可使不得，全家就指望年终决算分红过年呢。我回去马上找他，一定把他找回来，你们就放心吧。"

游雕回家后，四处打听游鹘的下落。这是他第一次如此用心地寻找游鹘，为此一连三天都没睡好觉。好在游鹘到了第四天，自己回来了，这才给游雕解了困。

游鹘回来后，游雕立刻到大队报告。沈靓说："算你运气好，把游鹘找回来了，不然你可就麻烦大了。这次是公社表了态，准备拿你当破坏人民公社的典型，好好批斗一次。你思想反动，当这个典型再合适不过了。游鹘回来了，你暂时没事了。不过你的思想问题很严重，虐待阶级兄弟，今后必须彻底改正，别因为家务事给集体添麻烦。"

游雕连连称是，沈靓挥了挥手，他便转身灰溜溜地走了。

1970 年春季开学后，亚荷带着横海去学校报名。班主任是一位名叫彭苧的女教师，她正坐在教室门口的一张桌子后面登记报名，跟前围了一堆家长。亚荷等报名的人少了些，才凑到桌前。彭苧检查了横海的寒假作业，发现作业完成得很少。彭苧对亚荷说："你这个家长不关心孩子的学习啊，燕横海的寒假作业写了还不到一半，错误百出。你把孩子领回去吧，我这个班不要你家孩子。"说完，彭苧便喊下一个学生报名，亚荷被晾在了一边。家长们来来往往，彭苧忙个不停。

亚荷满脸通红，不知所措。她犹豫了一下，转身往回走，横海在后面跟着。一路上，亚荷一句话也不说，横海也默默走着。回到家，淑贞笑着问："给娃报上名了？"

"没有，横海没写寒假作业，班主任不要他。"

"我去。横海，跟婆走。"淑贞一脸严肃地喊了横海一声，拉起横海就往外走。横海还没来得及放下书包，就被祖母拽着出去了。亚荷急得直搓手，她追上去把学费塞到婆婆手中，目送婆孙俩走了很远，才转身回家。

彭荸见淑贞来了，热情地打招呼。她娘家在落鹄村西边的彭家村，也属于落鹄大队，她认识淑贞，还听说过淑贞在旧社会告状的故事。她对淑贞说："你孙子没写寒假作业，不能报名，您老把他领回去吧！"

六婆笑着说："给娃报上名吧，以后让他好好写作业，你就放心吧。"

彭荸说："不行，不能报。每个孩子都像你孙子这样，我这个班主任还怎么当啊。"

淑贞央求道："给娃报上吧，就当给我帮个忙。"

彭荸经不住淑贞的软磨硬泡，只好说道："您这么大年纪了，为了孙子报名跑前跑后，我也不忍心。看在您的面子上，我先给您孙子报上名。回去让他马上把寒假作业做完，回头我可要检查。要是还是做不完，就别来上学了！下次您再来求情也没用。"说完，她便开始填写票据和花名册。

淑贞说："麻烦你了，你说得对，我回去就让娃马上做作业，要是做不完，你再处罚他。"

办好手续后，彭荸对横海说："燕横海，回家马上写作业，把寒假作业做完，听到没有？"

"听到了。"横海低着头小声回答。

"六婆，办好了，您老可以走了，今天报名，明天到校上课。"彭芋说。

"好，你忙，我带娃先回去了。"淑贞带着横海往回走。

柳坞巷淑贞家门前有一块四方形青石，是捣衣专用石，上面十分光滑，平时还能当板凳坐。这天午后，淑贞到自家门前的猪圈喂完猪，正坐在门前的青石上休息，东邻燕桂云的老伴走了出来。燕桂云的老伴对淑贞说："六嫂，我正有事想找你呢。该死的卫宝又打棉花了，这事得管管。"

棉花是燕桂云的长女，嫁给了西农西北的扶摇鹬村的农民卫宝。淑贞问："因为啥事啊？"

"嫌棉花做饭慢。"燕桂云的老伴气愤地说，"他好吃懒做，整天游手好闲，还净给棉花找事，这日子简直没法过了。银民他爹说他出面不合适，想让银民去找卫宝，骂他一顿。可银民这人软弱，说他去作用不大，得等小船礼拜六下午回来，他和小船、延胜一块儿去，跟卫宝正式谈一次。小船在外面跑得多，比银民会说话。"

"你放心，小船回来了我让他赶紧去。"淑贞说道。

"还是你的命好啊。汾花在外面工作，经常给你零花钱，今天来看你，明天带你出去玩，你多幸福！汾兰现在情况也不错，虽说女婿去世了，可三个娃都很懂事，从小就知道干活，等娃们长大了，汾兰也就熬出头了。"

"唉——"淑贞叹了口气，"我的命苦啊，啥事儿都经历过，父母被日本飞机炸死，妹妹至今没音信。我多亏有贵人帮忙，这个贵人不是别人，就是潇姐，多亏她帮我，她对我有大恩大德。汾花也多亏潇姐，是她救了汾花，等于救了我，我亏欠汾花太多，亏欠汾兰也太多。我这一辈子做了太多错事，糊里糊涂过了半辈子。我算明白了一个道理：闺女是每个家庭的福星，不善待闺女就是害自己。"

"人都说苦尽甘来，你算是熬出来了。依我看，汾兰比棉花强，虽说棉花有丈夫，可那是个二流子，有他还不如没有。棉花本来就老实，成天挨打受气，这可怎么得了？愁死人了。"

淑贞说："打老婆可是个坏毛病，得趁早改掉。让小船他们几个都去，再在卫宝他们家族叫上一两个人，当面把话说清楚，好好教育教育卫宝。"

燕桂云的老伴想了想，皱着眉头说："都怪银民他爹耳聋眼瞎，在外面闯荡了这么多年，还是这么糊涂，轻信媒人的话，给棉花找了这么个主。可怜了棉花啊。"

淑贞说："卫宝太不像话了。唉——"

上午 11 点 30 分，青鸟林小学打铃放学。放学铃响后，淑贞急忙一溜小跑朝崖下赶去。柳坞巷南面有二十多亩坡田，每年只种一茬小麦。每年播种后，坡田中央就会出现一条斜路，从小学墙角伸向柳坞巷东南，这是一些家住学校东北方向、贪图近道的学生踩出来的。走的人多了，小路不断变宽。有一年，淑贞看不下去了，主动当起了生产队的青苗守护员。春季小麦返青后，只要听到放学铃声，她就拿着小凳子，飞快地跑到坡田的路中间，大声驱赶踏入小路的学生。有时，调皮的孩子故意逗她，远远看到她，就顺着坡上的小路朝她走几步，等她追近了，又嘻嘻哈哈地跑开。遇到特别淘气的孩子，她就奋起直追，吓得孩子们纷纷折返，退回到大路上，引得旁观者阵阵欢笑。

横海最怕同学笑话祖母。放学后，他和大部分学生顺着坡田西侧的直路往北走，拐过杏树台，再走坡田北侧的东西路回家。横海回到家中，把书包扔到炕上，就跑出去玩耍了。

吃过午饭，淑贞拎着半桶猪食，到崖下院子外的猪圈喂猪。喂完猪回到银宫街的屋里，她躺在土炕上开始休息。快到下午两点时，她又拿着小凳子往下跑，跑到柳坞巷南坡的坡田当中，坐在路口守着。

亚荷和春英、麦香照例去上工，看到婆婆坐在小路中间，亚荷心里很不高兴，埋怨婆婆脾气太倔强。为了阻止婆婆多管闲事，亚荷和小船多次劝说，可她就是不听。

　　下午上课铃响后，淑贞才肯回家。路过自家门前的猪圈时，她总会过去看看。每次看着自家的两头黑猪，她心情就很好，盼着它们能快点长大，早日出栏。

二十七

李敢为"文革"期间受到冲击。这天傍晚，淑贞到隔壁串门。黄潇凤说："李敢为有信了，官复原职了。他托人顺路给咱两家捎了两包熟牛肉，给你一份。"说完，她从客厅的桌子上拿起一份用牛皮纸包裹的牛肉，递给淑贞。淑贞接过来一看，足有三四斤，还是上好的牛肉。

"只要他平平安安就好。"淑贞说，"李敢为怪可怜的，当了一辈子兵，刚熬出头，又碰上这事。"

"大难不死，必有后福。"黄潇凤说。

到了礼拜天，吃过早饭后，银民按照事先的约定，和小船、延胜骑着自行车前往扶摇鹬村。棉花看到救兵来了，激动不已；卫宝看到他们，压力倍增。见面后，卫宝招呼三个舅哥坐下，又是端茶又是递水，还递给棉花一块钱，说："出去买两盒大雁塔烟。"当时，一盒大雁塔香烟三毛五。

"不用了！棉花你别去，你三个哥不抽烟。"小船对卫宝说，"卫宝，把你三伯叫来，我有话跟他说。"卫宝愣了一下。他三伯魏三是家族里管事的，在家族中享有一定威望。为卫宝打妻子的事，魏三骂过卫宝很多次，卫宝见了他，就跟老鼠见了猫似的，唯恐避之不及。听到小船这么说，卫宝不敢怠慢，立即出门去找。临出门时，他对棉花交代："准备午饭，擀些面。"

过了一会儿，一个驼背老头走进来。老头一进门就向小船等人打招呼，还拿出羊群牌香烟给客人发。发完一圈烟，魏三说："棉花勤快得很，把娃管得好，还按时给卫宝和娃做饭，闲了就给他们做衣服，是个好媳妇。卫宝娶了棉花，那是上辈子修来的福分。这小子不省心，身在福中不知福，好吃懒做，还落下一身坏毛病。"

小船说："三叔，我们今天来，就是为了卫宝打棉花的事。棉花老实，没什么心眼，就知道在家里干活。当初订婚之前，卫宝也该知道她的情况。他要是对棉花有意见，当初就别来求婚。既然结了婚，就该好好过日子。凭啥隔三岔五找棉花的茬？凭啥动手打人？现在是新社会了，可不是旧社会，打人犯法。"

卫宝低着头，额头上冒出了汗。他的脸一会儿白，一会儿红，不知道接下来会发生什么。这时，两个孩子进来了，女儿刚会跑，儿子刚会走路，他们来到舅舅们跟前。银民抚摸着外甥女的头，心里难受，一时说不出话来。卫宝让闺女把儿子带出去，自己则蹲在地上，一言不发。

魏三瞪了卫宝一眼，对客人说："这都怪卫宝，在外面没本事，回家脾气还大。卫宝，你听好了，赶紧把这毛病改了！"说完，魏三又起身，满脸堆笑地想给来客发烟，小船摆了摆手说："我们都不抽烟。卫宝打骂棉花可不是一回两回了，银民登门说过几次，一点作用都没有。卫宝打棉花这毛病深得很，不动'手术'可不行。今天把您老请来，让您做个见证，让卫宝今天说清楚，要是不想改这毛病，就别跟棉花过了！我们把棉花领回去，约个时间办离婚手续。至于两个娃，卫宝要是想要，就留给他；要是不想要，我们领走。棉花是有娘家的，可不是没娘家。"

卫宝面红耳赤，嗫嚅着说："不离婚，我改，一定改过来，保证今后再不打棉花了，我发誓！"

魏三老汉觉得脸上挂不住了，他霍地站起来，快步走到卫宝跟前，伸手啪地打了卫宝一记耳光，斥责道："把你舅哥说的话记住，把这一耳光也记住，以后别再缺德了！"他转身，认真地对小船等人说："请你们给我个面子，再饶他一次，这次我来担保，担保卫宝以后决不再打棉花。"

银民说："行，既然这样，这事就到此为止。只要卫宝好好过日子，我妹子就继续跟他过。"

小船说："这次说话可得算数，我妹子太老实了，都啥年代了，还受这种罪。既然三叔出面了，我们再信你一次，再给你一次机会，你好自为之，别把自己毁了，别把这个家毁了。说实话，离了婚对你没一点好处，棉花还能再嫁，你可就只能打光棍了，不信你试试。"卫宝面红耳赤地说："哥，你说得对，棉花对我很好，我以前老犯浑，都是我的错，今后一定改正。"

卫宝给各位舅哥倒完水，就到厨房给棉花帮忙去了。

小船他们和魏三聊了一会儿，卫宝用红漆刷的四方木盘端进来四碗热气腾腾的浇汤面，魏三招呼来客吃饭。大家围坐在小方桌旁吃面，卫宝恭恭敬敬地站在一旁，等着换空碗，接到空碗后，赶紧出去继续端饭。

吃过午饭，魏三回去了。卫宝和棉花把小船三人一直送到村口。临走时，小船对棉花说："卫宝今天承诺今后不欺负你。他要是说话不算数，你啥都别管，马上回来。"棉花憨厚地笑了笑。

卫宝羞愧地说："大哥，你别说了，我知道错了，今后一定改。你就放一百个心吧。"

从那以后，卫宝像换了个人似的，再也不敢打骂棉花。有一次棉花回娘家，小船见了，问卫宝改了没，棉花笑着说："现在老实多了，主要是怕你们再去找他算账。"

小船终于放下心来。

二十八

这年 7 月初的一天，渭河上游的一个水库突然决堤，导致下游防汛形势异常严峻。渭河五云公社段河水暴涨，连年加固的防洪大堤多处被冲毁。青云县号召沿河所有公社全力组织力量防洪，公社农林场组织全体工人日夜轮流巡堤，还组织滨河大队及时排除险情。小船经常到河畔巡查，生怕发生意外。一天上午，他扛着一把铁锨走上河堤，站在高处往河心望去。平日里和风细雨的渭河，此时波涛汹涌，活像一匹脱缰的野马，铺天盖地地漫过河床，向东奔腾而去，淹没了河心连片的绿洲。河水离岸边很近，波浪不断冲击着岸边的芦苇荡，芦苇在风雨中飘摇。河面上不时漂过木椽、柴草、庄稼，有时候还能看到大堆绿色的瓜蔓和西瓜。

小船在岸边转了一圈，回到场部。吃过午饭刚躺下，就有人急匆匆跑来报告："不得了啦，二十四坝决口了，发现的时候已经有一二十米宽了，水流湍急，根本堵不住！"小船大吃一惊，他知道那个地方：那是岸边由北向南斜伸出去的一道防洪坝，把渭河靠北的主河道改到了河心。这个防洪大坝近几年在汛期经常出问题，自从用水泥浇筑片石加固了缓冲坡后，才很少发生危险。今年河水暴涨，二十四坝突然决口，后果不堪设想。问明情况后，他立刻打电话向公社防汛指挥部报告。公社马上向所有邻近二十四坝的生产大队和农林场下达命令：组织动员所有青壮年劳力，立即赶赴二十四坝紧急抢修，务必确保河堤安全。

接到命令，小船马上安排工人们装车，让工人们开着场部的两台拖拉机，车厢里满载着木料、沙袋、铁丝网、工具，火速赶往二十四坝。

当他们赶到现场时，决口处已经有一百多米宽了，而且还在不断加宽，浑浊的波浪不断涌向堤外。小船带领到场的同志从河堤西侧试图封堵，却根本不起作用，眼看着泛滥的洪水越来越凶猛。正当他们与洪水奋力搏斗的时候，忽然远处人声鼎沸，从东西两个方向涌来无数手拿工具的群众，纷纷投入到抗洪抢险之中。

原来，险情发生不到一个小时，在青云县委和五云公社的紧急动员下，五云公社军民突击队两千人紧急赶到二十四坝。公社书记宁云与机关同志骑着自行车，也急匆匆地赶到抢险现场。宁云指挥干部和群众从河堤决口的东西两侧，分两组面对面同时进行封堵。

许多拖拉机满载沙袋，行驶到决口处。沙袋被群众纷纷投入水流之中，决口的宽度不断缩小。与此同时，还有无数群众拉着装土或装沙的架子车，朝决口处倾倒沙土；无数男青年迎着风浪，勇敢地站在洪水的风口浪尖，把总长两千米的铁丝笼，一截截、一层层，通过每个同志的双手，传递到大堤决口处。当时风大浪急、雨势猛烈，石头不断滚动，压伤了民工的脚和手，铁丝头还刺破了好多人的身体，伤者血流不止。在封堵最后一百米决口的时候，洪水风浪太过凶猛，急流中已经淹死的一头耕牛，从决口处民工的头顶翻越而过，卷入大堤内木桥村新开垦的稻田里。大家在水中坚持了几个小时，直到圆满完成堵截任务。

堵住决口后，大家眼看着冲击渭河大堤的洪水主流改道，水流方向从南北改为东西，向东咆哮二百里，汇入黄河。沿岸的村庄保住了，人民群众的财产保住了，数千亩稻田和麦田也保住了。这时，已经有十几个青年受伤，一个来自木桥大队的姓严的退伍军人在打桩过程中受伤，满身是血。公社领导马上安排用拖拉机，将他和其他受重伤的同志送往县医院救治。在场的领导分头统计在抗洪抢险中受伤的同志，派人送他们到公社医院治疗。同时，其他人员继续加固堤坝，防止再次决口，直到加固工作彻底完成。

晚上，回来的同志说严同志多处受伤，连夜做了手术。次日上午，小船和木桥大队的书记陪同公社领导宁云前往医院看望伤员，还准备给伤员送去一些慰问金，小船代表场里准备了一百元。

到了病房，严同志刚刚苏醒，他的妻子在一旁陪护。大家寒暄了几句后，看到病床旁的床头柜上的搪瓷碗里放着两个黑馒头，心里都很不是滋味。邻床的病人说严同志一天三顿就啃馒头，舍不得在医院买饭吃。

宁云对伤员说："严同志，你受苦了，感谢你为防洪工作作出的贡献。我们代表公社给你送来一点慰问金，你拿去改善改善生活，祝你早日康复。"严同志却坚决不要，他说："保护河坝就是保护庄稼，我是一名党员，也是一名退伍军人，这是我义不容辞的责任。公社已经帮我安排了医疗费，我已经非常感激了。防汛工作用钱的地方多，把这些钱拿回去买防洪物资吧。"众人一听，急了，把钱塞到陪护的严同志的妻子手里，转身就走。谁知道刚走出医院大门，严同志的妻子便气喘吁吁地追了上来，把钱塞到公社领导手中，一再说道："娃他爸让我追出来，把钱还给领导，他说感谢组织的关心，这钱他不能要。"说完，她转身跑回了医院。

宁云说："军队真是个大熔炉，锻炼出来的军人就是不一样，党员军人更是优秀中的优秀。这个同志要重用，我记住他了。"说完，他派人再次把慰问金送到伤员家属手中，这才放心地离开。晚上，小船久久难以入眠。他忘不了白天在医院看到的那两个黑馒头。睡着后，还多次从梦中哭醒。

这年夏收期间，生产队给社员分麦子，亚荷和婆婆用架子车把麦子转运回家。晒粮的前一天，淑贞早早起来，拿着扫帚去占地方，就怕晒场被别家占了。小船请假回了家，在一个晴朗的早晨，用架子车把麦子拉到五云山下。一路上，晒麦子的人不少。淑贞占的地方在五云山中间南起第二台。到了台阶下，小船把装麦的袋子一袋袋扛到第二台，先把砖铺的地面扫干净，等太阳升高些，再把粮食推开，边晒边推，直到晒干。

夏收的时候，中小学照例放假一周。粮食拉走后，亚荷去队里上工，六婆就拎着水瓶，带着孙子们去晒场搅麦、看麦。第二台地方比较宽阔，两侧绿化带边各有一张砖砌的宣传墙，长度超过六米，基座上面向外凸十五厘米，小孩子贴着墙走，能绕墙一圈。横海和横洋很喜欢在这儿玩耍。

黄潇凤多次指责淑贞歧视女孩，偏爱男孩。这是事实。淑贞格外疼爱两个小孙子，生怕他们出啥意外。晒粮的时候，小船指望两个儿子看粮食，可淑贞不放心，回家安顿好事情，又赶忙跑到晒场，一趟趟在晒场和家之间来回跑，就为了给两个孙子做伴。淑贞之所以这么紧张，是因为横海两岁的时候，在陕南外婆家玩耍，掉进过水井，差点就溺亡了。

那年夏收前夕，亚荷带着横海回陕南娘家住了几天，就碰上了这事儿。当时，村里三五家合用一口吃水井。一天下午三点多，横海在家里睡觉，亚荷正跟村里两个小媳妇在门外聊天。突然，听到扑通一声巨响，亚荷心里咯噔一下，赶紧起身回去看横海。路过水井时，听到井里有动静，她赶紧往井里看，顿时吓得魂飞魄散：横海掉井里了，面朝上在水里扑腾呢。亚荷急忙往外跑，大喊："不好了！我娃掉井里了，快救命啊！"

那两个小媳妇听了，慌忙起身，四处呼喊。可那会儿社员都去上工了，村里没男人。正当她们三个感到绝望的时候，门前坡下突然出现一个人影。原来是一个叫石头的退伍青年，趁着队里上工休息时间回家取开水。这人听到妇女们呼喊，急忙跑了过来，跟着她们来到那口水井旁。

石头立刻下井。他两手抓着湿滑的井壁，小心翼翼地踩着浅坑下去。看距离差不多了，他探身伸手，拎住横海的上衣，把孩子慢慢举起来，举到井沿边。守在井边的妇女们把横海接了上去，亚荷紧紧抱住横海。看到横海苏醒过来，亚荷百感交集，这才放下心来。

石头上来后，二话不说就往外走。亚荷说："我给你泡杯茶，喝了再走。"石头说："不行，得赶紧走，队里的社员都等着喝水呢。你赶紧给娃换衣服，水凉得很。"

亚荷急忙进屋给横海换衣服。她感觉孩子在瑟瑟发抖，心里难过极了，就因为自己一个疏忽，差点酿成大祸。

消息传到淑贞耳朵里，她大惊失色。出了这次意外后，淑贞变得胆战心惊，生怕孩子再出啥事儿。

这天准备晒麦，淑贞带着横海、横洋提前到了，又清扫了一遍晒麦的平台。两个孩子在一排女贞树的树荫下玩耍，六婆在晒场旁坐着发呆。这时，小船夫妇用架子车拉回两袋刚分的麦子。小船把袋子放在地上，解开袋口，把粮食倒在砖地上。淑贞拿来耙子，把麦子推开。淑贞又翻动了一次小麦后，叮嘱横海说："婆回去做饭，你俩就在这儿好好待着，哪儿都别去！"

横海说："好！"

横海和横洋在树荫下玩耍，鸟儿在树梢叽叽喳喳。

过了十二点，淑贞来送饭。午饭是早已调好的三碗干面，一大碗，两小碗。横海和横洋看到后，上前接过小碗就吃起来。看到孙子们吃得香，淑贞也笑眯眯地吃了起来。饭后，淑贞又搅了一次麦子，收拾好碗筷就回家了。

二十九

深秋是棉花采摘的季节。摘棉时，每人腰里系一条围裙，先把棉花放在围裙里，然后倒进放在棉株间的背篓。背篓满了之后，就把背篓背到晒棉花的场地。遇到阴天，湿棉花不能堆积，必须及时晾晒。

这年秋季，生产队和附近一个科研单位达成协议，利用单位的空库房晾晒刚摘的棉花。女社员们三三两两背着背篓，顺着西农路往下走，前往三四里之外的那家单位晾晒棉花。一上午只能跑一趟，倒完棉花就算半天完工，可以回家了。

摘棉季节，亚荷、春英、麦香经常往返于棉地和晒场之间。跑了几趟后，春英动起了歪脑筋。有一次，春英在棉地用细绳绑住裤腿，趁没人注意，偷偷往裤腿里塞棉花。一开始塞得少，后来胆子越来越大，把两个裤腿塞得滚圆滚圆的，就像两个粗桶，先后被亚荷和麦香发现。亚荷觉得丢人，却又不好说什么，只能自己生闷气。麦香见春英偷了几次都没被发现，也试着偷了一次，但晚上翻来覆去睡不着，后来就不再偷了。亚荷担心事情闹大，劝春英说："你别这样，从外面都能看出来。银民是教师，你别丢这人了。"麦香说："春英，你的裤腿越来越粗，谁都能看出来，跟你走在一起，我都害怕。"春英说："你们别怕，没事，就算被发现了又能怎样？带点棉花回去纺线，给娃做衣裳。"亚荷劝不动春英，也没办法，不想跟春英走一起也不行，春英紧紧跟着她俩，指望她俩给自己打掩护。

俗话说得好：常在河边走，哪有不湿鞋。时间长了，春英偷棉花的事被社员们知道了。有人给春英起了个外号叫"胖子"，给亚荷起外号

"瘦子"，给麦香起外号"猴子"。她们三人一开始还抗议，说的人多了，也就不在乎了。

反映春英偷棉花的人越来越多，队长武全私下找春英谈话。春英辈分高，武全笑着对春英说："胖婆，你本来就胖，塞了棉花更胖了，既丢你的人，也丢队里的人。以后注意点，别再这样了。"春英不服气，依旧我行我素，理直气壮地照偷不误。有人背地里议论说："大锅饭吃不成了，人心都坏了。再这样下去，生产队迟早要被这种社员偷垮。"

国庆节后是农忙的时候。妇女们白天在生产队上工，回家后就开始贮存白菜、腌制萝卜和芥菜，储备咸菜过冬。腌菜手艺的高低，直接关系到家人的口福。淑贞和亚荷腌菜时，对水分和食盐的用量掌握不好，腌制的咸菜不太好吃。

腊月，生产队组织社员用土办法生产一批粉条，晒干后准备分给社员。在祠堂外面的空院子里支起几口大锅，里面盛着半锅凉水备用。院子里还搭起几排晾衣架，用来挂湿粉条。先烧一大锅开水，把磨好的红薯面粉一把一把地撒进锅里搅匀，等达到一定黏度后，舀进一个个脸盆里。在凉水锅上面架一个细筛子，把脸盆里的面糊慢慢倒进筛子，面糊自然漏成细粉，入锅后自然冷却。捞起来后，一把把挂到晾衣架上，等阳光晒干后再统一收起来。

制作粉条的时候，正好赶上小学生放寒假。家长们忙着干活，孩子们聚在锅边，捞起刚成形的温热粉条就吃。粉条虽然没什么味道，但比干硬的玉米馒头香多了。队里没人管，孩子们吃饱了才离开。

粉条晾干后，生产队按人头及时分给社员。分完粉条，队里接着启动油坊的电磨，开始加工食用油。利用当年收集的棉籽，生产了一批棉籽油，统一分配给了所有社员户。

腊月底，银宫街多数人家提前安排家人回老家探亲，回河南省的人最多。回来的时候，都带回了老家各式各样的土特产，感受着老家浓浓的亲情。各家纷纷置办年货准备过年，水龙头边洗肉洗菜的人渐渐多了起来。养羊户提前请人杀羊囤肉，养鸡户杀鸡，街上洋溢着一派喜气洋洋的氛围。

1971年正月，中小学新学期开学后，按照县教育局的统一安排，青鸟林小学组织了一次大规模的防空演习。

当天下午三点钟，第一节课结束后，校园里突然响起一阵刺耳的警报声，引发了一阵恐慌。在老师的组织下，各班学生奔出教室，迅速在教室门外列队集结。三年级以下同学在老师带领下，在教室门外列队等候；高年级学生听到老师的口令后自由散开，纷纷跑到低年级学生跟前，大手拉小手，男生带男生，女生带女生，奔向学校后院东北角的防空洞。班主任站在旁边注视着，直到每个学生都被领走为止。

横海和同学们站在一起，看着一个个同学被带走，心里正焦急时，一个男生牵起他的手说："跟我走，快跑!"横海跟着他一路小跑。三个老师在洞外负责指挥，奔涌而来的学生们纷纷入洞。洞里有微弱的灯光。男女学生混在一起，站在洞里等候。

半个小时后，警报终于解除了，老师发布指令，让学生们依次出洞，学生们开始朝外行走。出洞后，各班列队集中。那个同学将横海带到班集体后，才放心地走了。各班列队点名之后，班主任宣布放学，学生们排队走向校门，出门后自动散开，朝家的方向走去。

防空警报的响声传得很远，银宫街的居民都能听到。柳夫人听了神色慌张，仿佛再次置身于日寇对重庆的大轰炸中，半晌才缓过神来。

当时，二熊正在菜园种菜，猛然听到一阵刺耳的警报声，不禁浑身一颤，仿佛回到了抗战年代。警报解除后，他感慨生活在新中国无比幸福。

当年3月，青云县与某铁路局达成用工协议，定期组织劳力到汉中略阳县采石场配合铁路局采石，用全体人员的工资换回构筑渭河沿岸河堤所需要的片石。协议签好后，五云公社率先组织劳力。公社领导考虑到小船在略阳工作过一段时间，任命小船出任第一任采石施工连连长，带领由各大队挑选的一百七十多名男青年，乘火车沿宝成铁路西行，直接赶往略阳县。

此行预期一年，临行前做了充分准备。施工连带了一个六人组成的炊事班，去的人自备被褥。到了略阳县后，联络员开来数辆卡车接他们赶往目的地。途经县城时，在联络员的提示下，小船安排炊事员带两人采购了部分米面油和蔬菜，之后直奔采石场。

他们被卡车拉到略阳县西南著名的横现河边的一处临河露天采石场。这里靠山脚有一排临时搭建的住房，住宿地宽敞，有电灯、灶台、厨房，办公室有一部电话机，库房有一辆备用的加满油的旧两轮摩托车。

小船接洽好相关事宜之后，将工人编为三个排，任命了三个排长带队，负责各排的采石生产；并报公社批准，在工人中任命了姓朱的党员为指导员。联络员留下电话号码后开车走了。小船让工人们安顿住宿，安排炊事班埋锅造饭，他带三个排长四处查看了一下，将即将进行施工的大山分为东、西、南三面，按方位给各排划分了施工坡面。各排组织人力在陡立的绝壁上打眼安装炸药，炸开山石后分级转运石块，以备货车拉走。

到达略阳的次日，采石工作正式开始。小船负责生产管理和货运对接工作，用电话同铁路局保持联系。按照采石场的工序，工人们操纵机车，开始爆破、采石、转运。小船抽空练习摩托车驾驶技术。这批工人里有一个会开车的复员军人，叫刘挥旗，他很快教会小船骑摩托车。小船对他很赏识，上报公社批准，任命小刘当副连长，与朱指导员共同协助自己开展各项日常生产工作。

采石工作劳动强度很大，且充满危险。开工不到两个月，有两名工人先后在施工现场被飞石炸伤，被紧急送往略阳县医院救治。小船委托朱指导员和刘挥旗负责生产，自己在医院守护他俩。

两名工人住院期间，小船变着法地给他俩改善伙食。他俩再三提意见，一个说："大伙在采石场干活，吃的也没这好；这几天没给公社出力，吃饱肚子就行，不能给组织增加负担；咱吃惯了家常饭，好饭吃不惯。出门在外，给公家能省几个是几个。"一个说："都怪我不小心，受伤连累了大家，心里很不安，后悔死了。"小船听了万分感动，眼泪差点落了下来。

两人出院后，小船上报组织，希望安排他俩回老家养伤。他俩得知后坚决不肯。一个说："渭河泛滥成灾，得赶紧治理。防洪急需大量石头，我走了心里不安。还是留下吧，可以干点轻活。"一个说："这是给咱自己干活，累死累活没意见，我到场里歇几天就好了，照样可以上火线。"小船不顾他俩反对，派人将他俩送回青云县医院继续治疗，给公社领导写了事故报告，请求组织照顾伤员的生活。

到了6月份，溪女、叶莺、向青三人高中毕业，被街道办分配到汉中市某县插队，距略阳县不远。接到通知后，他们乘火车赶往目的地。

孩子们走后不久，邻县发生一起血案，一个女知青被农村一个地痞流氓杀害。消息传开，柳夫人、黄潇凤和向川花三家寝食难安，感到十分恐慌，对知青插队的事有了新的认识，后悔让子女去插队，生怕他们在外遭遇不测。柳夫人和黄潇凤让向川花给小船拍电报，让他抽空去孩子们插队的地方看看，小船不敢怠慢，次日便动身前往。

在赶往清水湾大队的途中，他骑着摩托车顺着山脚下蜿蜒的公路，转过一道又一道山梁，风驰电掣般前行。路旁河流密布，树木繁茂，路边的民居在山脚临河而建，层层叠叠错落有致，村庄掩映在青山绿水中，景色格外迷人。

赶到清水湾大队时，已经快到上午十二点钟了。小船停好车，去向在村口闲坐的一个老太太问路。老人听不懂他的话，小船只好去问别人。进了村里，他遇到了一个身穿绿色外套的小青年。小船问："小伙子，清水湾大队的队部在哪里？"

那个青年说："就在附近的坡上，您找谁啊？"

小船说："找越溪女，从青云县五云镇刚分来的一个知青。"

那个青年笑了："我带您去，我也是知青，叫江鸣鹤，来自青云县城。"

小船大喜过望，连声说："原来遇到同乡了，好，好！"

江鸣鹤说："走，我坐您的摩托车。"小船发动摩托车，带着江鸣鹤直奔大队部而去。

大队部位于该村西南半坡的小学校东侧，院里有墙与学校隔开，门朝南开，院里有一排瓦房，西侧两间是知青宿舍，东侧两间是大队部。站在院外极目远眺，周围山峦起伏、绿水环绕，视野开阔。

进了院子，江鸣鹤朝里喊道："越溪女，快出来，有人看你来了！"话音刚落，从厨房跑出一男两女，男的正是越溪女，穿了一身没有标志的军装，满面春风地迎上前来。小船打开摩托车后箱，取出一只烤鸡、一包点心、一包炒花生、一瓶沱牌酒。溪女开心地说："哥，想不到是你，你从哪里来的？"小船简述了自己当前的新工作。溪女欣喜地接过小船带来的东西，带小船往院里走。两个身穿灰衣蓝裤的女青年上前热情打招呼：

"您好！我叫李梦欣，来自西安。"

"我叫沈华芳，来自安康。"

小船笑着说："你好，你好，你们太年轻了，只有十五六岁，小小年纪出来插队，真了不起！"

李梦欣对溪女说："你和鸣鹤陪大哥到屋里说话，我和华芳到厨房做午饭，做好了一起用餐。"

溪女说："好，你俩先忙。"

江鸣鹤对小船说："大哥先坐，我也去厨房帮忙。"

小船问："叶莺和向青在哪里插队？"

溪女说："她俩都在两河坝，离这里二十多里，我经常去看她俩。"

小船说："我还以为你们三人在一起，想不到是这样。吃了午饭你带我去看看她们。"溪女说："好，吃了饭马上动身。抓紧时间，山区天黑得早。"

溪女带小船走进自己的宿舍，小船坐在竹椅上好奇地打量室内。屋里地面平整，南面有一个玻璃窗，窗口有一张课桌，桌角有一个双层书架，摆满了书籍，桌子后面有一把竹椅。东、西、北三面是土墙，挨墙支了两张木床，中间有半米宽的走道；屋顶是席棚，屋内干净整洁。

溪女给小船倒了一杯热水，小船询问插队以来的情况。溪女说："这个大队分了四个知青，男女各一间宿舍，两人一间，灶房在最西侧，是临时搭建的半间瓦房。大队对知青很关心。刚来时，大队派了一个妇女给我们做饭，米面油、蔬菜全由大队供应。最近几天那个妇女请假有事，我们几个一起做饭。这几间房本是校舍的一部分，因为学生少，临时砌了一堵墙和校舍隔开。这里风景优美，空气新鲜，当地的老百姓都很朴实，社会风气很好。"

小船问："这里的饭吃得惯不？"

"刚到时不太适应，现在已经习惯了。"溪女说，"这里离四川省的广元比较近，饮食习惯接近四川风味，饭菜挺可口。"

溪女打听了家里的事和银宫街的新鲜事儿，对小船说："离家远了，才晓得家的温暖，特别怀念家乡，怀念西农。"小船点点头，给溪女简要讲了自己在略阳县的工作情况，对溪女说："哥在那儿预计工作一年，你要有啥事儿，随时打电话，哥能随时过来看你。你们四个年纪小，社会经验少，出门在外，一定要注意安全。"溪女点头应下。

溪女问了采石场的详细地址，用钢笔记下了联系电话。

两人正说着话，鸣鹤进来说："饭好了，到院里吃饭。"

小船和溪女走出屋子，看到院里支着一张小方桌，桌上摆着几样菜：烤鸡、青椒炒豆腐干、芥末三丝，还有几个水杯，一旁放着小船带来的那瓶酒。桌子周围摆着五个小凳子，江鸣鹤和李梦欣请小船入座。小船说："太丰盛了，你们还会做饭，真不简单。还有一个小姑娘呢？"话音刚落，沈华芳端着一碗西红柿汤出来了，她说："我来啦，蔬菜都是大队种的，先吃菜，后吃饭。"菜上齐后，五个人围着桌子准备吃饭。小江刚要伸手开酒，小船说："酒先别喝，留着你们闲了再尝。下午我和溪女还得去看叶莺和向青呢，咱们就以茶代酒。谢谢你们这么热情，咱们开始吃饭吧。"

"好嘞。"小青年们应道，随后大家便动起了筷子。吃了几口菜，李梦欣和沈华芳起身去厨房盛饭，溪女和鸣鹤也跟了进去。他们端出几碗热气腾腾的米饭，递给小船一碗。小船笑道："真不错，小小年纪竟都会做饭。"李梦欣说："您过奖了，刚学会没多久，做得不好，凑合着吃。"

吃完饭，四个小青年一起收拾碗筷，李梦欣和沈华芳到厨房洗碗。溪女说："要不进屋歇会儿再走？"小船说："这天短，咱俩得赶紧走。"他到厨房跟其他小青年打了声招呼，众人把他俩送到院外。

小船发动摩托车，直奔两河坝。溪女坐在摩托车后座当向导，摩托车驶下坡路，顺着河边的县道快速向前行驶。约莫行驶了半个小时，来到一片群山环绕的凹地，眼前出现一处坐落在向阳坡面的山村，这就是两河坝村。村子周围是层层坡田，坡田周边是郁郁葱葱的山林，两条清澈的河流从北往南绕过村庄，在村南汇合后，缓缓向南流去。

到了两河坝村坡下，摩托车减速慢行，来到一个小学校的大门前。西侧有一个坐北朝南的小院，骑到这儿，溪女让小船停车熄火，二人取出带来的礼物，朝敞开的大门走去。进门后，眼前是三间低矮的瓦房，溪女朝屋里喊道："叶莺，向青！"话音刚落，三个小姑娘应声走出屋子。她们都留着齐耳短发，穿着灰色的中山装，其中两个正是叶莺和向青。她们热情地跟小船和溪女打招呼："小船哥好，吃过午饭了没？"

小船说："吃过了，见到你们几个真高兴。"叶莺和向青上前接过他俩手里的东西。

溪女问向青："林清河他们呢？"两河坝分了五个知青，两男三女，林清河是其中一个男知青。向青说："上午队里派他俩骑自行车到县城买农具，还没回来。"溪女给小船介绍旁边一个陌生的姑娘："她叫范晓珺，从西安来的，她父亲是个工厂的大领导。"范晓珺腼腆地笑了笑，说道："知青都一样，跟父母身份没啥关系。"小船说："你们年龄都小，社会经验少，出门在外，可得照顾好自己。"

向青她们请二人进屋里，三人端茶送水，小船和溪女坐在凳子上跟她们聊天。

叶莺说："昨晚我梦见回到银宫街了，今天就见到你们俩，太高兴啦！"

向青对小船说："小船哥啥时候到略阳的？在那里工作好不好？"小船简单说了说自己到略阳采石的情况。

小船问："吃饭咋解决的？"

向青笑着说："自己做呗，生产队对插队知青和社员一视同仁，上工记工分，我们自己种菜、自己磨面、自己做饭。"

叶莺说："这里啥都好，农民群众对我们可好啦，到这儿就跟回家似的。我们跟农民学种菜、种庄稼、做饭，啥都好，就是有点想家。"

小船说："听说最近邻县一个公社出了起血案，有个农村流氓长期纠缠一个漂亮的女知青，女知青不理他，他就恼羞成怒，找机会把那女知青给害了。案子破了后，那流氓马上就被处决了。一个如花似玉的姑娘，就这么死在地痞流氓手里，太可惜了！你们可得小心，尽量少跟当地男青年接触，离那些不三不四的人远点。要是哪天觉得劳动环境不对劲，就赶紧找借口向生产队请假，千万别犹豫。溪女，你也记着，中午在你们大队没来得及细讲，回去后给跟你在一起的女知青们说一说，防人之心不可无，可别麻痹大意。哥阅历比你们丰富，出门向来都小心，就怕惹上麻烦。你们刚踏入社会，心思单纯，一定要有防范意识。往后要是有机会，想办法离开这儿，回乡参加工作。插队毕竟是暂时的，你们的前程还长着呢。"

溪女等人听了，很受启发。溪女对小船说："你提醒得对，我们记住了，往后一定注意。"

小船说："年轻人就得有远大理想，在农村锻炼是好事，可社会复杂，你们必须提高警惕，随时应对各种情况，保证自己的人身安全。你们都是家里的宝贝，是时代的宠儿，前程远大，不管啥情况，都得先保证自己的安全。"

范晓珺说："想不到社会这么复杂，这广阔农村里还藏着坏人，太可怕了！"

小船说："你们离家远，无依无靠的，得擦亮眼睛，分辨清楚。离坏人远点，离是非远点，学会保护自己，让家里人放心。"

向青说："你说的这番话，对我们触动可大了，让人不得不思考。现在插队，往后咋办呢？这还真是个问题，得好好琢磨琢磨。"

小船说："出门在外，你们平时得多联系，不管谁碰上麻烦，都得互相帮忙。"

叶莺说："溪女可会照顾人了，每个星期都骑自行车过来一趟，给我们买这买那。两河坝的人都知道，外大队有我们一帮朋友，没人敢欺负我们。"

向青说："溪女来了，经常给我们唱歌、讲故事，每次来都买菜买肉。他家条件最好，兄弟姐妹多，他大姐二姐和两个哥都给他寄钱，他自己舍不得乱花钱，却老给我们买东西，多亏有他跟我们在一起。"

溪女说："你俩是我的发小，又不是外人，以后可别说这些了，让人听了笑话。"叶莺和向青对视一眼，咯咯地笑了起来。

向青说："行，我俩就当你是贾宝玉，是护花使者，就说这一回，以后不说了。"

小船说:"这是遗传,潇妈两口子心地善良,所以子女都这么优秀。"

溪女说:"我脸都发烫了,换个话题吧!"

"这里农村都有啥农活?"小船问。

"听社员说,11月初或者10月底种冬小麦,来年5月收割,收了小麦种黄豆;11月中旬种油菜;3月份种玉米,9月初收;玉米或者水稻收了种菜籽或者冬小麦。平地路边的水田能种水稻、莲菜。"

"种植时间跟关中平原差别挺大,农活基本差不多。"小船说,"这里种红薯不?"

"种红薯,春季在坡田种。"

"哪儿水稻多?"

"勉县多,那儿水田多,产谷子。"

"汉中不缺水,是个好地方,风景美,名胜古迹也多,闲了你们可以结伴出去逛逛。"

溪女打开带来的花生,几个人边吃边聊。最后,小船从衣袋里掏出纸和笔,给叶莺和向青留下了场部的值班电话以及双河坝大队的电话。

临走前,小船说:"时间过得真快,采石场事儿多,我得早点回去。我先送溪女回清水湾大队,然后回采石场。以后咱们常打电话联系,等有空了,我和溪女再来看你们。"

向青说:"你俩大老远跑来,连饭都顾不上吃,我俩心里过意不去,还是留下吃了晚饭再走,我俩早点做饭。"

"不用了,以后见面机会多着呢,你们照顾好自己。"小船起身对溪女说,"咱俩走吧,哥先送你回去。"

"好。"溪女转身对三个小姑娘说,"再见啦,我下周买点食材来看你们,咱们改善改善生活。"说完,小船和溪女与向青她们告别,出了院子。

小船发动摩托车,载着溪女缓缓离开。车子驶出一段路程后,溪女回头看，三个姑娘追到村口，远远地朝他俩挥手。车过小桥后，溪女让小船停下车，说道："哥，我突然想唱歌，你等我一下，我唱几句。"

"好啊，我正想听呢。"小船挺高兴，把车停在路边熄了火，站在路边欣赏起这儿的景色。他瞧见叶莺她们还站在村口，心里一怔，一股亲情油然而生。

溪女说："我唱一段胡松华唱的《草原上升起不落的太阳》。"

小船说："好。"

溪女站在路旁的一棵柳树下，认真地唱了起来：

蓝蓝的天上白云飘
白云下面马儿跑
挥动鞭儿响四方
百鸟齐飞翔

要是有人来问我
这是什么地方
我就骄傲地告诉他
这是我的家乡

这里的人们爱和平
也热爱家乡
歌唱自己的新生活
歌唱共产党
毛主席呀共产党
抚育我们成长
草原上升起不落的太阳……

唱到第二段时，对面传来女声合唱，叶莺三人也唱了起来。歌声在河谷间飘荡，小船心潮澎湃，这是他第一次真切感受到音乐的无穷魅力。

　　唱完，双方挥手作别。小船再次发动车子，顺着原路返回。小船刚回到场部，大雨倾盆而下……

三十

  1971 年 6 月，西农传出一条消息：国务院发出《关于大专院校放暑假和招生工作的通知》。银宫街的知青家庭看到了希望，纷纷议论起此事，选拔知青上大学成了热门话题。有人打听后得知，报考大学的条件是推荐与选拔相结合，依据家庭成分及家庭背景，采取自愿报名、群众推荐、领导批准、学校复审的方式。有人给在外插队的儿女打电话通知这件事，知青们得到的回复几乎都是"难办""牵扯的环节太多，不好通过"。

  柳夫人对此意见很大，说道："这不是坑人嘛。报考大学跟群众有啥关系？还得生产队每个人都同意？太荒唐了，为啥不通过考试录取呢？我家叶莺从小学习成绩就好，要是考试肯定没问题，可要是靠推荐就麻烦了，她不擅长跟生人打交道，没法跟群众打成一片，指望群众推荐，几乎不可能。"

  黄潇凤听了也有意见，说："上大学是去深造，不通过考试，这样选拔出来的大学生进了学校能听懂课吗？能学到东西吗？成绩才是关键，怎么能忽视学习成绩，反倒看重其他方面呢？"

  二熊说："大学开始恢复招生，这总归是件天大的好事，是个好兆头，知青们今后就有出路了。今年条件不成熟，那就等明年再看，说不定往后政策会越来越好。"

  黄潇凤为溪女的事犯愁，找池医生商量。池医生说："高校恢复招生，说明国家秩序开始好转，知青们不可能一直插队，总得有个出路。推荐上大学肯定只是暂时的，不可能一直持续下去，这不符合科技发展的需要。让溪女别荒废学业，好好复习功课，等着，等高考制度恢复正常。"

黄潇凤心里一下子亮堂了，她说："盼着早点恢复高考制度，给娃们一条出路。"

回家后，她和二熊翻箱倒柜，寻找溪女的高中课本，忙活了大半天。幸好溪女把书保存得好，不让家里卖他的任何书。找齐之后，她让二熊下午去邮电局把书寄给溪女，二熊痛快地答应了。

当年暑假过后，西农秋季各专业的大专班开始招生，西农校园里来了一批又一批前来报到的工农兵学员，校园重新焕发出青春的活力。这些学员来自西北各地，大多是在农村基层锻炼了两年以上的插队知青。上大学是他们一直以来的心愿和梦想，如今走进梦寐以求的大学校园，意义非凡，他们个个喜笑颜开。入学后的节假日，这些学员在五云镇街头漫步，给街上增添了一道亮丽的风景。

银宫街的居民发现，每天清晨都有人绕着五云山跑步，一开始人少，后来渐渐多了起来，脚步声仿佛汇成一曲激昂的旋律，给人力量，催人奋进。

"九一三"事件后，学校对智育的培养放松了，全力发展德育和体育，各校的学习尖子受到冷落，劳动表现好的孩子受到表扬。当地中小学还是定期组织学生去修公路、挖排水沟，孩子们稚嫩的肩膀过早地挑起了重担，学业荒废了。每次集体出去干活，家长们都忧心忡忡，生怕累着自己的孩子。干活的时候，学校划分路段，班主任分配任务，学生们个个累得气喘吁吁。

可惜的是，土路修得再好，也经不住雨水冲刷。暴雨过后，土路又变回坑坑洼洼的原样，师生们只能奉命再修，苦了学生，也累了老师。

青鸟林小学组织师生开展忆苦思甜活动，每周三邀请当地的老红军来讲一次长征故事。老红军讲述自己亲身经历的故事，师生们听得入神，仿佛一下子回到了战火纷飞的年代。

这年秋季，汾兰的长子丹军报名参军，体检后顺利入伍。临走的时候，淑贞和汾兰一直把他送上火车。看着外孙坐车走了，淑贞眼泪在眼眶里打转，汾兰劝了好半天。

这年12月初，采石场本年度的任务完成了，到了回家的时候。小船骑摩托车前往清河湾大队，又去看望了一次溪女、叶莺和向青。听说知青们到月底才放假，小船只好自己先回家，溪女一直把他送到路边。返回采石场后，小船派人提前到车站为采石连队订好了返回五云镇的硬座车票。办好交接手续，有关方面派车送他和工人们到略阳火车站候车室等车。看时间还早，小船和刘挥旗让其他人看守行李，他俩在略阳县城转了半天。

略阳县城位于嘉陵江边，三水绕城，青山苍翠。略阳钢铁厂闻名全国，高大的厂房矗立在江北之东；宝成铁路横跨城东，江谷间雄立着一排高大的桥墩，不时有列车呼啸而过。城东有跨江大桥，连接着南北公路，主城区坐落在嘉陵江之南，依山而建的建筑层层叠叠，像星罗棋布一般。江桥上车辆来来往往，行人络绎不绝。

二人在街上转了一圈，吃了顿便饭，各买了两只现宰的略阳土鸡。看时间差不多了，就顺着原路返回火车站。到了候车室，他俩看着行李，让其他人就近去吃饭。饭后，大家都集中在候车室等车。列车到站后，排队检票上车。列车启动后，一路向北飞驰，穿过秦岭间的崇山峻岭，沿途山势起伏，溪流不时闪现。

回家后，小船给黄潇凤送了一只略阳土鸡，详细讲了溪女插队的环境和村里的情况，黄潇凤听了说："汉中是个好地方，娃到那里插队，俺放心了。"小船又到柳夫人和向川花家走了一趟，给她们介绍了自家孩子插队的地方和生活状况，柳夫人和向川花听了，也就放下心来。

小船到公社报到后，公社领导听了他的工作汇报，肯定了他的工作成绩，让他休息几天，再回农林场上班。趁着这个机会，小船替亚荷在生产队上了几天工，没想到一天晚上因为看一场电影，惹来了一场横祸。

那是一个礼拜六晚上，西农大操场放映电影《红色娘子军》，小船带着横海和横洋去看电影。银幕就挂在戏台中央，他发现银幕下方的戏台边坐了一群孩子，都仰着脸看银幕，台下观众黑压压的一大片，外围的观众站在凳子上看电影。因为观众太多，小孩子站在地上根本看不见，小船找不到能让孩子看清的位置。最后，他学着其他人的样子，用手臂把横海和横洋托举到银幕下方的戏台上，让他俩坐在台沿上看电影。不知过了多久，正当银幕上出现女兵连指导员洪常青就义前的场景时，小船突然发现横海的身体明显倾斜，他急忙上前伸手去扶。一只手碰到孩子的头部，感觉黏糊糊的，他心里一惊，觉得不对劲，缩回手闻了闻，顿时大惊失色，横海脖子上竟然全是血。他急忙把横海和横洋抱下来，拽着横海就往学校卫生所跑，整个人惊慌失措。

卫生所值班的是个姓郭的男医生，不过二十几岁。他接诊后仔细检查了横海的伤势，对小船说："看样子小孩是被砖块砸了，你这个家长太失职。现在得打一针防破伤风的针，马上清理伤口，缝几针。你同意不？"小船赶忙说："同意，麻烦你了！"紧接着，医生为横海剪去伤口周围的头发，打了麻药。过了一会儿，开始缝合，横海咬紧牙关，一声不吭。小船站在一旁，呆若木鸡，心里痛苦极了。在灯光下，能看到孩子的头发、脖子、衬衣上全是血。

缝合之后，郭医生给横海包扎好，说道："可以回家了，一天换一次药。"小船问："多少钱？"

郭医生说："免费，晚上没有收费员值班，你带孩子回去吧，记着按时换药。"小船连声道谢。医生把他们送到门口，看着他们离去。

路上，小船心里七上八下的。到了家门口，他叩响了木门上的门环，老母亲很快出来打开了木门。进了屋，他到柜子里翻出一件小衬衣，让横海换上。这才发现换下的衬衣已经被血浸透，成了血衣。他马上打了盆热水，让横海洗脸，脸盆里的水瞬间被染成了血色。

淑贞关上门进屋，瞧见横海头上缠着绷带，着急问出了啥事。小船说："晚上看电影，也不知道谁扔了小砖块，砸到横海了。"六婆听了心里直发怵，站都站不稳，小船赶忙扶她坐下。她长吁短叹，脸色发白。横海洗完脸，小船让他和横洋回卧室休息，对老母亲说："妈，不要紧，您回房早点睡。"淑贞埋怨道："你咋这么不小心，咋能出这么大的事？你从小到大，平平安安的，妈看着你没出半点差错，你咋啥心都不操？"

"事都已经出了，说啥都没用了，您回房休息去吧。"小船说完，回西屋了。

亚荷已经睡下，听到横海出了事，急忙穿衣起来。她拉着横海的手问："头上还痛不痛？"横海说："痛。"亚荷的眼泪一下子流了出来，坐在床边一声不吭，直到横海睡着，她才回房休息。小船没敢说自己把孩子放在戏台上看电影的事，怕被母亲和亚荷责骂。

淑贞回到东屋，躺在炕上咋也睡不着。这一宿，她失眠了。

小船躺下后，思来想去，怀疑横海受伤这事极有可能是中学生干的。毕竟这时学校还没放寒假。小船越想越气，急着要找出肇事者。次日清晨，小船包着血衣，骑着自行车，先后去了五云初中、五云高中。他利用在各校任教的老同学关系，给各校通报了昨晚发生的事。校方十分重视，在全校通报了横海受伤这件事。师生们看到血衣都很震惊，纷纷谴责肇事者太狠。校方在例行的教师会上，要求班主任教导学生遵纪守法，在校外不能干任何危害社会的事。

五云镇派出所所长宁清，得知淑贞的孙子看电影受伤后，怀疑是有人故意为之。联想到淑贞在旧社会的家仇，他亲自骑车去调查事发当晚落鹄村游狗后人的行踪，可最后得出的结论是缺少证据支撑。

横海换了一周药之后，伤口渐渐好了起来。亚荷带他到西农卫生所拆了线，淑贞一家这才彻底放了心。

三十一

1972 年春季开学后没多久，青鸟林小学开展支援农村的劳动，分批组织三年级以上各年级学生，到渭河畔的各大队试验田栽植红薯苗。在一次劳动中，横海和几个同学在河边上船玩耍，差点出了意外。

当天，四年级各班在三名女教师的带领下徒步出发，顺着西农路南行，到渭河北岸离大堤一里多远的一片沙地。在大队向导的指导下，就近移栽红薯苗。

到达目的地后，小学生们干得热火朝天。上午十一点左右，各班提前完成栽植任务，老师们商量之后，决定让学生在原地休息十分钟，然后再原路返回。十分钟后，老师清点人数，发现少了五个学生，横海就在其中。老师赶忙派班长带两个高个儿同学去找。

原来，在好奇心的驱使下，横海跟着班里四个同学跑到河边玩耍。河畔柳色青青，野草长得格外茂密。他们爬上长满茅草的河堤，在河堤上欣赏河景，一眼就瞧见河边有一条木船。他们看到渡船，眼睛都亮了，顺着一条小路下到河边，最后来到就近的一处渡口，登上了那条停靠在岸边的渡船。这条船平时用粗绳系在河边，每年只在汛期使用。船宽两米多、长大概五六米，浮在浅水里，随着风轻轻摇晃。船底有一层浅浅的积水。站在船上远望，河面上波光粼粼，一弯清流自西向东静静地流淌，水鸟在水面上时而飞起，时而落下，河谷里出现一片片面积不大的绿洲。离渡口不远的东边滩头，有木头搭建的矮桥，桥头有临时雨棚，有人在那儿看桥收费。

五个小学生站在渡船上欢呼，想着坐船去看大海。一个学生上岸想解开船缆，没解开。可等他再次登上船时，缆绳却突然松开了，船体慢慢往下滑，学生们吓得惊呼起来，眼睁睁看着木船溜到了河心，顺着水波缓缓朝下游移动。学生们趴在船上，一动也不敢动。

就在小学生们吓得不知所措时，前方出现一座矮桥，渡船缓缓靠近。接着只听"哐当"一声，渡船撞到了桥下的木墩上，稳稳地停在了桥边。这时，横海跟着同学们从船上爬到桥上，飞也似的跑过桥头，跑向岸边。看桥的一个老大爷从桥头的雨棚里钻出来，喊了一声："干啥呢？"可几个学生早就跑远了。他抬头看到了木船，这才明白刚才发生了什么事。

等他们五人跑到河堤上时，碰到了班里的三个同学。班长气喘吁吁地说："谁让你们乱跑的？老师正在试验田等你们呢。"

他们立刻跟着班长往回跑。其他班的师生都已经走了，只有他们班还在原地等着。远远看到他们后，其他同学纷纷指责。横海他们见到班主任，都觉得很惭愧，乖乖地低下了头。班主任没好气地说："你们五个无组织无纪律，一点集体观念都没有。回去再跟你们算账！先列队回家，回去写检讨。"

师生们开始往回走。走过五云镇后，队伍渐渐松散，家在沿途的学生就自行回家了。走到西农路桥上时，班主任身后就剩七八个学生了。下午一点，横海才走到五云山下，碰到了正在路口张望的祖母。祖母关切地说："快回家吃饭。"于是横海便跟着祖母回家了。

五一前夕，铁路部门在当地招修路民工，向川花得知后，马上通知银宫街、柳坞巷的适龄青年去报名。黄潇凤把这事告诉了隔壁的淑贞，她对淑贞说："铁路上招民工修路，这活估计不轻，报名的人少，不管是城镇户口还是农村户口都能去，这是个机会。你赶紧给汾兰说一声，丹文可以去报名。现在上大学都是推荐，成绩再好也没用，倒不如先找份工作。"

"这是好事，我这就去。"淑贞高兴地说。她当时正在用剪开的旧衣服在门板上糊鞋背，准备做布鞋。听到这个消息，她放下手里的活，急忙往外走。

到了汾兰家，淑贞把招工的事一说，汾兰很高兴："太好了，从去年开始，丹文就老惦记着家里负担重。初中还没毕业，他就不想念书了，想在队里上工给家里挣工分，可生产队不要他，这才继续回学校读书。碰上这个机会，不如让他报名试试运气。"

次日清晨，丹文写了请假条，让同村的一个同学捎给班主任。吃过早饭，他换上一身干净衣服，借了辆自行车，直奔五云镇。这一年他刚满十六岁，中等身材，不胖不瘦，单眼皮，看上去英气勃勃。家里经济条件不好，他一心想改变贫穷落后的状况，迫不及待地想去外面的世界闯荡一番。

报名地点设在铁路北边的火车站候车室外，候车室外墙贴着一张用毛笔书写的布告，一群人正围着看。旁边支着一张红桌子，桌后坐着两个穿铁路制服的小青年，有人正在向他们咨询着什么。丹文挤进人群，把布告内容读了一遍，然后走到红桌子跟前，说道："我叫王丹文，初中还没念完，想报名参加铁路建设，为祖国出份力。"

一个招工人员问："有大队开的介绍信吗？"

"没有，我回去拿。现在就要吗？"丹文认真地问道。

"行，小伙子，你来得正是时候，今天是招工的最后一天。"一个招工人员接着说，"不过，你可得想清楚，这次招的是铁路临时工，要在铁路上干体力活，必须得能吃苦，夏天不怕热，冬天不怕冷，这样才行。要是怕吃苦，那就算了。看你年纪还小，要不回学校好好读书吧。"

"我不怕吃苦。"丹文坚定地说，"请先给我登记一下，我马上去开介绍信。"

"好，你填一张表。"有人递给丹文一张招工登记表，丹文仔细填写好后，递给招工方。对方说："填好后，拿到大队盖章，我们在这儿等你。"

"一定要等我，我尽快回来，谢谢你们！"丹文说完，转身去推停在一旁的自行车，飞身上车，急速往回赶。

一个小时后，丹文满头大汗地骑车回到招工点，把大队盖了公章的登记表交给了招工人员。招工人员接过看了一遍，笑着对他说："王丹文同志，你被录用了。回去收拾一下，明天上午九点前，在火车站候车室门外集合，咱们一起坐车去施工现场。"

"好，记住了！"丹文欣喜若狂，立刻转身回家。

丹文回家后，把被录用的消息告诉了母亲和妹妹，汾兰又惊又喜，丹玉也很高兴。汾兰马上翻箱倒柜，给儿子收拾行装，整整忙活了一下午。傍晚，汾兰步行了六七里路，赶回银宫街娘家，报告了这个好消息，淑贞听了满脸笑容。当时小船不在家，淑贞把自己新做的两双布鞋交给汾兰，亚荷塞给汾兰十块钱。汾兰还要连夜回家，淑贞一直把汾兰送到环道边，对汾兰说："丹文第一次出远门，穷家富路，可不能让娃饿着。你给丹文说，要是活太累干不下来，就自己买票坐车回来。"汾兰说："好，妈，你放心。"等汾兰走远了，淑贞才转身回家。

次日上午八点半，汾兰把丹文送到车站广场。到了广场一看，母亲已经拎着一个白布包在那儿了，里面装的是刚烙好的烧饼。见到丹文，淑贞说道："出门在外，要吃饱，可别饿着。去了干几天，要是受不了，就自己坐车回来。"说完，她从兜里掏出几张纸币，塞给丹文，又叮嘱道："这是你潇婆给你的十块钱，你拿好，别让人偷了。"丹文连连点头，鼻子一酸。他想起每次去外婆家，潇婆只要见到哥哥和自己，就给钱，从不小气。丹文把钱装好，尽力宽慰祖母和母亲，等着集合时刻的到来。

九点钟，招工人员点名查人，人员到齐后，宣布列队出发。等候在火车站候车室外的十几个背着行李的小青年，在招工人员的带领下，排队从车站广场东侧的偏门依次进入站台，等着乘坐施工专列，赶赴修路现场。

九点半，一列从东边开来的闷罐车呼啸着进站，站台上蒸汽弥漫。列车停稳后，车门打开，丹文跟着招工人员，踏上了这趟西去的列车，奔赴火热的铁路施工现场。

黑民高中毕业时，各科成绩都不及格，而且还没定亲。燕桂云为黑民定亲的事愁坏了，委托了无数媒人给黑民说亲，可一点进展都没有。当年没收银民的那辆自行车，在窑里放久了，因为洞内潮湿，自行车的辐条都有点生锈了。燕桂云偶尔趁银民和春英不在家，偷偷把自行车扛到院里晒晒太阳。每次看到那辆自行车，他就唉声叹气。据媒人说，黑民有个怕女人的怪毛病，每次相亲都紧张得不行，脸红脖子粗，手脚都不知道该往哪儿放。对方跟他聊天时，黑民常常答非所问。每次见面后，媒人上门问女方的态度，都被婉言拒绝了。

黑民在学校学习成绩不好，回家却很勤快，爱在家里干活。他经常带着一帮邻居家的小孩子，到附近打猪草。碰到猪草少的季节，他就领着小孩子们拎着竹筐到西农校园割草。门卫要是不让进，他们就翻墙进去，横海、横洋、凌安等都跟着黑民翻过墙。

西农南门管理得比较严，每逢重要日子，就严禁附近的农民进去打猪草、扫树叶。值班的门卫里有个退伍军人老段，四十多岁，上过战场打过仗，值班的时候总是一脸严肃，他可是黑民的克星。暑假期间的一天午后，南门临时管制，不让外人进去。黑民在银宫街西头找了一处砖墙豁口，带着小伙伴们先把筐子从墙外扔进去，然后他带头爬上墙头，再把小伙伴们一个个拉上去。他骑在墙头上，看着伙伴们一个个跳到地面，这才放心。

孩子们的筐子很快就满了，下面是猪草，上面是水芹菜。但怎么出去成了难题。黑民带着大伙把竹筐拎到距南门五六十米的画报栏附近，远远地盯着门卫，计划等门卫放松警惕的时候，再趁机溜出去。

当时值班的正是老段，他站在门口一步都不离开，好像察觉到了黑民他们的动静。他仔细打量着进门的人，偶尔朝画报栏这边看两眼。黑民他们在门口等了一个多小时，直到老段下班。

黑民看到老段走了，立刻吃力地拎着筐子往外走。换班的大个子门卫打量着黑民和他的筐子，皱着眉对他说："明明不让进去割草，你是怎么混进去的？以后不准再进去了，你走吧！"黑民没吭声，赶紧拎着筐子出去了。出去后，他把筐子放在路边，对站在大门里面的小伙伴们招手示意。横海他们壮着胆子拎着筐子往外走，门卫见了也没说啥。出了校门，大家都喜笑颜开，拎着沉甸甸的筐子回家，家里既有了几顿好菜，猪草也够吃两天了。

过了两天，黑民想再带着横海他们到西农挖野菜、打猪草。有了上次成功的经验，黑民打算直接从大门进校。这天午后两点多，太阳火辣辣地炙烤着大地，外面特别热。黑民召集横海等四五个伙伴，拎着筐子来到西农南门。黑民带头往里走。刚跨进大门，就被老段拦住了。

黑民说："听说你家属也是农村的，为啥不让进去割草？"

"不准进就是不准进，少啰唆！"老段冷冰冰地说，"出去！"

黑民火了，不理老段，直接往里闯。老段一把揪住黑民的衣服，将其拉到了门外，路人纷纷围过来看。黑民上衣的三个纽扣被拽掉了。看到围观的人越来越多，黑民撒腿就跑，老段也没再追。

横海趁乱把摔在地上的筐子捡到一旁，藏在了南门外的绿化带里。黑民跑了几步，回头和老段远远地对骂了几句。黑民气坏了，他接过横海递来的竹筐，走到门外西侧的百货商店门前，抄小路穿过菜市场的椿树林，打算从银宫街潇妈家西侧的砖砌围墙豁口，再次翻墙进校，几个小伙伴跟在黑民后面。到了墙豁口，黑民骑到墙头上看了看，墙里那条东西走向的砖铺路上行人不多。他让伙伴们把所有筐子都扔进墙里，自己先翻墙进去了，后面的伙伴依次跟着进去。

进去之后，他们顺着围墙里侧的东西小路往西走了几十米，拐上一条南北小路，绕到西墙区招待所周围的花园路，钻进路边的篱笆墙，蹲在绣线菊、山茱萸、玉兰等花树下，继续收割鲜嫩的水芹菜。不到一小时，野菜和猪草就塞满了每个人的筐子。歇了一会儿，黑民带着伙伴们把筐子藏好，溜到招待所的两层楼前。楼前路旁的花园边长着两株根深叶茂的海棠树，树枝上挂满了累累果实。横海摘了一颗尝了尝，觉得特别酸涩。黑民说："还没熟透，少摘点，带回去放几天就熟了。"他率先采摘，其他人跟着他学。因为夏季穿的衣服口袋小，他们就把汗衫塞进裤带，把海棠果装进汗衫。果子装得多了，个个都成了大肚子，扔了舍不得，带着又成了累赘。带着这么重的东西翻墙根本不可能，只能从南门出去。下午四点多，黑民带着小伙伴们又来到正对南门的画报栏边，把竹筐放在画报栏后面，站在东西画报栏中间的路上，盯着南门看，发现老段还在值班，黑民说："等老段下了班咱们才能走，这次可不能硬闯了！"

不知等了多久，小伙伴们都在路边草坪边打起了瞌睡。从身旁经过的行人，瞧见这群肚子鼓鼓的男孩，都觉得挺可笑，纷纷投来好奇的目光，这让负责警戒的黑民很是尴尬。下午五点左右，黑民瞅准时机，招呼众人跟着他往外走。伙伴们你看看我、我看看你，都不敢动。黑民一咬牙，拎着筐子就往外冲。此时门口行人稀少，门卫没注意到，没等门卫反应过来，黑民就已经溜了出去。后面的伙伴们一看，着急了，一起拎着筐子往外跑。跑到门口时，被门卫给堵住了。两个门卫笑着让他们把藏在衣服里的海棠掏出来，还仔细询问了他们的名字和家长的名字，逐一做了登记。一个门卫说道："割草就割草，咋还偷果子呢？老师平时咋教育你们的？这是破坏行为，以后可不准这么干了，记住没？"

"记住了。"横海小声应道。

"穷人的孩子早当家，小小年纪就知道帮家里干活。"一个门卫对同伴说，"这一筐草可沉了，大人拎着都费劲，小孩子们却一路拎回家，真厉害。"

"农村娃都这样，从小就懂事。"另一个门卫对横海等人说，"你们可以回家了，路上自行车多，都注意安全。"

横海他们松了口气，找到各自的筐子，拎起来就往外走。横海临走时，回头对门卫说："谢谢叔叔。"两个门卫点了点头，一个门卫小声嘀咕道："从小看大，这娃以后有出息。"

黑民躲在一旁正发愁呢，看到小伙伴们都出来了，一颗悬着的心总算落了地，转忧为喜，和横海他们一起往回走。

三十二

入冬以后，西农后勤处对五云山西山的两块麦地进行了冬灌，浇过水的麦苗长得更欢实了，小麦分蘖后，麦苗越发茂密，渐渐把麦行间裸露的土壤都盖住了。打过除草剂之后，麦田里的蒿草、燕麦少了很多，地里满眼都是青青的麦苗。通过科学管理麦田，来年小麦丰收基本稳了。这可把落鹄大队的社员们羡慕坏了，相比之下，生产队的机械化程度低，经营模式也比较落后。

冬闲时节，落鹄大队在完成公社每年组织的例行农田基本建设大会战之后，安排各生产小队先完成各自本年度剩下的整地任务，之后组织各队社员一起行动，把各家各户积攒在门前的土粪拉到生产队的麦田，一家接着一家拉，直到把所有社员户门前积攒的土肥都拉完。这是生产队冬季的最后一项生产任务，完成之后大家就可以在家歇着了。干活的时候，记工员站在粪堆旁，记录每个人拉运的趟数，拉一趟记一趟，最后按照男女社员预定的趟数折合成工分，年底统一结算。

银宫街的公厕由落鹄村生产队派人管理，游雕上了年纪，不去队里上工了，主动揽下了这个活儿，队里每月按照女劳力全勤出工的标准给他记工分。为了保住这份差事，他每隔两天就去打扫厕所，队里社员对他没啥意见。

年底，落鹄村集中屠宰队里饲养的十多头肥猪，给每个社员分了一斤肉；村里的油坊开工后，又给每个社员分了一斤半棉籽油。队里年底分红时，小船家短款一百多元，不过比往年好多了。亚荷对小船说："我一年到头都在队里上工，分的粮食却不够吃，年底一算账还短款，真不知道这账是咋算的。应该核对一下，我心里总觉得不踏实。"

小船说："咱家人口多，短款也正常。如今短款户多着呢，没啥稀奇的。再说了，我领的是工资，就你一个人上工，才短款一百多块钱，我看这账算得没啥问题。以前公社把我的报酬转到生产队折算成工分，年年还短款几十块钱呢。队里对咱不错，别瞎猜疑。"

亚荷说："队长净走后门，每年夏忙晚上垛麦草，加班的都是他自家人。他们晚上偷着烙油饼，吃了还往回拿，当别人不知道呢，大家意见可大了。"

小船说："那可是重活，一般人干不了。晚上用叉在麦草里抖麦粒，一干就是半夜，又苦又累。让我去干，我都受不了。出这么大的力，就应该吃好点，不然哪有力气干活？别说了，咱得拥护集体。你是公社干部家属，可不能说三道四。"

腊月二十四，为了买些便宜猪肉，小船和银民、延胜骑自行车，顺着西农路南下，过了渭河，骑了十几里路，到河南岸的集市上买肉。这里的猪肉一斤比五云镇便宜三四角钱。除了汛期，为了方便生产、增加集体收入，渭河沿岸各个大队在河上架了便桥。小船他们过河时，守桥的社员认识小船，就免了他们每人一次一角钱的过桥费，银民和延胜都挺高兴。

除夕的前一天，在外游荡了半年的游鸦又回到了老家。他衣衫褴褛地走进家门，游雕见了他，皱起眉头，都不想跟他说话。直到游鸦兴冲冲地把一沓乱糟糟的纸币交给游雕，游雕清点完后，脸上才露出一丝笑容，说："回来就好，过年歇几天，年后再出去。在外面晃悠，有人管饭还能挣钱，你这日子过得还不错。明天找银民理个发，哥给你一件旧棉袄，比你现在穿的强多了！"

银民一直是柳坞巷的义务理发员，不管谁找上门，他都笑脸相迎。看到游鸦来了，他马上明白了，热情地帮游鸦理发。理完后，又从厨房打来一盆热水，让游鸦洗头。游鸦走后，春英气呼呼地说："游鸦浑身脏兮兮的，你就不怕脏了你的手？真晦气！"银民说："现在人人平等，别胡说。他是个可怜人，咱可不能歧视他。"

燕桂云上了年纪，经常腰痛。他过日子勤俭，不抽烟不喝酒，可一年到头也吃不上几次白馍。晚上睡觉，常梦到大女儿棉花手里拎着一竹篮蒸白馍，笑盈盈地朝他走来。他迎上前去，却怎么也够不着……有时候半夜醒来，他发现自己眼角挂着泪。他觉得自己当初瞎了眼，没给棉花找个好婆家，心里愧疚得很。

1973年2月2日，是除夕。晚上，西农路中段西侧的五云师范学校西边的操场放映电影《闪闪的红星》，观众从四面八方赶来，半个操场都站满了人。

电影中潘冬子勇敢走上革命道路的英雄故事，让无数少年对红军充满向往。《红星闪闪》这首歌也风靡全国，少先队员们争相传唱。

元宵佳节那天，五云镇街上白天人很多，路边到处都是卖甘蔗、花生、橘子、气球的小摊。早饭后，叶莺和向青来找溪女，想叫他一起到街上走走。她俩来到西头溪女家时，溪女的爸妈正在屋里听收音机。老两口看到她俩来了，特别高兴，赶忙端出一个水果盘，招呼她俩坐在茶几旁嗑瓜子、吃水果。向青问："潇妈，溪女是不是还在睡觉？"黄潇凤说："是啊，这小子懒着呢，我叫了好几回都不起，还没我家的黑猫起得早。"叶莺笑了笑，没说话。向青说："您把他惯坏了！他在生产队可不是这样，每天第一个起床，第一个出去晨练。还喜欢打扫卫生、洗衣做饭，没想到回家这么懒，这都九点了，还不起床！"

"没想到这小子在外面这么勤快。"黄潇凤乐呵呵地说，"看来知识青年到农村插队真是好事，能锻炼人。吃点苦，体验体验农村生活，跟群众打成一片，接受贫下中农再教育，不仅能培养和农民群众的感情，还能治治他的懒病，对他将来有好处。"

"我俩先走了，让溪女接着睡。"叶莺说。

"马上起来！等等我。"溪女在里屋喊了一声。叶莺和向青相视一笑，没再说话，也没起身。

黄潇凤笑着说："早晨八点就开饭了，我叫了两遍，都没动静。你俩一声没喊，他就搭话了。"

不到三分钟，溪女笑嘻嘻地出来了。他在里屋翻出两包零食，拆开后放在茶几上说："你俩坐会儿，我出去一下，马上回来。"

叶莺看到茶几下层有一本书，是《十万个为什么》，她翻了翻，对向青说："这本书可流行了，特别有用，科学知识面很广，上到天文，下到地理，值得好好读一读。"

向青说："对，科普方面的书比小说有用，我也喜欢。"

二熊听到叶莺和向青的话后，从旁边抱来几本书说："这里还有，你俩要是想看，就拿回家看，溪女都看过了。"她俩一看，原来是《英明的预见》《红旗谱》《欧阳海的故事》《林海雪原》《红岩》，还有一本小人书《怒潮》。向青说："溪女整天劝我复习功课，他倒好，净看这些闲书，真是浪费时间。"

过了一会儿，溪女回来洗脸、刷牙。黄潇凤对叶莺和向青说："你俩跟溪女一块儿吃早饭吧，饭在锅里热着呢。"她俩说："让溪女吃，我俩吃过了。"溪女说："我吃饭快，你俩等等我。"说着，笑着钻进厨房。向青说："等你上街，可得请我俩吃午饭。"溪女说："小事一桩。"黄潇凤剥了两个橘子，递给叶莺和向青。向青说："潇妈，您别客气，您吃吧，我俩自己剥。"叶莺说："您别见外，都不是外人。"黄潇凤说："你俩要常来，最好天天来。我跟你俩的妈关系最好，就跟亲姊妹似的，咱们都是一家人。我就喜欢热闹，你俩来我最高兴，溪女更不用说了，跟你俩一块儿长大的，亲如一家。"二熊说："外面温度低，最好别出去，中午就在这儿吃饭。"向青说："我们不怕冷，到街上转转就回来。午饭到我家吃就行，我爸妈厨艺可好了。"

他们几人正说着，溪女出来了，说："走，上街去。"黄潇凤笑着说："你们三个快去快回，我在家给你们包饺子，家里有鸡蛋韭菜，荤素都包点，等你们回来吃。"二熊说："我这就和面、做饺子馅，你们三个早点回来。"

"好啊，那我们早点回来，一起包饺子。"向青高兴地说，"潇妈、叔再见，回头再聊。"向青起身告辞，叶莺说："潇吗、叔叔再见。"黄潇凤应着，和二熊一起把他们送到屋外。

溪女三人往通往西环道的坡下走去。叶莺说："溪女，唱首歌吧，我想听。"向青说："我赞成，来一首。"溪女笑着说："好，我正想练练嗓子。那就唱一首电影《刘三姐》的插曲《山歌好比春江水》，想听不？"

"行呀。"向青笑道。

溪女清了清嗓子，动情地唱了起来。唱完后，叶莺说："有人说看见你昨晚站在西环道边给几个小孩朗诵诗歌，也给我俩朗诵几句呗。"

溪女说："是歌舞剧《东方红》的主题词，我给你俩朗诵几句。"他充满感情地小声朗诵起来。正当叶莺和向青听得入神，溪女却突然停住了。向青问："怎么不朗诵了？"溪女笑着说："就看了一遍，没记住多少，只能朗诵开头两段。"叶莺说："已经很不错了，看一遍就能记住这么多。我也看了一遍，可没记住这段话。"向青说："音色不错，有感情，节奏把握得也好，声情并茂。"

他们三人沿着西农路往下走，一边走一边聊。途中，溪女又给她俩唱了一段京剧《沙家浜》的唱段。听完后，叶莺说："听你这么一唱，我俩都快成京剧戏迷了，发现京剧特别好听。"

不到十一点半，他们回到了银宫街。黄潇凤正坐在门前晒太阳，远远地看到叶莺和向青，就招手示意。进了家门一看，饺子早就包好了，二熊乐呵呵地到厨房准备去了，锅里的水已经半开。叶莺和向青到厨房想帮忙，二熊说："你们走累了，快歇歇。"溪女打了半盆热水，让叶莺和向青先洗手，然后让她俩坐在客厅的火炉边喝水。黄潇凤养的黑猫正卧在炉子旁打盹儿。叶莺说："你家这只黑猫多大了？我小时候看它就这么大，现在还是这么大。"溪女说："你小时候看到的，说不定是这只黑猫的奶奶的奶奶。"叶莺说："你可真能夸张。"溪女说："听我妈说，自从我家刚搬到银宫街，家里就有了一只黑猫。那只黑猫的后代一直在我家，谁也说不清是第几代，我妈也搞不清楚，我就更不知道了。"

溪女正陪着向青和叶莺说话，母亲在厨房喊他端菜，他赶忙应了一声就进去了。他从厨房端出提前准备好的四个热菜和调好的几杯蜂蜜水。菜上齐后，向青说："太好了！这么丰盛。"

二熊从厨房出来问："饺子怎么吃？是吃带汤的，还是蘸辣椒水吃？"

"都行。"叶莺说。

向青说："我爱吃川味，我蘸辣椒水吃吧。"

"我随便。"溪女说。

二熊转身去了厨房，黄潇凤招呼叶莺和向青吃饭，大家一起动起筷子，边吃边喝饮料。过了一会儿，二熊喊溪女端饺子，溪女到厨房端出两碟热气腾腾的饺子，二熊又端出几个调料碗，大家便兴高采烈地吃起饺子来。

吃过午饭，叶莺和向青回家休息去了。送走客人，溪女正准备回房休息，母亲对他说："这两个姑娘多好啊，要是哪个能当我的儿媳妇，那该多好！"

溪女说："妈，您想啥呢？可别乱说。您想得太多了！她俩还小，还想着上大学呢。您千万别提这事儿，更别对外人说。"

"好，妈知道了！你们在同一个地方插队，你是个男子汉，一定要多关心她俩，照顾好她们。"

"知道了，妈，您放心吧。我肯定会照顾好她俩，保护好她们。我们是发小，也是最好的朋友。"

傍晚，溪女到屋对面的崖背上散步，兴致一来，便高声唱了一曲

《骏马奔驰保边疆》：

> 骏马奔驰在辽阔的草原
> 钢枪紧握战刀亮闪闪
> 祖国的山山水水连着我的心
> 决不容豺狼来侵犯……

歌声嘹亮，飘向远方。

每年农历二月二，是落鹊村一年一度传统的给观音菩萨唱大戏的日子，村里人对此不敢有丝毫懈怠。

一般是二月初一晚上挂灯开唱，连续唱三天四夜。唱戏的经费由村民私下自筹，牵头人是本村的富农老六，他是生产队长武全的父亲。老六挨家挨户去游说凑钱，社员们都积极响应。

落鹊村群众集资唱戏，各家各户都成了东道主，纷纷提前遍访亲戚，邀请他们来家里做客、看戏。唱戏期间，人缘好的家庭宾客盈门，一片祥和景象。有的人还趁机请媒人给适龄的子女牵线搭桥。

这年挂灯的当晚，演出秦腔《铡美案》。开戏前，观众就从四面八方早早地汇集过来。戏台上灯火辉煌，台后的帐篷里也是亮如白昼，演员们在中间搭着火炉的帐篷里化装；戏台旁边支着一口大锅，锅底干柴燃烧，火光映红了周围；锅内热水滚滚，袅袅升腾的蒸汽，模糊了附近人们的视线。很多人来这儿不为看戏，就为享受戏台下热闹的氛围。

小船在农林场上班，村里唱戏前，他抽空去了大船、二船家一趟，邀请他们到村里看戏。大船满口答应，他妻子因为患病没法看戏，他打算独自到戏台下转转。二船退伍后，先是在县委管灶，后来到城建局工作，妻子在家务农，他们一共有五个儿女，家庭负担挺重。大船和二船原本住在一个大院，后来用土墙隔成了两个小院，各住一边。

大船独自骑自行车来了。途中，他花一元钱买了一捆麻花当礼物，先到银宫街淑贞家里，恭恭敬敬地坐了一会儿，抽了两袋旱烟，喝了两罐浓茶，吃过午饭之后，他到落鹄村戏台下转了一圈。他有点心不在焉，连一折戏都没看完，就骑车回家了。

大船当了多年生产队队长，队里没人敢招惹他。他的妻子患有内科慢性病，没法在生产队上工，长期需要服药，他家的负担很重。他经常在外面揽解棺材板之类的木工活，雇了一个壮汉当下手，四处给人扯板。没活的时候就在队里上工；有活的时候只上半天，给社员安排好活就走了，直到半夜才回来。

三十三

1973年6月6日，正值农历芒种，五云镇进入夏收时节，青鸟林小学放了忙假。西环道内侧的小麦成熟了，校方选了个日子收割。收割时，西农派来两台大型收割机，跟在收割机后面拎着布袋或竹筐捡麦穗的人不少，大多是附近居民，淑贞带着横海、横洋也去了。收割机在前面"轰隆隆"地割麦，后面尘土飞扬，拖拉机拖着车厢在后面配合运麦。收割机开过，留下半尺高、密密麻麻的麦茬，麦茬间散落着一些麦穗，收割后的麦茬地不好走，捡麦穗只能顺着车辙或麦行走。

淑贞带着两个孙子，跟在收割机后面，卖力地捡麦穗。一筐捡满，就把筐抬回家，倒在门前空地，来不及歇口气，又赶紧返回西环道，接着再去捡。

收麦期间，生产队组织社员抢收小麦。新麦收堆后，生产队按家庭人口，及时把麦子分配到户，让社员自己晾晒、贮藏。领粮可是个体力活，一般妇女干不了。每到分粮，小船通常会请假提前回家，和亚荷一起用架子车把领的新麦拉走，等天气好，拉到五云山的台阶上晾晒。晒粮那天，淑贞早早起来去晒场。等小船夫妇把粮食运来，她就带着两个孙子，负责搅麦、看麦。麦子晒干后，先收堆，再等起风后扬麦。

扬麦时，小船借着风力，用木锨铲半锨麦子，抛向空中，空壳随风飘散，和净麦自然分开。扬麦间隙，亚荷拿着新扫帚，及时把扬出的空壳和带壳麦粒扫到一边。最后在公路上碾压，经过簸、筛等工序，去掉空壳，把净麦入库。丰收让人喜悦，扬麦令人开心。

夏忙结束，中小学马上收假。亚荷照常去生产队上工，小船回公社农林场上班。

这年秋播的一天，银宫街发生了一件轰动一时的事：淑贞在西农南门口卖鸡蛋时捡到一个女婴。平时都是亚荷去卖鸡蛋，农忙时才请婆婆帮忙。去之前，她会跟婆婆交代好鸡蛋的数量和价格，淑贞卖完鸡蛋，也会及时把钱交给亚荷。

这天早上，淑贞来到南门外早市，站在百货商店南侧的五角枫树下等了好一会儿。早市上人来人往，问价的多，真心买的少。半个小时过去，鸡蛋一个都没卖出去。正着急呢，忽然听到东边传来婴儿的啼哭声。淑贞顺着声音望去，只见一个用报纸垫着的红棉袄格外显眼，几个妇女正围着看。有人说："这孩子真漂亮，头发又黑又亮。"有人说："瞧这眉毛，多清秀！孩子母亲肯定很漂亮，只有漂亮女人才生得出这么好看的孩子。"还有人说："这当妈的太狠心，咋舍得扔了亲生孩子，孩子太可怜了。"淑贞凑近一看，一件红棉袄用根红毛线系着，里面裹着个女婴，旁边还有一个牛皮纸信封、一个奶瓶和一包奶粉。淑贞端详着这个模样清秀的女婴，心里一动，顿时没心思卖鸡蛋了。

淑贞正在纠结时，突然看见人群里出现一个披头散发的疯子，正笑嘻嘻地盯着婴儿。淑贞见状，果断上前抱起婴儿，连同奶瓶、奶粉一起，头也不回地往回走。围观的人惊讶不已，有的人小声嘀咕，还有人跟着走了几步，想看看她要抱着女婴去哪儿。

经过柳夫人身边时，淑贞说："柳姐，早！"柳夫人皱着眉说："你把孩子抱回去咋办？咋跟亚荷交代？"淑贞说："大不了分开过，先抱回去再说。"柳夫人想了想，说："也行，你先抱回去，大家一起想办法。你赶紧回去，照顾好孩子，婴儿怕冷，抱好喽。"六婆连声道："好，好。"

回到银宫街家里，亚荷不在。六婆东屋炕上的被子没叠，她伸手摸了摸，炕还不凉，就把孩子放在炕上，用被子盖好，拿起奶瓶和奶粉。

孩子哭了两声，她到厨房用开水烫了烫奶瓶，剪开奶粉袋，舀了两勺奶粉冲好，等温热了喂给孩子。孩子吃了奶，睡着了，淑贞坐在一旁，静静地看着，满心怜爱。

没一会儿，黄潇凤来了。她进门仔细端详着孩子，叹道："这娃真俊，长得眉清目秀的。"得知是个弃婴，黄潇凤说："把孩子先放我家吧，省得亚荷回来看见。"六婆说："不怕，亚荷迟早得知道，管她呢。我就不信她还能把我吃了？"黄潇凤说："你就是个犟脾气！那你试试，要是不行，就把孩子抱过来。现在孩子最需要尿布，我回去找几件干净旧衣服，剪了拿来。"说完，她就回家了。没过多久，黄潇凤拿来一沓刚剪好、带着毛茬的尿布。两人围着孩子聊起来。正说着，柳夫人带着两包奶粉过来了。姐妹三人围着婴儿看了半天，孩子突然醒了。黄潇凤给孩子换了尿布，抱着在屋里转了几圈，柳夫人接过来也抱了一会儿，三个人喜欢得不行。

中午，亚荷下工回家，淑贞把卖鸡蛋的钱交给她。突然，东屋传来婴儿哭声，亚荷心里一惊，推开东屋门一看，炕上有个女婴。淑贞急忙跟进去，亚荷看婆婆脸色不对，心里立马猜出个大概，冷冷问道："妈，这孩子是你捡的？"

"对，早上卖鸡蛋，在蔬菜市场东边看见这孩子……"

"你把孩子抱回来，打算咋弄？"

"先养着，找到合适人家再……"

"要是找不到合适人家呢？"

"就这几天，我明天就出去打听……"

听到这儿，亚荷扭头走出屋子。淑贞给婴儿换了尿布，心里有些慌乱。中午，横海、横洋放学回家，发现东屋炕上的婴儿，惊喜万分，围着孩子高兴地看着，你摸一下，他摸一下。亚荷中午没帮婆婆做饭，在西屋炕上躺着。看到两个孩子跑到东屋，大声喊他们，可他俩跟没听见似的，反常得很。亚荷骂道："娃有啥好看的，有空多看会儿书！"平时她可从不关心孩子学习。淑贞像犯了错似的，悄悄在厨房做饭。做好后，到西屋对亚荷说："你忙了半天，快吃饭。"亚荷没吭声。淑贞又到东屋，低声对两个孙子说："快去吃饭！"孙子们一听，赶忙去厨房，淑贞跟着过去给他们盛饭。

下午两点，春英和麦香来叫亚荷上工。一进屋，她俩一眼就看到东屋炕上的婴儿，两人仔细端详着，直夸孩子长得好看。亚荷起来洗了把脸，没好气地说："走！"春英和麦香对视一眼，嘻嘻笑了笑，对亚荷说："家里添了个娃，你该请客！"亚荷冷冷地说："闭嘴，别在这儿说风凉话！"说完，走出家门。

下午，柳夫人来看婴儿，还带了一块花布，说让淑贞以后给婴儿做衣服。她对淑贞说："我想来想去，觉得你把孩子抱回家不太妥当。亚荷会怎么想？以后这孩子上户口可咋办？这都是大问题！要不让池医生帮忙打听打听，给孩子找个好人家，对你对孩子都好。你要是同意，我这就跟池医生说。"淑贞琢磨了会儿，犹豫着说："缓几天再说吧，让我再考虑考虑。"柳夫人又问："包裹孩子的棉袄里，除了奶瓶，还有啥？是不是有封信？"

"有封信，信封里还装着十块钱。"

"能让我看看那封信吗？"

"行，我这就拿。"说完，淑贞从枕头下摸出一个牛皮纸信封，递给柳夫人。柳夫人从信封里抽出信，轻轻展开，信上写着：

亲爱的女儿！妈妈对不起你。妈妈是西农的在校生，吃过苦，当过知青，现在还在西农读书。妈妈和你爸爸分开了，实在没能力把你养大，只能忍痛割爱，把你送给好心人，妈妈也是没办法啊，心里别提多难受了！希望你长大后能原谅妈妈。宝贝，希望有好心人收养你，把你养大。妈妈盼着你有个远大前程，将来能报答收养你的恩人。要是好心人愿意，能让咱俩今生见一面，二十年后的今天，也就是 1993 年 6 月 19 日上午 8 点到 12 点，妈妈准时在西农南门口东侧的门卫室外等你。妈妈就想瞧你一眼，解解思念之苦，希望收养我孩子的恩人能答应我的请求，好好待我的孩子。见面时，妈妈就穿今天这身衣服：上身是蓝花格子短袖，下身是藏蓝色裤子，脚穿一双白色运动鞋。到时候你拿着这封信，咱母子就能相认了，二十年后不见不散。不管你多忙，希望你能来见见妈妈，亲爱的孩子！见字如面，哭泣的妈妈……

柳夫人看完，眼眶湿了，忍不住掏出手帕擦眼泪。她又给淑贞读了这封信，淑贞听着，也流下了眼泪。柳夫人把信递给淑贞，说："你把这封信收好，千万别弄丢了！这孩子的母亲是个在校生，有文化，她遗弃孩子也是迫不得已。她吃过苦，是个心思细腻、心里有爱的人，咱们可不能辜负了她！有其母必有其子，这孩子将来肯定有出息。这娃就跟咱自家的一样，你先养着，咱们一起想办法。我就盼着能亲眼看到这母女团聚的那天，愿老天爷保佑这孩子，一生都平平安安的！"

柳夫人走后，六婆还没来得及收好信，黄潇凤就来了。她拿来了两斤白砂糖，还有一堆自家孩子婴幼儿时期穿过的衣服。看到那封信，她仔细读了一遍，着急地说："这娃的妈妈太可怜了，她做事太莽撞，将来肯定得后悔，后悔一辈子！我翻箱倒柜找出些小娃衣服，都还很新，你留着给这娃用。要是亚荷不高兴，就把孩子抱我那儿养，不能让你左右为难。"

"不怕！要是亚荷有意见，我就跟小船分开过，反正不能把这孩子送人，我跟这娃有缘，这缘分这辈子都解不开了！"

"可上户口咋办？孩子父母一栏写谁的名字？总不能写你的吧。"

淑贞一下子愣住了，说不出话来。

自从抱回这个女婴，一连好些天，淑贞比平时更勤快了。在家按时做饭，细心给婴儿喂奶、换洗尿布，只要孩子一哭闹，她就赶紧抱着在屋里转，生怕孩子哭一声，惹得亚荷不高兴。亚荷心里烦死了，连看都不愿多看那孩子一眼。亚荷想回娘家躲躲清静，又舍不得耽误工分，只能强忍着，免得引发家庭矛盾。

这天中午，她抽空到南门口邮局给小船打电话，拨通后就说："你妈给你抱回来个女儿，你见了指定高兴！"小船愣了一下，还没等他反应过来，亚荷就把电话挂了。当天晚上，小船骑着自行车回了家。一进家门，就瞧见亚荷脸色不对，他来到东屋，看到母亲怀里的婴儿，小船吃了一惊，笑着问母亲："妈，这是谁家的孩子？咋在咱家呢？"

"妈捡的，妈来养。"淑贞神色淡定，"不花你的钱，你也别问东问西的！"

小船尴尬地笑了笑，伸手想抱抱孩子，母亲没让。小船凑近孩子看了看，小声说："只要妈喜欢，我没意见。咱家正缺个女孩呢，这孩子真俊，白白净净的，谁见了都稀罕。"

淑贞黑着脸说："去！忙你的事儿去，你站在这儿，妈心里乱糟糟的。"

"好，我这就走。"小船朝门口瞅了一眼，又小声说，"我走了，您好好照看孩子，要是需要帮忙，喊我一声。"小船走出东屋，回到西屋。亚荷正坐在炕边生闷气呢，见小船跟个没事儿人似的，冷冷地说："你白白得了个女儿，这下高兴了？"

"别着急，这事咱慢慢商量，跟妈好好说，世上就没有过不去的坎儿。"

"你跟你妈慢慢商量去吧！这家我不管了！明天我也不上工了，有本事你一个人养活一家子，我可没必要累死累活、没日没夜地干。"

"你先别着急，我肯定会想办法的，你给我点时间，行不？"

"你能有啥办法？这娃可爱得很，我见了都喜欢，你妈肯定更稀罕。时间长了，你妈指定舍不得送人，这事儿可就麻烦大了！"亚荷叹了口气，"我不是不想要这孩子，咱家实在养不起啊！"

"明天我去劝劝妈，劝她把孩子送人，这样对咱家好，对孩子也好。找个好人家，孩子以后也能有个好前程。"

"要是劝不动呢，咋办？"

"那就自己养！为这事儿可不能伤了咱妈的心。妈这辈子太不容易，吃了多少苦，遭了多少罪。"小船又给亚荷讲起苦难的家史。亚荷心不在焉地听着，心里别提多纠结了。结婚之后，小船跟亚荷讲过好多回这些事儿，亚荷也挺同情婆婆的。小船旧事重提，亚荷心里明白他啥意思。亚荷耐着性子听完，唉声叹气地说："本来想让你做个选择，要这孩子还是要我。你要是这么想，我也不想给你出难题。你明天先试试，要是能做通妈的思想工作，这事儿就好办；要是实在不行，就请大姐二姐出面，再请池医生和川花姨帮忙，把这孩子送人。要是最后还是不行，到时候再说。"

"你能这么想，我就踏实了。说实话，我心里也没底，只能尽力试试。"

"你吃饭了没？"亚荷轻声问。

"还没呢，肚子都咕咕叫了。"

亚荷叹了口气，到厨房给小船做饭去了。

第二天一大早，小船瞅准机会去劝母亲。母亲说："小船，你啥都别说了，这孩子妈自己养，不给你添乱。为了不让你为难，咱就分家吧，妈想自己过几年。"

小船愣了一下，说："您别急啊，这家可不能分，分了别人不得戳我脊梁骨，我以后都没脸见人了。您既然这么喜欢这孩子，那就养着呗，我以后不提这事儿了。"

亚荷知道后，对小船说："怕啥来啥，亏你妈想得出来要分家，你妈就你这么一个儿子，这罪名我可担不起。赶紧给大姐二姐捎信，让她俩劝劝你妈。"

"要是妈不听大姐二姐的，那可咋办？"小船皱起了眉头。

"咱妈最看重川花姨，让川花姨出面说说看。"

"要是还不听呢？"

"那就留下呗，给你当女儿。你母子俩铁了心要养这孩子，我能有啥办法？就随你们的愿吧！"

小船一听，高兴地说："这么说，你想通了，愿意给这孩子当妈？"

"嗯，要是真这样，我愿意把这孩子养大。孩子被亲妈扔在南门口，不早不晚，偏偏被咱妈碰上抱了回来。也许，这就是命中注定，这孩子跟咱家有缘。"

小船惊喜万分，凑过去轻轻抱了抱亚荷，激动地说："谢谢！我正发愁呢，你这话可算让我放心了！你可是咱家的大功臣，自从娶了你，咱家里里外外都变样了。"

"要是嫌娃少，你咋不早说，本来还能再生一个。"亚荷有点不高兴，"当初生了横海、横洋，我跟你商量还要不要娃，你说养不起。这下好了，不用我生，家里就多了个女儿，说不定这就是天意。"

小船说："等大姐二姐回来再说，最好能找个好人家把娃送出去，这样对娃也好。要是大姐二姐劝不动咱妈，那咱们就把这孩子当亲生的，好好养大。"

过了两天，汾花和汾兰先后回到银宫街，轮番劝母亲，可母亲根本听不进去。汾花对亚荷说："妈这脾气太犟了，现在劝没用，只能从长计议了。"

傍晚，池医生提着自己的小医药箱，和向川花一起来淑贞家串门。亚荷热情地招呼她俩，并在旁边悄悄给池医生使眼色，池医生心领神会，点了点头。她俩进了门，就走进淑贞的屋子，亚荷直接回了自己的西屋。池医生打开听诊器，给孩子测了心率，又量了体温，还叮嘱淑贞一些科学照顾婴儿的方法；向川花拿来一捆细软的卫生纸，还抱了抱孩子。池医生对淑贞说："六婆，把这娃送给我吧，我保证给孩子找个好人家，是那种全家都吃商品粮的干部家庭。您老好好考虑考虑，想好了跟我说，行不？"

淑贞愣了一下，突然眼泪就下来了。池医生和向川花对视一眼，池医生接着说："六婆，也不急这一时，我知道您疼这孩子。可既然疼孩子，就得为孩子的将来多想想。给孩子找个好人家，孩子以后有依靠，对她一辈子都好。当然了，您对孩子的这份恩情，肯定不能忘，以后不管谁收养这孩子，我都会告诉人家。孩子长大了，也一定会认您这个好奶奶的！您就放心吧！"

听了这话，淑贞动了感情，说："你是好心，我知道。让我想想，过几天给你答复。"

"好！您慢慢想，想通了随时跟我说。我先给娃打听好人家。找好了，我到时候请您亲自去看看，直到您满意为止。您看咋样？"

"好，别人我不信，就信你。"淑贞泪眼模糊地说。

池医生说完，就走出屋子，向川花跟在后面。亚荷的眉头舒展开了，把她俩请进西屋，给她俩各倒了一杯开水。池医生和向川花喝了几口水，就起身告辞，亚荷把她俩送到门外。回到屋里，亚荷一反常态，到东屋抱起婴儿转了两圈，对婆婆说："妈，我知道您是好心，可咱家穷，没能力养这孩子。还是希望池医生给孩子找个好人家，盼着这孩子一生平平安安的。"

淑贞没说话，心里乱糟糟的，连走路都不稳了。当天晚上，淑贞突然发起烧来，躺在炕上目光呆滞。亚荷吓坏了，赶紧去找池医生。池医生赶过来，给淑贞检查了一番，开了两包药，还在淑贞胳膊上推了一支葡萄糖。池医生临走时对亚荷说："老人这是心力交瘁了，补充点能量，明天就会好点。你先照顾好孩子，送人的事儿先缓缓，别刺激她了。"

亚荷连连点头，轻声说："知道了，谢谢你！"送走池医生后，她回到婆婆屋里，把女婴抱到自己屋里，细心照顾起来。

后半夜，淑贞突然摸黑下了炕，大声喊道："娃不见了，娃不见了！"

亚荷赶忙穿衣下炕，到东屋去摸电灯开关。打开灯，东屋亮堂了，她安慰道："娃在我屋里呢，您身体不舒服，我先帮您照看几天，您就放心吧！"

淑贞愣了一下，像是想起了啥，转身慢慢把双腿挪回炕上。

三十四

　　淑贞生病后，亚荷三天都没去上工，留在家里照看女婴。淑贞见亚荷对孩子照顾得很周到，心里渐渐踏实了。淑贞病好后，亚荷白天接着去上工，晚上就带着孩子一起睡。淑贞把孩子亲妈留下的那封信和十块钱交给亚荷，亚荷不识字，就小心地收了起来。等小船周六晚上回家，亚荷让小船给她念信。小船一字一句地给亚荷念了一遍，亚荷听完，眼睛湿润了。她马上让小船给孩子起名字，小船翻开新华字典，给孩子取了好几个名字，亚荷从中挑了一个，决定叫横雯，小名雯雯。

　　过了几天，池医生让向川花来打听消息。淑贞闭口不提给婴儿找人家的事儿，向川花私下问亚荷，亚荷说："我婆婆舍不得，跟这孩子有感情了。这事儿不好办了。你替我谢谢池医生，这孩子我们自己养，不送人了。"

　　向川花说："这下可麻烦了！池医生经过仔细打听，已经找到了一户人家。小两口都在县委工作，都是退伍军人，结婚好些年一直没孩子，就打算抱养一个。他们听了这娃的情况，特别欢喜，觉得跟孩子有缘，特别重视这事儿。他俩三天两头找池医生，就想早点把孩子抱走。打听到你家在银宫街住，他俩都在街上转了两天了，还在你家门前逗留过，往里瞅过。这可咋整？"

　　亚荷挺惊讶，她自己也开始喜欢这孩子了。她说："现在情况变了，我做不了主。老太太为这事儿都病了一场，差点丢了半条命。可不能再折腾了，我也改主意了。看来，我们家和这孩子缘分不浅，分不开了。麻烦你跟池医生说一声，实在不好意思！"

向川花叹了口气，临走时说："那也没办法，只能这样了。"

小船回家后，亚荷对他说："雯雯亲妈留的信，明天交给妈收藏。你明天去大队给孩子报户口。从现在起，雯雯就是咱家的亲闺女。咱们好好供她读书，等她长到二十岁，就按这封信里约好的时间，让她跟她亲妈见一面，这样咱们心里才踏实。"

横海、横洋出生后，靠吃羊奶长大，家里养过多年奶山羊。为了给雯雯解决吃奶问题，淑贞提出自己出钱再买一只奶羊，亚荷同意了。

淑贞给了小船十几块钱，让他到集市上买羊。小船利用礼拜天，一连赶了三次集，自己又添了几块钱，才买到一只刚开始产奶的山羊。这只羊是头胎产奶，每天两次挤的奶，仅够雯雯喝。每次煮好奶后，奶香在室内弥漫，横海、横洋馋得直咽口水。

亚荷嘱咐婆婆："先保证雯雯喝奶，有余奶了再让横海、横洋解解馋。"

学校放假了，淑贞很开心，终于有人放羊了。领回通知书后，横海放下书包刚想出去玩，淑贞喊道："放羊去！"横海只好答应，于是拉着奶羊走出了家门。

银民的父亲燕桂云还在生产队喂牲口，他与另外两个老汉共同负责牛棚里的二十多头骡马和黄牛。按照生产队规定，每逢牲口得病，饲养员都要将牲口牵回家悉心照料。放暑假时，银民家的院子里拴了一头毛驴，成为黑民对外炫耀的资本。游雕的儿子游蛤总想骑一次，苦于不能得手。这天中午，游蛤打探到燕桂云用银民给他的钱到五云镇下馆子去了，趁机劝说黑民把驴拉出去遛遛。黑民架不住游蛤的纠缠，便将毛驴从嵌在土墙上的拴马桩解开，将其牵往西环道里侧，想让游蛤骑上丢丢丑。柳坞巷的海樯、横海、凌安、瑶玉、游勇等一帮小孩闻讯都跟去看热闹。

走到西环道里侧的空地后，黑民把缰绳递给游蛤说："接绳，你上！"

游蛤临阵胆怯，没有接绳，而是绕着毛驴走了一圈。毛驴见到有人围观，不安地躁动起来。黑民一边拉缰绳，一边朝西环道下面瞅着，唯恐父亲回来看到。

见游蛤磨磨蹭蹭，黑民很不耐烦地说："你上不上？不上算了，我把毛驴牵回去了。"

"上呀。"游蛤最后鼓足勇气，上前接过缰绳，伺机想爬上毛驴光溜溜的背，哪知毛驴躲来躲去，不愿意让他攀爬。小朋友们在附近静静地观看。游蛤和毛驴僵持十分钟左右后，瞅准机会骑了上去，没等他坐稳，毛驴像疯了似的四腿乱蹬，游蛤被甩了出去。毛驴往前蹿了几步，就地打了两个滚，起身奔上环道，朝南狂奔而去。黑民和游蛤傻了眼。

"快追啊！"良海樯急切地喊道，"再不追就跑远了！"

黑民手足无措。游蛤对黑民说："又不是你家的，跑了就跑了，管它呢！"

"队里如果让赔怎么办？"横海说，"那就麻烦了！"

黑民如梦初醒，立即奔上环道，奋力去追。他跑了几步停下来，转身对游蛤道："游蛤，你也追！"

游蛤冷冷地说："黑民，让你爹给我看腿，你家的毛驴把我的腿碰伤了，你家得给我治。"

"呸！不要脸。"黑民愤怒地说："你家没一个好人！算我瞎了眼。回头找你算账！"说完，他顺环道朝南奔去。海樯、横海、凌安一同尾随而去，公路上响起一阵急促的脚步声。

毛驴顺西环道朝下跑。黑民等人在后面追赶。黑民脸色苍白，唯恐毛驴跑丢。

游蛤愣了片刻，悄悄地溜走了。

黑民追到五云山下时，毛驴已经不见了踪影。原来，毛驴顺西农路往南奔跑，它所经之处，沿途行人纷纷躲避。毛驴跑过西农路中段的高干渠大桥后，对面传来一声熟悉的喊叫，毛驴听到后立刻停下脚步安静了下来，原来遇到了燕桂云。燕桂云焦急地走到毛驴跟前，牵起缰绳说道："回家！"毛驴转过身乖乖跟着他往回走。

燕桂云回到家，询问老伴道："我将毛驴拴得很牢，一定是谁解开缰绳将毛驴拉出去了？"

"肯定是黑民拉出去的。毛驴咋让你拉回来了？"

"毛驴跑了！幸好在街上碰上，我就拉回来了。丢了可不得了！"

黑民回家后，父亲正在院里圪蹴着，对他瞅了半天，瞪眼说道："无用的东西！你不好好上工，三天打鱼两天晒网，整天领一群娃瞎跑，把驴拉出去干啥？"

"替你遛一圈，不行吗？"黑民没好气地说，头也不回地走了。

燕桂云"哼"了一声，起身背着手踱回窑里去了。

这年国庆节，汾花的长子丹军身着戎装回乡探亲，他帮母亲干完自家的活后，借了辆自行车立即赶到银宫街，帮外祖母剥玉米。丹军来后，淑贞高兴得合不拢嘴，小船和亚荷也很高兴。举家围坐在一个竹篾制作的大蒲篮旁，一个人用木制的划行器在苞谷棒上打出一道道空行，其他人捡起借手指和掌力脱粒，时间久了，手指被磨得粗糙而僵硬。丹军在湖南某地一个汽车连当兵，给外婆一家津津有味地讲外面的故事，横海横洋认真地听着，对表哥充满了敬意。

国庆后不久，丹军的父亲因病去世，汾兰一家陷入悲恸之中。

三十五

入冬后，柳坞巷来了个自称会打井的不速之客张永武，住进了延胜家当厨房用的后窑。窑里有个连着灶台的土炕，窑顶用木椽搭起半边小楼。因年代久远，窑顶和木椽被烟熏火燎成炭黑色，只有离地两米范围内的墙面还算完好。每到年底大扫除，延胜就去别处挖些白土和成稀泥，用抹布蘸着抹一遍靠下的墙面，再在炕边贴一圈新报纸，就算完成了墙壁粉刷。

延胜一家住在西侧挨着界墙的两间旧瓦房里，每间约九平方米，瓦楞上冒出许多衰草，随风摇曳。他家瓦房正对着小船家租出去的两间半瓦房，小船家的瓦房没有杂草。每年年底，小船都会搭着木梯爬上房坡，清扫瓦上落叶、清除杂草。淑贞劝延胜也上房清理，可延胜两口子不愿意，麦香担心上房危险。小船曾背着亚荷替延胜清扫过一次，被亚荷知道后数落了一顿，之后便不再管这事了。

自打张永武住进家里，麦香就管他吃住。张永武二十六七岁，天庭饱满，一表人才。他从延胜口中得知，游雕家院外有一口数十米深的枯井。这井是解放前老住户集资所打，辘轳、绳索都还在，后来银宫街有了水龙头，井就闲置了，井口平时用一块四方片石盖着。

得知此事后，张永武极力鼓动延胜四处活动，争取邻居集资修井，还表示愿意以最低工价帮忙。延胜经不住软磨硬泡，开始挨家游说，还承诺免费为打井人提供食宿，希望大家共同出钱修井。他态度诚恳，打动了大多数人，最终除了游雕、游鳖不愿出钱，其他邻居都欣然同意。这事由延胜牵头，各家先交十元预付款，打井结束后再多退少补。张永武成了延胜家的座上宾，闲住三天后，才开始淘井。

张永武将修井称作淘井。淘井前，延胜用集资款购置了两个铁桶、两条粗绳、一个矿灯、一把铁铲、一把小镬头，还买了一箱廉价白酒和两条九元一条的羊群牌香烟。工具准备妥当后，麦香选了个吉日动工，又叫来几个青年帮忙。开工当天，大家先燃香敬土地神，再鸣放鞭炮，接着用铁锹撬开井口片石，给辘轳换上粗壮新绳，将张永武缓缓放到井底。

张永武到井底后开始挖土，他一拽绳子，上面的人就摇辘轳，把土一桶桶吊到井台倒掉，再放下空桶。随着出土量增加，土色逐渐变化，最后吊上来的全是淤泥。看到淤泥，邻居们觉得有了盼头，欣慰不已。当晚，延胜更是高兴，让麦香给张永武加了个炒鸡蛋，两人还喝了几杯酒。

淘井期间，除游雕、游鳌两家，柳坞巷其他住户都来帮过忙，外来户尤其积极。银民下课没事就来井台转转，陪延胜聊天、搭把手。亚荷起初很关心淘井，后来却发现了异常。

一次，亚荷到柳坞巷门前猪圈喂猪，发现张永武站在院门口偷窥自己，她虽觉得奇怪，但也没太在意。可第二次在院里打扫窑前卫生时，又撞见张永武两眼直勾勾地盯着自己。亚荷顿感不对劲，心里十分反感。后来张永武主动搭讪，夸赞她身材好，亚荷态度冷淡，敷衍两句就匆匆离开。

池医生夫妇虽反对淘井，交钱却很痛快。淘井开始后，迟舒老师还抽空来井台帮忙摇了两次辘轳。池医生让迟老师给延胜送了两斤猪肉、一瓶白酒，说："淘井是个苦力活，吃好了才有力气；井下潮湿阴暗，喝点酒能御寒。"延胜收下了这份心意。

一天中午，亚荷在水龙头旁洗菜，碰上池医生来洗衣服，两人聊起淘井的事。

池医生说："这种井没啥利用价值，就算修好了，水质也没保障。街上有水龙头，不如把这些钱用来引水管。延胜这么积极修井，这奉献精神倒是值得肯定。"

亚荷说："这是口死井，深度超过三十米，修井劳民伤财，根本没必要。延胜就是没脑子，瞎胡闹！"

池医生说："修井师傅吃住在他家，延胜除了管饭，还得天天守在井台操心，也不容易。我跟迟舒说了，找个时间请修井师傅和延胜吃顿饭。"

亚荷说："池大夫，我看没这个必要。你不了解情况，别掺和这事。"

池医生吃惊地问："什么情况？"

亚荷走到池医生身边，看了看四周，低声说："这个修井人不是什么好人，行迹非常可疑。"接着，她把自己的遭遇说了一遍。

池医生惊愕道："原来是这样，延胜真是糊涂！怎么招惹这种人，那咱得离他远点。"

当天下午，池医生夫妇就临时搬到迟舒老师的单身宿舍，直到张永武离开柳坞巷才搬回来。

礼拜六傍晚，小船回到家，听说井还没修好，想去崖下看看。

亚荷说："这个淘井人有问题，你不能去！"

小船问："有啥问题？"

亚荷说："人品有问题。"

小船沉默了，没再说话。

次日上午，小船又想去崖下。亚荷想阻拦，他却说："放心，我下去看看就回，不帮延胜的忙。延胜也知道我礼拜天休假回来，不去不合适。"

亚荷说："你就是犟，快去快回。"

小船应道："好。"

小船走下土坡，远远看见延胜正在井台摇辘轳，便快步上前说："你歇歇，我来摇。"

　　延胜没好气地说："算了，你是个大忙人，哪有时间管这种闲事。"

　　小船不解："怎么了？你说话咋阴阳怪气的。"

　　延胜说："大家对你有意见，嫌你不关心集体的事。邻居们都来帮忙，银民哥是正式工都来搭把手，你个副业工却不管不问……"

　　"副业工怎么了？"小船生气地说，"你居然敢歧视哥？"

　　两人僵在原地，空气仿佛凝固了。延胜一时语塞，小船则愤然转身，朝西环道走去。这时，麦香拎着热水瓶从大门出来，和小船擦肩而过。麦香走到井台，冲发呆的延胜喊道："让你别管这破事，你偏不听，这下好了，连你哥都来看笑话，活该！"

　　小船听到这话，顿了一下，但还是继续往前走，心里窝着一团火。回到家，他脸色阴沉。

　　亚荷问："生啥气？让你别去，你偏不听。"小船没吭声，眼里满是怒火。

　　下午，亚荷出门串门。小船去南门百货商店买了一条大雁塔牌香烟、两瓶太白酒，装入手提袋，回家交给母亲。他说："妈，趁亚荷不在，你把这些给延胜送去，让他招待淘井人。"

　　母亲说："你为啥买这些？亚荷知道又得生气。平时她连鸡蛋都舍不得吃，你倒好，大把花钱送人。"

　　小船说："我在外上班，没时间帮延胜，他跟我闹别扭，说话难听。送点东西补偿一下，省得他说闲话。"

　　淑贞当即出门，把烟酒送到延胜家。

　　麦香撇着嘴说："不稀罕！给小船拿回去，咱们人穷志不穷。"淑贞一时语塞。延胜却接过东西，对她说："六妈放心，东西我收了。上午就是拌了几句嘴，都过去了，怪我说话不好听。小船哥平时不在家，今天想帮忙，可我一时气头上说了浑话，把他气走了，我也后悔。您别担心，啥事没有。"

淑贞说："这就好，你哥儿俩好好的，别让外人看笑话。"

回到银宫街，淑贞给小船讲了一遍延胜说的话，小船叹了口气，不再说话。

井修好后，张永武该走了。临行的前夜，延胜准备了几样酒菜犒劳张永武。吃完饭，麦香回房休息去了，窑里只剩他俩。张永武对延胜说："我明天到别的地方找活干，来时随身带了一个黑色的包裹，想暂时放在你家。不占你家地方，扔到楼上即可，过段日子路过时我来取。"

延胜说："楼上脏兮兮的，你交给我，让你嫂子锁到她的银柜里去，你放一百个心。"

张永武说："不行不行，那多不好，我这东西不值钱，咋能占用嫂子的银柜。"说完他将那个黑色小包裹倏地扔上木楼，"嗵"的一声，稳稳地落在漆黑的木椽上。

延胜见状说："也好，那就这样。放这里就跟进了保险箱一样，你放心好了。"张永武点了点头。

次日吃过早饭，延胜两口子将张永武送到五云山下，目送他渐行渐远。

三十六

　　把一个孩子从小拉扯大不容易。横海、横洋出生后，是淑贞和亚荷换着哄大的。淑贞和亚荷经常感到胳膊痛，这是抱孩子落下的病根。自从有了雯雯，抱孩子成了问题。杨洛兰知道雯雯的情况后，想让丈夫良银书抽空给雯雯做一辆木制童车。家里木工工具基本都有，平时积累的零星板材也有。于是，良银书利用休假的时间，加班加点进行制作，很快做好了一辆童车。杨洛兰看后很满意，立即让儿子和女儿送到银宫街六婆的家里。淑贞和亚荷见了喜出望外，将雯雯放在童车里，试了试很合适，免去了抱娃之苦。亚荷登门给钱，杨洛兰不肯收，亚荷一再表示感谢。

　　次日中午，亚荷用玉米面打了一顿搅团饭，热饭出锅后用漏具在凉水里漏成搅团鱼鱼，外加芹菜和浆水调料，亲自给杨洛兰送到家里。看着香气四溢的浆水鱼鱼，杨洛兰全家人欣喜不已。亚荷走后，杨洛兰给每人舀了一碗，众人品尝之后赞不绝口。良银书说："高手在民间，这饭太好吃了。"

　　小船平常骑自行车去农林场上班，一周两趟往返于银宫街和渭河河畔。自从有了雯雯，他的劲头更足了。一次，他对亚荷说："俗话说从小看大，雯雯将来肯定是个人才。咱家横海和横洋学习成绩平平，你我虽然经常督促，但作用不大。以后如果恢复高考，雯雯比他俩更有希望。"

　　亚荷说："娃的学习成绩不好，与你也有关系。我小时候家里穷，没钱念书。你有机会念书，却念不好，经常挨老师打。你儿子随了你，也不好好念书。提起两个娃的学习，我就发愁。"

小船说："说娃呢，咋扯到我身上了？"

亚荷说："你小时候学习不好，经常挨私塾先生的打，这可是你亲口说的。你学习不好，你娃的学习成绩能好吗？"

小船皱眉说："不说这个了，烦死了！我的意思是好好培养雯雯，家里只要有一个娃有出息，全家都有希望。"

亚荷说："培养雯雯是应该的，可你也不能小瞧横海、横洋，不能有这样的想法。"

小船说："好好，不说了。咱对娃都一视同仁，尽最大的努力培养他们就是，希望他们前程远大。"

亚荷说："这还差不多！像个当爸的，谁都希望自己的孩子好。"

雯雯经常尿床。亚荷起初还能接受，后来渐渐失去了耐心，开始抱怨起来。淑贞尽可能给亚荷帮忙，生怕亚荷不高兴。雯雯满岁后，亚荷提出让婆婆晚上照看孩子，淑贞愉快地接受了，像捡了钱似的高兴，有空就围着雯雯转，按时喂奶，按时给雯雯换洗尿布，从无半点怨言。

雯雯没吃过母乳，体弱，三天两头感冒、发烧，需要青链霉素治病，这些药品很紧俏，淑贞只能让汾花想办法。汾花总能及时送急需的药品回家。

雯雯生病时，淑贞和亚荷轮换着照看她。有时她俩整晚上无法入睡，被折腾得焦头烂额。

农历十一月下旬，溪女、叶莺、向青结伴回来了。回家之后，溪女第二天睡到自然醒。醒来洗脸刷牙，吃完早饭，便去东头找向青。向青家的黑漆双扇木门正对水龙头，院里被槐树笼罩，三间瓦房坐东朝西，从南往北依次是厨房、向青的闺房、父母的房子。向青和母亲刚好在家，向川花正在院里择菜，见了溪女非常热情："向青在屋里，你吃过饭没有？"

溪女说："吃过了，您忙，我找向青聊聊"。

向川花笑道："好，中午不能走，在阿姨这里吃饭。"

溪女说："好，给您添麻烦了。"

向川花说："甭说客套话，你又不是外人。"

向青在屋里喊道："进来！门开着。"

向青的屋里有一张床，一个书桌，一个书柜。桌旁竖着一面立在地上镶着木框的镜子。书柜里摆满了书，自上而下摆放的是数理化课本、科普读物、书法字帖美术书籍、小说杂志，每层书籍根据书的高度从高到低依次摆放，非常整齐。

此时向青正坐在桌边看书，溪女凑近一看，是老舍的长篇小说《四世同堂》。向青放下书，从热水瓶里给溪女倒了一杯开水说："你说话不算数，约好早晨叫我和叶莺去跑步，等了你半天也没见你来。本想去你家找你，又一想算了，让你偷一次懒吧。我叫上叶莺出去晨练，我俩绕环道跑了一圈，回来这才洗漱、吃饭。"

溪女接过水杯说："你俩精神可嘉，向你俩学习。从明天开始恢复晨练，好好锻炼身体。哎，您平时钻研的是数理化，今天怎么想起看小说来了？"

向青莞尔一笑："老看一样书籍闷死了，翻翻小说，放松一下。将来有机会我想报考北京的院校，到北京念书。今天打开母亲收藏的这本书，想看看老北京城的模样。书里写得很细致，我仿佛走进了前门大街，看到了北京的胡同。我喜欢北京胡同的小天地，喜欢英俊潇洒的祁瑞全，喜欢他离家出走报效国家的勇敢精神，喜欢书中描写的黄河岸边的美景，喜欢他热爱黄河的情怀。其实这本书我已经看了很多遍，可以说是百看不厌。"

溪女说："你的文学修养好，排比句用了一连串。不过，对小说浏览一下即可，不能陷到书里走不出来。等将来考到北京，闲了实地游览，到四处转转，看看天安门广场、故宫、八达岭长城、天坛公园、圆明园，北京的名胜多得数不清，现在没有必要研究这个，重点要复习好数理化，为将来考试做好准备。俗话说，机会总留给有准备的人。"

向青说："你说得对。不过感觉数理化太枯燥，没有小说吸引人。"说完，向青呵呵笑了起来。

溪女说："丫头，到时候考试，人家不考小说，考的是数理化。语文试卷跟小说也不沾边。"

向青说："你别啰唆了，婆婆妈妈的，我不看就是。"一语未了，又笑了起来。

溪女说："丫头，女人讲究笑不露齿，你露出来了，这样不好。以后要注意，要忍住，不能大笑。再一个，闲了学点针线活，万一将来考不上大学，有个手艺也好嫁人，不然啥都不会，谁敢娶你？"

"呸呸呸！你这乌鸦嘴，快住口，我不想听。"向青训斥了溪女两句，自己却忍不住又咯咯地笑了起来。两人正在屋里说话，向川花从外面拿来半碗冒着热气的油糕说道："早晨到南门口买的，向青已经吃过了，溪女你尝尝。"

溪女连忙接住说："闻着都香，美得很。"他尝了一个，不小心嘴被糖汁烫了一下，他吸溜一下，幽默地说道："被油糕咬了口，太惬意了。"说完，又大口吃起来。一旁的向川花母女被他逗得笑不停。

向川花执意要留溪女在家吃饭，并让向青把叶莺叫到家中。饭做好后，在学校保卫科上班的老马也回来了，他见了溪女很高兴，问长问短的。在向川花和老马的眼里，溪女英武俊朗、多才多艺，是个难得的文艺人才。他俩觉得向青将来如果能和溪女走到一起，是一件非常美气的事。

吃完饭，叶莺带溪女和向青到自己家玩。他们三个进门时，柳夫人和老秦正坐在屋檐下晒太阳，未等溪女和叶莺开口，柳夫人先笑着说道："快进屋吧，中午在向青家吃饭，晚饭由我安排，你们到屋里聊天，饭做好了我叫你们。"

老秦说："对对，晚饭一定要在这里吃。"

他们三人往里走，向青边走边说："大妈大伯不要客气，我们聊一会儿还要出去转转，到西农感受一下大学校园的生活，如果回来晚了就不必等我们，到时候各自回家就是，其实我们在农村吃饭很简单，填饱肚子就行了。"

叶莺说："那不行，插队是插队，那是没办法。回来就不同了，我爸妈已经说了，向青你就别啰唆了，在我家吃顿饭就那么难吗？咱们该转就转，回来再吃好了，行不行？"

"行！"溪女说，"这样一来，明天中午该到我家吃饭了，你俩谁不去都不成！听见没？"

"好。"向青和叶莺都表了态。溪女跟着她俩走进了叶莺的房子。

进屋后，叶莺请他俩坐下，溪女环顾四周对叶莺说："你的屋里可真干净，可以说一尘不染；东西摆得整整齐齐，一点也不乱。"

向青说："你这话里有话，好像是在批评我。我的房间不整齐吗？"

溪女笑着说："你俩的房间都整齐，就我的乱。"

向青笑道："就是，本来不想说你，你是自找的。"

他们在屋里聊了一会儿，溪女提议到西农校园转转，叶莺和向青同意了，于是三人起身朝外走。

柳夫人和老秦将他们送到门外，柳夫人说："转一圈就回来，等你们回来吃饭。"

溪女和向青说："好，谢谢柳妈。"

走进西农校园，三个年轻人感到耳目一新。学校尚未放假，校园里洋溢着蓬勃的朝气。溪女等人走进大门后顺东边的主路往北，穿过路东的四号教学楼，到楼东侧的阶梯教室坐了坐。阶梯教室里坐了很多正在上自习的大学生。在课余时间，勤学的大学生们主动到这里读书写字，不同专业的学生都有。

溪女仔细地打量前排的学生，这些学生脸上写满了成熟与稳重。他暗自猜测他们上大学之前的经历。

溪女正在痴想，向青拍了一下他的肩膀："兄弟，走！到别处看看。"

溪女一回头，看到叶莺早已站在阶梯教室的后门口。溪女起身走了过去，三个人顺后门的台阶下来，走到东侧一条直通南北的马路上，朝北行走了一段，穿过人来人往的浴池门口、开水区，到学生宿舍区转了一圈。宿舍外有几张乒乓球案子，围了几个学生正在打球。宿舍外晾衣绳上挂满了花花绿绿的衣服，溪女看着感到特别亲切。

后来，他们顺着图书楼后面的东西路，来到了操场上。操场上学生很多，有打篮球的，有打排球的，有踢足球的，有三三两两散步的。向青说："大学生活丰富多彩，诱惑力太大了！"

叶莺说："外面的世界更精彩，到远方上大学是我的夙愿。期待春回大地，早点盼来高考。"

溪女说："每到大学校园一转，我回去就安不下心了，有时候迷惘得很，失望得很。我非常喜欢大学的校园生活，和你俩一样，期待早点恢复高考，考上一所理想的大学，远走高飞，一飞万里。"

"自私得很！不要我俩了，应该说咱们好好插队，努力补习文化课，有朝一日报考同一所大学，远走高飞，结伴而行！"向青说，"不应该独自飞走，撂下我俩。要么都飞，要么都不飞！"

"我支持向青！"叶莺说，"向青说得对，将来报考同一所大学，争取一起考上，一起飞走。那该有多好啊！"

他们三人边走边聊，最后顺西边的主路回家。路过叶莺家时，天色已近黄昏，叶莺叫溪女和向青进去吃饭，二人正在犹豫，柳夫人闻声出来了，说道："等你们半天了，饭早准备好了！"

溪女和向青说："好，谢谢柳妈。"

三十七

次日上午，溪女到海浪家串门，刚进门就碰到海浪的父亲海汀，海汀朝里屋喊了两声："海浪，溪女来了。"他满脸堆笑地对溪女说："你们都回来了，街上热闹多了。"

海浪从屋里出来，笑着对溪女说："到屋里说话。"

海浪家的院子不大，东西各有两间低矮的瓦房，中间是一米多宽的过道，后院紧挨西农的围墙，海浪的房子在西侧南面，北面是一间灶房。海浪的屋内有一张床，两把旧木椅，东面窗下搁一张桌子，桌上堆满各种颜料、笔筒、折叠的宣纸，南、西、北三面墙上挂满了花花绿绿的山水画。溪女进屋后，海浪给他泡了一杯茶说道："这是今年夏季我带鹿敏到安徽黄山观光时买的黄山茶，清香可口，请你尝尝。"

溪女接过杯子闻了一下说："果然好，闻着都香。你怎么想起去黄山了？"

海浪坐下来兴奋地说："作画必须师法造化，领略自然界美景，才能获得创作的灵感。这些年，我走遍了三山五岳，收获非常多。久闻黄山盛名，一直想去。今年五一节总算成行了，到了黄山之巅住了三日，大开眼界，体验了云雾缥缈的神奇，临摹真山真水，画了十几幅山水画，感觉效果很不错，我马上拿给你看。"

说完，海浪从床底拿出一个大画夹，铺在桌子上请溪女看。溪女的面前呈现出一幅幅栩栩如生的山水画，云雾缥缈，千峰竞秀。溪女仔细看了一遍，对海浪说："看到这些画，如临其境。大美黄山，令人神往。以后若有机会，我也一定到黄山看看。"

海浪感慨道："黄山美景确实不一般，值得以后再去。你有这想法挺好，去了就知道了。黄山是南岭画派的创作源泉，尽显南方山水的灵性与柔美，和北方山水截然不同。"

两人聊着，话题从绘画转到了插队。溪女说："你有绘画天赋，该好好坚持。等以后恢复高考，最好报考美术院校。"

海浪叹道："不知何时才能恢复高考。每次到插队的地方，我都待不下去。那地方宗族势力强，有些事公社都管不了，宗族老大说了算，谁也奈何不了他。插队环境太差，我不想看见那些人。"

海浪说："我听了你的意见，常去鹿敏住所，大队干部和群众都知道我俩处对象，那村支书后来就不再纠缠她了。"

溪女说："那就好，你今后接着这么做，保护好鹿敏。只有等插队结束，咱们才能远走高飞。"

海浪说："有时我情绪很低落，一提起插队就头痛。所以常和鹿敏请假，大队拿我们也没办法。现在流行推荐上大学，我俩和大队关系不好，推荐肯定没希望，与其这样，不如不管，做自己喜欢的事，不委屈自己。"

溪女说："这也不失为一个办法，只要请假，村里确实拿人没办法。我和很多知青交流过，也问过我哥我姐，现在国家形势开始好转。高校从1971年起试点招生，到1972年、1973年招生规模逐渐扩大，说明今后招生规模可能会继续扩大，国家开始重视培育科技人才，估计恢复高考只是时间问题。推荐上大学的生源良莠不齐，不利于科技发展，只有通过考试，才能为国家选拔优秀人才，培育合格的高科技人才，加速实现科技强国的战略目标。国家要发展，民族要复兴，必须培育各方面的优秀人才，这是时代潮流，谁也阻挡不了。长江后浪推前浪，浮事新人换旧人，这是古人总结的。我们现在要做的，首先是拿起课本，学好数理化和文化课，用知识武装自己。人可以白手起家，不能手无寸铁。机会只眷顾有准备的人，不能辜负大好青春时光。"

海浪眼前一亮："你分析得好，说得很有道理，期待高考制度早点恢复。"

两人正聊着，鹿敏来了。她见到溪女很开心："越溪女，邻居都说你是只喜鹊，走到哪儿唱到哪儿，啥时候给我俩也唱首歌？我特想听。"

溪女说："好，马上来一首，你想听哪首？"

"看了小说《红岩》，我最崇拜江姐，崇拜身陷囹圄还在狱中与敌人斗争的英雄们，你唱首《红梅赞》，行不？"

"好，小事一桩。"溪女站起身，清了清嗓子，开始唱歌：

　　红岩上红梅开
　　千里冰霜脚下踩
　　三九严寒何所惧
　　一片丹心向阳开

　　向阳开
　　红梅花儿开
　　朵朵放光彩
　　昂首怒放花万朵
　　香飘云天外……

溪女声情并茂地歌唱，海浪和鹿敏认真地听。唱了一段，院里先后来了几个小听众，站在门口静静地听，一直到整首歌唱完。鹿敏带头鼓掌，海浪和小听众们一起响应。溪女摆摆手说："别拍手了，我都不好意思了。"

鹿敏高兴地说："潇婆生你生对了，一天到晚快乐得像一只喜鹊，跟你在一起很快乐。"

溪女笑了笑，看看手表："快到饭点了，你俩聊吧，我该走了。"

海浪说："中午在我家吃，让鹿敏做，我给她打下手。她做的浆水鱼鱼可好吃了。"

溪女说："下次吧，出门没跟老妈说，不回去午饭又剩下了，老妈会骂我的。"

鹿敏说："听说今晚西农操场放映故事片《革命家庭》，你去不去？"

溪女说："去，我已经看过一遍了，还想再看一遍。"

海浪说："那今晚一起去看电影，不见不散。"

溪女是银宫街的活跃分子，放假回家走访了大部分插队知青，活跃了街上的气氛，给伙伴们传递了温暖，赢得了众街坊的交口称赞。他走到哪里，哪里就响起欢声笑语。他喜欢唱歌，喜欢运动，充满了正能量。他喜欢小孩子们，喜欢给少年儿童讲故事，成了银宫街与柳坞巷的"娃娃头"，经常在孩子堆里出现。

时间过得很快，转眼间又到了腊月。

腊月二十三清晨，大船在五云镇摆好调料摊后，让两个儿子照看，他赶到银宫街，在起过菜的菜地旁支起一口大锅，用干柴烧水。水快滚时，小船站在崖畔叫来银民、黑民当帮手，在大船的带领下，一齐动手，将猪摁倒用绳子绑了，大船趁机操刀杀猪。

大船是急性子，杀完猪后顾不上吃饭，骑车匆匆离去——他惦记自家调料摊的买卖。银宫街的邻居闻讯前来买肉，小船以略低于市场的价格卖给他们，邻居们都很满意。最后，剩了二十多斤猪肉，小船用自行车驮到五云镇卖掉了。临回家前，小船特意给大船、二船各留了三斤猪肉。大船当即包了一些上好的调料，让小船带回家。

腊月二十四，公社农林场也杀了几头猪，给每个职工分了两斤肉。

小船很高兴，有了七斤猪肉，就能过个好年了。

　　亚荷和淑贞轮换着照料雯雯，整日忙个不停。雯雯在襁褓中一天天长大，全家都十分高兴。入冬以后，奶羊进入发情期，泌乳量减少，全靠奶粉和稀饭喂养雯雯。淑贞养羊经验丰富，在羊的发情期能把握好时间，到邻近的配种站完成羊的配种。

三十八

一年之计在于春，许多家庭都在考虑经济发展。过了正月，买猪成了无数农村家庭的大事。小船也一样，他一连三个礼拜天到附近集市上赶集，看准时机后，购回一对小猪，在家里精心喂养。

时光在流逝，生活在继续。每天清晨，柳夫人准时在早市巡视，监督管理市场秩序。只要小船家养羊，柳夫人就叮嘱几个熟悉的菜贩，撤摊前将顾客剥落的菜叶收好，统一放在她家门外事先准备好的一个旧菜筐，好让淑贞定时取走，拿回家喂羊。有了菜叶的补充，减少了放羊的次数，淑贞的压力变轻了。淑贞对此很感激，曾给柳夫人送过两次羊奶，柳夫人坚决不要，她说："成年人好说，雯雯缺奶不行，你拿回家给孩子吃，把孩子喂得胖胖的，提高免疫力。"淑贞见柳夫人言辞恳切，只好作罢。

春夏之交，野草丰茂，野外适宜放羊，但柳夫人继续收集菜叶。有一次遇到淑贞脱不开身来取，次日菜叶发出阵阵怪味，老秦对柳夫人说："新草上来了，有地方放羊，淑贞都没时间取，你收集菜叶等于给她增加负担，没这个必要了。"

柳夫人说："羊是张嘴东西，一顿不吃就没奶，你不懂不要乱说。淑贞没时间取，你可以给她送过去啊！"

老秦皱了皱眉说："好，我送。你发了话，我哪敢不听呢？"于是，老秦拎起装着菜叶的竹筐给小船家送了过去。亚荷见到后非常感动，再三表示感谢。从此以后，只要婆婆忙碌，亚荷就自觉到柳夫人门前去取菜叶，不想再麻烦老秦。

这年 4 月的一天下午，一对从四川流浪而至的刘姓父女出现在柳坞巷。父亲身材高大，五十多岁，胡子拉碴，穿了一身粗布黑衣；女儿中等身材，相貌好看，名叫秋霞。那位父亲向邻居打听附近有没有哪家大龄青年没有媳妇。这对父女吸引了春英和麦香的注意。淑贞刚好从银宫街下来喂猪，上前听了几句，终于听明白了，原来，这位父亲想尽快给女儿在本地找个婆家，彩礼可以不要。淑贞跟捡了钱似的高兴，围着父女俩问长问短。

喂了猪，淑贞邀请这对父女到银宫街自己家中，给他们做了两碗面，倒了两杯开水，然后仔细和他俩攀谈。淑贞仔细观察了这位叫秋霞的姑娘，发现她的肚子微微隆起，怀疑她已怀孕。淑贞说："你们今晚先住到我家，我有一个亲戚的儿子不到三十岁，刚好没有媳妇，我晚上就给你们去说。说好了，就带你们去他家里看看情况，如果你们满意，后面的事由我负责安排，不会亏待秋霞。"

秋霞的父亲听后很高兴，对淑贞说："行，给你添麻烦了。"秋霞没有言语，眉宇间浮现出一丝不安。

淑贞想给七丫的大儿子选印提亲，七丫的家境不好，三个儿子都未成婚。淑贞一直记挂在心。

亚荷下工后，见到这对父女，热情地同他们打招呼。听婆婆说明情况，亚荷表示赞成，她对婆婆说："这不是三天两晌的事，这父女俩都住这里不方便，让秋霞睡到灶房的炕上，让横海、横洋跟你挤上几晚，雯雯跟我睡，让秋霞她爹晚上睡在崖下的后窑，白天按时上来吃饭。你今晚就去七妈家去一趟，看七妈乐意不乐意。你现在照看家里，我到崖下的院子，把后面的窑洞打扫一下，回来再做饭。窑里面本有一张旧床、一个八仙桌，放学后请银民哥过来给窑里接个临时灯泡，先将就一下。"

"好，你快去。"六婆很欣慰。

亚荷到崖下去了，六婆在家里照看雯雯。池医生夫妇刚好下班在家，亚荷简单说了一下情况，池医生说："我让迟老师给后窑拉根电线就行了，上次检修室内线路时，刚好多余了十几米电线和一个灯头、一个开关，刚好用上。"

迟舒说："没问题，我马上行动，不能让家里的客人晚上摸黑。"

麦香过来打探消息，亚荷说："八字没一撇呢。"麦香搭讪了两句转身就走了。延胜叫人淘井时，亚荷对淘井人冷眼相对，麦香和延胜十分不满。这回好了，亚荷的家里住了一个不明真相的孕妇，她认为这不是一件吉利的事情。她私下到处宣传，想看亚荷的笑话。

收拾好窑洞后，亚荷回到崖上的家里，发现晚饭已经做好了。草草吃过晚饭，亚荷照看雯雯，让婆婆领着秋霞她爹抱了一床被褥到崖下认地方，给秋霞她爹安顿好住处，淑贞便急急赶往七丫家。

晚上，亚荷陪秋霞在屋里聊天，通过询问，亚荷才了解了秋霞的情况。她家在一处偏僻的山区，一次走山路去赶集，途中路过一片树林时被一个邻村坏青年欺负了，回家后她不敢告诉家人。谁知后来怀孕了，身子愈来愈明显，被父母知道了，家里乱成一锅粥。为保全名誉最终没有选择报案，母亲带她到医院检查，医生说："做人流太晚了，为了不出危险，最好将孩子生下来。"眼看孕身越来越明显，秋霞的父母商量后，决定将她领出来，在外地给她安个家，从此远离是非之地。

听了秋霞的讲述，亚荷非常同情，对邻村那名流氓十分痛恨。

半夜时分，淑贞回来了。亚荷和秋霞都还没有睡，亚荷出来询问情况。淑贞说："你七妈可高兴了，赶紧把选印叫来问他的意见。选印同意。"

"你说秋霞有孕在身的情况没？"

"说了，你七妈没意见，听说秋霞长得好看，你七妈说如果生了女孩更好，肯定漂亮可人；选印也没意见。你七妈让我回来问秋霞和她爹，看他们父女愿意不愿意。要不是我阻挡，她今晚就想过来看看秋霞。我说心急吃不了热豆腐，等明天再说。"

"这事有希望，就看秋霞了。"亚荷说，"那咱们就得好好招待秋霞和她爹，争取做成这件善事。时间晚了，我房子有客人，孩子交给你照看，你早点休息，明天再说。"

亚荷回屋，秋霞询问提亲的事。亚荷说："我婆婆给你说的这一家人父母很忠厚，男的叫燕选印，不到三十岁，姊妹四人，三男一女，选印是老大，在生产队劳动积极，踏实肯干，长相也过得去。他是初婚。我婆婆说了你的情况，他们一家都很乐意。你明天和你爹商量一下，如果没意见，这事就成了。"

秋霞羞涩地低下了头，想了一下说道："为啥这么大了还不说媳妇？是不是有啥问题？"

亚荷说："前些年家里穷，拿不出彩礼，所用耽搁了；等攒足了钱，年龄又大了，不好说。"

"好是好，但总觉得年龄不合适。"

亚荷说："你再考虑考虑，先睡觉，明天再说。"

晚上，秋霞辗转反侧，久久难以入眠。

次日上午，七丫带着选印到淑贞家中见面。选印很满意，秋霞显得心事重重，愁容满面。秋霞发现选印老实巴交、沉默寡言，长相也不好看。秋霞心情复杂，思想斗争激烈，迟迟没有给选印家准话，七丫十分焦急。

七丫得知秋霞的心事后，焦急地跟六婆说："我和秋霞有缘，看第一眼就非常喜欢。秋霞如果对选印不满意，就说给老二选章，选章今年不到二十六，要个子有个子，要模样有模样，要不是选印挡路，早说下媳妇了。"

淑贞想了一下说："老大没成婚给老二娶，不合情理。先不急，万一不行再这样办。"

在淑贞的撮合下，在父亲的催促下，秋霞最后勉强答应了这门亲事。

定亲时，选印给秋霞她爹交了两百元彩礼，给秋霞置办了两身新衣。选印陪着秋霞坐火车回老家开了一份介绍信，返回时秋霞的母亲也来了，当晚和秋霞她爹住在柳坞巷亚荷家的窑洞里。

秋霞出嫁的前夕，亚荷说："姑娘出门前，一定要洗个热水澡。"秋霞愉快地答应了。亚荷将秋霞带到西农浴池洗了个澡，秋霞从浴池出来后，秀发披肩，脸色红润，楚楚动人。

亚荷心里想，可惜这孩子了。小船也觉得选印配不上秋霞，他私下责怪母亲糊涂，不该把秋霞介绍给选印。

秋霞出嫁的时候，娘家只有父亲和远道赶来的母亲二人，小船夫妇和淑贞应邀作为娘家的亲戚送秋霞过了门。当天选印在家里摆了三桌酒席，和秋霞完成了婚礼。成婚的当天，秋霞认淑贞做了干妈，淑贞感动得泪眼婆娑。婚后的次日，秋霞的父母踏上了回家的路途。

三十九

　　1974年暑假初，为了解决家庭经济困难，小船征得亚荷的同意，在一个星期一的早晨，他骑自行车带着两个儿子到公社农林场割草，打算将草晒干后用架子车拉到西农奶牛场出售，给家里换些零花钱。

　　横海从小听话，领着横洋来到农林场。到场部后，小船先给两个孩子安顿住处。他找人借了一张床，加在屋子里，并搭上了蚊帐，准备让两个孩子晚上睡。安顿好住处后，他带着两个孩子到场部周围转了一圈，让孩子熟悉一下周围环境。他上班走后，横海带着弟弟四处转悠，他俩对这片陌生的天地非常喜欢。

　　场部建在一条小河的南岸，河畔长了两行参天的杨树，伏天蝉声鼎沸。屋后的小河水清澈见底，河床铺满柔软的细沙。北边是大片的农田，远远地分布着几个村庄。莲花村位于场部西北方向。过年走亲戚的时候，横海曾随伯父家的孩子到河滩上来过，对场部周围有一些印象。场部南边是农林场的大片稻田，一公里之外是杂草丛生的渭河大堤。

　　这条小河是渭河的一个小支渠，是农田基本建设时公社组织各大队社员所修，用来灌溉两岸的庄稼。场部东面的路边有一口浅水井，水面离井口只有一尺多。顺场部东面的小路往东一里外，是与西农路接壤的一条南北砂石路，直通渭河大堤，是拉运河沙的主要道路。

　　吃午饭的时候，场部的工人们见到两个小朋友，他们都很喜欢。吃过午饭，一个叫郎俊的青年把横海和横洋叫到他的屋子，给他俩讲《蝌蚪找妈妈》的故事，小兄弟俩听得入了迷。讲完故事，郎俊送他俩回去睡午觉。

午休之后，小船拎着一个装了两瓶凉开水的大筐子，带着两把小镰刀，带两个孩子到稻田割草。日当正午，酷热难耐。走在田埂上，空气里弥漫着一股浓厚的鱼腥味儿和水草味儿。到了长满水草的田埂上，小船做了示范，指导孩子割草。等横海、横洋熟练之后，他才离开。这时，空旷的水田间，除了天上的飞鸟和水里的鱼儿，只剩下小哥儿俩。横海和弟弟割一会儿，歇一会儿，他俩所到之处，晒满了泛白的水草。

太阳偏西后，晾晒的水草已经被晒得发软。小船下班后过来装草，装满一筐拎回去，在场部西南的晒场上晾开，回来再拎第二筐、第三筐，最后和两个孩子一起回到场部。

晚饭过后，横洋想回家，小船不同意，横洋的犟脾气犯了，转身就往外跑，小船急追上去伸手就打，横海奔到跟前护着弟弟，小船几次都打到了横海身上，横海没有喊痛，全力保护着弟弟。小船停手又生气地问横洋："你还回不回？"

"回！"横洋斩钉截铁地说。

小船还想抽打，横海说："爸，你先走，我一会儿把我弟带回去。"小船这才罢手。

小船走后，横海竭力地劝说横洋，横洋的情绪渐渐平稳了，表示愿意跟哥哥回去。

日落时分，横洋跟着哥哥回到了住处。小船对横洋直瞪眼睛，横洋并不理睬。

次日上午，横海自行带着筐子和镰刀，领着弟弟下地割草。正在割草时，郎俊扛着一把铁锹绕过来看了看他俩，说："你俩不用割了，下到稻田里用手拔稗草，这种草又高又大，跟麦田里的燕麦一样，属于杂草，斤量重，很好拔。就是这种草。"他边说边用手指着水稻间的一丛丛杂草，让横海学着辨认。

郎俊说完，脱掉布鞋下到水里，照准稗草就开始拔起来，很快就拔出一大把。

横海问道："这么好拔，为啥我爸没说呢？"

郎俊说："估计是怕你踩了水稻，水稻正值生长期，根浅，最怕碰倒。如果碰倒了，水稻很难站直，不过只要小心就没事。好了，你俩忙，我到那边去排水，稻田要定期灌水，定期排水，要想多打粮食，就要按科学规律办事。"说完，郎俊走了。

横海下到水里拔草，让横洋在田埂上等。忽然，眼前出现了一条绿蛇，吓了横海一大跳。这条蛇很快钻进稻丛不见了踪影。横海赶紧走上田埂，不敢再下水。

横海歇了会儿，继续在田埂上用镰割草。快到中午的时候，小船来找横海、横洋，看到田埂上晒了许多稗草，说道："本想过两天教你俩认识稗草，没想到你俩已经认识了。稗草很好拔，晒干后斤两足，折损不大。是谁告诉你俩的？"

"是郎叔叔，他教我俩认识的"横海说，"正拔着，水里冒出一条绿蛇，我就跑上来了。"

"那别下水了，就在岸上割。"小船说，"不过，这种绿色的蛇是草蛇，无毒，不伤人。等以后不怕它了，再下去拔。咱先回去吃饭，让草晒着，等傍晚再来往回运。"

说完，他装满一筐草，吃力地举到肩上，扛起就走。横海、横洋在后面跟着。

一天天过去了，晒场的干草渐渐擂成了一个草垛，小船开始筹划卖草。一个礼拜六的午后，在打听到西农奶牛场加班收草的消息后，小船让亚荷从家里拉来了架子车，夫妻俩合力将干草装上车，小船驾辕拉车，亚荷在旁边拉绳，孩子们跟在后面用手掀着，顺那条连接西农路的砂石路一路北行。到达西农路南段西侧的奶牛场东门时，已经是晚上六点半了。进门后西行二百米，前面路旁排满许多干草车，小船拉着架子车加入缓慢移动的车队，等候过秤、开票、付款。

这一车草卖了十三四元，小船夫妇异常高兴。出了牛奶厂东门，亚荷花一角五分钱在路边小卖部买了两个冰棍、两块水果糖，奖给两个孩子。横海很高兴，小心地拿着冰棍吃，将水果糖装进了衣袋，准备给妹妹雯雯。横洋很快就将自己那份全部吃完。

此地距五云山还有一公里，小船反转架子车，推着车辕和亚荷并肩回家，两个孩子紧跟在后面。

回到家，淑贞已经做好了晚饭。横海进门逗了逗小雯雯，掏出自己保存的那块水果糖，剥开外层的糖纸递到妹妹雯雯口中。

正准备吃饭时，黄潇风过来串门，说道："西农晚上有电影，听说是抗美援朝故事片《奇袭》。"横海听了很高兴，他招呼横洋赶紧吃饭，吃完带他去看电影。横海吃了几口放下碗，拉着弟弟就往外跑。雯雯看到哥哥们跑了，立即躺在地上打滚。横海闻声返回，扶起雯雯哄了哄，又找来拨浪鼓摇了几下，逗妹妹开心。最后趁雯雯不注意，给祖母递了个眼色溜了出去。

看到孩子们往外跑，小船也急了。匆匆吃过饭，他就往外走，生怕亚荷给他安排杂事。

礼拜一清晨，小船骑车到公社开会去了，临走前他将场部宿舍的房门钥匙交给横海，并嘱咐两个孩子徒步前往农林场，继续在河边割草。

横海带着弟弟顺着西农路往下走，出门前往衣袋里装了些晒干的西瓜子，两人边走边嗑。到了农林场，两人往水瓶灌了凉开水后，拿着镰刀和筐子下地去割草。

临近中午，小船开会回来了，他来到田间，装了一筐晒得半干的草，叫两个孩子回去吃饭。

午后，两个孩子正在酣睡，小船摇醒了他们。到了田埂上，横海带头蹲着割草，横洋不情愿地跟在后边。

割了一会儿，横海发觉小腿很疼，低头一看，他立马跳了起来，横洋也发现了异常——他俩的小腿上趴着几只黑色的蚂蟥，蚂蟥的尖嘴扎入肌肉。他俩用手扒拉了一下，发现扒拉不动，便赶紧用镰刀贴着皮肤刮，这才将蚂蟥刮开。横海叫弟弟迅速离开此地，另找了一处田埂，观察没有蚂蟥后才蹲下继续割草。

遇到阴雨天，只能待在屋里。小船为了使孩子们安心，借来了一些连环画，供他俩翻阅。

一天，小船从稻田里捉了一条长相似蛇的黄鳝，在场部东侧的水井边开肠破肚，洗净后拿回屋子放在搪瓷茶缸，架在火炉上煮，十多分钟后屋内香气扑鼻，父子三人美餐一顿。

一个晴朗的晚上，小船对两个孩子说："今晚带你俩到西瓜地吃瓜。"横海和横洋十分开心，到农林场割草很久了，周围有许多瓜地，他俩却没尝过。

出门后，他们顺场部后面渠岸上的土路西行。沿途一块块农田纵横交错，小路在田野上拐来拐去。不知转过了多少个弯，正当横海和横洋感觉走不动时，小船说："到了！"横海定睛一看，路边出现了一个木椽搭建的离地一米多高的瓜庵，小船走到跟前轻声呼喊："三叔，三叔。"话音刚落，摸黑从瓜庵上慢慢下来一个驼背老汉，对小船说："是小船啊，你在这里稍候片刻，叔给你挑两个瓜。"

小船说："我把娃带来了，就在这里吃，麻烦您老了。"

"不麻烦，稍等一下。"说完，老人小心翼翼地走向瓜田中央。

瓜庵下有几个木墩，供来人坐着歇息。小船招呼孩子们坐在木墩上，他进地接瓜。

片刻之后，小船和看瓜人各抱一个西瓜走出来。看瓜人从庵下摸出一块小木板、一把切瓜刀，熟练地切好西瓜。看瓜人说："快吃，红沙瓤，西农研制的新品种，吃完再切一个。"

小船和横海、横洋拿起切好的西瓜津津有味地吃了起来。看瓜人从身后摸出一个烟杆，点燃一锅旱烟，笑眯眯地看着他们。一个瓜吃完之后，又切了一个。切完第二个瓜，看瓜人又到地里摘了一个大西瓜，对小船说："把这个给孩子拿回去吃。"

小船从衣袋里掏出三元钱要付账，看瓜人说："你是大船的兄弟，自家人。我让大船给你捎了几次话，让你过来吃瓜，你都不来。好容易来了，还能收你的钱？"

　　小船谢过之后，抱起西瓜告辞。横海、横洋跟着往回走，走了一段路，横海说："应该把钱给那个老爷爷。老师教给我们的歌里说：不拿群众一针一线，我们不能白吃西瓜。"

　　小船说："有觉悟，值得表扬，下次去了将今天的钱补上。"

　　横海不说话了，和弟弟肩并肩默默地继续往前走。途中，小船一会儿抱着西瓜，一会儿把西瓜扛在肩上。走着走着，横洋身子一歪，摔倒在地上，横海慌忙去扶，小船被惊了一下，西瓜溜出手，摔个粉碎。

　　"走吧，回家。"小船苦笑了一下说，"白扛了一路，到嘴边的西瓜吃不了。"两个孩子也觉得有些丧气。

　　暑假期间，小船共卖了四车干草，得了八九十元。全家人欣喜万分。

四十

秋霞和选印结婚后，选印对秋霞百依百顺。选印起早摸黑地在生产队上工，晚上回家满身是土，秋霞给他打水，让他洗脸换衣。秋霞爱干净，选印邋遢。在秋霞的劝说下，选印开始讲究卫生。生产队收入微薄，秋霞找淑贞想让小船给选印在农林场找份差事，淑贞爽快地答应了。

当年秋季，农林场种植的三十亩高粱正需要找人看守，驱赶啄食高粱米的鸟群，这种工作叫"吆鸟"。小船提前安排选印到农林场上班，每月工资二十五元。

选印到农林场上班后，对工作很认真，吃过饭就到渭河岸边赶鸟，丝毫不敢马虎。选印根据工人教的方法，在路边紧挨高粱地的树枝上每间隔一段距离悬挂一个用穿旧的衣服扎成的稻草人，草人随风晃动，胆小的鸟儿见了之后纷纷躲避。前两个月相安无事，到了高粱成熟期，鸟儿似乎识破了这个骗局，成群突袭高粱地，一波飞走一波又来。选印不断吆喝、驱赶，搞得他精疲力竭。

选印平时话少，不善与人沟通，且不打牌、不喝酒，有的工人看不起他。副场长对小船说："场长，燕选印怪得很，吃完饭就回他房子了，见人没礼貌。一次，我路过高粱地，见他吆鸟的声音很小，鸟儿根本不怕他，他光知道来回追着鸟跑，这样下去可不行。我建议换个人，请你考虑一下。"

小船说："选印老实可靠，很负责任，就是方法不得当，我提醒他一下。老实人话少，能理解。至于换不换人，你们不必操心了，我会通盘考虑的。"副场长碰了个钉子，灰溜溜地走了。

一天中午，小船找到选印说："吆鸟要声大，不用来回跑，这样会把你累坏的！高粱地又没有其他人，你不要不好意思，大声吆喝。千万不敢让鸟把高粱吃光了，那样就麻烦了。只要你把这个任务完成了，后面再给你安排其他事，让你长期在农林场干，这样家里就有现钱了，秋霞也就高兴了。你听懂了吗？"

听了这话，选印额上的汗都下来了，他连声说："听懂了，听懂了！"

当天下午，小船抽空去高粱地，看见选印还在跑着追鸟，声音还是不大。小船叫住他，给他示范了几声。一个鸟群刚刚停落，小船发出一种尖锐而悠长的吼声，比哨音还刺耳，鸟群随声而起，飞往别处。选印看得愣了神，小船说："看见了吗，只有这样喊，才能将鸟群吓走。你试试。"结果，选印试了很多次，并不见效。小船耐心地教了他一个多小时，效果还是不明显。小船临走时对选印说："你要好好练才行，不要着急，功夫是练出来的，要相信自己一定能做好这件事。"

国庆节前夕，那片高粱被鸟群吃掉了大半，副场长意见很大。一次趁小船到县上开会，他擅自决定将选印开除了。等小船回到场部，选印已经背起铺盖卷回家了。小船听了副场长的汇报，生气地说："这么大的事怎么不等我回来？这是无组织无纪律！"

副场长赔笑说："我也是为你好，知道这个人是你们村的，你不好开这个口，我替你当了一回恶人。他临走时，我让会计给他把工资发了，最后一个月按全勤发放。"

事已至此，小船也不好多说。

选印背着铺盖回到家，秋霞吃了一惊。问明原因后，她到柳坞巷找到淑贞，述说了选印被开除的事，淑贞气得脸色发青，对小船很不满。她好言安慰秋霞，心里憋着一股火。小船礼拜六傍晚回家后，淑贞劈头盖脸责问道："谁让你把选印开除了？你在外面能当多大的官，连亲戚都不认了？"小船不敢顶嘴，一直等母亲发完火，才向母亲解释了一番。淑贞知道了事情的原委，满腔的怒气这才慢慢消了。

亚荷从没见过婆婆发这么大的火，这才知道婆婆原来是一座休眠的火山，也有爆发的一日。从此，她对婆婆产生了几分敬畏之情。

小船为了不惹母亲生气，次日吃过早饭，他对亚荷说找领导拉关系，在征得亚荷的勉强同意后，他带了半篮子鸡蛋，悄悄骑车去找一个主管社办企业的副主任，想将选印安置在公社油脂厂当工人，那个副主任收下鸡蛋，愉快地答应了。小船回家告诉了母亲，母亲放下手里的活计，立即到秋霞家去告知这个好消息。秋霞听后非常高兴，对淑贞一家充满了感激。

两天后，小船在西农路高干渠的桥边等选印，带他到公社油脂厂报到。

这年初冬，落鹄生产队发生了一起群殴事件：一家弟兄五个，在老大游谋的带领下，为一些琐事一拥而上将生产队长武全打了。游谋用镬头砸中武全的一条大腿，武全当场被砸倒在地站不起来。游谋等人在村里无人敢招惹，武全的三个兄弟不敢出面应战。武全爬到游谋家的木门前嚷了三天，观众里三层外三层，影响很坏。大队干部调解不了，派出所闻讯前来调查，公说公有理，婆说婆有理，游家态度强硬，武全拿不出证据，派出所理不出头绪，无法处理此事。

三天后，大队出面将武全送到医院，给他治疗腿伤。武全在医院住了十多天，伤基本治好了，但他听信妻子的话想赖在医院不出去。大队书记燕信忠得知后，专程赶到医院做思想工作："见好就收吧，这事是你们个人之间的纠纷，是贫下中农打贫下中农，又不是地主打穷人，与阶级斗争无关，谁也处理不下去。大队念你工作积极，对生产队的贡献大，才出面管你，你自己考虑清楚。"

第二天，武全就出了院。从此，武全辞去生产队长一职。

冬季，落鹄村先后死了两个老人，办完这两起白事后，有人请了两个外村的木匠提前给父母做寿材，这引发了连锁反应。两个木匠做完一家又一家，他们在落鹄村一直干到年底，挣了数百块钱。受此影响，小船动了心思，想提前到位于县城的一家贮木场给母亲买一根东北红松木，在适当的时机给母亲做一副寿材。

冬季的一天，汾花回家看母亲，听说此事后，给了小船一百元，让他买松木。手里有了资金，小船通过公社书记宁云的关系，拿到了两方东北红松的供应票，提前约好大船、二船，准备礼拜天到新县城去拉。汾兰的次子丹文的女儿丹玉正好到银宫街看望外祖母，听说此事后，丹文立即表示想跟舅舅同去拉木头，小船正需要人手，便爽快地答应了。

这趟拉圆木必须准备两辆架子车，除了自家的架子车外，小船事先又从银民家借了一辆。礼拜六清晨，丹文第一个赶到舅舅的家里，大船随后赶到。他们先给车胎打足气，然后拉着空车沿陇海铁路南侧的公路向东出发，走了将近两个小时，才到达位于新县城的一个大型贮木场的院子。

这时，已经是上午十点多了，二船正在贮木场门口等候他们。贮木场设在县城东北郊外的一个大院，全是土地面，里面的木料垛得跟一座座小山似的。小船等人在里面转了一圈，不知如何下手。经过咨询，里面的工作人员只允许他们在别人挑拣过很多遍的两堆木料里挑选。四人拨弄着横七竖八的木头，想找一根让自己满意的，但始终没有找到。最后，二船托关系联系到了该公司的经理。工作人员接到指令后让他们在一批新到的东北红松中挑选，四人经过仔细翻选，最后敲定了一根十米左右长、比木桶粗的笔直的圆木。办完手续后，四个人合力将圆木架在两辆架子车上推出了贮木场的大门。

一群拎着竹筐、拿铁铲的十一二岁的少男少女早已守候在贮木场的门外。看到推着木材的架子车出来后，孩子们一拥而上，在正在移动的架子车上猛刮树皮。没等小船等人反应过来，除了贴近车底的一面之外，其余的树皮已经被他们刮得一干二净。刮完之后，孩子们又快速回到路旁继续等候后面拉木头的架子车。四人从未见过这种场景，一时惊诧不已。

贮木场大门外面有一条通往环城东路的土路，路面坑坑洼洼，推着两辆共载一根圆木的架子车十分难走。在小船等人的努力下，经过一番颠簸，终于走出了这段土路，到达东闸口那条南北石子路。这时，四人个个累得大汗淋漓，二船连声说："不行，咱四个推不动，得再找两个帮手。"大船反驳道："到哪里找人？提前没说，现在找谁？慢慢往回推，谁也别指望。"二船皱着眉毛不再言语，低着头用力推车，此时浑身衣服已经湿透了。小船为自己低估了这次运圆木的难度而懊悔。

踏上石子路后，明显感觉轻松了许多。过了县城陇海线的东闸口，他们顺高干渠边的西宝中线西行一公里，在西闸口路边找了一家国营面馆，将车停在路边准备先吃饭。进了面馆之后，要了一碟油炸花生米、一碟泡菜、一斤白酒，四个人又各吃了一大碗油泼扯面。吃完饭，丹文抢着付了饭钱。在面馆坐着休息了片刻后，又重新上路。

继续西行六七公里，一行人抵达漆水河畔一段南北走向的河谷旁。蜿蜒的公路直通坡底一座石桥，两侧坡度超过45度，形成陡峭的V型地势。临下坡前，二船抬手示意停车："你们在这儿等着，我去寻个人手。"说罢便踩着碎石下坡寻人。

二船找到村里的干部说明了情况，村干部闻讯，立即在附近召唤了四名青年劳力前来帮忙。大船、二船见此，大喜过望。众人齐心协力，载着圆木的两辆架子车终于翻越石桥，成功到达对面坡顶。

停车之后，二船从上衣口袋掏出五元钱，想塞给村干部表示感谢。村干部坚决不要，两人推来推去。村干部最后急了，说道："我村就在这座桥边，每次发现有人求助，附近的社员都会积极行动，义务地帮助外队群众推车过桥，从来不收任何钱。咱们都是社会主义大家庭的成员，理应相互支援。你是县委的干部，曾在我村下过乡，咱们见过面。

我们没收过别人的钱，更不可能收你的钱。你的心意我们领了，钱坚决不能收，再这样就见外了。"说完，村干部和二船握手道别，带着其余的社员走了。

看到这暖心的一幕，大船感动得不知说什么好，小船也很激动。目送村支书等人走后，二船对还在发呆的大船、小船说："还有十里多路呢，赶紧走。"推起车子后，大船对二船说："看来，还是社会主义好。这事要搁到旧社会，累死都没人管。哥当年到渭河边给财主挑重担，边走边哭，累死累活，旁边都没人理。"小船说："实践证明，没有共产党，就没有新中国；没有新中国，就没有这种人与人之间的亲情。"二船说："没有共产党，穷人就翻不了身，咱妗母的仇就报不了。"众人都说："对！"

黄昏时分，四人推着那根圆木，终于到达五云镇西侧的西农路坡下，个个累得汗流浃背。淑贞和汾兰早早来到坡下守候，黄潇凤帮着亚荷在家准备饭菜。看到这根圆木后，淑贞高兴得合不拢嘴。

小船让两个哥哥和外甥停车休息，自己到街上找了两个帮手。六个人奋力将木头车推到柳坞巷东侧的西环道边，缓缓将车顺环道边的陡坡放了下去，推至柳坞巷自家门前。银民、黑民、延胜等闻讯都出来帮忙。

卸车之后，大船趁人手多，提议将圆木直接进院，放进后窑里面。这样可以免去雨淋日晒，等自然干燥后，再扯成木板备用。随后，众人合力将圆木抬进了后窑。

圆木放好后，小船招呼众人到崖上的银宫街吃饭。柳坞巷前来帮忙的邻居都婉言谢绝了，只有延胜在妻子的催促下表态愿意去崖上吃饭。

吃饭时，淑贞对大船、二船说："多亏你俩，给妗子帮了大忙了！了却了一桩心事。"大船说："这木头是刚出山的湿木头，在窑里放一段时间，等阴干了，我抽空找个帮手把这扯成板，将木板架空再放一段时间，等彻底干透了，就可以找木匠做一副寿材。这木头非常好，是上等的好货，做寿材最好了！"

淑贞喜滋滋地说："那好，就这么办。你到时候给妗子操个心，你是匠人，对这些懂。"大船说："放心吧，我定期过来看。"

吃完饭，众人各自回家休息。

四十一

这年腊月，汾花和往年一样，提前和爱人李霞蔚带着女儿丹琴回家探亲，看望干妈和自己的母亲。汾花给两个妈妈各买了一件棉衣，给雯雯买了一身新衣服，大家都很高兴。当天吃过午饭后，汾花一家三口去看妹妹汾兰，雯雯也想去，淑贞阻拦道："自行车坐不下，下次奶奶带你去。"

这时，汾兰的长子丹军刚从部队复员回家，准备在生产队务农，女儿丹玉在读初一。汾兰的次子丹文在铁路上当了几年临时铁路工人，后来转正，成为一名正式的铁路工人。由于精明强干，被选拔为铁路警察。

到了汾兰家，姐妹见面，分外亲热。自从丹军参军、丹文参加工作后，汾兰的家境渐渐好转，丹玉的学习成绩在班里名列前茅，汾花感到非常欣慰。

汾兰对姐姐说："姐，你和姐夫工作这么久，一家三口还挤在单位分的单身宿舍，我心里很不安。这些年多亏你和姐夫的照顾，丹文和丹军才能安心念书。没有文化，丹军就当不上兵，丹文就没有今天的好前程，我这个家把你拖累了。今后你不用再为我操心了，好好攒点钱，将来在外面买一个空院子，这样家里就宽敞了。"

汾花握住妹妹的手说："丹军和丹文打小就肯下苦功，如今丹文遇上好机遇，可是天大的喜事，姐打心底里高兴。丹军也不愁，过两年成了家，日子自然顺当。丹玉功课拔尖，将来考大学准有盼头。你眼下担子还重，家里老屋该拾掇了，俩小子娶妻也得花钱，得让他们攒点家底。等将来抱上孙子，供丹玉念完大学，你这辈子才算熬出头。你前半辈子吃尽了苦头，往后也该享享清福。姐有份工资，就一个孩子，比你轻松些，别挂心我，把自家日子过舒展才是正经。往后有难处，尽管跟姐开口。"

姊妹俩絮絮叨叨聊了半晌。午饭后汾花起身回银宫街，汾兰带着丹玉一直送到村口，看着姐姐的自行车拐过槐树才转身。

一回到银宫街，小侄女雯雯就像小尾巴似的缠着汾花打转，逗得她直笑。汾花又到隔壁潇妈家坐了许久，直到日头偏西，汾花才起身告辞。临走时，她给潇妈和母亲各留了一百元钱，又给雯雯兜里塞了十元。

青山不老，四季轮回。时间过得很快，一晃一年过去。

1975 年，全国干部职工普调工资，银宫街的居民们家家喜气洋洋。有人盖起新瓦房，有人改善生活，人们深切感受到党的温暖和社会主义的优越性。

1976 年 1 月 8 日，西农广播突然播放一阵哀乐，随后播出一条新闻：周恩来总理因病逝世。人们听到后震惊不已，纷纷陷入巨大的悲恸之中。

这年初夏，落鹄大队经公社牵线，与秦岭深处盛产细竹的生产队达成协作协议——组织两个生产队的青年社员进山割竹，加工成扫帚后销往各地农贸市场，以劳务费壮大集体经济。高中毕业后返乡的天旺，喊上黑民一同报名，游蛤也跟着凑了热闹。一行人背着铺盖卷进山，在山泉淙淙、绿竹掩映的山村里安营扎寨，首日收拾妥当住处，次日便扛着镰刀上山割竹。

某日午饭后，众人围坐在屋檐下歇脚。天旺忽然瞥见游蛤手腕上闪过一道银光——竟是块明晃晃的上海牌机械手表！那表链在阳光下泛着金属光泽，游蛤每隔一会儿就抬手看时间，惹得青年们纷纷投来羡慕目光。三愣捺不住好奇，冲游蛤勾了勾手指："哎，伸出来让咱瞅瞅。"

游蛤往旁边挪了挪屁股，眼皮一挑："有啥好看的？上海牌！瞧一眼怕你们挪不开眼哟！"天旺往前探着身子想凑近些，游蛤却"腾"地站起身，拍着裤腿上的草屑走了。天旺望着他的背影直搓手，急得嘴角直抽抽，偏偏拿人没辙。

午休时分，鼾声渐起。天旺盯着斜对角床上的游蛤，见他睡得下巴耷拉、口水直流，便轻手轻脚蹭到床边。那只上海牌手表还松松垮垮套在游蛤手腕上，随着鼾声微微起伏。天旺屏住呼吸，两根手指捏住表链轻轻一抽，手表便无声滑入掌心。

他猫着腰缩回自己床，借着从木窗棂漏进的光斑摆弄手表。拧了几圈发条旋钮，表盘却纹丝不动，秒针像被冻住似的僵在那里。天旺瞪大眼睛揉了揉眼，把表贴在耳边——半点走动的声响都没有！他猛地一拍大腿，憋不住的笑声像破了洞的风箱往外冒，惊得邻床两个伙伴翻身坐起。

"你抽啥风？"有人揉着眼睛嘟囔。

三愣探过脑袋瞅了眼手表，压低声音笑："嘿！游蛤那表是个哑炮，根本不走！"

鼾声戛然而止。游蛤一个激灵坐起来，摸着手腕大喊："我的表呢？"见天旺攥着表躲在床角，他光着脚扑过来抢。三愣边躲边举高手表，逗得众人哄笑："得了吧你！摆个空壳子充阔佬，丢不丢人？"

游蛤涨红了脸，脖子上青筋直跳："要你管！咸吃萝卜淡操心！"一把夺过手表塞进枕头底下，转身面朝墙躺下，脊梁骨还在微微发颤。

下午，大伙都知道了坏表的事，都对游蛤嗤之以鼻。游蛤无地自容，见人就躲，唯恐提及此事，从那以后，游蛤很久没有戴那块表。

在南山砍竹子那会儿，某天听闻石头河水库旁的村庄搭台唱戏，县剧团要演革命样板戏《沙家浜》。几个小伙子心痒难耐，晚饭后征得领队同意，天旺、黑民、游蛤等人便摸黑徒步十几里路，赶在天黑前挤到了戏台下。

老远就见四面八方的乡亲们扛着板凳蜂拥而来，简易戏台下早已黑压压坐满了人，煤油灯的光晕里浮动着此起彼伏的咳嗽声。他们在后排找了块高低不平的土坡蹲下，天旺捅了捅黑民，"走，到后台瞅演员扮戏去!"黑民起初跟着往前挤，可戏台周围人潮涌动，脚底下坑洼难行，没走几步就泄了气，"挤不过去，不看了!"两人只好折返回原位等着开戏。

幕布"唰"地拉开时，台角蹿起两盏气灯，把舞台照得亮如白昼。一个扎羊角辫、穿绿军衣的姑娘走到台前，袖口的红卫兵袖章跟着晃出虚影："社员同志们晚上好!今晚公社文艺宣传队给大家带来革命样板戏——《沙家浜》!"话音未落，台下响起一阵热烈的掌声。

观众们脖子抻得老长，目光紧紧黏在台上。气灯光晕里，演员们踩着锣鼓点鱼贯登场。布景里的"春来茶馆"幌子轻摇，阿庆嫂挥着白毛巾亮相，脆生生的唱段刚落，沙奶奶扶着门框咳嗽着出场，芦苇荡里十八位新四军伤员的草棚剪影在幕布上影影绰绰。胡传魁的胖肚子挤破布景门，刁德一的眼镜片寒光一闪，台上台下顿时凝成一团紧张——阿庆嫂端着茶壶在茶桌间周旋，指尖捏着茶盖划出"哗哗"声响，硬是从胡传魁的酒气里捞出一线生机。

正演到芦苇荡枪声骤起时，前排观众突然呼啦啦全站起来，天旺眼前只剩一片此起彼伏的后脑勺。正着急呢，就听满场喊："郭营长掉下去咧!郭营长没咧!"琴弦声"吱呀"一声绷断，台上演员僵在原地，台下顿时炸开了锅，有人踮脚往台上瞅，有人往后台挤，煤油灯被撞得东倒西歪。原来戏台一角的木椽经不住踩，"咔嚓"断成两截，扮演郭营长的演员一脚踩空，抱着长枪栽到台下。好在底下人擦人，七手八脚给接住了，胳膊肘蹭破块皮，没啥大事。东道主喊来几个壮劳力，搬来新木椽"叮叮当当"抢修，观众们嗑着瓜子议论："这郭营长还没开打，先来了个平地惊雷!"等台板重新铺好，伴奏乐又"咣咣锵锵"响了起来。郭营长抹了把额头的汗，腰杆挺得笔直，长枪在手里转出银花儿，台下掌声雷动，比刚才还热闹几分。

落鹄生产队进山砍了一个月的竹子，完成任务，返回村庄。

7月6日，西农广播哀乐再次响起，朱德委员长逝世，人们的心情异常悲恸。

暑假里，小船和亚荷商量着让横海、横洋兄弟俩再去公社农林场割草贴补家用。这回正巧爸爸要出几天远门，横海住在场部独立生活。

横海心里一直藏着个养鱼的念头，苦于没机会。割草间隙，他总惦记着屋后的流沙河——那河水不到一米深，清得能看见河底的细沙，水流带着山里的寒气，湍急地打着旋儿。岸边茅草疯长，风一吹就掀起绿浪。一天午休后，日头正毒，他独自溜到河边，刚蹚下水，就见一条金灿灿的鲫鱼从脚边掠过，阳光在鱼鳞上蹦出细碎的光斑，紧接着又有几条小鱼摆着尾巴钻过水草，像是一串流动的标点符号。

横海眼睛发亮，猫着腰往河心挪。水冷得扎脚，却浇不灭他的兴致。他锁定一条半尺长的鲫鱼，双手合拢成瓢状，屏住呼吸等鱼游近。眼看就要捧住，那鱼却尾巴一甩，像道银色闪电擦过指缝，眨眼就窜向下游的漩涡里，只留一圈涟漪在河面漾开。他不死心，沿着河床走了几百米，脚底下的泥沙软绵绵的，痒得脚心发麻。无数小鱼从腿边滑过，可他连一片鱼鳞都没摸着。

虽说两手空空，横海却莫名高兴——比起柳坞巷门前那片下暴雨才积点水的泥池子，这流沙河简直是童话里的世界。阳光把水面照得像面镜子，鱼群穿梭其间，仿佛赶赴一场神秘的水下宴会。直到水流冲得他站不稳，才踩着石头往岸边挪，湿漉漉的裤腿贴在腿上，晒得发烫的皮肤被河风一吹，凉津津的舒服。

那天晚上，横海做了个梦：自己变成一条小鱼，跟着水流往东游。途中遇见了变成鱼的老师和同学，大伙儿甩着尾巴钻过木桥洞，跃过险滩，躲过渔网的偷袭。不知游了多久，眼前忽然开阔起来——朝霞染红了海面，白色的海鸥正贴着浪花盘旋，翅膀尖儿沾着细碎的金光……从那以后，每当他弯腰割草时，裤腿上的河沙簌簌掉落，梦里的涛声就会在耳边轻轻响起。

持续的劳累让孩子们有些提不起劲。这天下午，小船应横海、横洋的央求，给哥儿俩放了半天假。俩孩子揣着个塑料包装袋，蹦跳着往渭河边跑——听说那儿能捡到漂亮贝壳。

站在渭河堤上远眺，堤坡的茅草和芦苇荡随风起伏，河水蜿蜒向东，小桥横跨河面，绿洲像块翡翠嵌在河谷里。灰扑扑的野鸭在水面扑棱，忽而扎进碧波，半晌又在粼光闪烁的远处露头；一对白鹭忽高忽低地飞着，时而落在河畔突兀的石头上，时而停在摆渡的木船上。对岸的村庄藏在树林里，秦岭山脉如黛色屏风立在天边，主峰太白山顶着皑皑白雪，在蓝天下格外醒目。

下到河边，晒得发烫的沙滩软乎乎的，哥儿俩踩着细沙往西走，眼睛紧盯着水边。正寻着贝壳，迎面碰上几个熟面孔——稻田割草时认识的莲生、小贝、豆娃几个少年，还有女孩水花、红柳。他们挎着草筐，手里拎着几只摔死的青蛙，兜里鼓鼓囊囊装着食盐和火柴。莲生晃了晃手里的青蛙，咧嘴笑："横海，你们城里娃肯定没吃过这玩意儿，今天请你们尝一尝。"

横海皱了皱眉："老师说青蛙是益虫，专吃田里的害虫，不能吃的。"

莲生摆摆手："老师又不在这儿，管他呢！"

横洋却咽了咽口水："你们做吧，我好久没沾肉味儿了，馋死我了！"

水生在河边挑了处有几块石头的地方停下，把青蛙往地上一放："就这儿！莲生、小贝捡柴火，豆娃去挖点泥巴包粽叶，水花、红柳来生火。"一伙人立刻散开忙碌起来。横海和横洋虽不认同吃青蛙，却也好奇这野味儿怎么个做法，便帮着捡了些干树枝，蹲在石头旁看他们折腾。

洗净的青蛙撒上盐，用宽树叶裹紧，再糊上泥巴，摆到生火的石块旁。莲生划燃火柴，干树叶"轰"地蹿起火苗，小贝往火里添着枯枝，浓烟裹着草木香往上冒。等火灭了，莲生扒拉着烤得硬邦邦的泥球，在石头上一磕，泥壳裂开道缝，一股混合着焦叶香的肉味飘了出来。

莲生撕下半只递向横海："来一口，香得很！"横海直往后躲："我说了不吃，青蛙是益虫，你们赶紧也别吃了。"莲生笑着摇头："死心眼儿！横洋，你吃不吃？"横洋早就盯着泥球咽口水，伸手接过来就往嘴里塞。横海皱紧眉头，见水花和红柳抱着膝盖坐在旁边，手里压根儿没拿青蛙，心里才稍微松快些。

吃完野味儿，莲生拍着裤腿上的土，冲横海晃了晃草筐："下午跟我们去西边耍啊！先去河里捉鱼，我知道个回水湾，鲫鱼多得能踩脚面上！捉完鱼再去偷豌豆角，煮熟了清甜清甜的，晚上再去瓜地摘俩西瓜，那瓜瓤红得跟蜜似的！"

横海直摆手："农民种瓜不容易，偷东西可不行。"莲生撇撇嘴："不偷哪来的吃？你不吃拉倒，跟我们捉鱼去呗！"横海眼睛一亮："捉的鱼能拿回家养吗？"莲生乐了："养啥鱼？直接炖汤喝！你要想养，等我捉多了送你两条，行不？"横海摇摇头："算了，你们去吧，我还是想在河边捡贝壳。"

莲生啐了口唾沫："真扫兴！好容易见回面，想带你俩疯玩儿一趟，结果你这么扭捏。城里娃真是搞不懂！"说着冲伙伴们一挥手，"走啦，打猪草去！"红柳临走时冲横海竖了个大拇指："你这人挺正！跟我和水花一样，不跟着瞎胡闹。下次带弟弟来村里玩儿啊！"一伙人背着草筐往西走，河堤上的身影渐渐缩成小黑点。

横洋望着他们的背影，扭头冲横海嚷嚷："哥，你太倔了！你看莲生他们多自在，想干啥干啥。哪像你，在学校被人欺负，暑假还得割草，我都跟着倒霉！"横海蹲下身，用树枝在沙滩上划拉着："奶奶说过，咱家穷，就得争口气，不能学那些歪门邪道。割草卖钱咋了？能给家里添油盐，能供你上学，这事儿不丢人。"

横洋说："你既听爸妈的，又听奶奶的，你就听吧，明天我就回家，你自己留在这里割草，反正我是不干了。"

横海说："明天再说明天的话，哥带你找贝壳玩。走，他们朝西去了，咱俩朝东走，听说前面有一片石块砌成的防洪坡，石缝里贝壳多得很。"

横洋眼前一亮，马上来了精神，应道："好啊，我这就跟你去。"

次日上午，横洋为回家的事跟爸爸闹了一场，场部工棚里的动静传得尽人皆知。小船按住哭闹的小儿子，又气又急，最后只得答应：等攒够这车干草，就准他俩回家歇两天。

几日后，小船从收音机里听来天气预报，说近期有暴雨。他赶忙让亚荷周六中午拉着架子车来场部，得趁雨季前再卖一车草。那天亚荷提前吃过饭，顶着日头拉车到场部，两口子在职工灶匆匆扒了口饭，便带着孩子往车上装干草。

卖完草，走到半路，横海盯着路边卖糖葫芦的老汉挪不动步，亚荷立刻买了两串，兄弟俩一人拿一串。横洋几口就吃完了，横海却攥在手里说："我带回去吃。"

一进家门，三岁的雯雯跌跌撞撞扑过来。横海把糖葫芦往桌上一放，笑着抱起妹妹转了三圈，末了将糖棍儿塞进她手里。雯雯舔着山楂果笑出小乳牙，横洋在旁边撇撇嘴："哥偏心，只给妹妹！"横海白他一眼："就不给你，妹妹小。"淑贞见状直夸横海懂事，知道疼妹妹。

晚上，全家人围桌而坐，煤油灯把影子映在土墙上，晃出一片暖融融的光景。

四十二

从 7 月中旬开始，关中地区进入雨季。在雨天，小船照样去单位上班，亚荷和婆婆轮流做饭、看雯雯。横海、横洋不爱做作业，有时陪着雯雯玩，有时翻翻平时积攒的连环画。

7 月 28 日深夜，唐山发生了里氏 7.8 级地震，波及天津、北京等地。在中共中央、国务院和中央军委的坚强领导下，抗震救灾迅速在国内展开，物资从四面八方运往灾区。在全国人民和解放军的大力支援下，灾区群众奋起抗震救灾。

次日清晨，银宫街与柳坞家家户户在门前空地搭防震棚。大多是三五家结伙，用木椽支起架子，顶上蒙一层塑料布挡雨。黄潇凤、柳夫人、淑贞和向川花一合计，在黄潇凤家西侧菜园北边，搭了四个并排相连的塑料棚，棚间留了通道，里面摆上木床和凳子，除了回去做饭，大伙儿都挤在棚里，聊天、听收音机打发时间。

棚刚搭好，雨就下起来了。小雨淅淅沥沥个没完，人们蜷在棚里，心里七上八下，只盼着险情早点过去。值班的防震宣传员每天挨家检查，严禁大家回屋住，还动员轮流回家做饭。到了饭点，各家只派一个人回去生火，做好饭赶紧端到棚里吃，不敢多停留。

雨稍停，街上人就趁机拾掇菜园。按老辈人"中伏萝卜末伏芥"的说法，翻土起畦，点种萝卜。

地震过后，抗震救灾成了头等大事。邻县插队的知青最先往家赶，远处的等交通恢复了也陆续回来。在他们心里，只有回到家乡，才算有了着落。

溪女、向青、叶莺返回的路上，途经秦岭山区时，班车走走停停。原来是前方有从山上滚落的石块，只有等清理完毕，班车才能继续行驶。

地震发生后，汾花随部队奔赴河北唐山，投身到救死扶伤的紧急行动中。她争分夺秒，不顾一切地奋力抢救伤员。与此同时，银宫街的池医生和医院的许多同事被临时调往西安某医院，参与救治那些分流到西安的大批唐山伤病员。

唐山地震的消息牵动着亿万人民的心。五云镇各单位迅速开展捐钱、捐物行动，当地的党员、职工、干部踊跃参与，纷纷向灾区人民奉献自己的爱心。

唐山地震发生后，五云镇各单位职工、子弟以及当地居民、农村群众在防震棚里住了一个多月，直到防震警报解除才回到家中。

9月9日，西农广播突然播放一阵阵哀乐，播放出一条消息：伟大领袖毛主席逝世。噩耗传来，大地肃穆、山河鸣咽，亿万人民以泪洗面，悲伤不已。

银宫街和柳坞巷的居民与农村群众，再次陷入悲伤之中。许多居民在家里失声痛哭。

街上的水龙头旁，洗菜洗衣的人们沉默寡言，谁也不想说话。有人眼睛红红的，不愿意被别人看到。

国庆节前夕，学校给迟舒老师在东墙区分配了两间大瓦房，迟老师打扫之后，在银宫街向川花和其他几个邻居的帮助下，择日搬进了大学校园，离开了居住了多年的柳坞巷。池医生举家搬走之后，小船和亚荷经过多次商量，在征得母亲的同意后，决定春节过后推倒崖下院子的旧房，重盖四五间高大的新式厦房，等新房落成后，举家搬下去住，将崖上的房子租出去。

这时，又发生了一件震惊世界的大事。1976年10月，"四人帮"垮台，宣告了延续10年的"文化大革命"终于结束。

从 10 月中旬起，银宫街有两家居民率先开始翻修住房，其他邻居见状纷纷效仿。住房条件较差的人家忙着筹集砖瓦、木料，将旧房推倒重建。到了年底，许多人家的房屋翻修基本完工，银宫街的面貌也因此发生了很大变化。

黄潇凤和二熊商量后，考虑到儿女众多，住房紧张，便打算过两年把自家的旧房推倒，重新盖几间平房。

年底，柳坞巷西头的沈家突然遭遇了一场火灾。事发当晚，西农正在放映电影，沈家一家三口前去观影，出门时忘记关闭电热毯，电热毯处于高档发热状态，最终引发了火灾。隔壁青鸟林小学的一位老师最先发现火情，立刻呼喊来一群在校夜宿的老师一同灭火。老师们自发地在沈家后墙外站成一长排，从围墙里侧教工宿舍旁的水龙头处快速传递盛满水的脸盆和水桶。前方的两个青年教师接过水盆，奋力将水泼向熊熊烈火。柳坞巷附近在家的邻居们也纷纷从家中端来水参与灭火。

经过众人一个多小时的奋力扑救，大火终于被扑灭。然而此时，沈家的房屋已经坍塌，室内物品大多化为灰烬。

等到沈家三口回到柳坞巷，看到眼前冒着青烟的废墟，顿时傻眼了。潘欣当场昏倒，沈信诚猜测到起火原因后，当场责骂了潘欣一顿，并把责任全部推到她身上。随后，他不顾潘欣母女，转身离去，不知所终。颜真平和瑶青的妈妈赶忙搀起潘欣，好言劝慰了一番。杨洛兰执意将潘欣接到自己家中居住，她说："沈信诚太不是东西了，他爱去哪就去哪。你跟大嫂走，大嫂在旧社会逃难过，啥罪都受过。从今往后你就住嫂子家，嫂子管你和孩子的吃喝，有大嫂在，就饿不着你们。"潘欣浑身无力，只好点头答应，带着女儿沈芸跟着杨洛兰走了。

潘欣母女在杨洛兰家住了三天，柳夫人、黄潇凤、向川花、淑贞、春英等都纷纷前来看望她，还邀请她到自己家中居住，但都被杨洛兰委婉谢绝了。杨洛兰十分喜欢潘欣母女，不想让她们住到别人家。潘欣整日哭哭啼啼，杨洛兰再三安慰她，还按时为她和女儿做可口的饭菜。海雯、海櫤、海霏也轮流陪着沈芸出去玩，渐渐地，潘欣的心情才慢慢平复下来。

到了第四天，沈信诚突然出现。打听到潘欣的住处后，他板着脸找上门来。见到潘欣时，态度十分冷漠。潘欣招呼他坐下，杨洛兰也给他倒了一杯水，可他却冷冷地说道："咱俩过不下去了，离婚吧！"这突如其来的一句话，惊得潘欣站立不稳，险些再次昏倒。

杨洛兰赶忙说道："别胡说了！好好的日子不过，离啥婚？火灾都已经发生了，怪谁都没用。房子烧了还能再盖，只要人平平安安的，比啥都强。"

沈信诚对潘欣说："这种日子我早就受够了，早就不想跟你过了！离了婚，对咱俩都好。"

潘欣镇静下来后，问道："那你当初为啥娶我？对我有意见为啥不早点说？你是故意气我，还是真这么想？"

沈信诚说："就是真这么想！我已经决定了。"

潘欣顿时气急，从床边抓起一个笤帚，朝沈信诚扔了过去，哭着喊道："离就离！你这个没良心的东西，给我滚！"沈信诚愣了一下，转身就往外走。

杨洛兰惊愕地喊道："别犯傻了！回头吧！回去好好想想，潘欣是百里挑一的好媳妇，你可不能糊涂！"

沈信诚头也不回地走了，潘欣又哭了起来。杨洛兰竭力安慰着潘欣，生怕她过度悲伤。沈信诚走后，潘欣天天以泪洗面，又在杨洛兰家住了半个月。在此期间，沈信诚多次派人逼迫潘欣离婚。杨洛兰以及颜家、瑶家也多次找沈信诚谈话，可他心意已决，执意不肯回头。最终，二人达成离婚协议。沈信诚提出要带走女儿，潘欣为了女儿的前程考虑，经过一番痛苦的抉择，最终同意了沈信诚的要求。杨洛兰和向川花一同陪同潘欣到民政局，与沈信诚办理了离婚手续。女儿临走的那一刻，潘欣失声痛哭，众人只好将她扶回柳坞巷。

向川花对潘欣的遭遇十分同情，为了帮她解决婚事四处奔走。过了两天，传来一个好消息。池医生通过爱人打听到，西农有一位教师王骏，多年单身，比潘欣大两岁，正为自己的婚事发愁。王骏从小是个孤儿，由于家境贫寒，一直未能解决婚姻大事。迟舒老师向王骏介绍了潘欣的情况，并给他看了潘欣的照片，王骏看后很感兴趣，表示愿意见面聊聊。在池医生的撮合下，双方在杨洛兰家见了面。不久后，两人领证结婚，并在银宫街租了一间屋子作为新婚洞房。杨洛兰、向川花、池医生夫妇作为女方代表，参加了两人简单的婚礼，见证了潘欣的第二段婚姻。

1977年春节过后，经过小船多年的申请，生产队终于同意为他家崖下的院子拆除旧瓦房，并组织社员帮忙。按照惯例，旧房废墟上的黄土被当作农家肥，用架子车拉到指定的农田。记工员站在农田旁，清点着每个社员转运黄土的车数。房基腾空后，生产队又组织社员在西环道旁边的坡地选址挖坑打土坯。打好的半干土坯被排成一列，架起五六层高，晾晒风干后备用。

盖房前，小船和亚荷商量了房屋的设计方案：新房背靠与银民家的界墙，房坡朝西，从南到北盖四间新厦房，一明两暗。最南边一间门朝西，北边两间的门相对，房门外是开间。首要任务是筑起与东邻的界墙，这面墙必须砌得高一些，作为新房的后背支撑。商量妥当后，在备足了砖瓦、木料、门窗等材料后，生产队答应组织出工协助建房：根据用工量安排若干社员当小工，小船自己雇请盖房工匠砌墙。

小船按照计划开始实施，希望能提前解决两个儿子长大后结婚的住房问题。动工前夕，他多次向公社请假，为盖房的事情四处奔波。他请大船出面约了四个盖房木匠负责立木工作。前期准备工作完成后，大船如约带人前来修正木料、预制支撑木檩的三脚架。等墙体砌到一定高度后，再安装门窗、架设横梁并进行上梁，进入到关键的建房工序。

立木那天，亲戚们带着白酒、香烟、蒸馍、鞭炮以及一块红布或被面前来祝贺。在正午 12 点之前，大家在屋顶正中的横木上挂上红布或被面，点燃鞭炮，讨个吉利。鞭炮响过之后，中午为在场的匠工和所有帮忙的人准备了一顿面条，还炒了几个菜，大家喝着酒，每人一大碗油泼扯面，吃得浑身冒汗。

新房从南到北共四间，北侧是拆房前留下的一间半厨房。新房用的是清一色的机制大红瓦，盖成后，房脊两端高高翘起，如同飞鸟展翅，房脊比北房高出近一米。北边三间的中间屋子作为空间，也是搭梯后可以上楼的通道，两间房屋的门相对，里面各支一张大床：南边是小船夫妇的卧室，北边是横海、横洋的卧室；最南边的房子门窗朝西，是淑贞的卧室，里面新盘了一个土炕，淑贞带着雯雯住在里面。

淑贞一家搬走后，潘欣两口子租用了淑贞在银宫街的房子。淑贞将银宫街门前的菜地划了一半给潘欣，让她种菜。淑贞和亚荷都很喜欢潘欣，便以最低的价格租给她，潘欣十分高兴。

自从淑贞搬走后，黄潇凤和二熊开始应邀到子女家轮流居住，在街上很少长时间停留。

住在新房子里，小船闲暇时喜欢在院子里散步。他看到屋顶经常有鸽子活动，它们在房顶上悠闲地踱步，仿佛这片天地就是它们的家园。朝北望去，半崖上的鸽子窝早已没有了鸽子的踪迹。小船有时会想，鸽子和人一样，也有乔迁的时候。

小船一家搬下来后，延胜夫妇心里有些不痛快。对比之下，他们觉得小船的房子高大、威严，比自己家的强很多。雯雯天真可爱，经常到延胜家串门，很受延胜一家的喜爱。延胜出去参加红白喜事回来，常常给雯雯带些好吃的。淑贞看在眼里，喜在心头。她希望小船和延胜两家能搞好关系，好好过日子。

四 十 三

8月下旬，大中小学相继开学。横海升入五云中学读初一，横洋升到小学四年级，雯雯还不到五岁，无法到小学报名。月底，1963年出版的上海自学丛书开始重新发行。发行前夕，西农门外新华书店的门口排起了一百多米的长队，青年们站在夜风中，等候书店开门，只为购买那套心仪的、厚厚的十七本数理化丛书，重新开启学习之路。得到消息后，溪女排队买了一套，和叶莺、向青相互传阅。每次打开这些书，他们都沉浸其中，甚至忘记了吃饭。

青鸟林小学正式取消了每周一下午组织高年级师生集体外出修路的惯例，这一举措受到了教职员工的一致拥护。

银民把这个变化告诉了邻里，大家都觉得挺好。小船也开始督促两个孩子读书，定期检查他们的作业。亚荷有些担忧地问道："娃们之前没好好念书，基础差，现在抓会不会太晚了？"小船回答说："低年级课本简单，只要好好督促，应该没问题。以后别让娃干活了，猪可以不养，但不能耽误娃的学习，这可关系到娃的前程啊。"

人们惊奇地发现，五云镇街道悄然发生了变化：平时戴着红袖标巡逻的民兵小分队不见了，做生意的人渐渐多了起来。西农南门外的早市从百货店南侧的椿树林迁到了西农大门外东侧，买卖鸡蛋也成了公开的事情，从此再也没有追赶卖鸡蛋人的现象了。早市上的菜品越来越丰富，甚至有人公开出售被土枪打死的野兔，地上摆着一堆带血的死兔，一只售价两元。柳夫人的脾气比平时好了些，只要摊主把摊前卫生搞好，她轻易不发火。

1977 年 10 月，中国各大媒体公布了恢复高考制度的消息。这一消息传开后，万众欢腾。知青们看到了新的出路，纷纷拿起课本，认真学习，准备参加当年的高考。

溪女得知消息，和同伴们商量后，一起到大队请了三个月的长假，然后各自回家。临行前，他先到两河坝与向青、叶莺会合，帮她俩请了长假，收拾好铺盖，并给家里发了电报，随后三人一路坐火车经宝鸡返回五云镇。

路上，三个人心情大好，一路畅谈着理想。溪女说："咱们还是有先见之明的，平日里知道看看数理化课本，积累了一定的基础知识。要是临近高考才临时抱佛脚，把握可就不大了。没有理想和抱负，就没有未来；没有未来，人生注定是失败的。"

向青说："银宫街的知青们之所以知道努力学习，很大程度上是受了西农学生的影响。西农真的很伟大，没有它，就没有咱们的觉醒，也没有往日的刻苦攻读。要是这次能考上大学，我临走前一定要在西农南门口留张影，作为永久的纪念。我还想高歌一曲，歌颂伟大的西部农学院！"

叶莺说："我赞成。我们受西农的影响确实很大，可谓受益终身。我觉得以前自己对学习的重视程度不够，数理化没学好，心里总是不踏实。这次回去参加高考，如果没考上，我一定好好补习，明年争取考好。"

溪女说："你俩别担心，你俩学习都比我认真，考上的希望比我大多了。要说担心，我才是最担心的那个。你俩要是考上了，可不能把我忘了。"

向青说："现在说这些还早，没考谁也不知道结果。总之，回家报了名，就安心看书，积极备考吧。"

溪女说："回家后，我明天就去西安钟楼，在钟楼图书馆多买些高考方面的书。书籍很重要，以前看的书内容太简单，系统性也不强。"

叶莺说："钟楼图书馆藏书丰富，各类书籍齐全。明天我也去，你走时说一声。"

向青莞尔一笑，调侃道："哟，不要我啦？你俩又不是去谈恋爱，可不能扔下我不管呀。"

叶莺的脸红了，轻轻拧了一下向青的胳膊，小声说："你俩早就不对劲，当我傻呀！"

溪女赶忙说道："打住打住！这都扯到哪儿去了，你俩说着说着，咋把我也拉扯进来了？哎呀，别瞎说了。行，既然你俩都想去，那咱们明早一块儿去，咋样？"

向青立马应道："好，我赞成！"

叶莺跟着说："我也赞成。"

回家的次日清晨，溪女、叶莺和向青在五云镇火车站乘火车赶往西安。出站后，他们径直奔向东大街西头的钟楼书店。在书店里，三人整整寻觅了一天，只找到了几本数理化方面的书。

从西安回来后，溪女很少再睡懒觉，每天凌晨六点半准时起床。他先到环道上跑步，之后回家洗漱、吃饭。吃完饭，利用一个小时在崖畔背诵时事政治、古文以及数理化的公式、定理，之后便开始看书、练习答题，从早到晚忙得根本顾不上闲逛。

向青和叶莺也各自在家闭门苦读，不让家人打扰。她俩给自己制订了作息时间表与课程复习表，合理安排时间，全面复习考试所涉及的各个学科。向青借助母亲的私人关系，请西农一位老家在上海、姓肖的教授夫妇，每周日下午给自己答疑解惑，解决学习过程中遇到的难题。向青把这个消息告诉了溪女和叶莺，她还顺便替溪女和叶莺咨询学习中遇到的困惑，帮助他们扫清了一些学习障碍。

10月下旬，五云公社革委会新的副主任戈文到任，燕小船被公社发文调到公社，担任农业技术专干。

三天后，小船到公社报到，开始在机关上班。机关大院位于五云镇街道中段北侧，距离柳坞巷有二里多路。离家近了，小船每天下班后回家就方便多了，终于可以天天回家了。之前买的那辆旧自行车，在路上经常爆胎，修车的事儿一直困扰着他。到公社上班后，他便经常徒步往返。

一次，汾花回家探亲，给溪女买了一套上海自学丛书，溪女高兴极了，说道："太好了，我那天挤了半天，才买到一套。当时限购，书很快就卖光了。后来我到书店问了好几次，一直都没货。街上的邻居都来借阅，我自己都抢不上看。有了这套书，我更有信心了。"

汾花还给雯雯买了一些启蒙图书，雯雯特别喜欢。汾花见弟弟徒步上下班十分辛苦，便给了亚荷两百元，说道："给小船买一辆飞鸽牌自行车，来回也方便些。在机关上班，不能太寒碜了。"亚荷不好意思接钱，汾花硬把钱塞给了她。小船下班知道这件事后，心里很不安，趁着大姐还没走，赶紧让亚荷把钱给大姐送回去。他说："咱家把大姐拖累坏了，到现在她一家三口还住在单身宿舍，家里有啥事她都操心，不能再拖累她了。自行车的事儿咱自己想办法，这钱坚决不能要。"

亚荷找到大姐，说明了情况，把钱还给了汾花。汾花说："行，只要有办法就好。"亚荷走后，汾花把钱给了母亲，叮嘱道："妈，弟弟负担重，茶叶、烟、酒没了就自己买。我不在跟前，您照顾好自己。给雯雯按时挤羊奶喝，把雯雯照顾好。要是没羊奶了，就去商店买些奶粉。四五岁的娃正处在发育期，营养一定要跟上。"

淑贞听了，频频点头，叹息着说："妈当年糊涂，差点儿把你害了！多亏你干妈救了你，也救了我！还是你干妈有眼光，常说女儿是一个家中的守护神，是宝贝，危难时能救一个家。妈以前不懂，现在可算体会到了，这话是真的。咱这个家多亏了你，多亏了你干妈！我这辈子欠你干妈的太多了，永远也还不清。"

汾花说："我每次去看干妈，她总是说自己儿女众多，个个情况都好，不用牵挂她，让我照顾好您就行。她还说思行他爸和我爸是战场上的生死弟兄，她不能不管咱。"

小船在公社办公室给二船打电话，希望他能搞到一张购买自行车的票。他自己在外面借了一百元钱，再加上平时的积蓄，凑足了购车款。一周之后，二船通知他到县城取车。他坐火车赶到县城，凭票购买了一辆飞鸽牌自行车。晚上睡觉的时候，他想把自行车放在卧室，亚荷可不乐意了："你疯啦！你把自行车当宝贝啊，就不怕晚上起夜时自行车车架碰着我？"小船这才把自行车放到了房门外，可晚上睡觉起来还要看三回。亚荷一提起这事就来气，对婆婆抱怨道："你儿子简直疯了，把自行车看得比我还重要！真是疯了。"淑贞听了，只是笑眯眯的，不吭声。

儿子儿媳一个上班，一个上工，做饭的活儿就落在了淑贞身上。除了照看雯雯，她一天到晚忙得不可开交。她擅长炒面，每天中午都会多煮些面条，捞出来后放在搪瓷盘上晾开。第二天早晨，用猪油把面条炒热，盛到小瓷碗里，作为横海、横洋的早餐。两个孙子对这炒面百吃不厌。外孙长大了，用不着她再加班做鞋制衣了，她便有了剪纸的时间。一有空，她就摊开自己珍藏的那些画谱、各式各样的剪刀，还有五颜六色的纸，笑眯眯地精心雕琢，用心制作一幅幅剪纸。

调回公社后，小船白天骑着自行车在各个大队巡回蹲点、驻村，指导群众科学务农，推广和普及先进的农业生产技术，受到了当地群众的热烈欢迎。

自然科学魅力无穷，像一道曙光照亮了大地，吸引着全国青少年的目光。努力学习功课，探索并畅游科学的海洋，成为无数青少年的梦想。科学界的功臣受到前所未有的敬仰，立志成才的优秀学生迎来了人生最好的机遇。中小学老师纷纷在课堂上绘声绘色地给学生讲述数学家陈景润的故事，这极大地激发了学生们刻苦学习的热情。各学校学习氛围浓厚，学校、班级、同学之间自发地展开学习竞赛，许多师生废寝忘食。横海到了班里，早读开始后，教室内书声琅琅，同学们都专心致志地学习，没有人交头接耳，也没有人浪费时间。不学习的学生无人搭理，作风散漫的老师受人鄙视，尚学之风席卷校园，成为学校一道亮丽的风景线。

小船回家后，首要任务便是到街上挑水，两地相距二百多米，他走一段路就得歇一歇，累得气喘吁吁。一个礼拜天的上午，小船走上崖畔时，看见溪女正坐在路边看书，那聚精会神的模样打动了小船。等小船走下崖畔，回头望去，溪女还坐在那里全神贯注地看着书，完全没察觉到路边有人经过。小船本想和他打个招呼，可话到嘴边又咽了回去，实在不忍打扰他。看着溪女的背影，小船感慨时光飞逝，溪女幼时聪明活泼的样子仿佛就在昨天，转眼间已成长为一个帅气的小伙。

横海升入初一后，由于基础知识太差，听课十分吃力。数理化就像拦路虎，让他头痛不已。坐在课堂上听不懂老师讲的内容，作业也无法按时完成。每天上学时，他都忧心忡忡，生怕老师在课堂上提问自己。为了赶上学习进度，他每天晚上都坚持在家里自学，常常睡得很晚。

横海的班主任季丽兰是一位四十岁左右的女教师，曾有过在农村下放的经历，对学生的学习极为关心。一天放学后，她特意把横海单独叫住，语重心长地对他说："你的底子薄，一定要把基础补上，晚上回家要好好复习，可别贪玩。你是农村户口，和班上那些同学不一样，城镇户口的孩子将来就算考不上学，也能招工安置，可你以后怎么办呢？"听了季老师的这番话，横海十分感动，学习的动力更足了。

这天，班里召开家长会，小船按时参加。到了教室，季老师先让家长们查看学生的作业。每个学生的作业本都整齐地摆在桌面上，家长们各自寻找自家孩子的作业本。小船看过横海的作业后，心里乱成一团麻，在座位上如坐针毡。

散会后，小船独自一人回家，一路上心情沮丧。他感觉自己在其他家长面前矮了一截，后悔以前没重视横海的学习。回到家里，他脸色凝重，不想多说话。中午吃饭时，亚荷问道："今天去参加家长会，横海的学习成绩咋样?"

小船叹了口气说:"差得远!把我吓了一跳。数理化成绩在班里排倒数十名,问题非常严重。"

"那可咋办?总得想个办法呀,不行就让他在初一留级,巩固一下基础。"

小船说:"先想想其他办法,实在不行了再考虑留级。关键是他从小基础就差,到了初一自然跟不上学习进度。得找个人给孩子补补课,缺什么就补什么,从小学四五年级的知识开始补。只要横海用心学,肯定能补上。迟补不如早补,早补早见效,咱们的目的只有一个,就是让横海跟上学习。横洋那边也得抓紧,不抓可不行。"

"行,就这么办。你打听打听,看找谁补课合适,只要能把横海的学习提上去,咱不怕花钱。"

四十四

12 月 10 日，备受瞩目的高考正式拉开帷幕，全国约 570 万名青年参加了此次考试。

五云镇考点设在青鸟林小学。接到通知后，学校在考前放假一周，为迎接这次考试做好了相应准备。

10 日上午，考试铃声响起，等候在场外的数百名考生纷纷走进考场，对号入座，开始认真答题。监考老师胸前佩戴着红色监考标志，站在讲台或在走廊巡视，严防舞弊行为。

参加这次考试的绝大多数是大龄青年，聚在考场外的家长寥寥无几。在青鸟林小学的考点外，黄潇凤、二熊在等候溪女；柳夫人、老秦在等候叶莺；向川花、老马在等候向青；海汀在等候海浪。

考试结束后，铃声再次响起，考生们放下试卷，走出考场。出了考场，有的考生喜上眉梢，有的愁容满面，还有的一语不发……

汾兰的长子丹军也报名参加了此次高考，考试期间他每天中午都到外婆家吃饭。外婆和舅母特地为他改善伙食，外婆一家都希望他能一举成功，开辟一个光明的前程。

小船每天下午都会提前回家，询问丹军考试的感觉。最后一门课考完后，外婆、舅舅站在小学校门口等丹军出来，丹军出来后小船焦急询问情况。

"希望不大，课本都丢了太久，没复习好。"丹军苦笑着说，"考题其实挺简单的，看着也熟悉，但我没答好，后悔以前不好好学习。"

回家途中，银宫街参加高考的知青聚在一起谈论考试的感受。溪女说："我考得不理想，数理化考得不太好，作文没写完，政治也没答好。"

向青说："我感觉还不错，发挥得比较正常。"

叶莺说："太紧张了，一进考场就蒙了，有些试题还没理解清楚就开始作答，感觉没考好，心里乱糟糟的。"

海浪说："都答完了，没漏题，就是心里不踏实。"

鹿敏说："我觉得考题不难，就是答得不太理想，没仔细审题，有点心急。"

良海雯说："感觉还行。"

颜真平说："时间不够用，有几道题明明知道答案，可没来得及答，太可惜了！"

高考结束后，银宫街和柳坞巷的知青们都松了口气，期待着高考成绩早日公布。

1978 年元旦过后，考生陆续收到了录取通知书。向青、良海雯、海浪、鱼传鸿考上本科院校，叶莺、颜真平、瑶青考上了大专院校。喜讯传来，轰动了街坊邻居。在录取通知书发放期间，银宫街和柳坞巷热闹非凡，人们竞相传递着中榜者的消息，唯有柳叶莺十分低调。接到录取通知书的家庭门庭若市，纷纷热烈庆祝；落榜者则闭门不出，重新拿起课本开始刻苦攻读。

淑贞得知丹军没有考上，心里难受了好几天。

溪女没有接到录取通知书，情绪十分低落，在家里睡了三天，他的父母心情也不好。向青前来劝慰："没考上就没考上呗，这有啥大不了的？你觉得没考上很失落，我还嫌自己考得不够理想呢。要是你实在想不开，我就不去学校报到了，陪你再考一年，怎么样？"

溪女说："你这是在安慰我，你的好意我心领了。你好不容易考上了大学，怎么能轻易放弃呢？你安心去报到，我一定会好好复习，争取明年考出好成绩，考上本科院校。"

向青说："这就对了！一言为定，不许反悔！"

溪女说："一言为定，我必须成功！"

向青说："我静候佳音，在大学校园等你，不见不散！"溪女笑了，心里感觉暖乎乎的。

向青又去安慰叶莺。叶莺说："这次我没发挥好，不能就这么算了！我想了很久，决定放弃上大专，复习一年参加明年的高考。"

向青说："好样的！勇气可嘉，我支持你！这样溪女也有个伴了，他情绪一直很低落，我早看出来了。在陕南插队的时候，他英勇无畏，是咱俩学习的榜样，今年他没考好，我也挺郁闷的。你要是复习一年，对他也是个鼓励。"

叶莺说："潇妈总说溪女小时候像个女孩，起初我还不信，现在越看越觉得像。你以后也多关心关心他，咱们同是林中鸟，他日同飞到天涯。"

向青说："高考恢复了，机会有的是。只要好好补习，肯定能成功。你抽空把你的想法告诉溪女，让他振作起来。"

叶莺说："好！我有空就和他细聊。"

溪女敲门喊叶莺，叶莺开门说："进来吧！我正想找你呢。听说你在家睡了三天，是真的吗？"

溪女说："是真的，考试太累了。"

叶莺说："进屋说吧。"溪女跟着她进了屋。

叶莺说："没考好是常有的事，我也没考好，我决定复习一年，明年再考。"

溪女惊讶地睁大眼睛问："真的假的？"

叶莺说："千真万确，我已经决定了！"

溪女激动地说："有志气，我支持你！"

叶莺说："咱俩都得振作起来，珍惜时间，好好复习，为明年高考做准备。"

溪女说："太好了！我愿意。"

当时，柳夫人和老秦都在家。柳夫人对溪女说："中午就在我家吃饭，吃了饭再回去。"

溪女说："好啊，我就爱吃您做的饭。"叶莺房间的桌上放着一瓶迎春花，散发着一股淡淡的香味。溪女说："好香啊！"他坐在木椅上，端详着迎春花。

叶莺给溪女倒了杯水，递给他问道："心情好点了没？"

"好多了，有信心了。"溪女说，"没考好，说明我的学习方法不对，今后得改进。明年高考时间提前，只有半年的准备时间，我打算认真复习，应该还是有希望的。何况你都考上大专了还甘愿放弃，我得向你学习。没想到平时乖巧的小妹妹，如今成了我学习的榜样。"

叶莺说："别夸我了，我也没考好。平时多亏你引导，我才有了学习的动力，积累了一定的基础。听说男孩子后劲足，这次没考好，下次考好的概率比较高；女孩子要是第一次没考好，后面补习起来会很费劲。不过，我还是有信心的！"

溪女说："咱俩下午去五云中学问问，看能不能去学校补习。"

叶莺说："我也考虑过这个问题，如果能插到毕业班复习一学期，明年参加高考就更有希望了。吃过午饭休息一下，咱俩一起去五云高中咨询咨询。"

下午两点，溪女和叶莺一起徒步前往五云中学。二人在传达室登记后，径直走向正对大门的学校教导处。咨询后，一位满脸络腮胡子的中年男教师对他俩说："多年来学校都没办过补习班，办不办还不确定，学校还没研究这个问题。这学期快结束了，下学期再说吧。你们先回去，年后再来问问。"

叶莺问："要是不办补习班，能不能插班学习？跟毕业班一起上课。"

"学校还没研究，等研究了才能定。"他俩很失望，只好原路返回。

走到石桥边时，看到学校墙后有一条一米多宽的小路，北边紧挨着河畔，一直向东延伸。叶莺停下脚步说："咱俩顺着这条路走走，熟悉一下学校周边的环境。"

溪女说："好啊。"他俩一前一后，顺着这条小路向东走去。走了三百多米，围墙向南折去，河边出现一处高地。十多米宽的护河大堤上有一条东去的羊肠小道，小道两侧的荒坡长满野草，南侧是十多米深的护坡，坡下是一大片麦地。这里西临五云中学的围墙和操场，南面有几块麦地，东面的地边紧挨着一个地势低洼的老砖厂。站在高地上居高临下，可以远远看到砖厂里面推土机作业留下的一道道痕迹、车间、传送带，靠南的是一片平地，摞满了烧好的红色砖块。

河北岸是大片的麦地，中间隆起两道南北走向的土梁，两侧种满了油菜。梁上设有引水的小渠，临河的梁下安装着抽水的钢管和电闸。抗旱的时候，从河里往小渠抽水，就能灌溉北岸大片的庄稼，这些都是那些年兴建水利设施留下的灌溉工程。奇怪的是，北岸靠河的地头有一个土坎，坎下有一处两米宽的荒地。这里在冬季可是晒太阳、看书的好地方。

两人站在高地极目远望，叶莺说："这里是读书的好地方，要是不能去学校补习，咱俩就一起来这儿看书、背书，咋样？"

溪女说："好啊！在这儿静下心读书，能排除干扰。"

叶莺说："学英雄，见行动。明早吃完饭，咱俩就把书包拿来，再带一块塑料纸垫着，在这儿学习。学校放学咱就回家，跟学校的学生同步学习。在家里太懒散，根本静不下心。坐在校园旁边学习，才有回校读书的感觉。"

"行，听你的。"溪女觉得叶莺说得在理。

转眼间，报到的时间到了，被大专院校录取的知青们陆续前往学校报到。溪女和叶莺把向青送上了去北京的火车，向青的父母陪同女儿去学校报到。

向川花借着送女儿到北京上大学的机会，和老马在女儿报到的大学校园外租了一间屋子，小住了几天。闲暇时，老两口就在校园里四处转悠，熟悉女儿就读的学校环境。向青利用礼拜天和课余时间，带着他们先后参观了毛主席纪念堂、人民英雄纪念碑、天安门广场、北海公园、颐和园、八达岭长城。

回到银宫街，有人问："参观故宫了吗？"向川花说："没有，皇宫有啥好看的？"

考上学的知青们上学去了，落榜的知青有的回插队的地方继续劳动，有的则重新投入紧张的学习当中。

溪女觉得时间就像流水，匆匆流逝，一去不复返。为了学好语文，溪女在五云中学墙北的高地背诵散文名篇。他朗诵着朱自清的《荷塘月色》，读着读着，仿佛身临其境，走进了那片荷塘，似乎还听到了清脆的蛙声……

有时候，溪女和叶莺在这露天课堂读书时，身边会出现几个课余时间到这里复习的在校生。初次见到溪女和叶莺时，有人误以为他俩在谈恋爱。后来发现他俩一直都在聚精会神地学习，才消除了误解。叶莺心无旁骛，全身心地投入学习，常常连时间都忘了。天气晴朗的日子，他俩和五云中学的学生同步上下学，坚持自学，遇到难题就相互切磋，忙得都顾不上多说几句话。天气不好的时候，他俩就背着书包走进西农校园，到四号楼东面的阶梯教室看书、做作业。遇到难题，就近向身边的大学生请教，很快便能找到答案。

柳夫人和黄潇凤看在眼里，喜在心头，两家的关系也越发紧密。她俩闲来没事就互相串门，就跟一家人似的。柳夫人心里高兴，却不敢向叶莺问起什么。黄潇凤有一天忍不住了，对溪女说："俺可喜欢叶莺这闺女了，就盼着她以后能给俺当儿媳妇。"溪女赶忙斥责道："您这都想啥呢？我俩在一块儿就是为了学习，考上大学，实现人生梦想，可不是为了别的。您可别瞎叨叨，让外人知道了多不好。"

"好，妈心里有数，还没到时候，不会乱说的。"

"什么到时候没到时候的？您越说越离谱了，可别瞎猜。现在，考学比啥都重要，其他的都是浮云。"

首次恢复高考，考试和录取的时间都比较晚，学生入学后不久就放寒假了。向青在北京给溪女和叶莺买了几本应考的书籍，回家后就交给了他俩。看到他俩学习如此认真，向青感到十分欣慰。

向青很想去曾经插队的地方看看。溪女和叶莺知道后，买了许多礼物，选了个日子，陪向青坐火车去了一趟。他们到昔日插队的大队看望了熟悉的乡亲们，溪女和叶莺还分别在各自的大队续请了长假，很快就得到了批准。

这次行程匆匆，当天去当天回。临走时，乡亲们一直把他们送到村口。坐在回家的火车上，回顾那段难忘的知青生活，他们心潮澎湃，久久难以平静。每个人都清楚，今后再来的机会不多了。他们深深地感到，自己插队的地方，就是他们的第二故乡，永远值得怀念。过了一会儿，溪女轻轻地唱起一首歌《故乡情》：

　　　　家乡的冬青树

　　　　一层层的油绿

　　　　不知名的香味

　　　　告诉你我怀念

　　　　故里的秋海棠

　　　　一叶叶的花瓣

　　　　说不出的鲜艳

　　　　告诉你我怀念

　　　　小庙旁　稻田边呀

　　　　多年前的回忆

　　　　冬青树　秋海棠

勾起丝丝的怀念

唱着唱着，向青和叶莺都哭了，溪女的眼前也模糊一片。

这个春节和以往不同，腊月的年货市场异常丰富，爆竹摊、年画摊、调料摊一家挨着一家。平时难得一见的风景、美女年画纷纷亮相，吸引了众多顾客的目光。布票停止使用了，粮票仍在市场流通。用粮票买面兑换鸡蛋能赚取利润，这吸引了很多农村妇女。春英和麦香不识字，没法做这种生意。亚荷在小船的帮助下，认识了几个字，就想尝试做生意。她一有空就到西农早市上，用鸡蛋跟教职员工换粮票买面，再把面粉卖出去，忙得不可开交。

过年临放假前夕，公社给小船分了一个猪头和两斤猪肉。小船回家后，在火炉旁又是烫又是拔毛，忙活了整整一天，才把猪头收拾干净。

1978年2月7日是大年初一，溪女顾不上玩耍，在家专心看书。思行、雁行、溪芹、溪芸携家回来探亲，见到众多的侄儿、侄女和外甥、外甥女，溪女都没时间陪他们玩，生怕孩子们打扰自己学习。思行对姐姐和雁行夫妇说："溪女长大了，知道学习的重要性了，这状态真好，真希望他早点考上大学，展翅高飞。等他考上学，咱就把咱妈接出去住，让咱妈也出去享享清福，她老人家最放心不下的就是溪女。"

溪芸说："妈偏心，就疼小儿子。每次好不容易把她接出去，没住几天就想回来，心里一直惦记着她的小儿子。"又接着说："只要溪女能远走高飞，爸妈就能安心跟咱走了。希望他好好复习，明年高考一举成功。"

溪芹说："咱妈辛苦了一辈子，也该享享福了。溪女明年要是考上大学，可得好好庆祝一番。然后，把爸妈接出去住，把银宫街的这些房子暂时租出去。咱们几个轮流带爸妈出去旅游，让他们也见识见识外面的世界。爸妈离开这儿后，咱们回来的机会就少了，这次回来我得多住些日子，好好看看五云镇、五云山。"

溪芸说："对，我也得多看看，以后回来的机会肯定少了。"

到了正月十五傍晚，西农南门破例放了半小时烟花。从 1966 年到现在，人们已经很久没有看到放烟花的壮观景象了，闻讯赶来的人们欣喜不已，目睹了火树银花的绚丽美景。当地恢复了元宵灯会，也吸引了众多游人。驻五云镇的各大单位纷纷在食堂大厅或内部小广场举办展花灯、猜谜语活动，观赏的人络绎不绝。

正月十六，五云镇大小街道游人如织，各村组织的社火队相继登场。古装的青年男女化装成古代著名人物，站在卡车上或拖拉机上集中亮相，吕布、貂蝉、项羽等人物仿佛重获新生，在闹市一一出现。大大小小的锣鼓队震撼出场，不同年龄段的妇女们翩翩起舞，摇摇摆摆、一步一回头地走过大街小巷，吸引了众多人的目光。许多锣鼓队、秧歌队到各大单位门前流动表演，到了哪家，哪家就派人出来迎送。围观的职工、干部热烈鼓掌，单位还会及时奉上可观的酬金和礼品，引得后续的锣鼓队竞相效仿……

人们真切地感受到，"文化大革命"结束后，国家迎来了百花齐放、百家争鸣的新局面。一时间，春风吹绿了黄河两岸、大江南北，祖国各地呈现出欣欣向荣、万紫千红的景象。

四十五

正月十七，青鸟林小学开学，亚荷把雯雯送到一年级读书，雯雯成了班里最小的一名小学生。她性格活泼，天资聪颖，深受班主任白雪妮的喜爱。入学才一个月，就被班主任任命为班里的学习委员，成了班里的活跃分子。虽然年龄在班里最小，可学习成绩却名列前茅。小船和亚荷得知后，简直不敢相信。横海和横洋都没能争到的荣誉，雯雯却轻易得到了。

雯雯上学后，淑贞的负担减轻了，有空就出去放羊。

天旺订婚早，过年的时候结了婚。黑民都二十多岁了，还没找到合适的对象，燕桂云可着急坏了，四处托人给黑民提亲。可每次一见面，女方都不太情愿。燕桂云年纪大了，腿脚也不利索，愁得睡不好觉。黑民的婚事成了他的一块心病。

上次高考过后，银宫街那些考分低的考生对考学的积极性不高，都在为工作发愁。除了省市县正规招工，青云县创办了几个国企工厂，各街道办也开始招工。银宫街的部分知青前去报名，街道办以插队年限为标准，卡住了颜真白等几个青年。颜家的母亲找到柳夫人说："柳大姐，您会说话，麻烦您跟我到街道办跑一趟，给街道办的人说说情。"

柳夫人说："没问题，你定个时间，姐陪你去。"

柳夫人到了街道办，直接找到街道办林主任说："颜真白插队三年了，也该给他安置一份工作了，请你安排人给他登记一下。"林主任坐在办公桌前，头也不抬地说："插队六七年还没安置的知青多着呢，还轮不到颜真白。"

柳夫人问："我看你这架子还不小！颜真白的资料你看了吗？"

"不用看！没时间。"林主任冷冷地说，"有事到街道办公室找办事员小吴。"

"找了，小吴说不够年限。"颜真白的母亲说，"听说没插过队的都登记了两个人，为啥不给我孩子登记？"

"听谁说的？把那人叫来。"林主任说，"该登记谁就登记谁，能登记说明符合条件，没登记说明不够资格。"

柳夫人勃然大怒，"啪"的一声拍在桌子上，高声质问道："你到底是共产党还是国民党？谁给了你这么大的权力？"林主任被这突如其来的吼声和动作吓了一跳，愣了一下后，小声嘟囔道："你喊什么呀，有话不能好好说吗？"

"我明天就到县上告你，你大搞不正之风，不分青红皂白，该登记的不给登记，不该登记的瞎登记。"柳夫人大为光火，又"啪啪啪"地连拍了几下桌子。这动静一下子吸引了不少人，林主任的办公室外很快围了一圈人，都凑过来看热闹。林主任脸涨得通红，有些窘迫地说："你能不能小点声？这儿是办公室，又不是自由市场。"

"你给个痛快话，到底给不给登记？"柳夫人盛气凌人，目光如炬，直直地盯着林主任。

"先登记上吧，后面由厂里录取，之后的事可别再来找我。"林主任显然被柳夫人的气势唬住了，只想赶紧把她打发走。他朝门口瞥了一眼，正好看到小吴站在门外看热闹，顿时气不打一处来，呵斥道："小吴，你在门口瞅啥呢？把二位老人家带到办公室，给登记一下。"

"好嘞，老人家，跟我来吧。"小吴笑着对柳夫人说道，"到那边给您登记。"

柳夫人哼了一声，对林主任撂下一句话："要是录取不了，我还来找你！看你以后还敢不敢走后门。"说完，拍了拍颜真白的母亲，说道："走！"愣是半个谢字都没说。

等她俩走后，林主任才慢慢缓过神来。

在柳夫人的帮助下，颜真白顺利完成了登记。一个月后，他成了一家大型国企的职工。这消息一传开，街上好几户居民都找上门来，请柳夫人帮忙。柳夫人向来热心，对这类事有求必应，亲自跑了好几趟街道办，解决了好几个知青招工的难题。

街上有个退伍军人，工作安置一直不顺利，家人找到柳夫人帮忙。柳夫人二话不说，欣然前往县城有关部门，在那儿大闹了一场，一时间在县城引起轰动，还惊动了一位县级领导。后来这名退伍军人被安排进了本县公安局。从那以后，街坊邻居都知道了柳夫人的能耐，只要家里有就业方面的事儿，都来找她帮忙。

4月下旬的一天下午一点多，一辆警车突然停在了柳坞巷东侧的西环道旁。两个身着蓝衣、头戴大盖帽的警察，押着一个戴着手铐的男青年走下土坡。银民正好在外面扫地，定睛一看，被押着的竟然是张永武。到了隔壁门口，警察押着张永武径直往里走。淑贞和亚荷见了，吓得惊慌失措，都不敢上前询问。这些人直接走到西边延胜的房门口，还没等警察开口，延胜夫妻俩就走了出来。他俩一看到警察，脸色瞬间变得煞白，吓得说不出话来。一个警察说道："张永武涉嫌犯罪，据他交代，以前在你家住过一段时间，临走时在你家窑洞的木楼上放了一个黑色包裹。我们带他来取，希望你们配合一下！"

延胜没敢和张永武打招呼，直接带着警察来到自家窑洞门口。延胜推开木门后，张永武站在门口指了指木楼说："包裹就在那木楼上。"

"找个木梯来。"一个警察对延胜说，"麻烦你上去把那个包裹拿下来。"

"好。"延胜的腿肚子直转筋，两条腿不由自主地轻轻颤抖。

很快，他找来一个木梯，战战兢兢地爬了上去。过了一会儿，他拿着一个黑色包裹下来了。一个警察打开包裹一看，里面是一团旧衣服。警察吃了一惊，回头紧紧盯着张永武。张永武满脸是汗，两条腿抖得像筛糠一样，结结巴巴地说："明明就在包裹里，怎么没有了？"

"老实交代，赃物到底在哪里？"一个警察严厉地问道，"老实说！坦白从宽，抗拒从严！""扑通"一声，张永武瘫软在地，转过头疑惑地看向延胜。延胜心里直发毛，侧过脸不敢看他。一个警察观察了一下，对同伴说："先把他押到车上！"

张永武被押走后，另一个警察对延胜说："张永武偷了一家金工厂的库存金条，被捕后说赃物寄放在你家木楼，现在东西不见了，你也脱不了干系。你老实说，金条是不是被你拿走了？"

"我，我不知道啊，他这是血口喷人！他在我们这儿淘井的时候，我管他吃管他喝，他临走说要放个东西，就把这个黑色包裹扔在了我家木楼上。楼上的木椽被烟熏得漆黑，这几年我从来没上去过，根本没见过什么金条啊。"

"麻烦你跟我们走一趟，到公安局把情况说清楚。"警察说道。

"不去不行吗？"延胜惊恐地问道。

警察安慰他说："别害怕，到了公安局把问题说清楚，很快就能回来。"

延胜朝大门口望去，几个街坊邻居正朝里面张望。他心如死灰，无奈地说："好吧！我跟你们去。"就在延胜灰溜溜地跟着警察要走的时候，淑贞突然上前拦住了他们。淑贞对警察说："不能带走延胜，延胜是个老实娃，他不会干违法的事。我担保他没罪！"

警察问清楚淑贞的身份后，说道："大娘，您放心，我们相信您说的话。但情况必须了解清楚，我们带他去问个话，如果情况属实，很快就会让他回来，您就放心吧。"

麦香早就躲出去了。延胜看到淑贞挺身而出，感动得眼泪差点掉下来，他对淑贞说："六妈，不去不行啊，您别拦着了。"淑贞叹了口气，只好让到一边，眼睁睁看着延胜跟着警察走了。

三天后，延胜被放了回来，他整个人精神萎靡，情绪十分低落。街坊们前来打听情况，延胜说："真是知人知面不知心啊，我被张永武给坑惨了！他偷了公家十根金条，说藏在了我家，带着人来找却没有，把我害苦了！警察带我去了解情况，我到公安局把事情都说清楚了，确实跟我没关系。"

小船得知此事后，私下问延胜："事情真的就这么完了？"

延胜苦笑着说："金条没找到，事情肯定没完，我心里七上八下的，这都连续三天晚上失眠了。"

小船语重心长地说："交友不慎，可是要吃大亏的。你得记住这个教训！"

淑贞把延胜叫到自己屋里，问道："你咋就认不清人呢？眼睛都长哪儿去了？"延胜蹲在地上，一声不吭，心里乱成了一团麻。淑贞又接着说："咱家可是清白人家，你太糊涂了，认贼作友，连累了自己不说，还把祖宗的名誉都给毁了！"正说着，麦香突然推门闯了进来，冷冷地说："延胜一没偷，二没抢，怎么就毁祖宗名誉了？"

延胜赶忙对麦香说："六妈这是为我好，你先回去吧！"

"你给我回去，现在就走！"麦香脖子一梗，强硬地说，"听听！你六妈都说了些啥？明摆着是在骂你，也是在骂我！你就是个窝囊废，赶紧跟我回去，别在这儿丢人现眼了！"

延胜被夹在中间，进退两难，猛地站起身，转身往外走。淑贞脸色骤变，气得浑身发抖。延胜出去后，麦香斜眼瞟了淑贞一眼，转身也走了。

亚荷走进来，轻声安慰婆婆说："妈，您就少说两句吧，把自家的事管好就行，别人家的事咱管不了。麦香说啥您别往心里去，别生气了。"淑贞点了点头，眼泪在眼眶里直打转，差点就流了下来。

小船下班知道这件事后，对麦香意见很大。晚上，他和亚荷商量了大半夜，打算联系大姐汾花，把母亲接到西安住半个月。趁着这个机会，和延胜一起请队里尽快安排劳力，在院里砌一道土墙，把院子一分为二，彻底和延胜一家分开。

第二天上午，小船给大姐打了电话，把情况跟大姐说了。汾花说："妈到西安住不惯，以前每次来住两天就吵着要回家，谁都拦不住。这样吧，你先跟村里说好，定好打墙的时间，姐再请假把妈接到北京玩一趟。妈一提起到北京，眼睛都亮了，她老念叨有朝一日去了北京，一定要到毛主席纪念堂献花。"

"大姐，那你就陪咱妈到北京好好逛逛，让咱妈给毛主席献个花，多住几天。咱妈走后，估计三四天院墙就能砌好了。去北京的费用，咱俩一人一半，过两天我给你汇一百元。"

"费用就算了，姐能负担得起。你在家尽孝，姐在外出钱，这是应该的。家里的事儿你多操心，和延胜把关系处好。你先跟妈说一声，最好提前做做思想工作，省得咱妈回家后一时接受不了。"

小船傍晚回到家，把大姐的话告诉了亚荷。亚荷说："你可别想得太简单了，妈的工作可不好做。以前没有雯雯，说走就走了。现在她把雯雯看得比横海和横洋还亲，这五年来，为了让雯雯有羊奶喝，她不怕麻烦，有空就出去放羊，风里来雨里去的，吃了多少苦受了多少累。现在让她出去旅游，她能放心得下吗？"

"你先去跟妈说说，要是不行，我再去说。"

"我才不管呢，你爱说不说。"

小船找到母亲时，母亲正在厨房帮着亚荷做饭。小船说："妈，今天大姐给我打电话，过两天想接您到北京去玩……"

"不去！哪儿都不去，我走了没人放羊，雯雯每天早上不吃饭，就喝羊奶。"

"原来是为这事啊？您放心出去逛，您走后我来放羊，每天早点回来，放羊、挤奶我都会，保证每天按时给雯雯煮奶，也绝对不耽误她上学。"

"不去！外面就是耍龙灯、舞狮子我也不去，妈都快七十了，腿脚不利索，不想出去逛。"

亚荷在一旁偷偷地笑。小船站在母亲旁边，接着说："这可是个好机会，大姐平时忙，难得这次能放几天假，正好陪您出去散散心。您不是一直想去参观毛主席纪念堂吗？这就是个机会……"

"你姐啥时候放假？能放几天假呀？"淑贞心动了。

"听说快了，再过三五天就放假了。"

淑贞沉默了一会儿，说："要是去的话，我想把雯雯带上，也让娃见识见识北京的天安门城楼，到时候给雯雯请几天假。"

亚荷赶忙说："大姐经济负担重，多一个人就多一份开销，您最好就一个人和大姐去，别带雯雯了。再说雯雯还得上学呢，功课可不能耽误。把她交给我和小船吧。"

淑贞想了想，说："也行，到时候再说吧。"

当天晚上，小船到延胜家商量打墙的事儿。延胜两口子都在家，见小船来了，颇感意外。小船开门见山地说："记得你上次提过，现在咱两家孩子都大了，住一个院子确实不太方便。要是你们愿意，咱跟村上说一声，找个时间在院里砌一道土墙，把院子分开。"还没等延胜开口，麦香抢先说道："好啊！早该这么做了。"延胜瞪了麦香一眼，说道："六妈能同意吗？可不能因为这事儿伤了她老人家的心。"麦香不以为然地说："先把六妈支走，等院墙砌好了，再告诉她。分开住是早晚的事儿，越早越好。"小船说："我妈肯定不同意，咱得想个法子。我打算请大姐带我妈出去逛几天，趁着这空当，把院墙砌起来。"

"行，就这么办。"麦香应道，"别提前声张，省得麻烦。"小船接着说："那行，咱俩明天抽空去找队长，定个时间。"

"现在就去呗，晚上找人方便，白天大家都忙，队长不一定在家。"麦香提议道。

"好吧。"延胜附和着。

于是，弟兄俩当晚就去找生产队长。队长倒也爽快，一口答应下来，还表态三天后就组织社员来打墙。

次日上午，小船在办公室拨通了汾花办公室的电话，把相关情况汇报给了大姐。汾花说："好，姐把手里的工作安排一下，尽快请假回家，带妈去北京。"

两天后，汾花独自回了家。她先去看望干妈，邀请干妈陪母亲一起到北京游玩几天。黄潇凤说："不行啊，溪女正在复习，我得陪着他，给他做饭呢。"

汾花劝道："走吧，家里有我爸照应着，您就放心跟我去吧。"二熊夫妇商量了一番后，黄潇凤对汾花说："行，妈去！"黄潇凤让二熊立刻给在北京工作的溪芸拍了一封电报，让溪芸提前安排好住宿。

淑贞听说黄潇凤也要去，心里很高兴，开始收拾行装。次日清晨，溪女和叶莺推着自行车，把母亲一行三人送到五云镇火车站。汾花带着两位妈妈坐火车前往西安，她爱人带着女儿提前在火车站买好了换乘开往北京的卧铺票。汾花带着两位妈妈出站后，取了换乘的车票，进入西安火车站东区候车室，准备乘车前往首都北京。

出发前夕，溪芸回电报说已经在北京老火车站附近的旅社预订了一个有三张床的大房间，到站后她和爱人会来接站。到达北京时已是清晨，溪芸和爱人在站台等候，接上母亲、汾花和六婆，坐公交车赶到旅社。吃完早饭，大家睡了一觉。午饭后，溪芸和汾花带着两位妈妈步行前往天安门广场，首先去瞻仰参观毛主席纪念堂……

一周后的深夜，在溪芸的关照下，汾花一行顺利买到三张卧铺票，经西安转站后回到五云镇。汾花当晚在干妈家睡了一晚，次日凌晨便急匆匆返回西安上班去了。

当淑贞走到柳坞巷自家院外时，感觉情况不对劲：门前竟然多开了一个院门，原来的院门还在，紧挨着银民家的界墙；西侧不远处新修了一个简易门楼，门前的黄土都是新的。

借着明亮的月光，淑贞走进老院门。她惊讶地发现，原先宽敞的院子中间出现了一道新打的土墙，筑墙时留下的木椽印记清晰可见，墙壁上的黄土还半干着。淑贞脸色阴沉，从前院走到后院，见到小船和亚荷也不说话。亚荷跟婆婆打了个招呼后，便到一边去了，打算等婆婆气消了再跟她聊。小船陪着母亲在院里走了一圈，给母亲解释打院墙的事儿，母亲听着，一句话也没说。

淑贞先到北屋看了看三个孙子孙女，见他们都已入睡，便轻轻走了出来。她到后院打开窑前的电灯，瞧了瞧拴在墙角的奶山羊，发现羊比自己走之前瘦了不少，羊奶子也瘪了。她默默给羊的食槽里添了一碗麦麸，又给旁边的水盆里舀了一碗水，这才回房休息。这天晚上，老人家失眠了。

等母亲回屋，小船和亚荷才放下心来。原来，在淑贞走后的第二天，在小船和延胜的争取下，队长带着两个有经验的老农先在院里画好了分界线，同时组织了三十多名男女劳力，用架子车从外面拉土，花了三天时间打好了两家的界墙。

孙子孙女们放学后，淑贞脸上才有了笑容。雯雯跑到她跟前，她抚摸着雯雯的头，心里满是怜爱。

四十六

两家共住一个院子的时候，麦香很少打扫卫生；分开之后，麦香每天早早起来打扫庭院，还按时给孩子做饭。

自从张永武那件事发生后，延胜的名声一落千丈，邻里们都评价他敌我不分、黑白颠倒。延胜听到这些话，也无话可说，开始反思自己和小船的关系，后悔当初没听小船的话。

张永武的案子还没了结，这成了延胜的一块心病。当时从公安局离开的时候，警察叮嘱他今后必须积极配合，一旦有线索，要立即向县公安局报告，协助警方追回赃物。麦香动不动就对延胜发火，延胜一忍再忍。有一次在灶房，延胜实在忍不住了，像火山爆发一样对麦香吼了起来，两人随即吵了起来。麦香口不择言，把延胜骂得火冒三丈，延胜一气之下，端起黑铁锅就摔在地上，把锅摔碎了。两人哭闹了一场，当天都没吃饭。孩子放学后，麦香只能给孩子用开水泡馍吃。第二天起来，延胜想通了，二话没说，骑自行车到镇上买了一口铁锅，两人继续过日子。

延胜家吵架的时候，隔壁的淑贞和亚荷听得清清楚楚。淑贞一度想去劝架，被亚荷拦住了。亚荷说："延胜家的事儿，咱管不了！"淑贞只好作罢。

一天傍晚，延胜和麦香正站在大门里面西侧的猪圈边，看小猪吃食。紧闭的头门突然被人推开，一个黑影闪了进来，把他俩吓了一跳。两人急忙追进去查看，原来是在外游荡的游鸦。游鸦发现走错了门，自顾自地回头出去了。延胜和麦香被吓得半天缓不过神来。

游鸦当晚衣衫褴褛地回了家，身上一分钱也没有。游雕见了他，直翻白眼。游鸦在家中放杂物的储物间住了一晚，第二天就被兄长游雕骂了出去，再次徒步到外面游荡去了。

张永武出事后，麦香固执地认为家里的风水出了问题。在勉强取得延胜的同意后，她招来一群巫婆到家里。巫婆们对着神灵焚香、祷告，又是敲锣又是念经，折腾了大半天。一些邻里过来围观，一时间，她家的崖畔、隔壁的墙头都有人在偷看。有人听了半天，听出了一点门道，诡秘地对邻居说："柳坞巷出大仙了，延胜的媳妇顶的是齐天大圣孙悟空，会七十二变呢。"个别妇女将信将疑，大多数人对此嗤之以鼻。

五一节过后的一天上午，本村一个叫游忠民的媒人突然登门，要给黑民说亲。燕桂云听了，大喜过望，立即吩咐银民到食堂买了一荤一素两个菜，又把银民学校十年前发的一瓶西凤酒打开，用来招待媒人。老游是个六十开外的驼背老汉，穿着朴素，在当地名气不小，经他说合的男女亲事，成功率比别人高。燕桂云曾无数次提着麻花去找老游，无奈女方一见面就不乐意。这种情况很是少见，老游也没辙。

见面后，老游对燕桂云说："这次碰上了个好姑娘，西农东边的荒鸡寺村有个姑娘，二十三了，还没定亲。我知道后，托人去撮合，对方同意见面，您看咋样？"

燕桂云高兴地问："这姑娘长得咋样？丑不丑？"

"那叫一个让人疼！"老游故弄玄虚地说，"细眉细眼的，跟戏里的人物似的，好看得很，没挑的！个子高、有力气，就是不爱说话，害羞。"

燕桂云越听越高兴："那就好！只要双方没啥意见，马上就把事儿定下来。彩礼我早就准备好了！麻烦您下午跑一趟，约个时间先见个面。"

"行，下午我专门给您跑这一趟，帮您把这事儿促成。"老游笑着说。

中午，燕桂云让银民给春英捎话，中午吃浇汤面，汤一定要调好。春英听说了缘由，撇着嘴对银民说："说了也是白说，你兄弟跟你一样，呆头呆脑的，又矮又丑。"

银民说："你这嘴别这么毒，别说这些难听的话。黑民要是结了婚，对谁都好。"

春英急了眼："不说了，好歹是你兄弟，我就看在你的面子上。浇汤面我做，给外人露一手。"

开饭了，老游眼前一亮，看着桌上的红烧肉和菠菜拌黄瓜，馋得直咽口水。燕桂云打开那瓶珍藏的西凤酒，给老游斟了一杯。老游一饮而尽，连声夸赞："好酒，好酒！"

燕桂云神秘兮兮地说："先吃菜，咱边吃边聊。这事儿要是成了，我送您一瓶这种老西凤。学校给银民发的，我都藏了十二年了，一直舍不得喝。"

老游说："说话可得算数，那瓶酒就是我的了，您先替我保管几天，事儿成了我就来拿。下午我就去问。"喝过酒，银民端着一盘热气腾腾的浇汤面上来了，招呼客人吃饭。这浇汤面色香味俱全，就是味道偏咸。老游连吃了十碗，吃完赞不绝口："银民的媳妇真有本事，做的饭太好吃了。等黑民娶了媳妇，您的任务就完成了，就等着享福吧。"燕桂云听了，心里乐开了花，热情地招呼老游吃好喝好。

酒足饭饱之后，老游徒步赶往荒鸡寺村，去找该村的一个同行。

客人走后，银民还没吃饭。春英把剩下的汤全倒掉，开始加水重新烧汤。她对银民说："那老东西偏心，疼小儿子不疼大儿子，我在汤里多加了一勺盐，咸死他们！"

银民生气地说："你糊涂，做事没分寸。"

燕桂云吃过饭，一反常态，不停地想喝水，不到两个小时就把一暖水瓶的水喝完了。这时，春英到队里上工去了，燕桂云只好让老伴烧开水。

老伴说："你今天咋回事，不停地喝水，急啥呀？心急也解决不了问题。"

燕桂云说："别啰唆！让你烧水就去烧。"

燕桂云时不时到大门外张望两眼，盼着老游早点回来。

两三个小时后，老游回来了。燕桂云一见面就焦急地问："咋样？啥时候见面？"

"事儿没说好我哪敢回来，您不得吃了我呀？咱回屋里说，渴死我了，快让我喝杯茶。"

"好！"八爷喜出望外，招呼老游走进自己住的窑洞，打开一包新茶叶，泡了一杯浓茶递给老游。老游连喝了两杯，这才慢悠悠地说："给您报个喜讯，事情挺顺利。姑娘的父母说女儿白天在外面上班，没时间，见面最好安排在明天傍晚，去的时候拿不拿东西都行。"

燕桂云想了想，说："行，那就明晚让银民带黑民去。初次见面不能空手，提前准备两包点心，到时候带上。"

老游说："好，我明早给传个话，双方都准备准备。"说定之后，老游起身告辞。燕桂云把刚打开的那包茶叶塞到他手里，老游伸手接住，咧嘴笑了笑，转身走了。没走多远，又转身回来喝了一杯茶，这才步履蹒跚地离开了。

次日傍晚，在燕桂云的催促下，黑民穿戴一新，跟着银民和媒人去相亲。银民也换上了那身只有过年才穿的、学校发的灰色西服，兴冲冲地推着自己的旧自行车往外走。

两个小时后，银民弟兄俩回来了。燕桂云问银民："黑民跟那姑娘说话了没？人家愿意不？"

银民说："说了，那姑娘叫刘东娥，怕见生人。我和女方家长在一块儿说话，媒人让黑民到刘东娥的房间见面，黑民就去了。"

燕桂云又问黑民："你们都说了些啥？"

黑民说:"刘东娥坐在炕上不下来,我问啥她都不吭声,就那么干坐了半天。"

银民说:"你跟东娥谈了一个多小时,感觉咋样?"

"没啥感觉,也没说啥。"黑民不耐烦地说,"还不如不去呢。"

燕桂云吼道:"那你到底谈了个啥?真没用!"他又斥责银民:"你咋不知道把那姑娘叫出来问问?"

银民说:"对方说自家女儿害羞,怕见外人。"

八爷哼了一声,接着问:"最后女方咋说?愿意不?"

银民说:"愿意,还跟我商量彩礼,想要五百元。"

燕桂云语气缓和了些:"你压价了没?"

银民说:"我只出四百,对方说商量一下,明天给回话。"

燕桂云说:"行,就出四百,看媒人明天来了咋说。时间不早了,你俩回窑睡觉吧。"

银民回到自己住的北窑,春英询问了事情的经过,生气地说:"你就是个傻子!咋不说只出三百?一下子给人四百,你脑子进水了吧。明天媒人来要彩礼,看你咋说!黑民跟傻子似的,又黑又丑,活该娶不上媳妇!"

银民说:"爹说上次是暂时分家,不是正式分家。黑民要是娶不上媳妇,咱家还得吃大锅饭。现在,眼看黑民的婚事有希望了,你倒不愿意了,那咱就等着合灶吧。"

"呸呸呸!分家哪有暂时的?记住,是永远分家。谁想合灶,门儿都没有!"春英说,"我是嫌你出价太高了,你这死脑筋!不说了,睡觉。"

次日早饭后,媒人老游来了。他笑呵呵地对燕桂云说:"恭喜啦!事情有眉目了,女方愿意定亲,同意银民出的彩礼钱,一口价四百元,一分都不能少。"

燕桂云说:"那咱再等等,约个时间让俩孩子再见个面,说说话,熟悉熟悉。"

"不行！等过了门，两个人在炕上慢慢熟悉就行。"老游说，"刘家委托的媒人今天一大早就来找我，现在还在我家等着信儿呢。说要是愿意，两天内就交彩礼定亲；要是不愿意，这事儿就算了。那个媒人还说，还有人等着给那闺女提亲呢。"

燕桂云一脸茫然，也分不清是忧是喜，皱着眉说："四百就四百，两天就两天，您给回个话，说行，两天内咱就约时间交彩礼，赶紧把这事儿定下来。"

老游说："那好，我马上回家给回话。家里还有客人，我就不多留了，得回去了。"老游嘴上说着要走，却站在那儿，迟迟不肯挪步，眼睛不停地在燕桂云炕角的银柜上瞅来瞅去。

"慢！"燕桂云吐出一个字，老游眼睛顿时亮了起来。燕桂云蹒跚着走到炕角那个褪了色的老银柜前，拿出钥匙打开银柜，小心翼翼地掏出一瓶陈年西凤酒。老游赶忙凑过去，双手接过那瓶酒，说道："八爷，您这记性可真好，我差点都忘了！"燕桂云没吭声，锁好银柜，把老游送到头门口。

过了一天，在老游的劝说下，燕桂云让银民带着黑民傍晚去荒鸡寺村送彩礼。去的时候，银民准备了一条大雁塔牌香烟、一瓶绿太白酒和两包副食。到了刘家，银民提出在交彩礼之前，让黑民和刘东娥再聊聊。刘东娥的父亲说："东娥出去串门了，不在家。改天约个时间，让黑民带东娥出去买身衣服，到时候想说啥都行。"银民没话说了，犹豫了一下，经不住对方催促，只好当众把彩礼给了，女方家长当面把四沓十元一张的钞票数了两遍。

当晚，看着女方家长数钱的样子，银民心里很不舒服，可又不好反悔。交完彩礼，银民立刻起身告辞，女方也没有留他们吃饭的意思，银民心里不痛快，隐隐觉得这婚事不太对劲。

果然，银民担心的事发生了。一个月后的一天上午，女方的媒人刘大找上门来，对燕桂云说："您亲家托老游给您捎话，老游不肯来，我只好来给您传话。您未过门的儿媳妇犯病了，需要钱治病，您亲家说都订了婚，他女儿就是您家的人了，看病的钱您家该出……"

燕桂云大吃一惊，没等对方说完就问道："啥病啊？要多少钱？"

"精神方面的疾病……"八爷听了这几句，只觉得脑袋"嗡"的一声，他怒吼道："为啥不早说？这明摆着是坑人嘛！"

刘大说："您别把话说得这么难听！你们两家现在是亲家，我不过是给您传个话，您犯不着对我大吼大叫的。您给个痛快话，这看病的钱，您出还是不出？"

燕桂云愣了一下，烦躁地问："他们想要多少？"

"两百。"刘大面无表情地说，"您说吧，啥时候能准备好？"

"过两天给你回话。"燕桂云冷冷地说，"你先回去，凑好了让银民给送过去，就不劳您来回跑了。"

"那行，我走了。"刘大转身就走，燕桂云也没送他。

刘大走后，老伴说："这家人不地道，这钱不能给。"

八爷气愤地说："上当了！遇到无赖了，都怪银民！这下把咱坑惨了。"

老伴说："银民在外面工作十几年了，就是个教书先生，成天跟孩子们打交道，见的世面少，也不能全怪他。"

燕桂云瞪着眼说："银民就是个睁眼瞎！老实过头了，窝囊废一个！"老伴吓得不敢吭声，战战兢兢地走开了。

燕桂云在屋里坐立不安，长吁短叹。他赶忙把黑民找来，追问黑民初次相亲时和女方说了啥。黑民说："那女的就坐在炕上，不说话，也不理我。"

燕桂云说："你发现情况不对，为啥不跟你哥说？"

黑民说："我当着那些人的面说了，刘家的人说她是害羞，我哥就信了！"

燕桂云恨恨地说："你个孽障！你哥又没替你相亲，他咋知道具体情况？你发现不正常，就该在你哥掏钱之前拦住他，你拦了没？"

黑民说："我还没来得及拦，我哥就把钱掏出来了，晚了。"

燕桂云顿了一下，吼道："滚！"黑民灰溜溜地走了。

银民下班后，燕桂云把刘东娥家来要医疗费的事告诉了他，银民听后目瞪口呆。燕桂云又详细询问了初次相亲的细节，听完后说道："一开始就有问题！为啥相亲要选在晚上？你太糊涂了！你把爹害惨了。事情都到这份上了，你说咋办？刘家现在要二百元治病，你说咱给还是不给？"

银民说："解放都快三十年了，社会上咋还有这种人？简直就是无赖，太可恶了！事情到了这一步，真不知道该咋办。刘家开口要钱，不给吧，就等于咱悔婚，彩礼钱就打水漂了，刘家说不定正盼着咱悔婚，好把闺女再许配给别人，再敲诈一笔彩礼。给吧，又怕过段时间他们再来要钱。这真是个难题，不好办啊。"

燕桂云吼道："你太忠厚老实了，都是你干的好事！这下咱掉进坑里了。到底咋办啊，唉——"

银民试探着问："要不咱咬咬牙，给这二百元，赌一把？要是刘家真给闺女把病治好了，事情或许还有转机。要是他们继续来要钱，那就证明这是个无底洞，咱再拒绝！您考虑考虑，拿个主意。"

燕桂云脸色煞白，绝望地说："也只好这样了。你爹我一辈子省吃俭用，一分钱都恨不得掰成两半花，好不容易攒了点钱，想给黑民成个家，没想到被人坑了！爹老了，家里出了大事，只能指望你，可你这长子没本事，拖累全家啊！"

银民心乱如麻，不知道该怎么安慰父亲。

八爷顿了顿说："爹还有二百元，晚上让你妈给你，你明天抽空去趟刘家，把钱送过去，后面的事走一步看一步吧。"

"行，我明天抽空去。"银民点了点头，心情格外沉重。

燕桂云又说："你明天就空手去，别买东西了！"

银民说："知道了。"

次日吃过早饭，银民骑自行车去了荒鸡寺村，给刘家送去了二百元。八爷当天就病倒了，银民请大队医疗站的赤脚医生上门诊断，开了两服中药。银民跟着到医疗站取了药，马上给老父亲煎药。燕桂云喝了两天药，病情慢慢好转。

一天下午五点半，小船骑自行车刚从乡下回到公社大院，就看见几个同事急匆匆地推着自行车往外走，个个神色慌张。其中有公社戈主任的通讯员小张，小张对小船说："燕师，您好！戈主任新买的飞鸽自行车刚被偷了，快帮忙找找。"小船痛快地答应了，掉转车头就往外走。小张对众人说："十分钟前自行车还在戈主任办公室外面，车子刚丢，大家赶紧分头去找，要是在街上碰到推着新飞鸽自行车的人，马上拦住，带回公社把事情说清楚。"

众人各自推着自行车散开，朝各个路口奔去。小船朝着一个方向急忙追去，沿途留意可疑车辆。过了两个路口，前面的岔路更多了，他站在路边四处张望，不知道该往哪边走。就在这时，身后一个叫老杜的中年同志远远地喊他："撤回，撤回，戈主任说不找了，小张被人打了。"小船很惊讶。老杜跑过来气喘吁吁地说："小张在后街的医院十字路口，看见一个高个子农村老汉推着一辆崭新的飞鸽自行车，跟戈主任的车一模一样。小张上前拦住那人，让他跟自己回公社大院把事情说清楚。没想到对方是个火暴脾气，一下子冲到小张面前，扇了他一耳光。小张被打蒙了，那人却气势汹汹地推着车走了，其他人也都吓傻了，没敢阻拦。小张跑回公社大院想搬救兵，却被戈主任拦住了。戈主任说新车买了还不到三天，没来得及打记号，说不清楚，就算了，不找了。派出所白惊鹿所长当时正好在公社大院办事，知道后要派民警去追那个老汉，也被戈主任拦住了。戈主任说证据不足，那老汉性格暴躁，不能把事情闹大，万一出了人命就不好收拾了，丢了就丢了，让派人分头通知出去追车的同志都撤回来。"

小船说："戈主任做得对，要是民警追上那个老汉，真闹出人命，那可不得了。"

老杜说："戈主任说为了买这辆车，攒了三四个月的工资，这下全泡汤了。还说他工作十几年了，这是买的第一辆新自行车，太可惜了。走，咱俩回公社吧。"

小船说："好。"

四十七

6月份，气温越来越高，小麦渐渐泛黄。催收鸟不知从哪儿匆匆飞来，在田间穿梭、鸣叫，催促人们收割小麦。临近夏收，五云镇街上卖木叉、木锨、簸箕、筛子、扫帚、草帽、镰刀的摊点一个挨着一个，吸引了一批又一批农民。

夏收前夕，正好是农历五月。按照关中的风俗，出嫁的女儿这时候必须回娘家，叫作"看忙口"，买的礼物主要是粽子、油糕。汾花在百忙之中抽出时间，从西安坐火车回了趟娘家。除了粽子，她还给母亲买了十斤白糖、二斤好茶、一瓶白酒。她来去匆匆，当天傍晚就返回了西安。

秋霞婚后生了个女儿，取名燕春雯，连着横雯的"雯"字。夏收前的一天，秋霞抱着女儿来看淑贞，淑贞特别高兴，马上给了春雯三元钱，还让亚荷中午给秋霞准备可口的饭菜。吃过饭，亚荷陪秋霞聊了一会儿天，临走时又给了春雯五元钱。选印在社办企业上了几年班，厂里工资低，日子过得紧巴巴的。秋霞开始琢磨着发展，她父亲是个木匠，她对木器行业比较熟悉，打算以后开一家木器厂。为了掌握这门技术，她逼着选印利用节假日自学木匠活，选印只好答应。按照秋霞的嘱咐，选印偶尔到村里的木匠家看人家干活，却受尽了冷眼。

1978年7月20日，高考再次拉开帷幕。考场设在五云中学等三所学校，考生们按时赶到各自的考点。溪女和叶莺被分在五云中学考点，他俩一起前往指定考场。考试铃声响起，考生们排队进入预考场，对号入座。监考人员严阵以待，目光敏锐地履行职责。试卷发下来后，考场里安静极了，考生们填好考号和姓名，就开始审题、答卷。

考试持续三天，一门课考完，考生们就准备下一门课。

最后一门课考完后，溪女和叶莺约好在考场门口见面。见面后，叶莺满面春风地问："感觉怎么样？"溪女说："答得挺顺利，就是没时间检查。你呢？"

"还行，感觉挺不错的。"他俩一边走一边聊，探讨疑难试题。刚走出五云中学的大门，他们突然看见学校大门外的操场边站着一群家长，里面有溪女的妈妈和柳夫人。叶莺快步走上前和黄潇凤打招呼，溪女也向柳夫人问好。柳夫人询问了他俩的考试情况，说道："看你俩考完的样子，就知道比去年考得好。你爸在家里正准备饭呢，请溪女和他妈到咱家坐坐，吃顿饭，聊聊天。"

黄潇凤说："俺就不去了，溪女他爸也在家里准备饭呢。这样吧，让溪女到你们家去，陪叶莺说说话，明天上午你们全家到俺家吃饭。"

叶莺问溪女："你去我家不？"

溪女说："当然去，肯定去。估计今晚外面有电影，好久没看电影了，吃完饭咱俩一起去看。"

黄潇凤笑得合不拢嘴："好，你俩也该放松放松了。路上别忘了给叶莺买点小吃。"

叶莺羞涩地笑了笑："潇妈，您还把我当小孩子啊。不用买，让溪女攒钱给自己交彩礼娶媳妇吧。"

柳夫人和黄潇凤都笑了，溪女说："找个不要彩礼的，省钱。"

黄潇凤说："彩礼是小事，找个好媳妇才是关键。俺可喜欢叶莺了，找媳妇就得照叶莺这个标准来。"

叶莺说："潇妈，您别说了，再说我都不好意思了。"

溪女对母亲说："妈，您别急。有句话说得好：是你的跑不了，不是你的追不上。"

黄潇凤说："要是错过了好媳妇，俺打断你的腿。"

柳夫人笑了，叶莺也笑了。他们一边说一边往回走，每个人脸上都喜气洋洋的。

走到银宫街叶莺家门口，溪女跟着叶莺走进家门，黄潇凤回了自家。吃过晚饭，他俩到五云山上散步，听说西农路有一家单位放电影，两人就一起去看了。

8月初，高考成绩公布。银宫街一片欢腾，街上有五个知青上了大专以上分数线，其中叶莺的考分在全县排前三名，溪女排名第三十，都超过了本科录取分数线。

填报志愿后，8月底录取工作开始。柳叶莺最早收到了本科录取通知书，几天后，溪女也收到了本科录取通知书，两人分别被南京两所著名院校录取，9月初就要入校报到。

柳夫人特别高兴，对叶莺说："乖女儿，你真孝顺！知道报考南京的院校。妈当年跟你爸从南京逃出来，咱家的根在南京，梦也在南京。你能回到家乡上大学，圆了妈的一个梦，妈心里可欣慰了。"

叶莺说："南京是您魂牵梦绕的家乡，能回老家念大学，我感到非常荣幸。"

柳夫人说："溪女受你的影响，也报考了南京的院校，而且被录取了，妈很高兴。你和溪女要处好关系，希望你俩将来能走到一起，成为一家人。咱们两家门当户对，又知根知底。"

叶莺说："到时候再看吧，现在还不好说。溪女为人简单、快乐，温柔体贴，性格像女孩。我跟他在一起，倒像是姊妹俩，没有那种恋爱的感觉。"

柳夫人说："以前你俩都还小，现在长大了，得往恋爱这方面发展发展。你潇妈见了你就眉开眼笑的，妈早就猜出她的心思了，她早把你当儿媳妇了。她老在我面前夸你，说你百里挑一、千里挑一，身材好、肤色好、性格好，总之，千好万好。"

叶莺的面颊泛起绯红，说："我早就看出来了，您跟潇妈一样，早把溪女当女婿了。你俩太着急了,这事儿急不得。婚姻可是终身大事,一点都不能凑合。上了大学,首要任务是学习,其他的都没那么重要。我明白您的意思,以后就看事情怎么发展吧。一句话,顺其自然。"

溪女收到录取通知书后,母亲开始为他收拾行装。他的大哥、二哥、大姐纷纷回家探亲,一家人聚在一起吃饭、聊天。临走时,他们都给溪女留下一些钱,鼓励他出门好好念书。二姐溪芹在南京工作,打电话说报名时会在南京火车站接弟弟,让家里人放心。

8月中旬的一天,溪女和叶莺准备了一些礼物,坐火车专程前往陕南插队的地方看望当地的乡亲们。火车到了略阳县城,他俩换乘班车,先后赶往清水湾和双河坝,行程匆匆。临走时,乡亲们依依不舍地把他俩送到村口。支书说:"好人有好报,优秀的家庭出才俊,你俩前程远大,无限光明,祝福你们永远幸福!"

溪女说:"这里是我的第二故乡,我忘不了这里的乡亲们,感谢乡亲们对我的关心和爱护。无论将来走多远,我一定忘不了这里的山山水水。"乡亲们望着溪女和叶莺乘坐的班车离去,频频挥手。溪女和叶莺坐在车上,也向乡亲们挥手告别。赶到略阳火车站后,他俩买了当天的车票,踏上了返程。

柳夫人和老秦执意要送叶莺到南京,顺便在南京游览几天。柳夫人阔别南京四十年,想借此机会在南京住上几日。叶莺接到录取通知书后,柳夫人天天念叨玄武湖的美景,紫金山的雄伟。叶莺猜出了母亲的心思,对母亲说:"现在大学毕业都是统一分配工作,我有个想法,大学毕业后打算在南方找个工作,最好就在南京。等工作稳定了,把您和爸接过去长住,您觉得咋样?"

柳夫人说:"好啊,要是能这样那可太好了。你是妈贴心的小棉袄,只有你懂妈的心。"

在报到前一周,汾花到火车站提前为柳夫人一家三口和溪女预订了四张连在一起的从西安到南京的卧铺车票。

三天后，柳夫人一家三口和溪女乘坐开往西安的火车。在西安和汾花碰头后，溪女给二姐打了长途电话，告知了所乘车次和预计到站时间。转站后，四个人带着行李踏上开往南京的一列快车。找到指定的卧铺后，发现四人的铺位刚好两两相对，两上两下，溪女和叶莺抢占了上铺，柳夫人和老秦睡在下铺。列车启动后，缓缓驶离古城西安，车速渐渐加快，窗外的古城墙渐渐远去。

　　溪女和叶莺坐在走廊边的折叠椅上心花怒放，一边聊天，一边欣赏窗外沿途的景色。从西安东行，这趟客运列车穿过豫西的崇山峻岭和广袤平原，经郑州南行。窗外风景秀丽，花木葱茏，桑叶繁茂，水田、河流众多，水道蜿蜒，木船时隐时现，陌生的城市和农村在窗外一闪而过，令人心旷神怡。

　　途中到了吃饭时间，四个人在火车上买饭就餐。困了就休息，醒了就坐在窗边的软椅上欣赏沿途的自然风光。晚上，窗外灯火如同流萤，快速向车后退去。睡觉的时候，溪女初次和叶莺面对面躺在铺上，觉得很不自在，久久难以入眠。叶莺很快就入睡了，她秀发如云，肤色白净，睡姿优美，薄薄的被子难以掩盖她健美的身材。溪女看在眼里，不禁心跳加速，第一次对叶莺产生了深深的爱慕之情。叶莺醒来后，不经意间发现溪女正在注视自己，也不介意，翻个身继续睡。

　　列车到站前夕，溪芹和爱人江华平、儿子丹鸿早已在站台上等候。列车进站后，溪芹夫妇迎上前去。溪女牵着丹鸿的手，眉飞色舞，众人见面格外亲切。溪芹夫妇帮柳夫人他们拿行李，一边走一边聊。出站后，众人乘坐公交车直奔南郊溪芹住宅附近的一家宾馆。

　　路上，溪芹和弟弟并排坐在一起，姐弟俩十分高兴，互相诉说着阔别之情。提到住宿的问题，溪芹想安排柳夫人一家住在宾馆，然后带弟弟回家住。溪女低声说："那可不行！同路不舍伴。我在宾馆住两天，陪陪叶莺一家人，四处走走。开学了我就直接住学校，以后有空了再住你家。"溪芹欣然同意，她也早听说了弟弟和叶莺的关系。

入住之后，溪芹夫妇请众人在这家宾馆就餐。餐厅整洁干净，菜品丰富多样。溪芹根据众人的口味，点了七菜一汤，以海鲜为主，还点了啤酒、红酒、饮料，主食是米饭，众人美美地吃了一顿。

饭后，溪芹夫妇送众人回宾馆休息，然后带着孩子回家了。此后两天，溪芹热情地带着相机，陪同弟弟和柳夫人一家游览了南京总统府、夫子庙、古城墙、紫金山等名胜古迹，沿途拍了许多照片。溪芹看到弟弟和叶莺情投意合，一路上暗暗观察叶莺。她发现叶莺比小时候更加漂亮，明眸皓齿，温婉多情，颇具江南美女的风范，很符合溪芹的审美观，深得溪芹的喜爱。看准了这一点，溪芹包揽了吃、住、行所有的费用，一路上尽心尽力地照顾叶莺，溪女觉得姐姐对自己特别体贴。每次溪芹付钱的时候，柳夫人和老秦都抢着付款，可溪芹总是抢先一步。柳夫人和老秦心里过意不去，打算以后再找机会补偿溪芹的爸妈。

溪女和叶莺报名入学后，柳夫人和老秦在南京又住了三天。溪芹、溪女和叶莺一有空就过来看望他俩，陪他俩聊天、吃饭。叶莺极力劝说母亲回家后别再管菜市场的事了，柳夫人勉强答应了。溪芹按照他们的行程安排，提前帮他俩买好了返程的车票。叶莺的父母回家的时候，溪女和叶莺同时请假，把他俩送上了火车。

从这一年开始，生产队的管理开始松懈。外面的建筑活多了，用工量明显增加。队里外出做工的人多了。队里的泥瓦匠合伙在外面承接修修补补的活儿。生产队的工值贬值，粮食产量不稳定，人心开始涣散，假公济私的现象开始出现，吃"大锅饭"的村级集体经济受到了前所未有的冲击。各大队的骡马逐渐减少，个别大队干部私自处理牲畜，偷卖队里粮库的粮食，公社多次禁止都没用，这种现象像流感一样在各个社队蔓延开来。

小船继续在公社上班，每月挣三十六元工资。亚荷跟着别人学做生意，下了工就往西农南门口跑，做鸡蛋换粮票、粮票买面粉再出售的小生意。小船下了班就给亚荷帮忙，有时到粮站买面，用自行车驮面、送面，却很少帮亚荷算账。到了国庆节前夕，亚荷把一沓票据交给小船，让小船帮她汇总近一年的收入。小船晚上加班算账，算完后半晌说不出话来。亚荷问："咋了？赚了多少钱？"

"还赚钱呢，亏了三百六十元！等于你把我十个月的工资贴进去了。我的天哪！"

亚荷一开始不信，拿起小船算账的纸仔细端详起来。她瞅了瞅密密麻麻的账单，又看了看小船的表情，神情顿时紧张起来，回过神后脸色煞白。

小船叹息道："怪不得外面的顾客都喜欢跟你换粮票、买面粉，原来你做的是赔钱买卖。不识字就不能做生意，做也是白做。我以前咋就没想到呢？"

"怎么会这样？你再算一遍！"

"都算了两三遍了！真的就是这样。不算不知道，一算吓一跳。你以后老老实实在队里上工，别再跟着别人瞎跑了！做生意并不简单，不是所有人都适合做生意，不能盲目跟风。看别人放风筝，自己一放，风筝就挂树上了。事情已经这样了，也不怪你，怪我思想麻痹，这么久都没想到帮你算账，结果损失惨重。古人说'大意失荆州'，这话应验了。"亚荷差点哭了，小船劝慰道："想开点，赔了就赔了，就当是交学费了。别让咱妈知道这事儿，你我今后都别提了，事情过去了就过去吧。就当被贼偷了，就当啥事儿都没发生。好好过日子，啥也别想了，从今往后你别做生意了，行不？"

"行！你说到做到，以后不准再提这事儿。"

"放心吧，一言为定！犯点错误也正常，人这一辈子，谁能不犯错误，不干几件蠢事呢？"

"你以前做过啥蠢事？能不能透露一下？"

"不能，永远都要埋在心里。说出来也于事无补，你听了不高兴，我自己也不高兴，倒不如不说为好。"

"行，不说就不说，我也不听了。"从此以后，亚荷不再做这种生意。有顾客登门联系，她都婉言拒绝了。

四十八

国庆节到了，银宫街考上大学的部分学生回来了，溪女和叶莺却没有回家。路途太远，他俩打算寒假再回。

柳夫人从南京回家后，到街道办辞去了卫生管理员的差事。休闲时间多了，她没事儿就出去走走。早晨洗漱后，第一件事就是到五云山绿化带练歌，之后回来再忙家务。每天清晨，西农的大学生们绕着环道跑步，个个精神抖擞，奔向自己希望的远方，这成了五云山一道亮丽的风景，让人看了赏心悦目。每当看到这些充满活力的青年，柳夫人就觉得自己年轻了许多。

初冬的一天傍晚，下了晚自习后，横海背着书包回家，和凌安结伴同行。他俩顺着学校围墙西侧的南北路，过了石桥，向北走了一百多米，绕过西侧的引水渠，向西走向西农幼儿园门前，这条路直通五云山下。引水渠西侧路南是一大片麦地，夏季这里是生产队的临时晒场，靠河的地头有一溜麦草垛。他俩正走着，突然发现草垛那边出现一团火光，隐约从河畔方向传来一阵儿童的呼救声。横海一看大事不妙，对凌安说："走，咱俩过去看看。"起火的麦垛到桥边东西直线距离不到五十米，桥口的抽水房南侧有一条临河的小路，勉强能走人；隔着一片麦田，距离横海和凌安有二百多米。

横海率先跳下路南一米多高的麦地，径直朝火光处奔去，凌安也跟着往前跑。到了草垛跟前，只见烟熏火燎的麦草垛旁聚了一堆四五岁的儿童，正对着麦草垛指指点点。麦草垛下方有一个正在冒烟的黑洞，里面传出几声儿童断断续续的哭声。旁边有个男孩跑上前，对横海和凌安说："快救人，我哥哥在里面，还有两个女娃。"

横海心里一惊，迅速把书包递给凌安，准备钻进正在冒烟的草洞。凌安伸手拉住他："危险，别去！"

横海说："救人要紧。"说完，一头钻进浓烟滚滚的草洞，从里面抱出一个女孩，放下后马上又钻了进去，又推出一个、两个……随后，从火海里猛地蹿出一个火人，就地打滚，在麦地里翻滚，直到身上的火熄灭。凌安到跟前一看，冲出来的火人正是横海……这时，草垛里突然爆出一团巨大的火光，把凌安等人逼退，刹那间烈焰奔腾，燃起熊熊大火。

横海在地上滚了滚，在凌安的搀扶下站了起来。只见他疼得厉害，坐也不是站也不是，却硬是没哭出声，额角不断冒出汗珠。他双手捂着脸，痛苦地挣扎着，衣服破破烂烂的。凌安被吓蒙了，愣了半天后突然回过神来，赶紧放下自己和横海的书包，抄近道跑到大路边呼救。很快，他叫来了一群刚下自习的高中生。其中三个男生迅速跑向横海身边，另一个男生立刻奔向学校报信。

三个高中生赶到后，看到这情形大惊失色。一个身材高大的高中生立即将横海背起来，穿过二百余米的麦地走到路边，其余两个在旁边扶着背上的横海，他们顺着引水渠东侧的南北大路快步往南走。凌安慌慌张张地跟在后面。一个高中生让凌安马上给横海家里送信，凌安赶忙往回跑。三个高中生护送着横海奔向五云镇医院。

横海被送到医院后，医护人员立刻忙碌起来。医院走廊好多人跟着围观，值班护士竭力维持秩序。值班医生立刻向值班领导汇报。横海被送进急诊室进行抢救。

凌安一口气跑到柳坞巷，把横海救人负伤的事告诉了横海的家人。

淑贞当即瘫软在地，亚荷浑身颤抖，不知所措。雯雯拽着奶奶的衣襟问道："哥哥怎么了？哥哥怎么了？"淑贞说不出话来。小船听到这个噩耗，只觉得脑袋"嗡"的一声，仿佛要炸开了。他镇定了一下，安抚母亲和妻子说："估计没啥大事，你们别着急，我马上骑车去医院。"说完，他飞快地推起自行车奔出院子，朝西环道冲去。上坡的时候，他一连跌倒了两次。

到了医院，横海还在手术室抢救。那三个救人的高中生都焦急地等在急诊室外面。看到家长来了，他们迎上前打了个招呼，便轻声告辞。小船再三道谢。

一个小时后，横海躺在活动床上，被两个护士推了出来。他身上缠满了绷带。小船迎上前去，医生问明他的身份后，对他说："你赶紧安排一下，你孩子烧伤很严重，得马上转院，建议转到西安的大医院救治，越快越好！"

小船听后，犹如五雷轰顶。他缓过神后说："麻烦你们先照看一下，我马上回去安排。"

晚上，公社书记宁云正和众人坐在文化活动室，围着一台海燕牌黑白电视机看电视，看到小船急急火火地赶来，忙问出了什么事。听到横海出事的消息后，让小船赶紧按照医生的建议转院，并关切地问道："你手头有多少钱？"小船说："只有五六十块。"宁云说："你马上跟我到财务室。"他和小船快步来到财务室，让人找来出纳，安排财务人员暂借给小船一千元，并派青年干事小吴协助小船把孩子送往西安。

拿到钱后，小船急忙赶往五云镇医院，小吴紧跟在后面。这时，从县医院赶来的救护车也到了。医护人员把横海放在担架上，抬进救护车。小船和小吴上了救护车，救护车顺着西宝中线快速向西安驶去。

路上，护士给横海输液。横海平躺在软垫上，疼得厉害，偶尔喊叫两声。小船看着横海，心如刀割。

半夜时分，终于抵达西京医院。跟车的医护人员把横海护送到西候诊大厅，办完交接手续后准备离开。小船让小吴随车回去，小吴不肯。小船说："回去吧，你明天有下乡任务，送到医院就好说了，我一个人能行，你放心回去。"小吴这才跟着救护车走了。送走医护人员和小吴，小船就一直守在横海身边，等着急诊室接诊。在急诊室值班的一个姓林的青年医生接诊后，查看了横海的病情，马上给小船开了一张住院证，指导小船到收费窗口办好了入住手续。林医生亲自带路，把横海安置到烧伤科住院部，跟护士站的护士交代了几句，这才放心地离去。

到了住院部，值班护士允许小船留在病室陪伴横海。这天晚上，小船在旁边小心守候，一夜没合眼。

当天晚上，汾花和爱人得知消息后，立刻赶到西京医院，给小船送来五百元钱。

第二天上午九点钟，横海被推进了手术室，小船在医院外面急得团团转，汾花也来了，和小船一起守在手术室外面。两个多小时后，横海被医护人员送回了病房，小船守在正在输液的横海身旁，心里像被刀扎一样。临近中午，三名被救儿童的母亲陪着亚荷坐火车赶到医院。在住院部门外，她们见到了汾花，想进去看望横海，却被告知不能进入住院部。汾花让值班护士进去通报了一下，经护士站批准，小船从病房出来，把亚荷换了进去。小船让三名被救儿童的母亲回家。临走前，她们给小船留下三百元，表示回去后会继续凑钱。小船接过钱，向她们表示感谢，说："事情已经发生了，你们已经尽力了，大家都不容易，不用再操心了，我们会想办法救孩子的。你们放心回去吧。"说完，他和汾花把她们三人送到医院门外。

下午两点多，黄潇凤、柳夫人、向川花、秋霞四人专程赶到医院。到了候诊大厅，她们到处打听横海的消息，正好被小船和汾花碰上。黄潇凤说："你妈被吓得病倒了，汾兰在家照顾，来不了。我们放心不下，特地到医院看看。横海的伤情怎么样？"

小船说："命保住了，烧伤严重，正在治疗，上午刚做了一次手术，手术进行得很顺利。"

众人说："那就好。"她们送来五百元钱，其中有一百元是池医生夫妇让捎来的。她们四人想到住院部看看横海，无奈医院有规定，进不夫。汾花请她们在招待所住一晚，众人不肯，纷纷说："孩子脱离危险，我们就放心了。既然见不到孩子，住在这里帮不上忙反而添乱，我们还不如都回去。"于是，汾花送她们到火车站。

亚荷每天和小船轮换着守在横海身边，悉心照顾他。医院规定重症患者只能留一人陪护，小船只好到外面找了一家旅馆，住一晚五角钱的铺位。

三天后，公社书记宁云派穆虎前来看望小船和孩子。穆虎在门诊楼找到小船，询问了横海的病情，送来了公社干部和农林场职工捐助的三百多元钱。小船心里觉得很温暖。

横海身上缠满绷带，每天护士给他换药时，他都疼得死去活来。好在横海咬紧牙关，一次次挺了过来。每次看到换药时横海痛苦的样子，亚荷的眼泪就止不住地往下流。

横海在医院住了近两个月，在经历了无数次痛苦与煎熬，配合医生完成了局部换皮等治疗后，奇迹般地病愈了，可以下床活动了。术后观察期满后，小船办好了出院手续，带着横海坐火车回到了柳坞巷。

回家后，按照医嘱，横海继续在家休息。亲戚和街坊邻居纷纷前来探望。人们发现，眼前的横海跟变了个人似的，脸上和胳膊上留下了手术后的痕迹，只有眼睛还像以前一样明亮，头上长出了新头发……

尾声

　　21 世纪初的银宫街在推土机声中褪去烟火气，青石板缝里的故事被埋进专家公寓的地基；五云山的苗圃已长成绿荫蔽日的公园，晨练者的脚步声里藏着多少被风揉碎的往事。那些从银宫街小巷走出去的人，像蒲公英的种子散落在时代的褶皱里。

　　岁月的齿轮不停转动，每个人都在各自的人生轨道上书写着故事。

　　越溪女与柳叶莺自大学毕业，便扎根南京。二人结婚后，生了一个女儿，女儿长大后毅然报考军事院校。向青从北京高校毕业，凭借努力考取研究生，毕业后留校任教，婚后生了一个儿子，儿子长大后也考入军事院校。良海樯高考落榜，随家人迁至宝鸡市。他投身军旅，在正营级岗位退伍后，进入宝鸡市政府部门。海浪与鹿敏结束插队生活，双双考入宝鸡师范学院，毕业后成为教师，在三尺讲台上默默耕耘。燕横海虽高考落榜，却不甘平凡，先外出打工谋生计，后成为民办教师。工作之余挑灯夜读，终于叩开西部农学院的大门，毕业后成为一名技术干部。雯雯高中毕业后顺利考入大学，毕业后成为女法官，虽遗憾错过与生母早些相认的机会，却依靠南门外的监控视频，历经波折寻得生母，用爱陪伴母亲度过困境。天旺高中毕业后，从家里的养鸡场起步，贷款五千元购置设备，组建建筑队，一路摸爬滚打，终闯出一片天地。黑民经人介绍与四川女子喜结良缘，婚后携手做起小生意，日子也渐渐有了起色。

20世纪90年代初，银宫街拆迁的消息传来。西部农学院与老街坊们反复沟通协商，最终在五云山下西农路东侧的银杏村，腾出一栋六层楼的一个单元作为安置点。黄潇凤和二熊，向川花和马小奔，以及其他老住户，按自家房屋面积折算，陆续搬入新宅……